BASTEI LÜBBE TASCHENBUCH

Weitere Titel der Autorin:

Kein Mann für jeden Tag

*Dieser Titel ist als E-Book erhältlich*

## Über die Autorin

Alice Peterson, geboren 1974, begann zu schreiben, nachdem sie aufgrund einer chronischen Erkrankung ihre Karriere als Tennisspielerin aufgeben musste. Ihre Romane zeigen Protagonistinnen, die mit einer Krankheit zu kämpfen haben oder eine problematische Situation in ihrer Familie bewältigen müssen. Die Presse und die Leser haben ihre Bücher begeistert aufgenommen. Alice Peterson lebt in London.
www.alicepeterson.co.uk

Alice Peterson

# Ein Song bleibt für immer

Roman

Aus dem Englischen von
Sylvia Strasser

BASTEI
LÜBBE
TASCHENBUCH

BASTEI LÜBBE TASCHENBUCH
Band 17708

Dieser Titel ist auch als E-Book erschienen

MIX
Papier aus verantwortungsvollen Quellen
FSC
www.fsc.org
FSC® C083411

Vollständige Taschenbuchausgabe

Deutsche Erstausgabe


Titel der englischen Originalausgabe: »A Song for Tomorrow«
Originalverlag: Simon & Schuster UK Ltd
Dieses Werk wurde vermittelt durch
die Literarische Agentur Thomas Schlück GmbH, 30827 Garbsen.


Textredaktion: Marion Labonte, Labontext
Illustrationen Umschlag: »Sunhat« © Luke Martineau 1998
Titelillustration: © Design by S&S Art Dept.
Umschlaggestaltung: Tanja Østlyngen
Satz: two-up, Düsseldorf
Gesetzt aus der Minion
Druck und Verarbeitung: CPI books GmbH, Leck – Germany
Printed in Germany
ISBN 978-3-404-17708-0

1 3 5 4 2

Sie finden uns im Internet unter www.luebbe.de
Bitte beachten Sie auch: www.lesejury.de

*Für die Familie Martineau*

# Prolog

## Marys Tagebuch

**August 1972**

Ich hatte geglaubt, das zweite Kind sei leichter zur Welt zu bringen. Angeblich weil man weiß, was einen erwartet. Nun, was in den vergangenen Monaten geschehen ist, hätte ich niemals erwartet oder mir auch nur ansatzweise vorstellen können.
Mein zweites Kind kam zwei Wochen zu früh auf die Welt, in demselben Londoner Krankenhaus wie mein Sohn Jake zwei Jahre zuvor. Die Klinik stand unter der Leitung von Ordensschwestern, und doch arbeiteten dort weltliche Krankenschwestern, die auch als Hebammen ausgebildet waren. Ich hatte so starke Blutungen, dass die Geburtshelferin sagte, das Kind müsse schnellstmöglich geholt werden. Ich konnte die Angst der Menschen um mich herum förmlich spüren, angefangen von der Hebamme bis zu Nicholas, meinem Mann. Das Kind habe Probleme mit dem Herzen, fügte die Geburtshelferin hinzu. Probleme? Was für Probleme? Für den letzten Teil des Geburtsvorgangs bekam ich eine Epiduralanästhesie und fragte mich sofort, warum ich mich seinerzeit bei Jake dagegen entschieden hatte. Die Schmerzen hörten fast schlagartig auf und ich entspannte mich, aber ein Blick zu Nicholas genügte, um zu wissen, dass etwas nicht stimmte. »Ist alles in Ordnung?«, fragte ich Schwester Eve in dem sehnlichen Verlangen nach ein paar beruhigenden Worten. »Wir tun, was in unserer Macht steht, Mary. Versu-

chen Sie, sich zu entspannen«, antwortete sie. Da wusste ich, dass irgendetwas ganz und gar nicht stimmte.
Als das Kind da war, sah ich nicht einmal, ob es ein Junge oder ein Mädchen war, weil es sofort zu einem Tisch auf der anderen Seite des Raums gebracht wurde, umringt von Schwestern und Ärzten. Mir fiel ein Stein vom Herzen, als ich es schreien hörte, und dann sagte Schwester Eve zu Nicholas und mir: »Sie haben eine Tochter.«
Aber sie gaben sie mir noch immer nicht.
Der Anästhesist meinte, am Bauch etwas Ungewöhnliches bemerkt zu haben, möglicherweise handele es sich um einen Darmverschluss. Das Kind müsse in ein anderes Krankenhaus gebracht und dort von einem Spezialisten untersucht werden. Ich aber konnte keinen anderen Gedanken fassen als: Gebt mir mein kleines Mädchen, ich möchte sie halten, ich möchte wissen, wie sie aussieht. Doch mir blieb nur zuzusehen, wie sie sie wegbrachten. »Und wenn wir sie nun nicht wiedersehen?«, fragte ich Nicholas. Er wusste nichts darauf zu erwidern, konnte mir keinen Trost spenden.
Am nächsten Morgen teilte Schwester Eve uns mit, das Baby sei ein weiteres Mal verlegt worden, man habe in einer Notoperation den Darmverschluss entfernt. Wie wir das Kind nennen wollten, fragte sie dann. »Alice«, antworteten Nicholas und ich wie aus einem Mund, erfüllt von der Angst, sie stelle diese Frage für den Fall, dass das Kind notgetauft werden musste.
Jene Nacht war die schlimmste meines Lebens. Nicholas legte sich zu mir ins Bett, was nach Meinung der Ordensschwestern unerhört war. Wir taten beide kein Auge zu. Am nächsten Morgen bekamen wir Besuch von unserem geliebten Hausarzt. Er setzte sich auf mein Bett, informierte uns,

dass Alice die Operation überstanden habe, und fügte dann langsam hinzu: »Alice hat Mukoviszidose.«
Ich hatte keine Ahnung, was das war, war mir nicht einmal sicher, ob ich das Wort überhaupt schon einmal gehört hatte. Ich sah den Kummer und das Mitgefühl in seinem Blick. Wie bringt man Eltern bei, dass ihr an Mukoviszidose leidendes Kind eine Lebenserwartung von zehn Jahren hat?
Schwester Eve redete mir zu, Alice zu besuchen, aber ich konnte nicht. Nicholas ging allein zu ihr. Er machte mir deswegen keine Vorwürfe, aber heute bereue ich die Entscheidung zutiefst. Ich wünschte, ich wäre stärker gewesen, für ihn, aber auch für Alice. Ende der Woche fuhr Nicholas mich schließlich ins Krankenhaus. Und da lag sie, nackt in einem Brutkasten und Schläuche überall, aber sie war das schönste kleine Mädchen, das ich jemals gesehen hatte.
Mir barst fast das Herz vor Liebe.
Aber ich durfte sie immer noch nicht in meinen Armen halten.
Ich weinte.
Von da an besuchte ich Alice jeden Tag. Manchmal kam auch Jake mit. Er klammerte sich tapfer an meine Hand und wollte wissen, wann seine kleine Schwester nach Hause komme. Nicholas und ich suchten einen anderen Arzt auf, der uns über Mukoviszidose aufklärte. Er erzählte uns, dass der vom Anästhesisten entdeckte Darmverschluss der erste Hinweis gewesen sei, und fügte erklärend hinzu, Mukoviszidose sei eine unheilbare Erbkrankheit, die hauptsächlich die Lungen und die Bauchspeicheldrüse befalle. Etwa jeder fünfundzwanzigste Mensch trage das Gen in sich, Gefahr aber bestehe dann, wenn zwei Genträger wie Nicholas und ich ein Kind zeugten – dann beträgt die Wahrscheinlichkeit, dass das Kind krank zur Welt kommt, eins zu vier. Wir hat-

ten natürlich nicht gewusst, dass wir beide Genträger waren. Jake war ein gesunder Junge. Er gehörte zu den Glücklichen, die das Schicksal nicht getroffen hatte.
Der Arzt erklärte uns, wie es dazu kommt, dass Lungen und Verdauungstrakt mit zähem Schleim verstopfen, weshalb der Patient unter anderem mit regelmäßigen Antibiotikagaben und Physiotherapie behandelt werden müsse. Wir würden täglich spezielle Übungen mit Alice machen müssen, ihr zum Beispiel kräftig auf die Brust klopfen, damit der Schleim sich lösen und sie freier atmen könne. Als ich sie endlich halten durfte, hatte ich Angst, sie würde zerbrechen. Der Gedanke, dieses zarte Geschöpf schlagen zu müssen, versetzte mich regelrecht in Panik.
Als ich Alice endlich mit nach Hause nehmen durfte, war sie noch immer nicht imstande, Nahrung oder Flüssigkeit zu verdauen; alles rauschte einfach durch sie hindurch. Ich weiß noch, wie ich einmal dachte, verrückt zu werden, weil ich ihr an einem einzigen Tag siebzehnmal die Windeln wechseln musste. Ich hatte Angst, das alles alleine nicht zu schaffen, und wünschte mir, sie wäre wieder im Schutz des Krankenhauses, wo man sie behandeln und ihr helfen könnte.
Doch das konnte man nicht …
Nichts konnte ihr helfen.
Nur ein Wunder.

# 1

## Tom

### Dezember 1998

Tom ist auf dem Weg zu seiner Kneipe und wie üblich spät dran. Im Vorbeigehen wirft er einen Blick durch das Fenster der Kunstgalerie, und da sieht er sie. Sie trägt ein rotes Kleid und hat unglaubliche, mandelförmige blaue Augen. Er beobachtet, wie sie sich eine blonde Haarsträhne hinters Ohr streicht. Er hat nie an Liebe auf den ersten Blick geglaubt, er hat immer gelacht über Leute, die naiv genug sind zu meinen, nach einem einzigen Blick den Richtigen oder die Richtige gefunden zu haben. Nach mehreren mittelprächtigen Verabredungen ist er überzeugt, dass es so etwas nur im Film gibt. Dann erwidert sie sein Lächeln mit einem leicht schelmischen Blick. Tom stellt sich gerade vor, wie es wohl wäre, sie zu küssen, da wendet sie sich schon wieder ab.

Sein Handy klingelt. »Tom!«, bellt George verärgert. »Wo steckst du denn?«

»Ich bin auf dem Weg. Bin gleich da.« Er beendet das Gespräch und geht widerstrebend weiter.

Hat sie in diesem Sekundenbruchteil auch etwas gespürt? Oder hat er sich das nur eingebildet? Er bleibt stehen. Wirft einen Blick auf die Uhr, zögert. Im Film würde der Held zu der Galerie zurückkehren und diese Frau suchen. Er würde ganz sicher nicht zum Pub schlendern und sich mit seinem alten Schulfreund treffen, ein Bier nach dem anderen trinken und über Sport, Autos und die zahllosen Straßenbaustellen plaudern. Er macht kehrt. *Sie sieht aus wie ein Model. Sie spielt in einer anderen Liga,* sagt eine Stimme in seinem Kopf. *Was willst du machen? Zu ihr hingehen, dich vorstellen – und dann? Und wenn sie gar nicht mehr zu haben ist? Jede Wette, dass sie vergeben ist … du wirst wie ein Idiot dastehen. Und George wird stinksauer sein, weil du schon wieder zu spät kommst …*

Tom betritt die Galerie, in der ziemlich großes Gedränge herrscht. Er fühlt sich deplatziert in seinen Jeans und den alten Lederstiefeln. Diese Ausstellung ist sicher nur für geladene Gäste. Er nimmt ein Glas Champagner vom Tablett einer Kellnerin, um sich Mut anzutrinken, und schiebt sich dann durch die Menge. Er kann die Frau nirgendwo entdecken, hofft aber inständig, dass sie noch da ist. Er geht die Treppe hinauf. Und da sieht er sie. Sein Herzschlag setzt aus. Sie steht neben zwei Männern, der eine viel jünger als der andere, groß und schlank, mit hellbraunem Haar und schwarz gerahmter Brille. Sie hat einen Freund. Natürlich hat sie einen festen Freund. Sie scheinen sich sehr nahezustehen, so liebevoll und vertraut, wie sie miteinander umgehen. Sie redet mit beiden und berührt lachend ihre Nasenspitze. Tom ist regelrecht verzaubert von ihrer Ausstrahlung. Er folgt den Blicken der drei und erkennt sofort, dass sie die Frau auf dem Gemälde ist, das sie betrachten, mit einem breitkrempigen Sonnenhut und in einem Sommerkleid, das ihre schlanken, anmutigen Arme vorteilhaft zur Geltung bringt. Er wünschte, die beiden Männer würden weitergehen. Und tatsächlich: Sie schlendern, in eine geschäftliche Unterhaltung vertieft, an Tom vorbei und die Treppe hinunter. Er geht auf sie zu, doch sie bemerkt ihn nicht. Sie scheint in Gedanken versunken. *Jetzt bloß nicht die Nerven verlieren.*

»Ich bin Tom.« Er streckt ihr die Hand hin.

»Alice«, erwidert sie lächelnd.

Sie sieht aus wie eine Elfe, eine Elfe mit einer süßen Stupsnase. Er schätzt sie in etwa auf sein Alter, also sechsundzwanzig. Sie ist umwerfend schön, mit einem Gesicht, das man unmöglich vergessen kann.

Als er neben ihr steht, weiß Tom plötzlich, dass seine Welt sich unwiderruflich verändern wird. Warum also sagt die Stimme in seinem Kopf: *Geh jetzt, das hier bringt nur Ärger?*

Er ignoriert die Warnung. Stattdessen fragt er sie, was sie macht. »Musik«, antwortet sie zu seiner Überraschung. »Ich schreibe Songs. Ich singe leidenschaftlich gern.«

Sie unterhalten sich, und Tom kommt es so vor, als sei es Bestimmung gewesen, dass ihre Wege sich gekreuzt haben. Alle Ereignisse in seiner Vergangenheit hatten nur einen Zweck: ihn hierherzuführen.

Zu seiner Begegnung mit Alice.

Vielleicht gibt es sie ja doch, die Liebe auf den ersten Blick.

# 2

## Alice

**Dezember 1998, zehn Stunden vorher**

Vollkommen außer Atem nähere ich mich der Rezeption. »Tut mir leid, der Fahrstuhl ist außer Betrieb«, sagt die Empfangsdame zu dem Model vor mir. »Das Casting findet in der fünften Etage statt.«

Ich starre die Metallwendeltreppe an und stehle mich am Empfang vorbei zur Damentoilette.

Dort schlüpfe ich in eine Kabine, ziehe hastig den Reißverschluss meiner schweren Schultertasche auf und krame verzweifelt nach meinem Asthmaspray. Ich finde alles Mögliche – mein Portfolio, die Schminktasche, Packungen mit kalorienreichen Milchshakes, ein Paar hochhackige Schuhe –, bloß nicht das, was ich suche. Wo ist das verdammte Ding?

*Du musst es finden, Alice.*

Es fühlt sich an, als stecke etwas tief in meiner Brust. Etwas Hartes, Festes, wie ein Ziegelstein. Es ist so schwer, dass ich an nichts anderes denken kann. Ich kann nur husten und husten und suchen … Endlich finde ich das Asthmaspray. Ich inhaliere tief und stelle mir vor, wie warmes Wasser den zähen Schleim in meinen Lungen verdünnt, wie es Ordnung in das Chaos in meinem Inneren bringt. Ich jage einen zweiten Sprühstoß durch meinen Mund.

*Luft.*

*Ich muss atmen.*

Ich lebe seit sechsundzwanzig Jahren mit Mukoviszidose.

Wenn ich aufwache, spüre ich meine Lungen und meine Brust und sonst gar nichts. Bevor ich das Haus verlasse, muss ich immer eine Handvoll Pillen schlucken und bestimmte Wirkstoffe aus Maschinen inhalieren, die mir das Atmen erleichtern. Mein Husten ist immer da. Er ist mein ständiger Begleiter, Tag und Nacht. Ich verstaue das Asthmaspray wieder in meiner Tasche und krame das Verbandszeug hervor.

Ich kenne es nicht anders, ich habe keine Ahnung, wie es ist, gesund zu sein – aber bin ich verrückt, weil ich meinen Wunsch, Model zu sein, trotzdem nicht aufgeben will?

»London ist nicht New York, wo alles relativ nah beieinanderliegt«, hat Naomi, die Casting-Direktorin der Agentur A Star Models, mir vor achtzehn Monaten bei meinem ersten Bewerbungsgespräch erklärt. »Die Castings finden oft meilenweit von einem U-Bahnhof entfernt statt, das sind lange, beschwerliche Wege. Modeln ist körperlich anstrengend und erfordert die Kondition eines Sportlers. Und wenn du nur ein einziges Mal zu spät kommst, kannst du's vergessen.«

In meiner Zeit an der Uni (ich war drei Wochen dort, bevor ich ins Krankenhaus und an der Lunge operiert werden musste) machte ich mich immer so zeitig auf den Weg, dass ich lange vor allen anderen im Hörsaal saß. Die anderen hielten mich vermutlich für eine hoffnungslose Streberin oder dachten, ich sei in unseren Englischlehrer verknallt.

Ich bandagiere mir den rechten Fuß und den Knöchel.

»Gibt es noch etwas, das ich wissen sollte, etwas, das ein Problem werden könnte?«, hat Naomi damals noch abschließend gefragt. Ich sehe immer noch ihr verwirrtes Gesicht vor mir, weil ich mir so viel Zeit mit der Antwort ließ.

Hätte Naomi mir den Job auch gegeben, wenn ich ihr von meiner Krankheit erzählt hätte? Als sie mich auf meine schlanke Figur ansprach, hätte ich ihr erzählen können, dass ein Teil meines Darms entfernt worden ist – inzwischen fehlen mir bestimmt drei Viertel. Ich bin so schlank, weil ich Nahrung nicht richtig verdauen und daher auch nicht ausreichend verwerten kann; dazu kommen das ständige Husten und das mühsame Atmen. Das alles verbrennt in jeder Sekunde meines Lebens Tausende Kalorien. Deshalb bin ich so schlank – nicht, weil ich rauche und Selleriestängel knabbere.

Ich befestige den Verband mit einer Sicherheitsnadel. Das muss reichen.

»Ich will nie von dir hören, dass du einen Job nicht annehmen kannst, weil du Stress mit deinem Freund oder eine schlimme Erkältung hast oder zur Beerdigung deiner Großmutter musst, ist das klar, Alice?«, hallt Naomis Stimme in meinem Kopf.

Mit neuer Energie hieve ich meine Tasche hoch, schiebe den Riemen über meine Schulter und verlasse die Toilette.

»Wenn ich dich unter Vertrag nehme, muss deine Karriere immer an erster Stelle stehen«, betonte Naomi. »Falls du also Zweifel haben solltest, dann sag es mir jetzt.«

Natürlich hat mich am Modeln das Glamouröse gereizt, dazu Naomis Versprechen, dass ich reisen und interessante Leute kennenlernen würde. Der Gedanke an Fünfsternehotels in heißen Ländern verscheuchte all meine Zweifel: Ich griff zum Kugelschreiber und unterschrieb auf der gepunkteten Linie. Ich habe mich noch nie von irgendetwas aufhalten lassen, schon gar nicht von meiner Mukoviszidose.

Ich kehre an die Rezeption zurück, zeige auf meinen bandagierten Fuß und sage zu der Empfangsdame: »Ich bin leider ein bisschen langsam. Skiunfall.« *Skiunfall?* Innerlich muss ich grinsen. Ich kann mich nicht mal in Skistiefel zwängen, ohne zu fluchen wie ein Bierkutscher.

»Ach, Sie Ärmste! Lassen Sie sich Zeit, ich gebe Bescheid, dass Sie da sind.«

Ich erklimme die Treppe im Schneckentempo. Ich muss *immer noch* husten. Das hört nie auf, es ist wie ein Marathonlauf ohne Ziellinie. In meinem Brustkorb rasselt und vibriert es, weil der Schleim sich in mir bewegt wie dickflüssiger Sirup.

Ein Model drängt sich an mir vorbei. Sie dreht sich um. Starrt mich an, weil ich in einem fort huste.

Wahrscheinlich denkt sie, dass ich Kette rauche.

Ich betrete einen weitläufigen, offenen Raum und stelle mich in die Schlange vor dem Schreibtisch, hinter dem zwei Frauen sitzen. Eine der Organisatorinnen kommt zu mir, hakt meinen Namen auf der Liste auf ihrem Klemmbrett ab und gibt mir dann einen Zettel mit einer großen schwarzen Nummer darauf. Die dreizehn.

*Das hat nichts zu bedeuten.*

Das Casting ist für ein namhaftes Bekleidungsunternehmen. Mit meinen eins achtundsechzig bin ich nicht groß genug für die Modewelt – zum Glück, denn in der Werbebranche gibt es sehr viel mehr Aufträge. Ich beobachte, wie eines der Models den beiden Frauen ein Portfolio reicht, das diese hastig durchblättern, bevor sie sie zum Umziehen hinter einen Paravent schicken. Als sie wieder hervortritt, trägt sie ein schwarzes Cocktailkleid, in dem sie fotografiert wird. Ich habe gerade geschnittene Jeans und ein Top mit Spaghettiträgern an. *Ich muss diesen Job unbedingt haben. Die Strapazen dürfen einfach nicht umsonst gewesen sein.*

»Dreizehn!«, ruft eine der beiden Frauen am Schreibtisch.

Ich hinke auf sie zu, und sie fragt: »Wie hast du das denn geschafft?«

»Ich bin vom Fahrrad gefallen. Knöchel verknackst.«

»Tut mir leid«, sagt die andere Frau, als hätten sie beschlossen, sich beim Sprechen abzuwechseln.

»Ach, kein Problem.« Ich lächle beruhigend, als ich mein Portfolio über den Schreibtisch reiche. »Es ist schon viel besser.«

»Tut mir leid«, sagt sie noch einmal mit Nachdruck, »aber du bist nicht der richtige Typ für uns.«

»Vierzehn!«, ruft die andere und blickt über meine Schulter, als hätte sie mich schon wieder vergessen.

Es ist bitterkalt, es regnet in Strömen, ich habe keinen Schirm dabei, und bis zur Bushaltestelle sind es zu Fuß gut und gerne dreißig Minuten. Ich ziehe mein Handy aus der Tasche.

*Aber Mum hat jetzt Kunstunterricht. Ich habe ihr versichert, allein zurechtzukommen.*

Jake?

*Der hat sicher alle Hände voll mit den Vorbereitungen für seine Ausstellungseröffnung heute Abend zu tun.*

Cat? Cat ist meine beste Freundin. Als Sales Traderin betreut sie die Großkunden eines Bankhauses.

*Ich sehe sie vor mir, im Büro an ihrem Schreibtisch, der übersät ist mit Papieren, auf denen Tausende Ziffern notiert sind: die Schlusskurse von Wertpapieren. Sie telefoniert mit Kunden, berät sie beim Kauf von Aktien und Optionen. Sie kann ihren Kunden oder ihrem Chef schlecht sagen, dass sie mal kurz wegmuss, um ihre Freundin abzuholen …*

Während ich mich langsam von dem Gebäude entferne, überlege ich, wo in dieser verlassenen Gegend ich am schnellsten ein Taxi auftreiben kann. Meine Füße fühlen sich an, als steckten sie in Beton. Kälte und Nässe sind meine Feinde, ich darf mir nicht schon wieder einen Infekt einfangen …

Ich nehme eine Bewegung wahr und bleibe wie angewurzelt stehen. Am liebsten würde ich losheulen. Was da auf mich zurollt, ist alt, dunkelblau und lässt klassische Musik nach außen dringen.

Ein Auto. Und die Fahrerin sieht meiner Mutter verdammt ähnlich.

»Wie lange wartest du schon?« Ich streife mir meine hochhackigen Schuhe von den Füßen und sinke mit einem unglaublichen Gefühl der Erleichterung auf den Beifahrersitz.

»Nicht sehr lange.«

»Und was ist mit deinem Kunstunterricht?«

»Ist ausgefallen.«

Sie weiß, dass ich ihr das nicht abnehme.

»Ich kann mich noch mal für den Kurs einschreiben und die Stunde von heute nachholen.«

Ich habe ein schlechtes Gewissen, weil sie meinetwegen auf ihren Kurs verzichtet hat, zumal mein Termin reine Zeitverschwendung war.

»Vielleicht solltest du etwas anderes machen«, sagt sie, und ich habe das Gefühl, dass sie diesen Gedanken schon eine ganze Weile mit sich herumträgt.

Ich denke an die vergangenen achtzehn Monate, an all die Castings, zusammen mit ungefähr vierzig anderen Models in irgendwelchen Lagerschuppen irgendwo in der Pampa, nur um jedes Mal schließlich gesagt zu bekommen, dass der hier gesuchte Modeltyp größer und dunkelhaarig sein und braune und nicht blaue Augen haben sollte. Nicht ich. Aber es war nicht alles schlecht, ich habe auch einige großartige Jobs ergattert. Das Modeln hat sicherlich an meinem Selbstwertgefühl genagt, andererseits aber hat mein Foto im *Tatler* meinem Selbstbewusstsein gewaltigen Auftrieb verliehen. Ich werde nie vergessen, wie aufgeregt meine Agentin Frieda war, als sie mir mitteilte, ich sei aus mehreren Hundert Bewerbungen ausgesucht worden. Und diesem Artikel hatte ich zweifellos weitere Aufträge zu verdanken. Ich bin froh, dass ich vor achtzehn Monaten den Vertrag unterschrieben habe. Reue ist nicht mein Ding. Aber in letzter Zeit bereitet mir der Gedanke, dass da draußen noch etwas anderes auf mich wartet, schlaflose Nächte. »Vielleicht«, sage ich zu Mum. »Vielleicht hast du recht.«

»Wie wär's mit einem Modestudium?« Mum war noch keine zwanzig, als sie in London eine Schule für Modedesign besuchte, wo ein temperamentvoller Russe ihr das Zuschneiden von Schnittmustern und das Nähen beibrachte. Früher hat sie all ihre unkonventionellen Sachen selbst genäht; sogar ihr Brautkleid hat sie eigenhändig hergestellt. Manchmal frage ich mich, ob Mum bereut, dass sie nach ihrer Hochzeit und der Geburt von Jake und mir nicht Schneiderin geworden ist. Vielleicht hatte sie es ja vor, aber manchmal kommt es eben anders, als wir es uns vorstellen.

»Nein, ich glaube, das ist nichts für mich.«

»Dann vielleicht eine Lehre als Hutmacherin?«

*Hutmacherin?* »Mum, ich kann nicht einmal eine Nadel einfädeln!«

Wir lachen beide.

»Du könntest auch Englisch als Fremdsprache unterrichten. Wie wär das?«

*Sag ihr, dass du singen möchtest, Songs schreiben.* Schon als Kind habe ich für mein Leben gern gesungen und getanzt und davon geträumt, auf der Bühne zu stehen. Wenn Jake und ich *Top of the Pops* schauten, träumte ich davon, eines Tages so berühmt wie Kylie Minogue zu sein. Jake wollte der nächste Jonny Greenwood werden, so hieß der Leadgitarrist von Radiohead. Ich denke an meine Zeit an der Universität zurück. Eine dunkle Episode in meinem Leben. Ich war keine normale Studentin, und manchmal tat es weh, mit ansehen zu müssen, wie meine Freunde ihre Freiheit genossen, während ich immer noch zu Hause wohnte, so dankbar ich auch für die bedingungslose

Liebe und Unterstützung meiner Eltern war. Meine Gedanken und Gefühle zu Papier zu bringen, Songtexte zu schreiben, das half mir. Und zu singen.

Ich werfe Mum einen flüchtigen Blick zu und überlege, ob ich ihr sagen soll, dass ich Professor Taylor um seine Meinung bitten möchte. Ich möchte wissen, was er davon hält, das Singen zu meinem Beruf zu machen. Professor Taylor ist mein Facharzt. Mein Gott in Weiß …

»Alice?« Mum schaut mich fragend an. »Du würdest eine reizende Lehrerin abgeben. Du könntest Teilzeit arbeiten und …«

»Nein.« *Ich habe genug Zeit mit den falschen Dingen vergeudet.*

»Sag nicht gleich nein.«

»Nein.«

»Alice!« Wieder müssen wir beide lachen. »Wie wär's mit Schreiben? Schreib einen Roman.«

»Bis der veröffentlicht wird, bin ich tot.«

»Du sollst so etwas nicht sagen! Dann eben eine Kurzgeschichte.« Sie dreht sich zu mir, mit diesem Funkeln in den Augen, das für uns beide so charakteristisch ist.

Ich wechsle das Thema. »Hast du schon mit Jake gesprochen?«, frage ich.

»Ja. Er ist ziemlich aufgeregt wegen heute Abend. Er hat Angst, nicht genug Bilder zu verkaufen.«

»Ich glaube, da sorgt er sich umsonst.«

»Du kennst ihn doch. Er ist das reinste Nervenbündel. Diese neue Galerie hat viel in ihn investiert.«

Ich habe einige Male für Jake Modell gestanden, vor allem zu Beginn seiner Karriere. Zu den Bildern, die er heute Abend ausstellen wird, gehört neben Porträts und Landschaften auch eine in grellen Neonfarben gemalte Serie von mir sowie ein Gemälde, das mich in Südfrankreich in einem Sommerkleid zeigt. Dazu passend hatte ich mir auf einem der dortigen Märkte einen wunderschönen gestreiften, breitkrempigen Sonnenhut gekauft.

»Kommt Phil auch?«, fragt Mum.

Phil ist mein Freund. Er ist Kundenbetreuer bei einer Werbeagentur.

Ich nicke. »Nächsten Monat feiern wir unser Einjähriges.«

Sie erwidert nichts darauf. Setzt den Blinker nach rechts.

Phil und ich haben uns in meinem Thai-Imbiss kennengelernt. »Sie halten den Laden offensichtlich ganz allein am Laufen«, sprach er mich an, nachdem ich praktisch jedes Gericht auf der Karte bestellt hatte. Ich bestelle immer so viel, auch wenn ich eigentlich keinen Appetit habe: Ich muss essen, so viel ich kann, damit ich mein Gewicht wenigstens einigermaßen halte. Ich musterte ihn: mittelgroß (Phil behauptet, eins achtzig zu sein, tatsächlich aber ist er knapp eins sechsundsiebzig), dunkle Haare, Dreitagebart, Lederjacke. Sein Lächeln ließ seine blauen Augen aufleuchten und verlieh ihm etwas Verschmitztes – als hätte er etwas Ungezogenes getan, vielleicht mit der Tochter des Schulleiters geschlafen. »Philip«, stellte er sich vor. »Aber alle nennen mich Phil.«

»Alice.«

»Single?«

»Schon möglich. Und Sie?«

»Schon möglich.« Sein Blick spielte mit meinem.

»Interessant.«

»Oh ja, sehr interessant.«

Als unser Essen kam, waren wir beim Du und tauschten Telefonnummern aus. »Ich ruf dich an«, sagte er, begleitet von der entsprechenden Handbewegung. Kaum hatte ich den Imbiss verlassen, klingelte mein Handy. Ich drehte mich um und sah ihn an einer Straßenlaterne lehnen. »Wollen wir morgen Abend essen gehen?«, fragte er.

Bei unserer dritten Verabredung erwähnte ich, dass ich »eine Lungenkrankheit« habe. Mukoviszidose ist so ein hässliches, Furcht einflößendes Wort, und ich wollte nicht, dass Phil Angst bekam. Außerdem bestimmt meine Krankheit nicht, wer ich bin. Ich bin nicht meine Krankheit. Und ich wollte ihm klarmachen, dass ich zwar immer noch zu Hause wohne, aber in meinen eigenen vier Wänden. In meiner eigenen Wohnung im Haus meiner Eltern, in die ich nach einem kleineren Rückschlag wieder gezogen war, doch das würde kein Dauerzustand bleiben.

Ich streife Mum mit einem Blick von der Seite. Ich bin mir nicht sicher, wie viel sie von unserem Streit am Montagmorgen vor zwei Wochen mitgekriegt hat. Phil war stocksauer, weil ich ihn mit meiner Husterei die halbe Nacht wach gehalten hatte. »Ich habe heute eine verdammt wichtige Besprechung, und ich habe praktisch kein Auge zugetan«, tobte er, während er durch mein Schlafzimmer stürmte und seine Sachen vom Fußboden aufsammelte. »Dir kann es ja egal sein. Du musst ja nicht arbeiten gehen. Du bewegst deinen Hintern bloß, um an irgendeinem Casting teilzunehmen, aber es gibt Leute, die richtig arbeiten und Leistung bringen müssen!«

Ich war so verdattert, dass ich kein Wort hervorbrachte.

Am gleichen Nachmittag, ich saß auf dem Bett und schrieb, kam Mum herunter, in den Armen einen Strauß roter Rosen, der für mich abgegeben worden war. Sie schaute zu, wie ich den beigefügten kleinen weißen Umschlag öffnete. *»Bitte verzeih mir«* stand auf der Karte.

Als Mum den Wagen vor dem Haus einparkt, sage ich: »Tut mir leid, dass du deinen Kunstkurs versäumt hast. Was hättet ihr denn heute gemacht?«

»Aktzeichnen. Perspektive und Anatomie. Mit einem echten Mann als Modell …«

»Mit einem *echten* Mann.«

Sie stellt den Motor ab. »Mach dich nicht über mich lustig! Ja, ein echter Mann, der uns nackt Modell gestanden hätte. *Alberto.*«

Ich ziehe eine Braue hoch.

»Du hast mich gebraucht«, sagt sie.

Ich bin gerührt. »Danke, Mum.«

»Außerdem hätte ich gar nicht gewusst, wo ich hinschauen soll.«

Als wir die Stufen zur Haustür hinaufgehen, klingelt mein Handy. Es ist Frieda, meine Agentin.

»Wo bist du?«, schnauzt sie ohne Einleitung.

»Ich hab den Job nicht bekommen.«

»Egal. Du musst in fünfundvierzig Minuten in Bethnal Green sein«, sagt sie und rattert die Adresse für das nächste Casting herunter.

*Soll ich hingehen? Schaffe ich das? Ich könnte es ein allerletztes Mal versuchen …*

Mum schließt die Haustür auf. Ich will sie zum Mittagessen einladen, habe ich ihr gesagt, als Dankeschön dafür, dass sie mich abgeholt hat.

»Und sei pünktlich!«, mahnt Frieda und will das Gespräch beenden.

»Ich kann nicht«, sage ich schnell. Vor meinem geistigen Auge spult sich ein weiteres Casting ab, bei dem ich stundenlang herumhänge und warte und am Ende doch wieder weggeschickt werde, weil mein Typ nicht der gesuchte ist. Ich werde mir in dieser Branche nie einen Namen machen. Im besten Fall kann ich hoffen, dann und wann einen kleinen Auftrag zu ergattern, das ist alles. »Ich kann nicht«, sage ich noch einmal.

»Was soll das heißen? Wenn du nicht todkrank bist, setzt du jetzt sofort deinen Hintern in Bewegung und …«

»Nein.«

»Was ist denn los mit dir?«

»Es tut mir sehr leid, Frieda, aber ich kann das nicht mehr.«

*Ich möchte Sängerin werden.*

*Ich möchte Songs mit Tiefgang schreiben.*

*Das ist das Einzige, was mich glücklich machen wird.*

Jedes Mal, wenn ich überlege, ob ich mir einen Manager suchen soll, jedes Mal, wenn ich von einem Plattenvertrag träume, muss ich an meine Musiklehrerin Miss Ward denken und an jene verhängnisvolle Musikstunde.

Aber jetzt weiß ich, dass ich erst Frieden mit mir schließen werde, wenn ich nicht mehr auf ihre Stimme, sondern endlich auf meine eigene höre.

# 3

## 1986

Ich bin vierzehn Jahre alt und sitze im Musiksaal, wo ich nach der Schule Klavierunterricht bekomme. Ich denke an Jake. Das Herbsthalbjahr hat begonnen, und er ist ins Internat zurückgekehrt. Ich vermisse ihn schon jetzt.

In den Sommerferien habe ich ein paar seiner Freunde kennengelernt. Sie haben eine »The Police«-Tribute-Band gegründet, und Jake spielt die Leadgitarre. Der Vater von Will, einem der Bandmitglieder, hat ihnen erlaubt, in seiner Garage zu proben. Ich habe Jake angebettelt, mitmachen zu dürfen, und sei es bloß für einen einzigen Tag. Er vertröstete mich, und so verging ein Tag und dann noch einer und noch einer. Eines Morgens war der Leadsänger krank und ich bot an, für ihn einzuspringen. »Kann sie überhaupt singen?«, wandte Will sich an meinen Bruder, als wäre ich unsichtbar.

Ich trat vor ihn. »Ich kann singen und ich kann Klavier spielen«, sagte ich ein wenig trotzig. *Jake ist nicht der Einzige mit Talent in unserer Familie.*

Will stand von dem Hocker hinter seinem Keyboard auf und forderte mich mit einer Kopfbewegung auf, Platz zu nehmen. »Na dann los, sing uns was vor.«

»Irgendwas?«

Er grinste. »Ja, irgendwas.«

Mir fiel spontan Jennifer Rushs *Power of Love* ein. Ich hatte mir den Song gekauft und konnte ihn auswendig auf dem Klavier spielen. Zuerst war ich gehemmt, weil die Jungs mich beobachteten, aber dann schmetterte ich das Lied, als würde ich vor Millionen Fans auftreten. Als ich geendet hatte, starrte Will mich mit offenem Mund an. »Ich hab dir doch gesagt, dass sie singen kann«, meinte Jake.

Miss Ward kommt herein und reißt mich aus meinen Gedanken. Ihre dunklen Locken sind an diesem Tag noch widerspenstiger als sonst. Miss Ward ist Anfang vierzig, und es will mir nicht in den Kopf, warum sie diese hässlichen transparenten Strumpfhosen trägt, unter denen die dicken dunklen Haare an ihren Beinen hervorschimmern. Außerdem verströmt sie einen unangenehmen Körpergeruch, ich kann es riechen, wenn wir so dicht nebeneinandersitzen. Doch immer wenn ich Mum davon erzähle, meint sie, es wäre ein Jammer, deswegen den Klavierunterricht aufzugeben. Jake hat schon mit sieben angefangen, Klavier zu lernen. In seinem Zimmer hängen mehrere gerahmte Zeugnisse. Ich habe erst seit meinem Wechsel an diese Schule Klavierunterricht, weil ich Probleme mit der Koordination meiner Finger und Hände habe. Im Laufe der letzten Jahre habe ich mich schon bis in die dritte Klasse vorgearbeitet. Das Erlangen der Mindestpunktzahl in der ersten Klasse allerdings war eine Enttäuschung für Miss Ward. »Mein Ruf hängt von guten Ergebnissen ab«, meinte sie säuerlich, als sie mir mein Zeugnis überreichte. Als hätte ich versagt.

Miss Ward erscheint in einem karierten Rock und einer cremefarbenen Seidenbluse, die über ihrem üppigen Busen spannt. Sie setzt sich neben mich, und wir nehmen uns die Tonleitern vor. G-Moll. Aus dem Augenwinkel sehe ich, wie Daisy Sullivan draußen vor dem Fenster Grimassen schneidet. Daisy geht in meine Klasse und äfft dauernd meinen Gang und meinen Husten nach. Ich wende mich ab.

»Weiter«, fordert Miss Ward mich mit unbewegter Miene auf, als ich die falsche Taste erwische. »In einer Prüfung kannst du auch nicht von vorn anfangen.«

Nach einer Reihe von Tonleitern und Arpeggios sagt sie: »Und jetzt deine Pflichtstücke.«

»Die hab ich nicht wirklich geübt …«

»Und warum nicht?«

»Na ja, ich singe in einer Band«, sage ich, um sie zu beeindrucken.

»In einer Band?«

»Ja, die von meinem Bruder. Ich schreibe auch eigene Lieder.« Schweigen. »Soll ich Ihnen eins vorspielen?« Ich ziehe mein Heft mit den Songtexten aus meiner Schultasche.

»Hör bitte mit dem Unsinn auf, Alice, und spiel eins deiner Pflichtstücke.«

»Aber es würde Ihnen bestimmt …«

Sie presst die Lippen zusammen und stößt dann hervor: »Ich werde dich nicht noch einmal bitten.«

Widerwillig stecke ich mein Heft in meine Tasche zurück und ziehe das Klavier-Lehrbuch für die vierte Klasse hervor, das noch ziemlich unbenutzt aussieht.

»Stopp, stopp, stopp!«, ruft Miss Ward nach etwa der Hälfte des Stücks. »Du spielst es falsch! Vollkommen falsch!«

»Aber dieser Akkord klingt doch viel besser«, erwidere ich und versuche, die wachsende Ungeduld zu ignorieren, die sich auf ihrem Gesicht widerspiegelt. »Finden Sie nicht auch?« Ich spiele den Akkordwechsel noch einmal. »Ich hab einfach das Gefühl …«

»Alice, du musst dich an die Noten im Buch halten.«

»Aber meine Version ist besser.« Trotzig verschränke ich die Arme vor der Brust.

Eine Sekunde lang denke ich, dass sie mir zustimmen wird. Aber nein. »Darauf kommt es nicht an. Alles, was zählt, sind gute Ergebnisse.« Sie tippt auf ihre Uhr. »Du hättest viel mehr Spaß an diesen Stücken, wenn du üben würdest.«

*Sag es ihr, Alice. Sag ihr, was du möchtest.* »Ich verspreche, dass ich üben werde, aber hören Sie sich das an, ja?« Bevor sie protestieren kann, spiele ich ihr eines meiner Lieder vor und singe dazu.

Als ich fertig bin, sagt Miss Ward nichts. Ich nehme all meinen Mut zusammen und sage: »Ich möchte Lieder schreiben. Ich möchte ein Popstar werden.«

»Red doch keinen Unsinn! Du kannst nicht singen.«

»Doch, das kann ich.«

»Alice, beim Singen kommt es auf die richtige Atmung an. Wer an einer so schweren Lungenkrankheit leidet wie du, braucht nicht einmal im Traum daran zu denken, Sängerin zu werden. Ein Popstar!« Sie schüttelt den Kopf.

»Aber …«

»Dein Arzt würde es mir bestimmt übel nehmen, wenn ich dich ermutigen würde, das Singen irgendwann zu deinem Beruf zu machen, wo es doch definitiv schädlich für deine Lungen ist. Sing zum Spaß! Ich könnte dir sogar ein, zwei Stunden geben … Machen wir uns nichts vor: Es wird immer Leute geben, die besser singen als du, Leute, die nicht an Mukoviszidose leiden.«

Ich kann ihr nicht ins Gesicht sehen. Ich starre auf meine geschwollenen Fingerspitzen.

»Kein Grund, den Kopf hängen zu lassen«, fährt Miss Ward fort. »Du könntest doch hier an der Schule in einem Musical mitspielen. Im Chor singen.«

»Ich will nicht im Chor singen.«

»Du bist ein tapferes Mädchen …«

*Nenn mich nicht tapfer!*

»… aber es wäre nicht nett von mir, wenn ich nur das sagen würde, was du hören möchtest, oder?«

Ich spüre einen Schwall heißer Tränen in mir aufsteigen, aber ich darf nicht weinen. Nicht vor ihr.

»Wir müssen realistisch sein im Leben.« Sie tätschelt mein Knie. »Das wirst du verstehen, wenn du einmal älter bist.«

»Aber …«

»Schluss jetzt. Du wirst nie eine Sängerin sein, Alice.«

*Oh doch, das werde ich. Dir werd ich's zeigen.*

*Ich werde eine Sängerin sein.*

*Sag es, Alice. Sag es! Sag ihr, dass sie sich irrt!*

Ich stehe auf und verlasse den Raum ohne ein weiteres Wort.

# 4

## Dezember 1998

Phil und ich sind im Taxi auf dem Weg zu Jakes Ausstellung im West End. Phils Rosenstrauß und seine Entschuldigung, die ich angenommen habe, ändern nichts daran, dass eine seltsame Befangenheit zwischen uns herrscht. Man könnte meinen, Phil sei mit seinem Handy verabredet, er hat kaum ein Wort gesprochen, seit er mich abgeholt hat. Als ich ihm erzähle, dass ich nicht mehr modeln werde, brummelt er: »Hm-hm«, den Blick unverwandt auf sein Handydisplay geheftet, als erwarte er einen lebenswichtigen Anruf.

Ich schaue aus dem Fenster. *Habe ich die richtige Entscheidung getroffen?* Auf die Frage, was ich mache, habe ich immer stolz geantwortet: »Ich bin Model.« Ich rufe Cat an. »Oh, Gott sei Dank«, entfährt es ihr, als ich ihr erzähle, dass ich aufgehört habe. »Jetzt kannst du dich ganz auf deine Musik konzentrieren.« Cat ist der einzige Mensch, der sich meine Lieder anhört.

»Die Musikbranche ist genauso knallhart«, erwidere ich, auch wenn ich erleichtert bin, dass sie mich in meiner Entscheidung bestärkt. »Wenn nicht noch härter.«

»Aber der Unterschied ist, dass du zum Singen geboren wurdest.« Und als sie hinzufügt: »Ich glaube, dass du eine Chance hast«, liebe ich sie noch mehr.

Fünf Minuten später hält das Taxi vor der Galerie, einem modernen zweistöckigen Gebäude mit Glasfront. »Geh schon mal vor«, sagt Phil. Er drückt dem Taxifahrer ein paar Zehn-Pfund-Noten in die Hand und zieht dann eine Schachtel Marlboro Light aus seiner Jackentasche. »Ich muss nur noch schnell telefonieren.«

Ich bahne mir einen Weg durch die Menge. Dicht gedrängt stehen die Leute in den dezent beleuchteten Räumen. Lucy, Jakes Verlobte, kommt auf mich zu. Sie ist hübsch mit ihren braunen Haaren, den blauen Augen und dem hellen Teint.

»Wie läuft's?«, frage ich, als wir uns umarmen.

»Mehr Lust auf Kaufen und weniger Geplauder wäre gut«, meint sie. Wir blicken verstohlen zu einer Frau, die mit einer Kaschmirstola über den Schultern und einem Glas Champagner in der Hand vor einem in Venedig entstandenen Gemälde steht. Jake hat einmal zu mir gesagt, es sei schwer, die Stadt aus einem anderen Blickwinkel zu malen, da Venedig so bekannt und Ansichten der Stadt auf jeder Postkarte und Keksdose zu finden seien. Aber er wolle alles malen, was er sehe, wenn er dort sei. »Dafür stehe ich sogar, ohne zu meckern, um fünf auf«, sagte er. »Das Schimmern des Lichts auf dem Wasser, das hat etwas Magisches. Ich kann mich daran nicht sattsehen.« Für Jake haftet jedem Ding etwas Poetisches an, sogar einer Wolke.

Mein Vater gesellt sich zu uns. Er trägt noch seinen Anzug, also muss er direkt vom Gericht hierhergekommen sein. Dad ist Richter. »Hallo, Schatz.« Er küsst mich auf die Wange und flüstert dann: »Ich bin herumgeschlendert und hab so getan, als würde ich alles kaufen wollen.«

»Ach, Dad, du bist verrückt!« Ich schiebe ihn weg. Mum kommt zu uns und fragt, ob ich die Bilder von mir im zweiten Stock schon gesehen hätte.

»Nein, noch nicht.«

»Ich frage mich, warum er *mich* nicht gemalt hat«, meint Dad, rückt seine Krawatte zurecht und wirft sich in Positur. »*So* verzweifelt ist er nun auch wieder nicht«, ziehe ich ihn auf. Ich blicke mich suchend nach Phil um. »Bin gleich wieder da«, sage ich und steuere auf den Haupteingang zu. Phil geht draußen auf und ab, das Handy immer noch wie angeklebt am Ohr. Mit wem er wohl spricht? Was kann so furchtbar wichtig sein? Er weiß doch, wie viel Jake der heutige Abend bedeutet. Mein Blick fällt auf einen großen blonden Mann auf dem Gehweg, auch er spricht in sein Mobiltelefon. Er spürt offenbar, dass ich ihn ansehe, jedenfalls dreht er sich zu mir und lächelt. Sein Gesicht ist offen und freundlich, und ich erwidere unwillkürlich sein Lächeln. Dann höre ich Jakes Stimme hinter mir und drehe mich um. Er ist in eine Unterhaltung vertieft, und ich könnte wetten, dass er seine Gesprächspartner vollquasselt. Jake behauptet, er müsse sich selbst verkaufen, nicht seine Kunst. »Sie müssen erst an *mich* glauben, bevor sie eine meiner Arbeiten kaufen.« An Charme fehlt es ihm nicht, seine Rechnung geht normalerweise auf. Aber die Leute merken auch, dass seine Leidenschaft für seine Arbeit echt ist. Es ist komisch, ihn so förmlich gekleidet zu sehen, weil ich ihn eigentlich nur in schmuddeligen Jeans und Turnschuhen kenne, einen Pinsel in der einen Hand, einen Kaffeebecher oder eine Kamera in der anderen.

Nach einer Weile kommt er zu mir mit den Worten, ich würde oben gebraucht. Er nimmt seine Brille mit dem schwarzen Gestell ab, putzt sie hastig am Hemdärmel und setzt sie wieder auf. »Da interessiert sich jemand für das Bild von dir.«

Ich folge ihm, wobei ich unwillkürlich einen Blick über die Schulter nach draußen werfe. Ich bin enttäuscht, dass der blonde Mann verschwunden ist. Auf dem Gehweg steht nur noch Phil, der sich eine weitere Zigarette anzündet.

In dem von Spotlights erhellten Raum im oberen Stock hängen an zwei Wänden große Porträts, darunter auch das von mir in einem Sommerkleid und mit Sonnenhut. Und die Serie von mir in verschiedenen Posen. Das in grellen Neonfarben gemalte Bild misst zwei Meter zehn auf drei Meter sechzig. »Wie Sie sehen, ist Alice meine Muse«, sagt Jake zu dem großen bärtigen Mann vor meinem Porträt im Sommerkleid. »Das habe ich in Südfrankreich gemalt. Unsere Familie war letztes Jahr eine Woche dort.«

»Ich habe nichts dagegen, dass er mich malt«, sage ich, »solange das Ergebnis schmeichelhaft für mich ist und meine Stupsnase gut dabei wegkommt.« Ich tippe mir mit der Fingerspitze an die Nase. Wir lachen alle drei. Der Mann sieht mich an und meint: »Es ist bezaubernd. Ich nehme es.«

Jake dreht sich zu mir und formt mit den Lippen unauffällig ein lautloses »Danke«. Dann bittet er den Käufer, ihm nach unten zum Galeristen zu folgen, um das Geschäft abzuschließen. Ich bleibe allein zurück, worüber ich froh bin, und betrachte das Gemälde. Unglaublich, dass das Jakes Werk ist. Und dass Leute hier sind, die in sein Talent investieren. Ich muss zugeben, dass ein kleiner Teil von mir sich seinen Erfolg für mich wünscht. Nein, das glaubt mir doch niemand. Ein *großer* Teil von mir wünscht sich seinen Erfolg für mich. Ich möchte im Rampenlicht stehen, nicht Gast sein, sondern Gastgeberin der Show. Jake hat immer schon Künstler werden wollen, so unsicher der Beruf auch sein mag, so oft Dad und ich auch dagegengehalten haben, dass Kunst möglicherweise vergeudete Jahre bedeute. »Du bist so klug, du könntest alles machen, warum willst du ausgerechnet Maler werden?«, habe ich ihn einmal an einem unserer Filmabende gefragt. Heute schäme ich mich dafür. Ich wusste zwar, dass er im Internat die meiste Zeit im Zeichensaal verbracht hatte, aber ich hatte geglaubt, das sei nur eine Phase, die Schwärmerei eines Kindes. Jake hat das Risiko nicht gescheut, er hat hart gearbeitet und immer wieder bei Galeristen angeklopft, bis ihm einer die Tür öffnete. Mir wird jetzt klar, weshalb ich damals so reagiert habe: Ich war unbewusst neidisch gewesen. Jake lebte seinen Traum und ich nicht.

Mit seiner Karriere geht es immer weiter bergauf.

*Und meine ist seit heute beendet.*

Eine Kellnerin kommt auf mich zu, sie trägt ein schwarzes Cocktailkleid und balanciert ein Tablett mit Champagnergläsern auf einer Hand. Ich nehme mir ein Glas. Schlagartig überkommt mich Müdigkeit. Meine Leber und Alkohol vertragen sich nicht. Das ist keine gute Kombination. Eigentlich dürfte ich gar nichts trinken, aber …

Außerdem habe ich Hunger. Wo Phil nur so lange bleibt? Ich will mich gerade auf die Suche nach ihm machen, als –

»Ich bin Tom.« Er streckt mir die Hand hin.

»Alice.« Ich bin selbst überrascht, wie sehr ich mich freue, ihn wiederzusehen. Vor allem seine Augen faszinieren mich: Das klare Blau hebt sich leuchtend von seinem blassen Gesicht ab. »Ich komme mir ziemlich underdressed vor«, meint er mit einer Handbewegung auf seine Jeans und die Jacke über einem marineblauen Rundhalspulli. Er wendet sich dem Gemälde zu, das mich mit dem Sonnenhut zeigt. »Und offenbar komme ich zu spät.« Er deutet auf den roten Punkt, der auf einer Ecke des Rahmens klebt. »Sie hat schon ein Zuhause gefunden.« Er streift mich mit einem flüchtigen Blick. »Sie machen sich gut als Modell.«

*Oh, was für eine Ironie!* »Der Maler ist mein Bruder. Ich bestehe darauf, dass er mich zu meinem Vorteil darstellt.«

»Das ist gar nicht nötig. Bei diesem großartigen Sujet.«

»Vielen Dank«, erwidere ich und bin einen Moment lang regelrecht verlegen. Diese Augen. Wenn er mich ansieht, gibt er mir das Gefühl, der wichtigste Mensch im Raum zu sein.

»Was machen Sie denn so?«, fragt er.

Ich überlege. Vielleicht wäre es einfacher, noch einen Abend lang Model zu sein. Doch dann antworte ich: »Musik. Ich schreibe Songs. Ich singe leidenschaftlich gern.«

»Sollte ich von Ihnen gehört haben?«

»Eines Tages werden Sie von mir hören«, verspreche ich ihm. »Und Sie, was machen Sie so?«

»Ich erstelle Websites. Furchtbar langweilige Angelegenheit.«

»Wieso?«

»Weil ich die meiste Zeit damit verbringe, meinen Computer anzuschreien.«

Eine kleine Gruppe schlendert auf uns zu. Einer lobt Jakes Arbeiten, sagt, er sei ein Künstler, den man im Auge behalten müsse. Ein anderer meint, die Einflüsse zeitgenössischer britischer Maler wie Richard Foster seien ebenso unverkennbar wie jene der französischen Impressionisten Monet und Pissarro. Jake habe die gleiche Leichtigkeit der Gestaltung.

Toms Handy klingelt. Er zögert, aber ich fordere ihn auf, das Gespräch anzunehmen, obwohl ich es eigentlich nicht möchte. »Hi, George«, sagt er, seinen Blick unverwandt auf mich gerichtet. »Ich bin unterwegs, okay? Bin kurz aufgehalten worden.«

Er steckt das Handy zurück in seine Jackentasche.

»Hören Sie.« Er berührt mich am Arm. »Ich könnte die ganze Nacht hierbleiben und mit Ihnen plaudern, aber ich bin leider mit Freunden verabredet und schon viel zu spät dran. Wie wär's gelegentlich mit einem Kaffee oder einem Drink?«

Jemand legt mir einen Arm um die Schultern. »Willst du uns nicht vorstellen?«, fragt Phil und starrt Tom feindselig an. In Toms Augen blitzt Enttäuschung auf.

Peinlich berührt mache ich die beiden miteinander bekannt. Er müsse jetzt wirklich gehen, sagt Tom. Als er mir die Hand gibt, möchte ich ihm so vieles sagen. Dass ich ihn nur ungern gehen lasse. Ich würde ihm gern meine Telefonnummer geben und ihm sagen, dass ich Lust hätte, mich auf einen Kaffee mit ihm zu treffen, aber ich kann es nicht, wenn Phil danebensteht.

Ich schaue Tom nach und überlege, ob ich ihm nachlaufen soll. Aber es ist zu spät. Er ist weg.

Phil blickt griesgrämig drein. »Höchste Zeit für uns«, knurrt er, »sonst kommen wir zu spät zum Essen. Unser Tisch ist für acht Uhr dreißig reserviert.« Er kann sich nicht verkneifen zu fragen: »Wer zum Teufel war der Kerl?«

Ich putze mir die Zähne und schlüpfe dann unter die Bettdecke. Phil sitzt in Boxershorts aufrecht im Bett. »Wer war dieser Tom?«, fragt er zum dritten Mal. Ich habe ihm beim Essen gesagt, dass ich Tom nicht kenne und wir nicht lange miteinander geredet haben. Doch offenbar nimmt Phil mir das nicht ab. »Ich habe dich eine Ewigkeit gesucht.«

»Du warst draußen und hast geraucht.«

»Er hat dich angebaggert.«

»Er hat sich für eins von Jakes Bildern interessiert.«

»Er hat sich für *dich* interessiert! Ich wette, dass du deine Krankheit mit keinem Wort erwähnt hast, stimmt's?«

»Warum sollte ich?«

»Er sieht dich und hält dich in deinem süßen roten Kleidchen für eine richtig heiße Braut, und du flirtest mit ihm, was das Zeug hält, genauso, wie du es bei unserem ersten Treffen mit mir gemacht hast.« Phils Augen lodern vor Eifersucht. »Jede Wette, dass er keine Ahnung hat, dass du immer noch bei deinen Eltern wohnst …«

»Augenblick mal, ich lebe vollkommen selbstständig …«

»… und dass du jeden Morgen eine verdammte halbe Apotheke schluckst …«

»Phil! Sei doch nicht so fies! Ich …«

»… und dass er gar nicht daran denken soll, auch nur eine einzige Nacht in Ruhe durchschlafen zu können!« Er knipst das Licht aus und wirft sich mit dem Rücken zu mir auf die Matratze. »Und dann dieses eine Mal, als du Blut gehustet hast, während wir miteinander schliefen«, fügt er angewidert hinzu, als müsste er sich zu allem Überfluss auch noch *damit* abfinden.

Ich schalte das Licht wieder an. »Weißt du was? Ich werde es dir leicht machen. Verpiss dich!«

Er guckt mich an, als hätte ich den Verstand verloren. »Was?«

»Du hast mich schon verstanden.« Energiegeladen springe ich aus dem Bett, packe seine Sachen, die dieser Kontrollfreak fein säuberlich gefaltet auf meinen Stuhl gelegt hat, und schleudere sie ihm ins Gesicht.

»Alice!« Er wird erst von seinem Hemd, dann von einer Socke getroffen.

»Hau doch ab, wenn ich so eine Last bin! Wenn es so furchtbar ist, mit mir zusammen zu sein!« Er ist aufgestanden, und ich stoße ihn zur Hintertür hinaus, noch bevor er sich anziehen kann. »Kein Mensch zwingt dich, bei mir zu bleiben!«

»Ich wollte sowieso mit dir Schluss machen!«, schreit er, um das letzte Wort zu haben. Ich knalle die Tür zu, drehe den Schlüssel zweimal herum und rutsche an der Wand entlang auf den Fußboden. Tränen strömen über mein Gesicht.

# 5

## Marys Tagebuch

**Dezember 1998**

Letzte Nacht habe ich eine Tür schlagen hören und mich gefragt, ob Alice und Phil schon wieder gestritten haben. Aber ich darf mich nicht einmischen. Wäre sie gesund, würde sie ein selbstständiges Leben in ihrer eigenen Wohnung führen, das darf ich nicht vergessen. Alice hat wie jede andere junge Frau über zwanzig ein Recht auf Privatsphäre.

Ich lag im Bett und hatte ein schlechtes Gewissen, weil ich hoffte, dass sie sich getrennt hätten. Phil tut Alice nicht gut. Jake und Lucy sind auch nicht begeistert von ihm. Sie braucht einen Mann, der fürsorglich ist, sie andererseits aber auch fordert. Phil schaut mir nie in die Augen, wenn ich mit ihm rede, und Nicholas hasst dieses Gelzeug, das er sich in die Haare schmiert.

Als ich nach dem Frühstück nach unten ging, war Alice noch im Bett. »Ich hab euch gestern Abend gar nicht gehen sehen«, sagte ich.

»Es ist aus zwischen Phil und mir«, erwiderte sie.

Ich frohlockte innerlich und musste mich beherrschen, es mir nicht anmerken zu lassen. Wer weiß, vielleicht versöhnen sie sich morgen schon wieder, auch wenn ich das Gefühl habe, dass das nicht passieren wird. Ich spüre, dass ihre Beziehung schon vor einiger Zeit zerbrochen ist. Auf Jakes Ausstellung hatte ich beobachtet, wie Alice mit einem anderen Mann – groß, blond, attraktiv – gesprochen und gelacht hatte. Ob er wohl etwas mit dem Streit zu tun hat? Aber Alice schien nicht in der Verfassung für ein Gespräch. Ich nahm sie in die Arme und hielt sie fest, bis Charlie und Nutmeg aufs Bett sprangen, als wollten sie sie ebenfalls trösten.

Ich stand auf.

»Mum«, sagte sie und lächelte ein wenig, während sie Nutmeg streichelte, »wer braucht schon einen festen Freund, wenn er Katzen hat?«

# 6

## Alice

Es ist drei Tage her, dass ich mit Phil Schluss gemacht habe. Ich sitze in der Ambulanz im Fulham-Flügel des Royal Brompton Hospital.

*»Anger is good, anger is sweet, anger makes you rise to your feet«*, schreibe ich in mein Notizbuch mit den Songtexten und summe die Melodie dazu. Und es stimmt: Wut ist herrlich, Wut befreit, sie gibt dir Kraft und Entschlossenheit.

Ich trage ein bisschen Lippenbalsam auf. Immer wieder muss ich an Phil denken. Ich kann kaum glauben, dass er sich nicht mehr gemeldet hat, und sei es nur, um sich für seine Worte zu entschuldigen. *»Jede Wette, dass er keine Ahnung hat, dass du jeden Morgen eine verdammte halbe Apotheke schluckst …«*

Er hat einen wunden Punkt getroffen. Anfangs waren wir glücklich. Unsere Beziehung war sehr leidenschaftlich. War das alles, was uns verbunden hat? Fantastischer Sex?

Ich schließe die Augen und sehe wieder Toms Gesicht vor mir. Ich kann die Wärme seiner Hand fühlen, die sich um meine geschlossen hat. Wenn Phil nun fünf Minuten später aufgetaucht wäre? Wenn Tom und ich vorher gegangen wären und irgendwo einen Kaffee getrunken hätten?

Vielleicht sollte ich auch Tom aus meinen Gedanken streichen. Ich brauche Zeit für mich, ich muss mich auf die Suche nach einer Plattenfirma und einem Manager konzentrieren. Heute werde ich mit Professor Taylor reden, und dann möchte ich vorbereitet sein, Argumente haben, wenn er mir erklärt, dass Singen meine Lungen unnötig beanspruchen würde.

Ich bin unruhig. Auch wenn ich die anderen Patienten nicht ansehen möchte, richtet sich mein Blick unwillkürlich auf eine blasse Frau mit müdem Blick. Ich rutsche auf meinem Stuhl hin und her. So furchtbar krank sehe ich ganz sicher nicht aus. Die Frau hustet, mit diesem kehligen Geräusch, das jeder in diesem Wartezimmer kennt, ausgelöst durch den Schleim, der auf der Suche nach einem Fluchtweg in der Brust blubbert und rasselt und vibriert. Wie hoch wohl ihre Lungenfunktion ist? Sicher nicht so hoch wie meine.

Eine Krankenschwester kommt und teilt uns mit, dass sich die Termine bei Professor Taylor um ungefähr zwei Stunden verzögern werden. Wut flammt in mir auf. Das hier ist wahrlich kein Vergnügen. Ich greife wieder zu meinem Kuli. »*The anger's welling up inside. This is certainly no joy ride.*«

Ich bereite mich innerlich vor und puste dann in den Schlauch, der wie ein Elefantenrüssel aussieht. Ich schnaufe und schnaufe …

»Weiter, weiter«, drängt meine Physiotherapeutin. »Sie schaffen das! Fester, Alice!«

Ein letzter keuchender Schnaufer. Man könnte meinen, ich liege in den Wehen. »Ich kann nicht mehr«, ächze ich mit hochrotem Kopf. Ich pruste und huste, während sie die Aufzeichnungen des Geräts überprüft, mit dem meine totale Lungenkapazität gemessen wird, also wie viel Luft ich pro Sekunde ausatme und wie viel Puste ich insgesamt habe. Man kann sich das so vorstellen, als müsse man einen großen Spiegel mit dem eigenen Atem beschlagen.

»Das hat sich aber ganz schön verschlechtert«, sagt sie. Es klingt wie der Vorwurf an das Gerät, fehlerhaft zu arbeiten. »Machen wir noch einen Versuch?«

Sie legt die Stirn in sorgenvolle Falten, als sie die zweite

Zahlenkolonne überfliegt. Offenbar ist dieses Ergebnis noch schlechter als das erste. »Die Lungenkapazität hat um mehr als zehn Prozent abgenommen. Haben Sie eine Erklärung dafür, Alice?«

Nach der Physiotherapie hat Professor Taylor endlich Zeit für mich. Meine dicke Krankenakte nimmt unübersehbar den meisten Platz auf seinem Schreibtisch ein.

Er liest die Ergebnisse meines Lungenfunktionstests. Unter seinem aufgeknöpften weißen Kittel trägt er ein blau kariertes Hemd, und in der Brusttasche des Kittels steckt ein Kugelschreiber. Professor Taylor betreut mich seit meinem sechzehnten Lebensjahr. Er ist ungefähr im Alter meines Vaters, und sein silbergraues Haar verleiht ihm ein distinguiertes Aussehen.

»Wie geht es dir, Alice?«

»Eigentlich wie immer.«

»Musst du viel aushusten? Mehr als gewöhnlich?« Er nimmt die Probe meines Auswurfs in Augenschein. »Sieht ziemlich rot aus.«

Schüchternes Lachen. »Hübsch, nicht wahr?«

Er wendet sich wieder den Aufzeichnungen zu.

»Ich habe übrigens mit dem Modeln aufgehört.«

»Tut mir leid, das zu hören.« *Frag ihn wegen dem Singen!* »Das braucht Ihnen nicht leidzutun.« Ich lächle. »Meine wackligen Beine eignen sich sowieso nicht für den Laufsteg.«

Er sieht mich prüfend an, seine dunklen, forschenden Augen hinter den Brillengläsern werden schmal. »Irgendwelche Blutungen seit deinem letzten Termin hier?«

Er meint, ob ich Blut ausgehustet habe. »Nein.«

»Nicht ein einziges Mal?« Das machen wir immer so, Professor Taylor und ich. Wir tänzeln um die Wahrheit herum. Ich schüttle den Kopf. Von dem einen Mal werde ich nichts sagen. Es war nur ganz wenig Blut.

»Das ist interessant. Deine Lungenfunktionswerte sind alarmierend niedrig.« Er steht auf, kommt zu mir und fühlt mir die Stirn. »Was hältst du davon, wenn du ein paar Tage hierbleibst, damit wir das unter Kontrolle bekommen?«

Er weiß besser als jeder andere, wie sehr ich Krankenhäuser hasse. »Nicht viel.«

»Ich fürchte, du hast eine ernst zu nehmende Lungeninfektion, die mit stärkeren Antibiotika behandelt werden sollte, und ich würde die Behandlung gerne hier überwachen.«

»Ach, das ist doch nicht nötig«, wehre ich ab, als müsse er sich meinetwegen wirklich keine Umstände machen. »Ich kann sie doch auch daheim unter Ritas Aufsicht nehmen.« Rita leitet einen dem Krankenhaus angegliederten Pflegedienst. Damit ich für Injektionen und Bluttests nicht jedes Mal ins Krankenhaus fahren muss, kommt Rita zu mir nach Hause, und wir machen alles dort.

Professor Taylor geht zurück zu seinem Schreibtischsessel und setzt sich.

»Ich wollte Sie um Rat fragen«, beginne ich nervös und hoffe, ihn damit von der Krankenhausgeschichte abzulenken. »Ich habe mir überlegt …«

Er bringt mich mit einer Handbewegung zum Schweigen. »Ich mache mir Sorgen, Alice.«

*Mein schöner Plan hat nicht funktioniert.* »Mir geht's gut.«

Er sieht mich an, mit vertrautem, väterlichem Blick. »Es geht dir *nicht* gut.«

*Bitte nicht ins Krankenhaus.* »Es ist doch bald Weihnachten …« Bis Weihnachten sind es noch zweieinhalb Wochen.

»Das schönste Weihnachtsgeschenk, das ich dir dieses Jahr machen kann, ist, dir zu helfen, dass es dir wieder besser geht. Es ist meine Aufgabe, den Karren auf dem richtigen Weg zu halten, aber jetzt ist er vom Weg abgekommen und droht, sich festzufahren. Wir müssen dafür sorgen, dass er wieder in die Spur kommt.«

Ich nicke widerwillig. Für ein Gespräch übers Singen ist heute kein Raum. Es ist, als wollte man noch jemanden in einen bereits überfüllten Fahrstuhl packen.

»Du hast die richtige Entscheidung getroffen«, sagt er. Ich schaue zu, wie er zum Telefon greift, um sich zu erkundigen, ob auf der Station Foulis Betten frei sind.

Die Station ist mein zweites Zuhause.

Wie lange werde ich dieses Mal wohl im Krankenhaus bleiben?

Plötzlich kommt mir der Gedanke, dass mein Leben eine tickende Zeitbombe ist und ich weitere kostbare Tage vergeude.

# 7

## Tom

Tom wacht auf. Er hat eine weitere unruhige Nacht hinter sich, weil er sich das Hirn zermartert, wie er Kontakt zu Alice aufnehmen kann. Fast eine Woche ist seit ihrer Begegnung in der Galerie vergangen, und er kriegt dieses Mädchen einfach nicht mehr aus dem Kopf. Im Gegenteil, sie beherrscht seine Gedanken mehr denn je. Sobald er die Augen schließt, sieht er ihr Lächeln und hört ihre Stimme. Sie schien nicht besonders glücklich zu sein mit ihrem Freund. Oder ist das nur Wunschdenken? Nein, er hat genau gespürt, dass Alice genauso enttäuscht war wie er, als dieser Phil – im Übrigen ein unattraktiver Typ – plötzlich auftauchte und ihr seinen Arm um die Schultern legte, als würde er sein Territorium markieren. Und als Tom ihr zum Abschied die Hand gab, hielt sie sie eine Sekunde länger fest, als nötig gewesen wäre, während ihre Augen ihn anflehten zu bleiben. Und was hatte er gemacht? Er war gegangen. »Was war denn so besonders an ihr?«, hatte George ihn später im Pub gefragt. »Außer dass sie blond und heiß war, meine ich.« Er und George sind zusammen aufgewachsen; sie sind wie Brüder. Tom hatte keine Antwort darauf gewusst. Er wusste nur, dass er sie wiedersehen musste. »Aber sie hat einen Freund«, wandte George ein. »Außerdem hast du nicht mal ihre Telefonnummer. Dir wird eine andere über den Weg laufen, glaub mir.«

Um des lieben Friedens willen hatte Tom ihm recht gegeben.

Er schwingt die Beine aus dem Bett, zieht seine Boxershorts

aus, schnappt sich ein Handtuch und geht unter die Dusche. Als er sich angezogen hat, weiß er, was er tun wird. Wieso hat er nicht schon vorher daran gedacht?

Er setzt sich an den mit Büchern und Papierkram übersäten Küchentisch und sucht im Telefonbuch nach Galerien im West End. Da er die genaue Adresse kennt, ist die richtige Galerie schnell gefunden. Er weiß noch, dass der Künstler ein Jake Sowieso war, der Bruder von Alice.

Er greift automatisch zu seinem Handy und wählt die Nummer. Ein Mann meldet sich. »Oh, hallo, ich, äh, ich war neulich auf Jakes Ausstellungseröffnung.«

»Hallo. Jake ist am Apparat.«

Damit hat Tom nicht gerechnet. Er zögert, weiß nicht, was er sagen soll. Darüber hätte er sich Gedanken machen sollen, bevor er zum Telefon gegriffen hat. Soll er Interesse an einem der Bilder heucheln? Aber dann müsste er es vielleicht kaufen, und dafür hat er kein Geld. »Oh, äh, hi, Jake, ich bin zufällig Ihrer Schwester begegnet, es war toll, Alice nach so vielen Jahren wiederzusehen. Wir hatten uns viel zu erzählen.«

Jake wartet.

»Tja, also, sie hat mir ihre Telefonnummer gegeben, weil wir uns auf einen Kaffee treffen wollten, aber ich hab sie blöderweise verloren, und da dachte ich …«

»Klar«, fällt Jake ihm ins Wort. Er leiert die Nummer mit matter Stimme herunter. »Aber warten Sie lieber ein paar Tage, bevor Sie sie anrufen. Sie ist im Krankenhaus.«

»Oh.« Eine Pause. »In welchem?«

»Im Brompton.«

»Hoffentlich nichts Ernstes?«

»Das Übliche. Ihre Muko.«

»Ihre was?« Tom spürt, dass Jake allmählich die Geduld verliert.

»Mukoviszidose«, wiederholt Jake leicht gereizt. »Woher, sagten Sie, kennen Sie Alice?«

Tom legt sein Handy langsam auf dem Küchentisch ab. Mukoviszidose. Er hat keine Ahnung, was das ist, aber wenn es jemanden ins Krankenhaus bringt, kann es nichts Gutes sein. Keine Minute später sitzt er an seinem Computer. »Nun mach schon«, knurrt er, weil die Verbindung zum Internet so lange dauert. Sie kommt nicht zustande. Die Leitung hat in letzter Zeit immer mal wieder verrücktgespielt. Plötzlich hat er das dringende Bedürfnis nach frischer Luft. Er streift sich eilig einen Pulli über, schnappt die Hausschlüssel, schwingt sich auf sein Fahrrad und fährt zu einer Buchhandlung in der Nähe seiner Wohnung in Ladbroke Grove in West London. Er hastet schnurstracks in den zweiten Stock hinauf, wo sich die Abteilungen Naturwissenschaften, Technik und Medizin befinden. Als eine Verkäuferin auf ihn zutritt, fragt er, ob sie etwas über Mukoviszidose wisse. »Ja, eine ganze Menge sogar. Eine meiner besten Freundinnen …« Den Tränen nahe, bricht sie mitten im Satz ab. Sie scheint unsicher, ob sie weiterreden soll.

»Ja?«, drängt Tom behutsam.

»Sie ist vor fünf Jahren gestorben.«

»Das tut mir sehr leid.«

»Sie war erst neunundzwanzig.« Sie reicht Tom ein Buch mit einem schwarz-gelben Umschlag. »Warum fragen Sie? Kennen Sie jemanden, der Mukoviszidose hat?«

»Eine Bekannte, ja.«

»Es gibt ja Organtransplantationen. Dadurch werden viele gerettet. Und die Medizin macht ständig Fortschritte.« Es klingt nicht so, als würde sie glauben, was sie sagt. »Ich lasse Sie jetzt allein.«

Tom zieht sich mit dem Buch in eine ruhige Ecke zurück. Er

setzt sich und fängt an zu lesen. Wörter springen ihm in die Augen, ob er sie sehen will oder nicht.

*Unheilbar.*

*Ein lautloser Mörder.*

*Eine Lebenserwartung von dreißig Jahren.*

Er klappt das Buch zu. Atmet tief durch. Öffnet es vorsichtig wieder, als fürchte er, die Seiten könnten zuschnappen.

*Dreißig.*

*Dreißig?*

Er schlägt das Buch mit einem Knall zu, springt auf und stellt es unsanft ins Regal zurück. Alice hatte so gesund ausgesehen, sie hatte förmlich gestrahlt vor Gesundheit. Das kann einfach nicht sein. Wie kann das Leben so grausam sein? Warum erkrankt jemand wie Alice an Mukoviszidose? Warum gibt es kein Heilmittel dagegen? Sie hat nur noch wenige Jahre zu leben. Das macht keinen Sinn. Andere werden weit über neunzig, verdammte Scheiße. Man kann ihr doch bestimmt irgendwie helfen, oder? Eine Hand an die Stirn gepresst, verflucht er die Lotterie des Lebens. Er blickt verstohlen zu der Verkäuferin hinüber, voller Mitgefühl, weil sie eine gute Freundin durch dieses Monster von einer Krankheit verloren hat, einer Krankheit, von deren Existenz er bis vor wenigen Minuten nichts ahnte.

Und was jetzt? Soll er sie im Krankenhaus besuchen? Sie anrufen? Um ihr was zu sagen? Genau genommen kennt er sie doch gar nicht. Wahrscheinlich hat er sich dieses Knistern zwischen ihnen nur eingebildet. Außerdem hat sie einen Freund.

Soll er etwas mit ihr anfangen?

*Sie ist krank.*

*Sie wird sterben.*

Er darf sie nicht wiedersehen. Ihm bleibt gar keine andere Wahl.

# 8

## Alice

Es ist Freitagmorgen. Ich bin seit Montag im Krankenhaus, und die intravenöse Antibiotikatherapie schlägt an. Es geht mir besser. Ich zwinge mich, einen weiteren Löffel Getreideflocken zu essen. Professor Taylor hat mit mir über die Möglichkeit einer Magensonde gesprochen, über die mir nachts Nahrung zugeführt würde. »Du würdest im Schlaf fast zweitausend Kalorien aufnehmen, was dir helfen könnte, dein Gewicht auf ein gesünderes Niveau zu heben.« Neben Problemen mit dem Verdauungssystem gibt es einen weiteren Grund dafür, dass Muko-Patienten untergewichtig sind: Bei Infektionen im Brustraum leidet der Appetit. Also müssen wir, wenn es uns gut geht, unsere Kalorienzufuhr erhöhen, damit wir bei der nächsten Infektion, wenn wir weniger essen oder Mahlzeiten auslassen, nicht extrem untergewichtig werden. Der Gedanke an eine Magensonde gefällt mir überhaupt nicht, aber wenn dadurch der Druck, immerzu essen zu müssen, wegfällt, ist es vielleicht einen Versuch wert.

Über meinen Wunsch zu singen habe ich mit dem Professor immer noch nicht gesprochen.

Es scheint unmöglich, den richtigen Zeitpunkt dafür zu finden.

*Aber ich werde mit ihm reden.*

*Und zwar jetzt.*

*Er ist hier.*

Ich höre ihn draußen im Korridor mit einer der Schwestern sprechen. Ich habe mir noch nicht mal das Gesicht gewaschen, geschweige denn geduscht. Eilig greife ich zu meiner Haarbürste. Schon geht die Tür auf, und der Professor, im weißen Kittel, betritt mit großen Schritten das Zimmer, sein Gefolge im Schlepptau. »Du hast dich also häuslich eingerichtet«, meint er. Ein angedeutetes Lächeln umspielt seine Lippen, als sein Blick über meinen CD-Player und die CDs auf dem Kühlschrank schweift, über den gestreiften Bettbezug, den Mum mir gebracht hat, die Hochglanzmagazine auf dem Fußboden und auf meinem Bett, wo auch mein Notizbuch und etliche lose Blätter liegen, auf denen ich mit Bleistift Ideen für Songs festgehalten habe.

»Wie geht es dir?«

»Viel besser.« Um das Terrain zu sondieren, frage ich: »Darf ich bald nach Hause?«

Er wendet sich an seine Jünger. »Ich habe Alice eine intravenöse Antibiotikatherapie verordnet, um der Infektion eins vor den Latz zu knallen.«

»Eins vor den Latz knallen? Ich würde das eher einen Kinnhaken à la Mike Tyson nennen«, sage ich und boxe in die Luft. Einer der Assistenzärzte lächelt.

Professor Taylor schmunzelt. Er hat gute Laune, das sehe ich ihm an. »Du machst gute Fortschritte, Alice. Weiter so. Ich will, dass du schnellstmöglich wieder auf den Beinen bist und HipHop oder was auch immer tanzt.« Er weiß, dass ich für mein Leben gern tanze. Als ich von zu Hause aus für meinen Englisch-Abschluss gelernt habe, hat er mich einmal gefragt: »Und wie läuft's mit deinem Abschluss in Disco-Dancing?«

Ich versuche noch einmal mein Glück. »Darf ich am Wochenende nach Hause?«

Als er zögert, setze ich noch einen drauf: »Sie sehen heute einfach *umwerfend* aus!«

»Montagmorgen …«

»Ach, Professor Taylor!«

»... aber nur, wenn du dich als Patientin bis dahin mustergültig verhältst. Ich komme später noch einmal vorbei, um mich zu vergewissern, dass du nicht geflohen bist.« Als er sich zum Gehen wendet, zwinkert mir der Assistenzarzt zu. »Hören Sie auf, mit ihr zu flirten«, sagt Professor Taylor, als hätte er auch hinten Augen. »Sie würde Sie zum Frühstück verspeisen.«

Am nächsten Morgen wird mir Blut abgenommen, um festzustellen, ob die Antibiotika richtig dosiert sind. Danach warte ich auf Susie und Milly.

Ich schaue aus dem Fenster und denke an meine erste Begegnung mit Susie zurück, hier im Royal Brompton Hospital, dem Brompton, wie wir es nennen. Das war vor fünf Jahren. Ich war einundzwanzig, Susie dreiundzwanzig. Wir saßen im Warteraum, und ich schaute zu, wie sie ein zerfleddertes Taschenbuch und einen Nussriegel aus ihrem Rucksack kramte – offensichtlich hatte sie sich auf eine längere Wartezeit eingerichtet. Sie hatte kurzes, hellbraunes krauses Haar und trug eine Baumwolljacke über einem hübschen, geblümten Sommerkleid, aber was mich am meisten faszinierte, waren ihre zierlichen roten Sandalen und die kunstvollen Ranken-Tattoos. Da ich selbst mit dem Gedanken spielte, mich tätowieren zu lassen, fragte ich sie, ob es wehgetan habe.

»Es war die Hölle«, antwortete sie und hob den Blick von ihrem Buch. »Ethan, mein Freund, behauptet, ich hätte ihm fast die Hand zerquetscht.« Sie drehte sich mir zu und fügte hinzu: »Aber es war zumindest mal meine eigene Entscheidung, mich von einer Nadel piksen zu lassen, wenn du verstehst, was ich meine?«

Ich nickte. Wir haben seit unserer Geburt ständig irgendwelche Untersuchungen über uns ergehen lassen müssen. Als könnte sie meine Gedanken lesen, sagte sie: »Das hier« – sie machte eine Handbewegung, die das Wartezimmer und die von quälendem Husten geplagten Patienten umfasste – »ist verdammt hart, nicht wahr? Ich stelle mir immer vor, ich wär woanders, wenn ich hier auf den Prof warte.«

»Irgendwo an einem Strand?«

»Beim Backen mit meiner Mum.« Sie schob den einen Ärmel ihrer Jacke hoch und zeigte mir ein Tattoo: Gewitterwolken und Blitze. Auf den anderen Arm war die Sonne tätowiert. »Auf Gewitter folgt Sonnenschein, hat meine Mutter immer gesagt. Sie ist vor ein paar Jahren gestorben. Brustkrebs. Sie fehlt mir immer noch.« Ich reichte ihr mein rotes Taschentuch.

Susie und ich schlossen schnell Freundschaft. Sechs Monate später lernten wir im Wartesaal des Krankenhauses Milly kennen. Sie war zierlich, wie Susie und ich, und ihre langen, gewellten roten Haare betonten ihre blasse Haut und ihre grünen Augen. Eine Krankenschwester verteilte Flugblätter, die für die Teilnahme an einer Selbsthilfegruppe warben. Ein Blick auf Susie genügte, um zu wissen, dass sie das gleiche Bild vor Augen hatte wie ich: traurige, schwermütige Leute, die in einem Gemeindesaal bedrückt im Kreis saßen. Ich überflog das Faltblatt und bemerkte dann, dass Susie ihren Kaugummi in ihres wickelte. Wir blickten verstohlen zu der Rothaarigen, die etwa in unserem Alter war und sichtlich unschlüssig auf den Wisch in ihrer Hand starrte. »Nicht anmelden«, flüsterte Susie ihr zu.

»Das ist deiner Gesundheit definitiv nicht zuträglich«, ergänzte ich.

Und so hatten Susie, Milly und ich beschlossen, unsere eigene Gruppe zu gründen: die Anti-Selbsthilfegruppe.

Milly hat genau wie ich ein sehr enges Verhältnis zu ihrer Mutter. Ihr Vater hat die Familie verlassen, als sie sieben Jahre alt war. »Wahrscheinlich habe ich ihm den Appetit verdorben«, hat sie einmal gesagt. Es war als Witz gemeint, aber man spürte, wie tief verletzt sie war, und mir wurde einmal mehr bewusst, wie viel Glück ich doch habe: Meine Familie ist nicht kaputtgegangen, meine Krankheit hat uns eher noch stärker zusammengeschweißt.

Es klopft an der Tür. Schon fliegt sie auf, und Susie und Milly, beide bepackt mit Einkaufstüten, stürmen ins Zimmer.

»Wenn du nicht zur Anti-Selbsthilfegruppe kommen kannst, kommt die Anti-Selbsthilfegruppe eben zu dir«, sagt Susie und zieht ein paar Zeitschriften aus einer Tüte. »Wir bringen dir unsere Gaben: jede Menge Promi-Klatsch, Reispudding und Vanillecreme.« Das ist Tradition bei uns. Wenn eine im Krankenhaus liegt, bringen die beiden anderen ihr kalorienreiches Essen und verwöhnen sie auch sonst ein bisschen. Als Milly das letzte Mal stationär aufgenommen wurde, haben Susie und ich eine Kosmetikerin gebucht, die sie mit einer Gesichtsbehandlung verwöhnte. Susie öffnet den Kühlschrank neben meinem Bett. Jeder Mukoviszidose-Patient hat ein eigenes Zimmer und ein eigenes Bad.

»Ich hab mir überlegt, dass wir eine Runde Karten spielen könnten«, sagt Milly und nimmt ein Spiel aus ihrer Handtasche. »Und diesen Duft magst du doch, nicht wahr?« Sie reicht mir eine hübsche Glasflasche mit Duschgel auf der Basis von grünem Tee. »Ich danke euch«, sage ich gerührt, als wir uns zu einer Anti-Selbsthilfegruppe-Gruppenumarmung in den Armen liegen.

»Rutsch rüber.« Milly schält sich aus ihrem dicken Wintermantel und legt sich zu mir. »Ah, ist das herrlich! Du hast's gut, du darfst hier rumliegen und dich ausruhen.« Nur Milly und Susie kommen mit einer solchen Bemerkung ungestraft davon. »Mein Chef ist diese Woche ein richtiges Ekel gewesen.« Milly arbeitet als persönliche Assistentin eines einflussreichen Geschäftsmanns, der in einer sündhaft teuren Luxuswohnung in Richmond Green lebt. Er könne sehr charmant sein, sagt sie, aber wenn er einen schlechten Tag habe, sei es, als würde man neben einem Pulverfass arbeiten.

Susie hebt ein Blatt Papier vom Boden auf. *»Nothing is Forever«*, liest sie vor. Ich habe den Song am Tag nach meiner Trennung von Phil geschrieben. *Nichts bleibt für immer.*

Milly greift nach meiner Hand. »Ich kann nicht glauben, dass er diese Dinge zu dir gesagt hat.«

»Ich schon«, brummt Susie. »Männer sind …«

»Nicht alle Männer«, unterbreche ich sie.

»Du kennst diesen Tom doch gar nicht.« Susie kann wie immer meine Gedanken lesen. »Die meisten Männer sind anfangs nett und charmant. Ethan war das auch.«

Susie und Ethan sind seit fast zehn Jahren zusammen. Er behandelt sie wie sein Dienstmädchen. Wahrscheinlich denkt er, dass sie ihn nie verlassen wird, weil sie keinen anderen finden würde.

*Ich hätte nie zugelassen, dass Phil so mit mir umspringt, nichtsdestotrotz habe ich Angst vor dem Alleinsein.*

»Wenn es dir bestimmt ist, wirst du Tom auch wiedersehen.« Milly tätschelt mir die Hand.

Milly ist Dauer-Single. Susie und ich glauben, dass sie Angst vor Zurückweisung hat und sich deshalb lieber in ihre Arbeit stürzt. Dazu kommt der Vater, der die Familie im Stich gelassen hat. Ich kann verstehen, dass es ihr schwerfällt, einem Mann zu vertrauen oder ihm zuzutrauen, dass er sie glücklich machen kann.

»Ich verrate euch jetzt mal was«, sage ich in dem Versuch, nicht länger jemandem nachzutrauern, den ich gar nicht kenne. »Ich werde mir eine Auszeit gönnen.«

Milly sieht mich an. »Du meinst Ferien?«

»Ich meine eine Auszeit von Männern. Für drei Monate.«

Susie lacht, als wäre es wahrscheinlicher, dass sie zum Mond fliegt, als dass ich drei Monate auf Männer verzichte. »Das mag ja für Milly, die Nonne, funktionieren, aber für dich?«

»Ich hab den Richtigen eben noch nicht gefunden«, erklärt Milly leicht verschnupft.

»Den Richtigen gibt es nicht«, beharrt Susie. »Da kannst du warten, bis du schwarz wirst. Zum Totlachen!«

»Er muss ja nicht perfekt sein, das ist niemand«, hält Milly dagegen, »aber ich möchte jemanden, der hinter mir steht, der mich unterstützt und keine Angst vor dem hat, was wir durchmachen. Ich will mich nicht mit einem X-beliebigen einlassen, bloß weil ich nicht allein sein möchte.«

Susie und ich erwidern nichts darauf. Nachdenklich fährt Milly fort: »Ich weiß nicht, ob es fair ist zuzulassen, dass sich jemand in uns verliebt, wo wir doch …« Sie braucht den Satz nicht zu vollenden, Susie und ich wissen, was sie sagen will. Wir drei werden jeden Tag mit unserer eigenen Sterblichkeit konfrontiert.

Susie versucht verzweifelt, das Thema zu wechseln. »Ich wette einen Zehner mit dir, dass du höchstens einen Monat durchhältst«, sagt sie zu mir.

»Ich halte mit zwanzig Mäusen dagegen. Ich will mich auf meine Musik konzentrieren.«

»Ich wusste schon immer, dass ich mal Friseurin werde«, sagt Susie nachdenklich. Sie ist Spezialistin für Färbetechniken. »Seit ich klein war, habe ich mir blonde Haare gewünscht, wie deine, Alice. Ich wollte kein unscheinbares Mauerblümchen sein, sondern eine blonde Sexbombe, die den Jungs den Kopf verdreht. Also habe ich mir die Haare gefärbt und die meiner Freundinnen auch. Mit einer Schaumtönung von Wella, das weiß ich noch. Dad fand die Vorstellung, dass ich Haare auf dem Fußboden zusammenfegte, einfach grauenvoll, deshalb hat er mich für einen Computerkurs angemeldet. Ich bin fast gestorben vor Langeweile! Irgendwann hab ich mich auf die Hinterbeine gestellt und ihm erklärt, dass ich meinem Herzen folgen und das tun würde, was mich glücklich macht. Ich habe es nie bereut.«

Milly nickt zustimmend. »Richtig so! Machen wir uns doch nichts vor: Das Leben ist viel zu kurz.«

In dem Moment klopft es an der Tür.

»Hallo.« Er tritt ein, in der Hand eine Plastiktüte. »Sie erinnern sich bestimmt nicht an mich, oder?«

Ich starre ihn ungläubig an.

*Träume ich, oder steht vor mir wirklich Tom?*

»Ich komm ein andermal vorbei«, sagt er mit einem flüchtigen Blick auf Milly und Susie, denen ebenfalls der Unterkiefer heruntergeklappt ist.

»Nein, nein, bleiben Sie nur«, sagt Susie schnell. Sie springt auf und wirft sich ihren Mantel über. »Wir wollten gerade gehen, stimmt's?« Sie durchbohrt Milly mit einem strengen Blick.

»Ja, ja, genau, wir wollten gerade gehen.« Milly küsst mich zum Abschied und eilt aus dem Zimmer.

Ich ziehe meine Strickjacke fester um mich. Der letzte Ort, an dem ich Tom wiedersehen wollte, ist das Krankenhaus. Durch das kleine Glasfenster in der Zimmertür begegne ich Susies Blick. Sie formt mit den Lippen die Wörter *Du schuldest mir einen Zwanziger* und reckt dann beide Daumen hoch, bevor Milly sie wegzerrt.

»Ich war zufällig in der Nähe.« Tom ist genauso nervös wie ich. Er steht unschlüssig am Fußende meines Betts, den Blick starr auf mein Notizbuch gerichtet. »Ich komme ungelegen.« Er wendet sich ab und geht zur Tür. »Ich gehe besser wieder.«

»Nein!«

Er dreht sich um.

»Bitte bleiben Sie!«, stoße ich hervor. Ich kann nicht zulassen, ihn schon wieder zu verlieren.

Er macht kehrt und bewegt sich vorsichtig, als würde er auf rohen Eiern laufen, auf den blauen Plastikstuhl zu, der zwischen meinem Bett, dem Fenster und dem Handtuchspender steht. Wie die meisten Männer kann er Krankenhäuser nicht ausstehen. Dad beginnt schon nach fünf Minuten an meinem Bett, die Tür zu fixieren und seine Flucht zu planen.

Immer noch wie betäubt schaue ich zu, wie er seinen Mantel auszieht und seinen Schal abnimmt. »Sie verpassen nicht viel da draußen.« Er reibt sich fröstelnd die Hände. »Es ist klirrend kalt.«

»Woher wissen Sie, dass ich hier bin?«

Er läuft rot an. »Ich hoffe, Sie halten mich nicht für verrückt, aber ich habe in der Galerie angerufen. Und hatte zufällig Ihren Bruder am Apparat.« Er stockt. »Ich habe Jake erzählt, dass wir uns auf einen Drink verabreden wollten, Sie mir Ihre Telefonnummer gegeben hätten und ich sie blöderweise verbummelt habe. Eine kleine Notlüge«, fügt er verlegen hinzu.

»Verstehe.« *Ich versuche, mir nicht anmerken zu lassen, wie sehr ich mich darüber freue, dass er nach mir gesucht hat.*

»Jake hat sie mir gegeben und erwähnt, dass Sie im Krankenhaus sind.« Er setzt sich endlich. »Sie sehen gut aus.«

»Mir geht's auch gut.«

Ein langes Schweigen breitet sich aus.

»Ich habe gehört, Sie haben Mukoviszidose.« Er spricht das Wort bedächtig aus. Vorsichtig.

Ich mache eine wegwerfende Handbewegung. Als wollte ich die Krankheit verscheuchen. »Ich hatte eine schlimme Infektion, mehr nicht. Ich werde bald wieder entlassen.«

»Ich weiß nicht viel über Muko…«

»Das ist langweilig.«

»Nicht für mich.«

»Es ist eine Lungenkrankheit. Ich bin damit auf die Welt gekommen.« *Bitte zeig jetzt kein Mitleid. Und sag bloß nicht, ich sei tapfer.*

Er tut nichts dergleichen. Stattdessen reicht er mir eine Tüte. Ich werfe einen Blick hinein. Trauben und Schokolade. »Vielen Dank.«

»Sie sehen gut aus«, stellt er noch einmal fest.

»Mir geht's auch gut.«

Tom lehnt sich zurück, schlägt die Beine übereinander. Er trägt sein volles blondes Haar aus der Stirn gekämmt, wodurch seine blauen Augen noch besser zur Geltung kommen.

Er spürt mein Unbehagen.

Ich hatte mir unser Wiedersehen anders erträumt – auf einer Party, wo ich über die Menschenmenge hinweg sein Gesicht erblicke. Ich will nicht, dass er mich im Trainingsanzug sieht, in einem Krankenhausbett.

»Als ich achtzehn war«, beginnt er, »bin ich in meinem roten Fiat Panda in den Norden hinaufgefahren. Kurz vor dem Beginn meines Studiums.«

Ich frage mich, worauf er hinauswill. »Sie sehen gar nicht aus wie ein Typ, der einen roten Fiat Panda fährt.«

Er erwidert mein Lächeln. »Ich war mit meinem Vater zum Abendessen verabredet. Er hatte mir vorab per Anruf gedroht: ›Sei bloß pünktlich, mein Sohn, sonst gibt's nur was vom Imbiss an der Straße!‹ Es war dunkel und hat wie verrückt geregnet, die Straßen waren glatt, aber ich bin gerast wie der Teufel.«

Ein ungutes Gefühl beschleicht mich.

»In einer Linkskurve kam mein Auto ins Schleudern.« Er holt tief und zittrig Luft, als spielte sich die Szene noch einmal vor seinem geistigen Auge ab. »Da war ein Lkw. Ich hab ihn gesehen und gedacht: *Das wird eng … verdammt eng … das passt nicht …*

*Scheiße … das war's dann wohl.*« Er rutscht auf seinem Stuhl hin und her. »Die Feuerwehr hat mich aus dem Wrack geschnitten. Eine Stimme hat gesagt: ›Alles wird gut. Sie schaffen das.‹ An mehr kann ich mich nicht erinnern, bloß dass ich mir Sorgen wegen dem Lkw-Fahrer gemacht habe.«

»Und, hat er was abgekriegt?«

»Nein, er blieb wie durch ein Wunder unverletzt.«

»Und Sie?«

»Ich kam in die Notaufnahme, zugedröhnt mit Schmerzmitteln. Ich weiß noch, dass Dad hereinstürzte. Er ist kein Mann, der seine Gefühle zeigt, ein typischer Macho eben, deshalb wusste ich, wie schlimm es um mich stand, als ich das Entsetzen und den Schmerz in seinen Augen sah. Ich war monatelang ans Bett gefesselt. Meine rechte Körperhälfte war zertrümmert. Ich habe gedacht, ich würde nie wieder laufen oder das Krankenhaus jemals wieder verlassen können.«

»Das tut mir leid. Ich kann mir gar nicht vorstellen, wie furchtbar das gewesen sein muss.«

Er sieht mich mit gütigem Blick an. »Ich bin sicher, dass Sie sich das sehr gut vorstellen können. Das ist nichts im Vergleich zu dem, was Sie durchmachen müssen.«

*Bloß kein Mitleid. Ich bin kein Opfer.* »Tom, es klingt vielleicht seltsam, aber für mich ist das völlig normal.« Ich zucke die Achseln. »So wie Sie sich die Zähne putzen müssen, muss ich eben meine Medikamente nehmen.«

Er erwidert nichts darauf, aber ich spüre seine Zweifel. »Jedenfalls dachte ich, ich schau mal vorbei, weil ich mich gut daran erinnern kann, wie erleichternd ich es fand, wenn ich Besuch von Freunden bekam. Mit jemandem zu reden, anstatt nur dazuliegen und stumpfsinnig die Punkte an der Decke zu zählen!«

Eine Krankenschwester kommt herein: Janet, eine meiner

Lieblingsschwestern. »Oh, ich wusste nicht, dass Sie Besuch haben! Dann kriegen Sie Ihre Massage eben später.«

»Danke.« Ich wende mich Tom zu. »Niemand kann Rücken und Schultern besser massieren als Janet.«

»Hören Sie, Alice, was ich Sie fragen wollte … Alice?«

Ich stelle mich schlafend, weil ich draußen eine von Mums Freundinnen aus dem Kunstkurs mit Janet reden gehört habe. Barbara liebt es, Weltuntergangsstimmung zu verbreiten. »Ihr geht nichts über eine gute alte Krebsgeschichte«, sagt Mum.

Ich mache die Augen wieder auf und werfe Tom einen warnenden Blick zu. »Ich schlafe!«, flüstere ich.

Die Tür geht auf.

»Ich bin ein Freund«, höre ich Tom wispern. »Tut mir echt leid, aber sie ist ganz plötzlich eingeschlafen.«

Ich schnarche und bemühe mich krampfhaft, nicht zu lachen.

»Wahrscheinlich hab ich sie mit meinem Geschwätz gelangweilt«, fügt Tom hinzu.

»Ach herrje!«, entfährt es Barbara. »Ich habe ihr meine Spezialität mitgebracht: Pastinakensuppe. Die wärmt im Winter so wunderbar.« Ich höre das Klacken eines Verschlusses. »Alles selbst gemacht aus frischen Bio-Zutaten. Riechen Sie mal.«

*Der arme Tom.*

»Hm. Köstlich.«

»Da ist eine geheime Zutat drin. Erraten Sie, welche?«

»Äh, Pastinake?«

»Curry! Ich weiß doch, wie sehr Alice Curry liebt. Das arme Ding, so zart und schmächtig. Ein Jammer ist das. Ich weiß wirklich nicht, wie die Familie mit diesem Schlag fertig wird.«

»Bravourös, da bin ich mir sicher, wenn die anderen Alice auch nur ein klein wenig ähnlich sind.« Ich spähe durch meine Wimpern und sehe, dass Tom Barbara sanft, aber entschlossen

Richtung Tür bugsiert, eine Hand in ihrem Rücken. »Auf Wiedersehen.«

Als sie draußen ist, öffne ich die Augen. »Sie waren *unglaublich*!«

Tom verbeugt sich. Und zieht seinen Mantel an. »Sie sind bestimmt müde …«

»Nein! Gehen Sie nicht! Bitte bleiben Sie.« Ich kann den Gedanken, ihn gehen zu sehen, nicht ertragen. »Ich möchte wissen, wie es nach dem Unfall weitergegangen ist. Es sei denn, Sie möchten nicht darüber reden.«

»Oh, das ist eine lange Geschichte.«

»Ich hab heute nichts mehr vor.«

Er zieht seinen Mantel wieder aus und setzt sich zu mir.

»Das heißt …« Ich spüre das vertraute Prasseln in meiner Brust.

»Was? Oh …«, stößt er hervor, als mein trockener Husten mich fast zerreißt.

»'tschuldigung … 'tschuldigung«, stammle ich und taste nach dem Plastikeimer auf dem Kühlschrank.

Tom ist aufgesprungen und steht unschlüssig an der Tür. »Soll ich eine Schwester rufen?«

»Nicht nötig … 'tschuldigung.«

»Hören Sie auf, sich zu entschuldigen!«

»'tschuldigung!«

Er verlässt das Zimmer, und ich hoffe inständig, dass er verstanden hat, dass er zurückkommen soll.

Nach meinem Hustenanfall vergeht der Nachmittag in Toms Gesellschaft wie im Flug. Wir sind inzwischen zum Du übergegangen, und Tom erzählt mir, dass er nach sechs Monaten im Krankenhaus eine Stelle bei einer Bank bekam. Obwohl er keinen Universitätsabschluss hatte, war man dort so von ihm angetan, dass man ihn in ihr Traineeprogramm aufnahm und ihm danach eine Vollzeitstelle anbot. »Ich bin der Typ, der nach vorn schaut. Mein Studium voranzutreiben schien mir nicht mehr richtig. Ich habe mich oft gefragt, ob mir nicht irgendjemand mit dem Unfall sagen wollte, dass ich für die Uni nicht geeignet bin.«

»Das war dann aber eine sehr dramatische Art der Mitteilung.«

Er sieht mich an und grinst verlegen. »Ja, ein Satz auf einem Zettel wäre netter gewesen.«

»Glaubst du an Schicksal? Daran, dass es keine Zufälle gibt, sondern alles aus einem bestimmten Grund geschieht?«

*»Never needed this complication, never wanted this situation, but it showed me the way to a stronger person«*, heißt es in einem meiner Songtexte. Was offensichtlich auch für ihn gilt: *Es hätte nicht so kommen müssen, so hart, brutal und kompliziert, es hat mich einfach umgeschmissen, aber Stärke auch gelehrt …*

Er beugt sich vor. »Ich habe mir verzweifelt gewünscht, einen Grund für diesen Unfall zu finden, um nicht dauernd fragen zu müssen: Warum? Ich habe gebetet, aber nicht, weil ich gläubig bin, nein, ich habe gebetet, dass irgendetwas Gutes aus dem Unfall erwachsen möge.«

»Und, war es so?«

»Das ist eine gute Frage«, seufzt er voller Selbstironie. »Ich habe natürlich gelernt, dass die Finanzwelt nicht mein Ding ist, genauso wenig, wie einen Chef zu haben. Ich bin nicht besonders gut darin, Anweisungen entgegenzunehmen und Vorschriften zu befolgen, aber das ist nicht neu. Ich weiß noch, dass in einem meiner Schulzeugnisse stand: ›Thomas streckt seinen Kopf aus dem Zugfenster und wundert sich, wenn er abgerissen wird.‹«

Ich muss lachen. »Du bist Webdesigner, nicht wahr?«

»Du hast ein gutes Gedächtnis. Ich hab vor ungefähr einem Jahr damit angefangen, nachdem ich mir ein Lehrbuch gekauft hatte: ›In vierundzwanzig Stunden zum Webdesigner‹. Ich habe *zwei Wochen* gebraucht!«

Während er mir von sich erzählt, muss ich an mein Gelübde denken, drei Monate ohne Mann auszukommen. Die zwanzig Mäuse zahle ich Susie gern.

Ich hoffe sogar, dass ich sie zahlen *muss*.

»Hallo, Schatz«, begrüßt mich meine Mutter, als sie später an diesem Nachmittag zu Besuch kommt. Sie trägt Jeans, einen weiten schwarzen Rollkragenpulli und Lederstiefeletten. Ihre honigblonden Haare haben frische Strähnchen. »Die Katzen haben was zu fressen bekommen, und Dad lässt dich … Oh!«

»Mum, das ist Tom.«

»Ich kenne Sie doch irgendwoher«, sagt sie stirnrunzelnd.

»Ich war bei Jakes Ausstellung.« Tom wirft mir einen Blick zu.

»Ah ja, richtig!«

Er ist aufgestanden, damit sie sich setzen kann. Eine Sekunde später stürmt Jake mit einem Scrabble-Spiel in der Hand herein.

»Wir haben neulich miteinander telefoniert«, sagt Tom, als er meinem Bruder die Hand schüttelt. »Ich bin …«

»Der alte Freund meiner Schwester, nehme ich an!« Jakes Tonfall lässt keinen Zweifel daran, dass er Tom die Geschichte nicht abgenommen hat.

»Ja, so was in der Art«, brummelt Tom.

»Sorry, ich wollte es dir erzählen«, sagt Jake zu mir.

»Kein Problem.« Er kommt nur deshalb ungeschoren davon, weil Tom da ist und ich Jake offen gestanden auch ewig dankbar sein werde, dass er ihm meine Telefonnummer gegeben hat.

»Wegen uns müssen Sie nicht gehen«, sagt Jake zu Tom.

»Bleiben Sie ruhig.« Er schüttelt den Karton mit dem Scrabble. »Je mehr mitmachen, desto lustiger.«

»Bilden wir ein Team?«, wendet sich Mum an Tom. »Ich hasse das Spiel fast genauso sehr wie Boggle.«

»Jake bildet sich ein, der König des Scrabble zu sein«, kläre ich Tom auf.

»Ich bilde es mir nicht ein, ich *bin* es.«

»Gar nicht wahr. Der Scrabble-Champion bin ich!« Vor meinem inneren Auge erscheint ein Bild von Jake und mir in den Ferien, wie wir irgendwo am Strand oder an einem Kaminfeuer wie die Verrückten gescrabbelt haben, jeder mit einem Wörterbuch bewaffnet, jeder wild entschlossen zu gewinnen. »Ich habe die nationale Meisterschaft im Scrabble für die Unter-Elfjährigen gewonnen«, erzähle ich Tom. »Was soll ich sagen – im Scrabble bin ich ein absolutes Ass!«

Tom lächelt. »Ich geh jetzt mal besser.«

»Siehst du, Jake? Jetzt hast du ihn vertrieben!«

Die Tür geht auf, und Janet schiebt einen kleinen Medikamentenwagen herein. Sie muss meinen Blutdruck und meine Temperatur messen.

»Messen Sie bei ihm bitte auch«, sage ich mit einer Kopfbewegung in Richtung meines Bruders. »Oder geben Sie ihm irgendwas, damit er nicht die ganze Zeit so grauenvoll gute Laune hat!« Seit er Lucy vor einem Monat einen Heiratsantrag gemacht hat, strahlt er ununterbrochen wie ein Honigkuchenpferd.

»Und ihr bitte etwas gegen ihre große Klappe«, wirft Jake ein. »Irgendein Patient tanzt immer aus der Reihe, stimmt's?«

»Achten Sie einfach nicht auf meine Kinder«, sagt Mum zu Janet, die das Krankenblatt von dem Klemmbrett am Fußende meines Betts löst.

Das ist leichter gesagt als getan. Janet läuft immer rot an, wenn sie meinen Bruder sieht. Jake kann gut mit Frauen. In der

Schule haben sich die Mädchen noch nicht um ihn gerissen: Er war kein sportlicher Typ, hielt sich lieber im Zeichensaal als auf dem Fußball- oder Rugbyplatz auf. Jake war klug, aber Mädchen gegenüber ziemlich schüchtern. Cool zu sein war für ihn weit weniger wichtig, als freundlich, sensibel und humorvoll zu sein. Jetzt, wo er älter ist und karrieremäßig durchstartet, hat er an Selbstbewusstsein gewonnen und ist zu dem unkonventionellen Künstler geworden, den er äußerlich auch gibt. Ich betrachte ihn, seine gekonnt verwuschelten Haare, die mit Farbklecksen übersäten Jeans, die trendigen Turnschuhe.

»Alles in bester Ordnung«, stellt Janet fest und notiert die Werte.

Ich starte einen neuen Versuch. »Kann ich dann nach Hause?«

Anstelle einer Antwort schiebt sie den klappernden Medikamentenwagen aus dem Zimmer und schließt nach einem ermahnenden: »Benehmt euch!« die Tür hinter sich.

Tom wirft sich seinen Mantel über und bindet sich seinen Schal um. *Er darf nicht gehen. Wann werde ich ihn wiedersehen?*

»Es ist ziemlich voll hier drin, und dein Freund wird sicher auch jeden Moment auftauchen.«

Phil hat mich nicht ein einziges Mal besucht. Aber fairerweise muss ich zugeben, dass ich ihn auch nicht darum gebeten habe. »Er ist nicht mehr mein Freund«, sage ich.

Mum steht auf, zwinkert Jake unübersehbar zu und sagt, sie müsse dringend aufs Klo.

»Äh, ja«, stammelt Jake, »und ich sollte mal nach der Parkuhr sehen, ich glaub, ich hab zu wenig eingeworfen.« Er und Mum verlassen eilig das Zimmer.

Ich blinzle Tom zu. »Ich bin übrigens adoptiert.«

*Bitte frag mich, ob ich mit dir essen gehen möchte.*

Er steht am Fußende des Betts. »Es war schön, dich wiederzusehen.«

»Ich habe mich sehr über deinen Besuch gefreut. Und vielen Dank für dein Mitbringsel.« Mein Herz rast, als er näher kommt, sich zu mir herunterbeugt und mir einen Kuss auf die Wange gibt.

»Ich ruf dich an.«

An der Tür bleibt er stehen, dreht sich noch einmal um und meint: »Genieß die besondere Zutat in Barbaras Suppe!« Wir sehen uns an, und von diesem Moment an weicht das Lächeln nicht mehr von unseren Gesichtern.

# 9

An dem Abend machen Cat und ich uns auf den Weg zu unserem Lieblingsrestaurant. Es ist vom Brompton aus zu Fuß zu erreichen. Die Schwestern waren nicht damit einverstanden, dass ich die Station verlasse, und Cat, die immer peinlichst darauf bedacht ist, sich an die Vorschriften zu halten, war das sehr unangenehm, aber wenn ich ausgehen möchte, dann tue ich das auch.

Cat bestellt Spaghetti Bolognese und ich wie üblich Kalbsleber mit Kartoffelpüree. »Es ist einfach unglaublich«, sagt sie und setzt damit unsere Unterhaltung über Tom fort. »Wie im Film! Junge trifft Mädchen, sie verlieben sich, er geht weg, kann sie aber nicht vergessen und setzt alles daran, sie wiederzufinden …«

»Im Krankenhaus, wo sie sich die Lunge aus dem Leib hustet«, füge ich hinzu. Ich bin immer noch sehr aufgeregt wegen Tom, verspüre andererseits aber auch ein seltsames Unbehagen, das einfach nicht weichen will. *Es hat mit etwas zu tun, das Milly gesagt hat: »Ich weiß nicht, ob es fair ist, zuzulassen, dass sich jemand in uns verliebt …«*

»Sag mal, Cat, ist es im Hinblick auf meine unsichere Zukunft unfair von mir, eine Beziehung mit jemandem anzufangen?«

Sie legt ihr Besteck aus der Hand und wirft mit einer Kopfbewegung eine braune Haarsträhne zurück, die ihr in die Augen fiel. »Wie kommst du denn jetzt darauf?«

*Milly hat sich fürs Alleinsein entschieden. Ist das vielleicht der sicherste Weg?* »Das ist nicht die Antwort auf meine Frage.«

»Hat das mit dem zu tun, was Phil dir an den Kopf geworfen hat?«

»Nein. Na ja, vielleicht ein bisschen.«

»Ich will nicht behaupten, dass deine Krankheit irrelevant ist, aber es war Toms Entscheidung, dich zu besuchen, Alice. Niemand hat ihn dazu gezwungen.«

*Aber, aber, aber …*

»Für mich bist du einfach Alice. Die meiste Zeit vergesse ich sogar, dass du krank bist. Obwohl …« Sie bricht ab, fährt dann fort: »Manchmal holt es mich ein.«

»Was?«

Sie zögert.

»Was meinst du, Cat?«

»Ich kann mir das Leben ohne dich nicht vorstellen, okay?«

»Dann lass es eben«, erwidere ich, ebenfalls den Tränen nahe. »Ich hab nicht vor, irgendwohin zu gehen.«

Wir müssen beide lachen. »Du brauchst jemanden, der stark ist, der damit umgehen kann«, sagt Cat. »Und vergiss nicht, dass du imstande bist, sehr viel Liebe zu geben. Der Mann, der dich bekommt, kann sich glücklich schätzen.«

Ich greife nach ihrer Hand. »Das gilt auch für dich, Cat.«

*Warum sollte nicht auch ich haben, was für andere selbstverständlich ist? Ich kann weder Tom noch irgendeinem anderen Mann eine Garantie für die Zukunft geben, aber wer kann das schon? Meine Krankheit hat mir vieles genommen, aber ich werde nicht zulassen, dass sie mir die Hoffnung nimmt, ein möglichst normales Leben zu führen, wozu auch der Wunsch nach einer eigenen Familie gehört. Ich werde mir meine Zuversicht und mein Selbstvertrauen nicht zerstören lassen. Und ich habe auch nicht die Absicht, in ständiger Furcht zu leben, so wie Milly, die vor lauter Angst, verletzt zu werden, ihr Herz nicht öffnet und ihre Gefühle unter Verschluss hält.*

»Mit jeder neuen Beziehung gehen wir auch immer das Risiko ein, verletzt zu werden«, sagt Cat nachdenklich. »Liebe macht verwundbar.«

Ich nicke. Es ist noch nicht lange her, dass Cat sich von ihrem Freund getrennt hat, weil er mit einer anderen geschlafen hat. Nachdem sie dahintergekommen war, kam sie zu mir, und wir redeten bis weit nach Mitternacht. »Und wie geht es dir?«, will ich wissen.

»Ich bin darüber hinweg, basta.« Sie schiebt ihren Teller mit Nachdruck zur Seite. »Weißt du, ich war immer der Meinung, dass Phil nichts für dich ist. Er war zu schwach. Zu egoistisch.«

Der Abend neigt sich dem Ende zu. Cat verputzt den Rest meines Tiramisu. »Ich wünschte, ich könnte für dich essen und dir ein bisschen von meinem Fett abgeben.«

Wieder müssen wir lachen. »Vielleicht könnten wir eine Sondenverbindung zwischen deinem Bauch und meinem legen«, schlage ich vor.

»Das müssen wir unbedingt mit dem Prof klären. Apropos …«

»Hab noch nicht mit ihm gesprochen.« Ich füge noch hinzu, dass ich mir vorgenommen habe, am Montag vor meiner Entlassung mit ihm zu reden.

Cat greift in ihre Handtasche und zieht ein altes weinrotes Einklebebuch mit meinem Namen und der Jahreszahl 1985 auf dem Einband hervor. »Das hab ich bei Mum auf dem Dachboden gefunden. Erinnerst du dich noch an den Vortrag, den wir halten mussten? Über einen Menschen, der uns als Vorbild diente?«

Mir läuft ein eiskalter Schauer den Rücken hinunter, als ich das Buch in die Hand nehme. »Natürlich erinnere ich mich«, antworte ich leise.

»Du wolltest schon damals unbedingt Sängerin werden«, sagt Cat.

Ich hatte meinen Vortrag über meine Großmutter mütterlicherseits gehalten. Sie war Konzertpianistin gewesen und mit strenger Disziplin und Chopin aufgewachsen. Ich blättere durch die Seiten, die angefüllt sind mit meiner alten Handschrift und mit Briefen, Zeugnissen, Schwarz-Weiß-Fotos. Noch heute kann ich Daisy Sullivans Stimme in meinem Kopf hören.

»Vielleicht ist es noch zu früh«, fährt Cat fort, »aber ich habe mich mal nach Musikmanagern umgehört.« Sie reicht mir eine Anzeige eines gewissen Peter Harris, Besitzer eines Studios in Kentish Town, North-West London.

»Hat der nicht diese Band gemanagt, die in Amerika ganz groß rausgekommen ist? Woher hast du das?«

»Ich hab eben meine Quellen. Auf die Anzeige werden sich Hunderte melden, und er wird nur einige wenige unter Vertrag nehmen.«

»Ich werde ihm auf vergoldetem Papier schreiben! Vielen Dank, Cat.« Ich bestehe darauf, im Gegenzug für ihre Bemühungen die Rechnung zu übernehmen. »Peter Harris wird Hören und Sehen vergehen, wenn ich ihn treffe, das schwör ich dir.« Ich betrachte mein altes Einklebebuch. »Höchste Zeit, die Geister von Daisy Sullivan und Miss Ward ein für alle Mal zum Schweigen zu bringen.«

## 10

### 1985

Ich bin dreizehn Jahre alt und auf einer neuen Schule in West London. Wir hatten die Aufgabe, einen Aufsatz über jemanden zu schreiben, den wir bewundern. Ich bin als Nächste mit dem Vorlesen dran. Daisy Sullivan spricht gerade über *ihr* Vorbild: Marilyn Monroe. Von meiner Großmutter hat garantiert noch keiner hier gehört. Ich betrachte Daisy: Sie ist groß, hat lange schwarze Haare und trägt einen BH mit wattierten Körbchen, als wäre sie erwachsen. Damit gibt sie immer an, wenn sie sich zum Sport umzieht. Sie ist Stammspielerin im Tennis-, Hockey- und Korbballteam. Cat und ich spielen immer zusammen Tennis, aber wir schaffen es nie, den Ball zweimal hin- und herzuspielen. Daisy zeigt auch jedes Mal auf meine dünnen Vogelbeinchen und lacht, wenn ich hinfalle. Ich falle oft hin.

Am meisten aber graut mir vor den Mahlzeiten in der Schulkantine. Da mein Verdauungssystem mit Schleim verstopft ist, muss ich zur besseren Nahrungsverwertung Enzymtabletten nehmen. Außerdem muss ich eine spezielle Diät einhalten. Jedes Mal, wenn wir an den langen Holztischen beim Essen sitzen und der Hühnereintopf meiner Mutter für mich aufgewärmt wird, höhnt Daisy: »Ist dir unser Essen nicht gut genug, Prinzessin Alice?«

Gleich bin ich dran. Der Kloß in meinem Hals wird immer größer. Das Gemeinste, was Daisy in letzter Zeit gemacht hat, war, mir aufs Klo zu folgen. Als ich aus der Kabine kam, lehnte sie am Waschbecken, hielt sich die Nase zu und sagte zu ihrer besten Freundin Louise: »Ich an deiner Stelle würde da jetzt nicht reingehen.« Wenn ich groß machen muss, stinkt es oft ganz fürchterlich wegen der unverdauten Nahrung. Ich drängte mich an den beiden vorbei. *Jetzt bloß nicht heulen,* sagte ich mir, *lass sie nicht merken, wie weh es tut.* Cat meint, Daisy sei bloß neidisch, weil ich hübscher und klüger sei als sie und mehr Aufmerksamkeit von den Lehrern bekomme.

Ich hänge meinen Gedanken nach, bis Cat plötzlich flüstert: »Du bist dran, Alice.« Ich stehe auf und gehe mit meinem weinroten Einklebebuch nach vorn. Die Sache ist nämlich die: Würde Daisy mich fragen, ob wir Freundinnen sein wollen, würde ich Ja sagen. Ich würde alles tun, um zur Clique der Coolen zu gehören.

»Das Leben meiner Großmutter«, beginne ich, worauf in der ersten Reihe ein Kichern ertönt. »Sie war nicht so berühmt wie Marilyn Monroe, aber genauso talentiert«, höre ich mich sagen und bringe Daisy damit zum Schweigen. »Als Granny klein war, haben sie und ihre Schwester Jane Klavier spielen gelernt. Sie haben in verschiedenen Zimmern geübt. Ihre Mutter war streng, sie klopfte mit ihrem Stock an die Wand, wenn sie eine falsche Note spielten, und dann mussten sie von vorn anfangen.«

Daisy blickt mürrisch drein, weil ein paar Mädchen lächeln.

»Granny dachte manchmal, ihre Mutter bevorzuge ihre Schwester. Einmal, da war Granny zehn, aß sie eine Scheibe Brot mit Erdbeermarmelade. Eine besonders große, saftige Erdbeere hatte sie mitten auf die Brotscheibe geschoben, weil sie sich die bis zuletzt aufheben wollte. Gerade als sie die Hand hob, um sich den letzten Bissen schmecken zu lassen, schnappte ihre Mutter ihr das Brot weg, mit den Worten: ›Wie ich sehe, willst du das nicht‹ und gab es Jane.«

Daisy macht jetzt ein besonders böses Gesicht, weil einige Mädchen lachen, darunter auch Louise.

Ich erzähle, dass meine Granny mit achtzehn ein Stipendium am Royal College of Music bekam. Darauf folgten zahlreiche Konzerte, viele davon unter der Leitung von Dr. Malcolm Sargent.

»Wer soll denn das sein?«, knurrt Daisy missmutig.

»Dr. Malcolm Sargent, oder Sir Malcolm, nachdem er zum Ritter geschlagen wurde, war seinerzeit einer der berühmtesten englischen Dirigenten«, erklärt unsere Lehrerin.

»Im Verlauf ihrer Karriere wurde sie von einem Radiosender eingeladen und bekam dafür drei Guineen, was ungefähr drei Pfund und fünfzehn Pence entspricht. 1933 erhielt sie eine Auszeichnung am Royal College, und im gleichen Jahr lernte sie meinen Großvater kennen und heiratete ihn. Auch er war eine Berühmtheit. Er spielte Kricket für Surrey und England. Ich wünschte, ich wäre im Sport auch so gut wie er. Schade, dass das nicht der Fall ist!« Jetzt lacht die ganze Klasse, und Daisy ist stinksauer. Ich bedaure, dass ich fast fertig bin, und räuspere mich. »1937 gab sie nach einem ihrer Konzerte ihr erstes Fernsehinterview. Man bat sie, dafür ein Kleid zu tragen, aber kein schwarzes oder weißes und auch keine hellen Farben, weil die im Fernsehen nicht gut wirken. Ich habe meinen Aufsatz über meine Großmutter geschrieben, weil ich Musik liebe. Ich spiele Klavier, ich singe gern, und möchte Sängerin werden und später einmal vor vielen Menschen auftreten. Ich würde gern so berühmt werden wie meine Granny.«

Alle klatschen.

»Das war wirklich lustig«, sagt eine meiner Mitschülerinnen, als ich an meinen Platz zurückkehre.

»Mir hat das mit der Erdbeermarmelade am besten gefallen«, meint eine andere.

»Das war ausgezeichnet, Alice«, lobt Miss Reynolds mich. »Du hast die natürliche Gabe, dein Publikum in deinen Bann zu ziehen. Vielleicht wirst du eines Tages wirklich eine berühmte Sängerin sein. Wer kommt als Nächstes?«

Ein Mädchen steht auf und geht nach vorn.

»Sie wird nie eine Sängerin sein!« Daisy ist aufgesprungen. »Sie wird nicht lange genug leben, um berühmt zu werden, dazu ist sie viel zu krank!« Eine beklemmende Stille breitet sich aus. »Sie wird bald tot sein!«

»Das ist nicht wahr!« Cat ist ebenfalls aufgestanden, aber Daisy versetzt ihr einen heftigen Stoß, sodass sie hinfällt. Ich eile meiner Freundin zu Hilfe. Miss Reynolds packt Daisy am Arm. »Du entschuldigst dich augenblicklich!« Daisy schweigt.

»Das ist nicht wahr, Daisy«, stammelt Cat unter Tränen. »Sie wird nicht sterben. Ich war in der Bücherei und hab nachgelesen. Die Medizin macht Fortschritte, und die Leute spenden Organe …« Cat wendet sich mir zu. »… und, wer weiß, dann bekommst du eines Tages vielleicht gesunde Organe eingepflanzt …«

»Schluss jetzt«, sagt Miss Reynolds.

Während Daisy aus dem Klassenzimmer geführt und zur Schulleiterin gebracht wird, klammern Cat und ich uns aneinander.

Am Abend kommt Dad zu mir in mein Zimmer. »Kann ich nicht mal *einen* Tag meine Ruhe haben?«, fauche ich, als er mir auf den Rücken klopft und dazu eins seiner selbst getexteten Lieder singt. *»She was walking along at the Minos Beach Hotel … when she came to a little bridge and there she fell; Oh, oh, what a bloody fool, the girl who slipped into the sea snake pool!«*

Das ist mir in den Ferien tatsächlich passiert. Ich lief am Hotel über den Strand bis zu einem kleinen Steg, wo ich den Halt verlor und in den Seeschlangentümpel plumpste. Ich dachte, ich würde sterben.

Jetzt wünschte ich, ich wäre gestorben.

»Wie war's in der Schule?«, fragt Dad. »Hast du deinen Aufsatz vorgelesen?«

»Ja, alles bestens.«

»Ist irgendwas?«

»Nein.« Wäre Jake doch daheim!

»Alice?« Dad hört endlich mit dem Geklopfe auf.

*Sie wird bald tot sein.*

Ich breche in Tränen aus.

Dad ballt die Fäuste, als ich ihm erzähle, was Daisy gesagt hat. Ich flehe ihn an, nicht zur Schulleiterin zu gehen »Das macht alles nur noch schlimmer!«

»Ich werde mit deiner Mutter reden«, meint er schließlich. »Aber wenn das noch einmal vorkommt, werde ich ihr Büro stürmen, verstanden?«

Ich nicke.

»Du könntest die Schule wechseln, wenn du möchtest ...«

»Nein.« Allein der Gedanke, Cat zurückzulassen, schmerzt.

Dad nickt. »An einer anderen Schule würde es eine andere Daisy geben. Das Beste, was du in der Schule oder im Leben lernen kannst, ist, dich durchzusetzen.« Er nimmt mich in die Arme. »Lass dich nicht unterkriegen von Leuten wie dieser Daisy. Du bist ein starkes, wunderschönes Mädchen ...«

»Dad!« Ich versuche, mich aus seiner Umarmung zu winden.

»... und wenn du Sängerin werden willst, dann schaffst du das auch! Geh weiter zur Schule und zeig dieser Daisy, dass du keine Angst vor ihr hast.«

»Sie lacht mich andauernd aus, Dad«, murmele ich unter Tränen. »Einmal hat sie eine Gummispinne in meinen Eintopf gelegt. Oder sie fasst mich plötzlich an den Händen und hält sie hoch, damit ihre Freunde sie sehen können, während sie sich über meine gruseligen Finger lustig macht.« Durch die Mukoviszidose sind meine Fingerspitzen geschwollen, die Kuppen sind dick und rund. Ich spüre, wie Dad immer zorniger wird. »Und wenn ich hinfalle …«

Er hält mich ein Stück von sich weg, damit er mir in die Augen sehen kann, und sagt: »Und wenn du fällst, stehst du wieder auf, klopfst dir den Schmutz von deinen Sachen und machst weiter. Und dann wirst du stärker sein als vorher.«

Am nächsten Morgen sind Cat und ich in der Pause auf den Tennisplätzen, als Daisy und Louise zu uns kommen, gefolgt von einer Gruppe Mädchen. »Hey, Keulenfinger!«, ruft Daisy. Sie umkreisen mich wie Haie. Ich strecke meinen dünnen Zeigefinger Richtung Himmel und sage: »E.T. telefoniert nach Hause!« Dann ahmen Cat und ich E.T.s Gang nach. Alle außer Daisy kichern und eins der Mädchen fordert mich auf: »Mach das noch mal, Alice!«

Als Daisy nach einer Biologiestunde über Atemwegserkrankungen hämisch zu mir sagt, dass Leute mit Mukoviszidose sterben – »sie STERBEN!« –, erwidere ich: »Wunderbar, ich kann's kaum erwarten, als Geist bei dir herumzuspuken« und habe damit die Lacher auf meiner Seite. Im Lauf der nächsten Wochen merke ich immer wieder, dass ich meine Angst überwinden und Humor als Waffe benutzen kann. Ich mag komische Füße und keulenförmige Finger haben, aber ich nenne auch einen scharfen Verstand und Schlagfertigkeit mein Eigen, und es wird Zeit, dass ich beides benutze.

Und wenn ich falle …

Ich schaue zu Daisy auf, die bei einem Korbballspiel drohend über mir steht. Ich habe mir das Knie aufgeschürft, Blut läuft in einem dünnen Rinnsal an meinem Bein hinunter, aber ich rappele mich hoch, blicke ihr fest in die Augen und spiele weiter.

# 11

Es ist Montagmorgen, heute soll ich aus dem Krankenhaus entlassen werden. Ich packe meine Sachen, als Professor Taylor hereinkommt, meine dicke braune Krankenakte in den Händen. Mir wird bewusst, dass er mein Leben in seinen Händen hält.

»Wie fühlst du dich?« Seine Brille sitzt ganz vorn auf seiner Nasenspitze.

»Großartig.« Die Antibiotikatherapie, die Zwangspause, Toms Besuch und der Gedanke an Peter Harris' Anzeige, auf die ich antworten möchte, haben mir neue Kraft gegeben. »Sie haben recht gehabt, der stationäre Aufenthalt war nötig.«

Er deutet auf meinen Koffer. »Sehr schön. Jetzt kannst du dich zu Hause auf Weihnachten freuen.«

»Warten Sie«, sage ich schnell, als er die Tür schon erreicht hat.

Er dreht sich um und sieht mich erstaunt an.

»Haben Sie einen Augenblick Zeit? Ich würde gern etwas mit Ihnen besprechen.«

Er rückt seine Brille zurecht. »Sicher. Was hast du auf dem Herzen?«

»Also.« Ich atme ein paarmal ein und aus. *Ganz ruhig. Konzentrier dich.* »Wie Sie wissen, habe ich das Modeln aufgegeben.«

»Ja.«

Er ist einsilbig wie immer, gibt nichts von seinen Gedanken preis. Ob er das Modeln jemals für eine gute Idee gehalten hat? »Also, ich habe mir überlegt, dass ich gern etwas anderes machen würde.« *Komm endlich zur Sache! Sein Pager kann jeden Moment anfangen zu piepsen.* »Ich möchte Lieder schreiben und singen.«

»Singen«, wiederholt er. Seine Augen werden schmal. »Ich glaube, ich kann dir nicht ganz folgen.«

Ich schaue mich in dem kahlen Krankenhauszimmer um.

*Das hier kann nicht alles sein. Mein Leben kann nicht nur aus Krankenhausaufenthalten, Injektionsnadeln, Blut und noch mehr Antibiotika bestehen. Die Uhr tickt und erinnert mich daran, dass jeder Tag, an dem ich nicht singe, ein vergeudeter Tag ist. Es muss doch einen Grund dafür geben, dass mein Herz schlägt.*

»Alice?«

Meine Eingeweide verknoten sich vor Nervosität.

*Sag ihm, es hat sich erledigt. Lass ihn gehen.*

*Du wirst nie eine Sängerin sein, Alice,* höre ich Miss Wards Stimme in meinem Kopf.

*Er wird Nein sagen … warum sollte er behaupten, Singen sei ganz hervorragend für meine geschädigten Lungen? Er wird mir in seiner ruhigen, einfühlsamen Art entgegnen, dass er mich nicht davon abhalten könne, aber strikt dagegen sei. Und bei jedem anderen wäre mir das egal, aber für seinen Segen würde ich zum Mond und wieder zurück fliegen.*

»Ich möchte Sängerin werden«, sage ich.

*Ich möchte etwas hinterlassen, wenn ich sterbe, etwas, das mir wichtig ist und anderen, etwas, bei dem man sich an mich erinnert, etwas, das bleibt …*

»Sängerin?«

»Ich habe schon als kleines Mädchen Musik geliebt und meine eigenen Lieder geschrieben.« Meine Stimme wird brüchig, als ich fortfahre: »Bisher habe ich bloß immer gedacht, daraus könnte wegen meiner Krankheit nichts werden.«

*Ich bin bereit. Bereit, für meinen Traum zu kämpfen.*

»Ich halte das für eine ausgezeichnete Idee.«

»Ich wusste, dass Sie nicht begeistert sein werden, aber …« Ich halte abrupt inne. »Was haben Sie gerade gesagt?«

»Das ist eine gute Idee. Sofern du singen kannst.«

Ich fasse es nicht. »Aber was ist mit meinen Lungen, meinem Husten …?«

»Alice, ich werde dich nicht davon abhalten, das zu tun, was du möchtest. Wenn das Risiko zu hoch wäre, hätte ich natürlich Bedenken, aber so … Ich glaube fest daran, dass man seinem Herzen folgen soll. Wenn Singen dich glücklich macht, dann sing!«

*Ich möchte schreien vor Glück. Johlen. Tanzen. Lachen. Ihn umarmen.*

»Außerdem hast du eine Familie, die dich unterstützt, das ist sehr viel wert.« Wieder rückt er seine Brille zurecht. »Deine Chancen, Sängerin zu werden, kann ich nicht beurteilen, aber was deine Gesundheit betrifft, werden wir weiterhin tun, was möglich ist, und etwaige Probleme dann angehen, wenn sie auftreten. Wir sind ein Team, vergiss das nicht.«

Ich bringe vor Rührung kein Wort hervor. Der Professor berührt mich sanft an der Schulter. »Wenn du sonst nichts mehr auf dem Herzen hast, ziehe ich jetzt weiter und entlasse dich in dein neues Abenteuer.«

Er ist schon an der Tür, als ich ein ersticktes »Danke« hervorbringe. Nur mit Mühe widerstehe ich dem Drang, zu ihm zu laufen und ihn stürmisch zu umarmen. »Sie können sich nicht vorstellen, wie viel mir das bedeutet.«

Eine Hand auf der Türklinke, dreht er sich noch einmal zu mir um. »Doch, ich denke schon.«

»Eines Tages werden Sie einen meiner Songs im Radio hören, Professor Taylor.«

Er lächelt. »Fröhliche Weihnachten, Alice.«

# 12

Noch eine Woche bis Weihnachten. Jake und ich sitzen im Kino und folgen der Werbung vor dem Hauptfilm: *e-m@il für Dich*, eine romantische Komödie mit Meg Ryan und Tom Hanks. »Ist das der einzige Film, der infrage kommt?«, hatte Jake entsetzt gefragt, als ich ihm sagte, welchen Film ich ausgesucht habe.

Diese regelmäßigen Filmabende machen wir seit einigen Jahren. Damals war ich nach nur drei Wochen an der Universität nach London zurückgekehrt, lernte von zu Hause aus für meinen Englisch-Abschluss, hatte aber in den vergangenen vier Monaten auch immer wieder ins Krankenhaus gemusst. Jake genoss sein Studentenleben in Oxford und lebte in einer glücklichen Beziehung. Kurz bevor Jake nach den langen Sommerferien nach Oxford zurückfahren wollte, gingen er und ich an einem Freitagabend ins Kino. Ich spürte, dass er sich schuldig fühlte, weil er das Leben führte, das auch mir hätte offenstehen sollen, aber was hätte er machen sollen? Aufhören zu leben? Damals hatte er mich mit einem Seitenblick gestreift und gemurmelt: »Alles in Ordnung, Egelchen?«

Den Spitznamen hatte er mir seinerzeit irgendwann in den Sommerferien verpasst, nachdem ich mich im Meer an seinen Rücken geklammert und regelrecht daran festgeklebt hatte.

Es war eine sehr gewichtige Frage. »Nicht wirklich«, erwiderte ich, biss mir auf die Lippe und starrte auf die Leinwand, weil ich fürchtete, gleich in Tränen auszubrechen. Alle lebten, aber ich sah nichts als Blut und noch mehr Blut und keine Hoffnung. Keine Zukunft, nur Krankenhausaufenthalte. Keine Zukunft, nur Tod. Am selben Tag hatte ich einen Song mit dem Titel *Killing Myself* geschrieben: *Take me away, away from today, will I ever be saved? I'm so cold under this sky, I'm frozen, frozen in time.*

Meine Gedanken niederzuschreiben half mir, meine Gefühle auszudrücken, Dinge zu sagen, die ich Freunden oder Angehörigen nicht anvertrauen konnte. Niemals hätte ich jemandem Worte wie diese entgegengeschleudert: *Bring mich weg von hier, bring mich weg von diesem Tag, ob es jemals Rettung geben mag? Mir ist kalt unter diesem Himmel so weit, ich bin erstarrt zu Stein in der Zeit.* Und doch war es genau das, was ich fühlte.

»Komm.« Jake zog mich von meinem Platz hoch, noch während die Trailer liefen. »Lass uns gehen.«

Statt uns den Film anzusehen, gingen wir Pizza essen. Jake machte mir Mut und sagte, ich müsse fest daran glauben, dass es da draußen etwas für mich gebe und dass ich das alles schaffen würde. Er war so lieb, und das rührte mich zutiefst. Wir unterhielten uns stundenlang und merkten erst, wie spät es war, als die Kellner anfingen, die Tische abzuwischen mit dem Hinweis, sie würden in fünf Minuten schließen.

Am nächsten Tag gingen wir wieder ins Kino, in eine Komödie mit Steve Martin, und Jake schlug vor, so einen Bruder-Schwester-Kinoabend doch regelmäßig zu machen.

Eigentlich ist es doch seltsam. Während unserer Kindheit hätte er mir durchaus übel nehmen können, dass ich viel mehr Aufmerksamkeit bekam als er, nicht zuletzt aufgrund der gnadenlosen täglichen zweistündigen Physio-Routine und der unzähligen Krankenhausbesuche. Aber ich kann mich nur an einen einzigen Wutanfall von ihm erinnern. An Weihnachten. Jetzt beuge ich mich näher zu ihm und flüstere: »Weißt du noch, als du ungefähr sieben warst und Mum dir verboten hat, deine

Weihnachtsgeschenke zu öffnen, bevor Dad und ich mit meiner Physiotherapie fertig wären?« Ich greife in den Popcornbecher und nehme noch eine Handvoll.

»Nein.« Es klingt gleichgültig, aber ich fahre unbeirrt fort: »Du bist schnurstracks ins Wohnzimmer marschiert, hast dich neben den Christbaum auf den Boden gesetzt und wütend die Verpackung von einem deiner Geschenke aufgerissen.« Ich weiß noch ganz genau, dass es ein Satz Spielzeugsoldaten war.

»Wie rebellisch von mir.« Jake scheint darüber begeistert, weil er nie ein besonders aufmüpfiger Junge war. Mum und Dad waren sogar froh, als er in der Schule einmal beim Rauchen erwischt wurde, und hätten das fast gefeiert.

Umgekehrt hätte ich neidisch auf ihn sein können, weil *er* den Gendefekt nicht hatte. Warum hatte es nur mich getroffen? Natürlich gibt es immer wieder Momente, in denen ich meinen hartnäckigen Husten und mein Schicksal verfluche, aber deswegen würde ich noch lange nicht wollen, dass Jake das Gleiche durchmachen muss. Man stelle sich vor, Dad müsste uns beide physiotherapieren! Oder Mum müsste die doppelte Menge an Medikamenten ins Auto laden! Undenkbar.

Jake reißt mich aus meinen Gedanken. »Wie läuft's mit Tom?«

»Keine Ahnung.«

»Ehrlich jetzt?«

Seit meiner Entlassung aus dem Krankenhaus sind Tom und ich dreimal ausgegangen. Das erste Mal waren wir beim Chinesen, wo Tom »zwei Coca-Cola, einmal Kung-Pao-Riesengarnelen und einmal Chop Suey« bestellte. Ich ahme seinen lustigen chinesischen Akzent nach und muss bei der Erinnerung daran lachen.

Jake betrachtet mich skeptisch. »Man muss wahrscheinlich dabei gewesen sein, um das komisch zu finden.«

»Ja, wahrscheinlich.«

»Und, wo ist das Problem?«

»Das weiß ich nicht, *das* ist das Problem. Wir verstehen uns großartig, aber nichts passiert.«

»Okay …«

»Nach jeder Verabredung stehen wir vor der Haustür, er beugt sich zu mir, ich schließe die Augen …«

»So genau will ich es gar nicht wissen, Egelchen.«

»… und dann schüttelt er mir die Hand.«

»Was?«

»Als ob wir auf einer verdammten Vorstandssitzung wären!«

Ich habe stundenlang mit Cat am Telefon darüber gesprochen. Mochte er mich vielleicht doch nicht so, wie ich mir das wünschte? Aber warum verabredete er sich dann immer wieder mit mir? Wir waren zu dem Ergebnis gelangt, dass Tom als Gentleman möglicherweise Rücksicht darauf nahm, dass die Trennung von Phil noch nicht lange zurücklag und ich gerade erst aus dem Krankenhaus entlassen worden war. Andererseits aber ist ein Mann ein Mann. Wann lässt ein Mann eine Gelegenheit zum Küssen oder Sex aus?

Auf die Werbung folgen Trailer. Ich erzähle Jake von Date Nummer zwei, in Toms Wohnung. Seine Mitbewohnerin platzte mitten in unser Abendessen und machte es sich bequem, und Tom fragte sie höflich, ob sie ein Glas Wein mit uns trinken wolle. Date Nummer drei fand in einer Bar statt, zusammen mit ein paar von Toms Freunden. Ich hatte vorher nicht richtig gegessen, und Tom zwang mich später, einen starken schwarzen Kaffee zu trinken. Ich weiß noch, wie ich meinen Kopf an seine Schulter legte und er mir übers Haar strich. Und irgendwann sagte sein Freund George: »Du solltest sie nach Hause bringen.« Aber ich wollte nicht nach Hause gebracht werden. Ich murmelte etwas im Sinne von: »Und was ist mit uns?« Danach erinnere ich mich an nichts mehr, ich weiß nur noch, dass ich am nächsten Morgen allein mit meinen beiden Katzen Charlie und Nutmeg in meinem Bett aufwachte.

»Was bedeutet das alles, Jake?«

»Vielleicht ist er nicht der Richtige für dich. Versteh mich bitte nicht falsch, ich finde ihn sympathisch, aber du brauchst keinen zweiten Phil oder …«

»Er ist überhaupt nicht wie Phil!« Ich bin laut geworden, was mir ein paar neugierige Blicke einträgt. »Er ist das genaue Gegenteil von ihm.« *Phil hatte es gar nicht erwarten können, mich ins Bett zu kriegen.* »Weißt du noch, wie das war, als du Lucy kennengelernt hast?«

Er nickt.

»Du hast sofort gewusst, dass sie die Richtige ist, oder?«

Er nickt wieder.

Ich zucke mit den Schultern, was so viel heißen soll wie: Siehst du, genauso geht's mir auch.

»Dann versuch's mit einem Push-up-BH oder einem tief ausgeschnittenen Oberteil oder irgendwas in der Art«, schlägt er vor.

»Im Ernst, Jake. Noch deutlicher kann ich nicht werden, außer, ich falle über ihn her und reiße ihm die Klamotten vom Leib.«

»Dann tu's doch. Das funktioniert bestimmt. Vielleicht ist er schwul.«

»Er ist nicht schwul. Wieso sollte er in der Galerie anrufen und mich dann auch noch im Krankenhaus besuchen, wenn er schwul ist? Männer können Krankenhäuser nicht ausstehen.« Und jemand wie Tom, der monatelang in einem lag, erst recht nicht …

Vielleicht hat er es sich anders überlegt. Zweifelt.

Endlich beginnt der Hauptfilm. Einem Hinweis entnehmen wir, dass der Streifen jugendfrei ist.

»Wie dein Liebesleben«, murmelt Jake. Wir platzen beide laut heraus vor Lachen und lachen noch viel mehr, als jemand in der Reihe hinter uns ein empörtes »Pssst!« zischt.

Beim anschließenden Essen in einem überfüllten italienischen Lokal unweit vom Kino sind wir uns einig, dass der Film bezaubernd, wenn auch kitschig war, »und genau deshalb wollte ich ihn sehen«, sage ich. Ab und zu brauche ich eine ordentliche Portion Seelennahrung.

»Aber das nächste Mal suche *ich* den Film aus«, erwidert Jake. »Irgendwas, das meine Männlichkeit unterstreicht.«

Ich grinse und frage dann: »Wie weit seid ihr mit dem Auspacken?«

Jake und Lucy sind vor Kurzem umgezogen. »Behalt's für dich, aber ich vermisse meine alte Wohnung total.« Er meint sein gemietetes Zimmer, das vollgestopft war mit seinem Keyboard, der Gitarre und dem Schlagzeug, den Farben, der Staffelei, leeren Essenskartons, schmutzigen Kaffeebechern. Jake hat mit ein paar Freunden von der Uni eine Band gegründet und in der Wohnung geprobt, was immer wieder Beschwerden von den anderen Hausbewohnern nach sich zog. So verwahrlost seine Junggesellenbude auch war, sie hatte etwas Heimeliges. Bei meinen Besuchen dort fühlte ich mich wie die Studentin, die ich nie gewesen war; und genau aus dem Grund hatte ich auch verzweifelt versucht, mir eine eigene Wohnung zu suchen und wieder von zu Hause auszuziehen. »Lucy bestellt die ganze Zeit irgendwelche Farben- und Stoffmuster, und für mich fühlt sich das alles viel zu erwachsen an.« Er wechselt das Thema. »Freust du dich auf Weihnachten?«

Mum nötigt Dad und Jake jedes Jahr dazu, die größte Tanne, die man sich vorstellen kann, über die Vordertreppe ins Haus zu zerren, und überall im Haus prangen Weihnachtsdekorationen und Lichterketten. »Nächste Weihnachten wird es sicher anders sein, wenn du mit deinen Schwiegereltern feierst.« Mir graut jetzt schon davor, so wie es mir früher in den letzten Tagen der Ferien davor graute, dass er wieder ins Internat zurückfahren würde.

»Du schaffst das schon«, meint er, und es klingt, als hätte er sich auch schon Gedanken darüber gemacht, dass sein Leben sich nach seiner Hochzeit unweigerlich verändern wird. Dann wird er Teil von zwei Familien sein. Unsere ist wie ein wundervolles Quartett: Jedem kommt eine bestimmte Rolle zu. Wer wird Weihnachtslieder auf dem Klavier spielen, wenn Jake nicht mehr da ist? Wen werde ich beim Scrabble schlagen? Ob Jake sich auch manchmal fragt, wie das Leben sein wird, wenn ich gegangen bin? Wer wird auf meinem Platz am Küchentisch sitzen?

Allerdings habe ich nicht vor zu gehen. Ich rutsche auf meinem Stuhl hin und her. Es gibt noch so viel, was ich tun möchte. Peter Harris muss noch auf mein Schreiben auf seine Annonce antworten. Da ist das Album, das ich aufnehmen werde, und der BRIT Award, den ich gewinnen und auf den Kaminsims stellen werde. Ich will mich wieder verlieben … in Tom … und …

»Ich möchte Sängerin werden«, sage ich, als der Kellner unsere Teller abräumt. Eigentlich hatte ich diese Ankündigung erst nach der Antwort von Peter Harris machen wollen, aber ich kann es nicht länger für mich behalten.

Jake verschluckt sich und hätte seinen Kaffee fast wieder ausgespuckt. »Was?«

»Sängerin. Ich will Sängerin werden.«

»Ich versteh kein Wort.«

»Ich habe mich auf eine Anzeige beworben.« Ich erzähle ihm von Peter Harris.

»Den Namen hab ich schon mal gehört. Ist das nicht der, der diese Band gemanagt hat?«

Ich nicke. »Er ist Manager und Produzent. Und er sucht neue Künstler. Ich möchte von einer Plattenfirma unter Vertrag genommen werden.«

Jake schweigt. Schließlich frage ich: »Du denkst, dass ich dir das nachmache, nicht wahr?«

»Nein!« Er fährt sich durchs Haar. »Ja. Nein.« Auf seiner Stirn sind jetzt Falten. »Na ja, irgendwie schon. Ich weiß auch nicht. Warum gerade jetzt, Alice?«

»Ich wollte schon immer Sängerin werden, aber ich habe das Singen nie für eine ernsthafte Option gehalten.« Ich erzähle ihm, dass Professor Taylor mich in meinem Entschluss bestärkt hat. »Ich bin natürlich auch in der glücklichen Lage, einen Versuch wagen zu können.« Ich muss kein Geld für Miete oder Rechnungen ausgeben und auch keine deftige Hypothek abbezahlen wie Jake und Lucy. Ich verdiene zwar nichts, aber ich habe ein Auskommen: Geld, das ich im Lauf meiner Karriere als Model gespart habe, sowie ein bisschen, das ich – wie Jake auch – von meiner musikalischen Großmutter geerbt und sorgsam angelegt habe. »Beim Modeln war ich nie wirklich ich. Das hier fühlt sich richtig an.«

Jake erwidert nichts darauf. Vielleicht fürchtet er, ich könnte bitter enttäuscht sein, falls sich meine Pläne zerschlagen. Er möchte vermutlich verhindern, dass ich mir Hoffnungen mache, die dann zu Staub zerfallen.

»Ich kann nicht jahrelang studieren, um Anwältin oder Architektin zu werden …«

»Nicht, Alice.« Er starrt vor sich hin, er weiß, was ich damit sagen will.

»Das ist vielleicht die letzte Gelegenheit für mich, etwas aus meinem Leben zu machen. Ich will dir das nicht nachmachen, wirklich nicht, das ist das Letzte, was …«

Er lässt mich nicht ausreden. »Es war dumm von mir, okay?

Wenn ich ehrlich bin, dann … ich weiß auch nicht, ich hab mich immer als den Rock-'n'-Roll-Typ der Familie gesehen.« Er lächelt verlegen. »Ich habe so viel Glück. Glück, dass ich Lucy gefunden habe und mit meiner Kunst meinen Lebensunterhalt verdienen kann und …«

»Das hat nichts mit Glück zu tun. Du hast dafür gearbeitet.«

»Dad würde es wahrscheinlich lieber sehen, wenn ich sportlicher und machohafter wäre. Ich weiß noch, wie er mir mal einen Kricketschläger gekauft hat und dann total enttäuscht war, dass ich den nicht mit ins Bett genommen habe.«

»Dad ist stolz auf dich. Und ich auch. In ein paar Jahren werden die Leute sagen: Sie kennen doch diesen Jake Sowieso, ich hab für ein paar Hunderter ein Bild von ihm gekauft, und jetzt ist es mehrere Tausend wert!«

»Red doch keinen Unsinn.« Er wird rot. »Du meinst sicher ein paar Millionen!« Wir müssen beide lachen.

»Du hast etwas gewagt. Es wird Zeit, dass ich das auch tue.«

»Ich hatte keine Ahnung, dass dir das so wichtig ist.«

»Es ist mir wichtig, aber noch wichtiger ist mir, dass du an mich glaubst.«

»Wenn ich an jemanden glaube, dann an dich. Hätte ich auch nur die Hälfte von dem durchmachen müssen, was du durchmachst, hätte man mich schon längst verschrotten müssen.«

»Nein, das glaube ich nicht.«

»Ich habe Angst vor Wespenstichen, vor Nadeln, vor einem Bad in eiskaltem Wasser.« Er lacht, als sei ihm gerade etwas eingefallen. »Das Mutigste, was ich je getan habe, war, dass ich vor der ganzen Schule die Titelmelodie von *Die Stunde des Siegers* auf dem Klavier gespielt habe. Ich bin nicht tapfer. Ich hatte ständig Albträume, dass der Internatsleiter mich in sein Büro rufen und mir schlechte Nachrichten von daheim, von dir, bringen würde.«

Jake wurde mit acht aufs Internat geschickt; zum einen brauchte meine Mutter mehr Zeit für mich, zum anderen – und das war der Hauptgrund – dachte sie, eine neue Umgebung würde ihm guttun. Heute ist mir klar, dass das Hin und Her zwischen derart unterschiedlichen Welten sehr schwierig für ihn gewesen sein muss. Mum und Dad schrieben ihm regelmäßig, und Jake war sehr wohl imstande, auch zwischen den Zeilen zu lesen. Kurz vor meinem zehnten Geburtstag fuhren Mum und ich übers Wochenende nach Norfolk. Am Samstagmorgen weckte ich sie, weil ich fürchterliche Bauchschmerzen hatte. Mum rief einen Krankenwagen, der uns in mörderischem Tempo nach London zurückfuhr. Ich hatte eine schwere Magenblutung, die Krankenschwestern sagten, so etwas hätten sie noch nicht gesehen. Mum war überzeugt, dass ich nicht überleben würde, also schrieben sie Jake und bereiteten ihn so schonend wie möglich darauf vor. »Ich sehe heute noch das Semikolon in Dads Brief«, sagt er jetzt nachdenklich. »Er hat sich alle Mühe gegeben, die Sache für mich verharmlosend darzustellen, aber ich habe immer schreckliche Angst gehabt, dich zu verlieren. Diese Angst habe ich heute noch.«

»Du wirst mich nicht verlieren«, versichere ich ihm, wie ich es auch zu Cat gesagt habe.

Der Kellner kommt und fragt, ob wir einen Nachtisch wollen. Er brauche was Stärkeres, witzelt Jake und bestellt ein Bier. »Hast du schon mit Mum und Dad darüber gesprochen?«

»Erst, wenn ich was von Peter Harris gehört habe.«

»Ich stehe voll und ganz hinter dir, Egelchen, aber du weißt schon, dass die Welt der Unterhaltungsindustrie mit Absagen gepflastert ist, oder?«

»Einer muss es doch schaffen«, erwidere ich und ersticke die Selbstzweifel im Keim. »Warum nicht ich?«

# 13

Es ist Anfang Februar. Ich bin auf dem Weg nach Kentish Town, zu einem Treffen mit Peter Harris. Sechs Wochen nach meiner Bewerbung auf seine Anzeige hatte er plötzlich angerufen – gerade als ich die Hoffnung aufgegeben hatte, von ihm zu hören.

Ich werfe kurz einen Blick auf den Stadtplan von Kentish Town auf dem Beifahrersitz und bemerke, dass ich links abbiegen muss – und zwar sofort. Ich reiße, ohne zu blinken, das Lenkrad herum. Der Fahrer hinter mir steigt in die Bremsen und hupt. Idiot. Ich fahre Mums alten, flaschengrünen Peugeot, den wir von Gangschaltung auf Automatik haben umrüsten lassen. Er ist es mittlerweile gewohnt, bisweilen einen Kratzer abzubekommen oder in eine Auseinandersetzung mit einem anderen Fahrzeug verwickelt zu werden. Unweit vom Studio finde ich einen freien Behindertenparkplatz. Das ist das einzig Gute an dem Behindertenausweis: das kostenlose Parken. Seien wir doch mal ehrlich: Irgendeinen Vorteil sollte es dann schon auch haben, oder? Bevor ich den Nachweis hinter der Windschutzscheibe platziere, schaue ich mich nach allen Seiten um: Kein Mensch weit und breit. Es wäre doch typisch für mich, wenn ausgerechnet jetzt Tom (von dem ich immer noch nichts gehört habe) oder, schlimmer noch, Peter Harris aufkreuzen würde.

Ich betrete das Gebäude, in dem sich schwarz gestrichene Türen mit Nummern darauf aneinanderreihen. Es ist dunkel und gespenstisch still, es gibt nichts willkommen heißendes wie eine Rezeption oder einen Menschen, den ich nach dem Weg fragen könnte. Ich werfe einen Blick auf meinen Zettel: Studio 56.

Ich gehe durch einen langen Korridor, vorbei an Nummer 11, 12, 13 …, und hoffe inständig, dass es hier einen Fahrstuhl gibt. Schließlich erreiche ich eine Treppe, und als ich darauf zugehe, höre ich jemanden herunterkommen. Ich erkenne ihn von den Fotos. Mir wird ganz anders, als er fragt: »Alice?«

Ich nicke. Er hat einen hellen Teint wie Tom, aber seine Haare haben ein dunkleres, rötlicheres Blond. Er trägt einen Kapuzenpullover und Jeans.

»Mir nach«, fordert er mich, ohne zu lächeln, auf. Er steigt die Treppe wieder hinauf, und ich versuche verzweifelt, mit ihm Schritt zu halten, als wir durch einen weiteren langen Korridor gehen, vorbei an noch mehr nummerierten Türen. Ich komme mir vor wie in einem Kaninchenbau.

Endlich stehen wir vor einer blauen Tür mit der Nummer 56. Er schließt auf, doch dahinter befindet sich eine weitere Tür. Ich gehe hindurch, und sofort schlägt mir die Wärme entgegen. Als Erstes fallen mir eine Gitarre auf einem Ständer auf, ein dreistöckiger Keyboardständer und die dunkelgrüne Schalldämmung an den Wänden.

»Setz dich.« Er deutet auf ein kleines Sofa in einer Ecke. Dessen Seidenüberwurf mit einem Blumenmuster in Blau und Gold will nicht so ganz zu dem Tisch mir gegenüber passen, der vollgestellt ist mit allerlei Zeug, darunter eine Mikrowelle, ein Wasserkessel, eine halb volle Flasche Limonade und eine Küchenrolle. Er sei gleich für mich da, sagt er und tippt etwas in seinen Computer. Es ist kein besonders eleganter Raum, aber ein ziemlich cooler. Eine Zusammenkunft von Geräten und Apparaturen voller Tasten und Schalter, die mir zuzwinkern, eskortiert von den Goldenen und Platin-Schallplatten an der Wand. Daneben ein gerahmtes Foto von den Teasers, der Band, die Peter mit zwanzig unter Vertrag nahm. Die Amerika eroberte und in drei Jahren über zwanzig Millionen Schallplatten verkaufte. Als Peter vor zwei Jahren nach London zurückkehrte, nachdem die Band ihn gefeuert hatte, gab es in der Presse wilde Spekulationen über die Gründe. Einige Zeitungen schrieben, er habe eine Affäre mit der verheirateten Leadsängerin gehabt; andere sprachen von durch Stress hervorgerufenen Herzproblemen. Ein kleines gerahmtes Schwarz-Weiß-Foto zeigt Peter mit einer Frau auf einem Strandspaziergang, im Hintergrund ein Boot. Er dreht sich plötzlich auf seinem Stuhl zu mir herum und bemerkt meinen Blick. »Cornwall«, sagt er und fragt dann: »Tee, Kaffee, Wasser?«

»Ich hab Wasser dabei, danke.« Ich zeige auf meine Flasche.

Ich lege Mantel und Schal ab und bemerke, wie er mich mit raschem Blick mustert, als versuchte er abzuschätzen, ob ich den richtigen Look habe. Ich trage Jeans und eine weiße Bluse, die Haare offen, ein dezentes Make-up. Eine schlichte, sportliche Garderobe steht meiner knabenhaften Figur am besten.

»Schön, dann erzähl mir mal, warum du auf meine Anzeige geantwortet hast, Alice.« Er betrachtet mich immer noch abschätzend aus seinen dunkelbraunen Augen.

»Ich möchte Popstar werden.«

»*Popstar*. Wie alt bist du? Zwölf?«

»Dann eben Sängerin.« Ich mobilisiere meine gesamte Willenskraft, um mich nicht einschüchtern zu lassen.

»Lass mich raten.« Er schlägt die Beine übereinander. »Du möchtest berühmt werden.«

»Stimmt.« *Ich würde für mein Leben gern berühmt sein*. Warum sieht er mich so an?

»Das höre ich ständig als Antwort. Das sagen alle.«

»Ich bin aber nicht wie alle.«

»Kauf dir eine Karte und stell dich ganz am Ende der langen Schlange von Leuten an, die mir erzählen, sie wollen berühmt werden.«

»Ich steh nicht gern an.« Ich lächle. »Und schon gar nicht am Ende einer langen Schlange.«

Er zuckt zwar die Achseln, aber ich spüre, dass ich ihn neugierig gemacht habe. »Und was macht dich so besonders?«

»Nun, ich kann singen.«

»Das ist ja schon mal was.« So langsam scheint er in Schwung zu kommen. »Wie alt bist du?«

»Sechsundzwanzig.« Ich weiß, was jetzt kommt, und bin gewappnet.

»Das ist alt.«

»Gute Dinge brauchen Zeit zum Reifen.«

»Sicher, aber denk mal an Britney Spears. Sie ist ein Teenager. Natalie Imbruglia ist drei Jahre jünger als du und hat bereits eine Reihe von Hits fabriziert. In der Musikbranche ist sechsundzwanzig alt für einen Einstieg ins Geschäft.«

»Kann schon sein, aber es ist nie zu spät, seine Träume zu verwirklichen.«

Er winkt ab. »Verschon mich mit solchen Klischees.« Er greift nach seiner Kaffeetasse.

»Wenn man etwas wirklich will und hart genug dafür arbeitet, kriegt man es auch.« Ich habe nicht vor, mich von seinem Zynismus unterkriegen zu lassen. Plötzlich spüre ich, dass ich gleich anfangen werde zu husten. Ich huste und huste und kann nicht mehr aufhören. Ich trinke einen Schluck Wasser, obwohl das noch nie geholfen hat, aber ich muss irgendetwas tun, um diesen peinlichen Moment zu überbrücken. Peter starrt mich an. Ich weiß, was er denkt, und tatsächlich:

»Du solltest aufhören zu rauchen.«

»Ich« – hust, hust – »rauche nicht.«

»Trink heiße Zitrone mit Honig. Und jetzt lass mal hören.«

»Ich soll singen? Jetzt?«

»Von mir aus können wir auch erst eine Runde stricken …«

Sehr witzig, denke ich und überlege, ob ich aufstehen oder auf dem Sofa sitzen bleiben soll.

»Steh auf«, sagt er in diesem Moment. »Im Stehen singt es sich besser.«

Ich bin fürchterlich nervös. Ob ich einen meiner eigenen Songs singen darf, will ich wissen.

»Was immer du willst.«

»Er heißt *Sweet Fantasy.*«

Peter lehnt sich zurück.

Während ich meine süße Fantasie besinge, wechselt er mehrfach die Position. Langweilt er sich schon? Mein Husten pirscht sich wieder heran wie ein ungebetener Gast. *Du kannst mich nicht ignorieren*, sagt er, *ich werde nicht weggehen, ich bin wie ein Gast, der nicht die Absicht hat aufzubrechen …*

Es gelingt mir, den Hustenreiz zu unterdrücken, doch Peter hebt die Hand und sagt: »Deine Stimme hat was Erdiges, Rauchiges.« Er streicht sich übers Kinn. »Du erinnerst mich an Björk.«

Björk ist eine isländische Sängerin, überdreht und originell und äußerst talentiert. »Die mag ich sehr.«

»Okay. Ich sag dir was: Komm wieder, wenn du deine Nikotinsucht im Griff oder deine Erkältung auskuriert hast und es dir besser geht. Ich hab keine Lust, mich anzustecken.«

In meinem Kopf ertönt Daisys Stimme: *Ist Mukoviszidose eigentlich ansteckend?* Das hatte sie vor einer Englisch-Stunde vor der ganzen Klasse nach einem Blick in mein aufgeschlagenes Heft gefragt – ich hatte Bestnoten für meine letzte Arbeit bekommen und Fleißpunkte obendrein. »Setz dich bloß nicht neben diese Streberin«, riet sie dann noch einer Mitschülerin, die sich meinem Pult näherte. »Miss Musterschülerin Alice …«

Ich schüttle die Erinnerung ab und sage zu Peter: »Das geht leider nicht.«

»Wie bitte?«

*Sie wird nicht lange genug leben, um berühmt zu werden, dazu ist sie viel zu krank! Sie wird bald tot sein!* schreien die Stimmen in meinem Kopf. *Nicht hinhören!*, befehle ich mir. *Ignorier sie!*

»Ich kann nicht wiederkommen, wenn« – ich zögere – »es mir besser geht.«

»Ich versteh kein Wort.«

»Ich habe …« *Sag es! Sag es nicht! Sag es!* »Mukoviszidose.«

»Mukoviszidose«, wiederholt er, wobei er meinem Blick standhält. »Das hat etwas mit der Atmung zu tun, nicht wahr?«

»Es ist eine Lungenkrankheit, mehr nicht«, erwidere ich mit einem Achselzucken, meinem Markenzeichen. »Daher der Husten. Alles halb so wild.«

»Klar. Alice, es tut mir leid, aber ich glaube, das wird nichts«, sagt er, jetzt ruhiger und mitfühlend.

»Ich schwöre: Das ist keine große Sache! Ich schreibe meine Songs so, dass ich zwischen den Wörtern Zeit zum Atmen habe, und mein Arzt sagt …«

»Tut mir leid«, wiederholt er kopfschüttelnd. »Es wäre nicht fair, deine Zeit zu vergeuden, wenn ich weiß, dass nichts daraus wird.«

»Aber …«

»Alice, beim Singen geht es im Wesentlichen um die richtige Atemtechnik, und du erzählst mir, dass du eine chronische Lungenkrankheit hast. Ich könnte mich nach einem Musiklehrer für dich umschauen …«

»Ich will keinen Musiklehrer!«, falle ich ihm verzweifelt ins Wort. »Ich hatte schon mal eine Musiklehrerin, und die hat mein komplettes Selbstvertrauen zerstört, indem sie mir einzureden versuchte, dass ich niemals Sängerin werden könne.«

»Vielleicht hatte sie ja recht.«

»Nein, ganz sicher nicht.«

»Die Musikbranche ist eine der härtesten Branchen im Unterhaltungssektor.«

»Ich glaube, ich habe das Zeug, das man braucht, um sich durchzusetzen.«

»Ja, meinst du? Ich habe viele begabte Leute scheitern sehen, die nicht deine Probleme hatten. Warum willst du dich mit deiner Krankheit diesem Druck aussetzen?«

»Ich bin nicht krank, ich …«

»Berühmt sein ist wirklich nicht alles, und ich weiß, wovon ich rede. Dieses Geschäft ist nichts für dich, glaub mir.«

»Und wenn ich dir beweise, dass du dich irrst?« Ich duze ihn, ohne darüber nachzudenken.

»Ich irre mich nie. Einigen wir uns also darauf, dass wir uns nicht einig sind.« Er blockt ab, sein Entschluss steht fest. »Hör mal, ich halte dich wirklich für ein tapferes …«

»Tapfer? Du kannst mich für wirklichkeitsfremd oder von mir aus auch verrückt, bescheuert oder was auch immer halten, aber nicht für tapfer, verdammte Scheiße! Ich *will* Sängerin werden …«

»Und ich Milliardär.«

»Man muss auch mal an jemanden glauben. Manchmal muss man jemandem eine Chance geben und darauf vertrauen, dass man das Richtige tut. Die Leute setzen ihr Vertrauen doch auch wieder in dich.«

Er sieht mich an, als hätte ich einen empfindlichen Nerv getroffen.

*Ich hab's verbockt.*

»Danke für deine Zeit, ich finde allein raus«, sage ich und suche meine Sachen zusammen. Dabei lasse ich mein Notizbuch fallen, lose Blätter flattern auf den Fußboden. Peter hilft mir beim Einsammeln.

»*If You Fall*«, liest er laut, bevor er den ganzen Songtext überfliegt. Dann blättert er um. Es ist ein komisches Gefühl mitanzusehen, wie jemand meine zu Papier gebrachten geheimsten Gedanken und Gefühle liest. Mein Herz und meine Seele liegen auf diesen Seiten ausgebreitet. *Wenn du fällst.* Nur das Ticken der Uhr ist zu hören. Schließlich sagt er: »Sing das.«

Ich stelle mich vor ihn. *Vermassel es bloß nicht! Fang ja nicht an zu husten!*

Ich räuspere mich.

*Memories of a little girl …*
*in her perfect world*
*won't cry*
*no need to know*
*the reasons why*
*Her faith is so easy,*
*in her carefree world,*
*she'd jump into*
*her father's arms,*
*trusting that she'd*
*be unharmed.*

Peter sagt kein Wort. Ich schnappe meine Tasche und strecke auffordernd die Hand aus, damit er mir mein Heft zurückgibt.

»Das hat was.«

»Wie bitte?« Ich habe ihn sehr wohl verstanden.

»Dieser Song handelt von dir, nicht wahr? Das kleine Mädchen bist du.«

Ich nicke. *Ja, ich bin dieses kleine Mädchen, das sich erinnert an eine Welt voller Glück und Zuversicht, ohne Tränen, ohne Sorgen, ohne Fragen nach dem Warum. Sicher und geborgen in Daddys Armen.*

»Sing es noch einmal. Sei dieses kleine Mädchen.«

*Im Ernst?* Ich deute auf die Gitarre. »Darf ich?«

»Klar.«

Ich setze mich hin und spiele ein paar Takte zum Aufwärmen. Die Saiten fühlen sich hart und kalt an. Mir fällt auf, dass Peter meine Finger ansieht.

*Memories of a little girl*
*in my perfect world*
*won't cry*
*no need to know*
*the reasons why*
*my faith is so easy …*

Ich muss unwillkürlich lächeln, weil es so viel besser klingt.

*… in my carefree world*
*I'd jump into*
*my father's arms*
*trusting that I'd*
*be unharmed …*

Hier halte ich inne, eine Hand auf den Saiten.

»Weiter«, ermuntert er mich.

*If I cry*
*if I fall*
*into your arms tonight*
*will you be there?*
*and say that you care?*

»Manchmal genügt es schon, den Text in die Ich-Form zu setzen.« Er hält mein Notizbuch hoch. »Das hier drin ist ein frustriertes, zorniges, glückliches, starkes und verängstigtes Mädchen, jemand, der geliebt werden möchte, eine Frau voller Leidenschaft, eine Frau, die nach dem Sinn ihres Lebens sucht. Ich will dir nichts vormachen: Neunundneunzig Komma neun Prozent schaffen es in dieser Branche nicht, und die haben nicht einmal halb so viel zu kämpfen wie du.«

»Dann werde ich das null Komma eins Prozent sein, das es schafft.«

»Mumm hast du, das muss man dir lassen.«

»Ich hatte nie eine andere Wahl.« Er ist immer noch unschlüssig, das sehe ich ihm an. »Gib mir eine Chance. Ich werde dich nicht enttäuschen.«

»Musik ist ein Medium für Botschaften, ein Medium, sich auszudrücken, und du hast wirklich eine Menge zu sagen, und das kommt direkt von hier.« Er klopft sich auf die linke Brustseite. »Das ist genau das, was ich bei einem Künstler suche.«

»Und was heißt das jetzt?« In meiner Stimme klingt leise Hoffnung mit.

»Das heißt, dass ich mich manchmal vielleicht doch irre.« Er lächelt, als könnte er selbst nicht glauben, was er mir jetzt mitteilen wird. »Irgendetwas sagt mir, dass wir es miteinander versuchen sollten. Also: Bis nächste Woche, Alice?«

# 14

## Marys Tagebuch

**Februar 1999**

Ich stand in der Küche und schälte Kartoffeln, als Alice zurückkam und sagte: »Mum, ich werde Sängerin!« Sie erzählte mir von diesem Peter Harris, mit dessen Hilfe sie eine Demoaufnahme produzieren werde, also eine CD mit Songs von ihr, die er dann an Schallplattenfirmen schicken werde in der Hoffnung, dass sie ihr einen Vertrag anbieten. Sie redete so schnell, dass ich sie ermahnen musste, langsamer zu sprechen.

Das Verrückte ist, dass ich keine Ahnung habe, ob Alice wirklich singen kann oder nicht. Da sie Probleme mit der Koordination ihrer Hände und Finger hat, konnte sie nie besonders gut Klavier spielen, im Gegensatz zu Jake. Als sie ungefähr sechs war, nahm sie private Klavierstunden bei Betty, und ich weiß noch, dass sie am Boden zerstört war, als Betty an Gürtelrose erkrankte und sie nicht mehr unterrichten konnte. Dann kam Miss Ward. Die mochte Alice überhaupt nicht und irgendwann weigerte sie sich, weiter hinzugehen. Einmal sang sie in der Schule auch ein Duett mit Nicholas, ich glaube, es war das Weihnachtslied *Good King Wenceslas*. Sicher, sie schreibt Texte und spielt gern auf ihrem Keyboard, aber ich habe dem nie große Bedeutung beigemessen. Im Grunde ist es nicht überraschend, dass sie musikalisches Talent geerbt hat, wo meine Mutter doch Konzertpianistin war. Und Nicholas' Mutter hat im Krieg

Klavier für die Crews gespielt, die nachts auf der Suche nach feindlichen Bombern den Himmel mit Scheinwerfern absuchten, das hat er mir gestern Abend im Bett erzählt und ein wenig beleidigt hinzugefügt, das doch bitte ebenfalls zu bedenken.

Vielleicht hätte ich Alice hinsichtlich ihrer Musik mehr unterstützen sollen, dieser Gedanke nagt jetzt an mir. Aber ich gehöre nicht zu den Eltern, die ihre Kinder ehrgeizig vorwärtspeitschen. Nicholas auch nicht. Wahrscheinlich hat er sich gewünscht, dass Jake einmal in seine Fußstapfen tritt (ich muss lachen, wenn ich mir Jake mit Perücke im Gerichtssaal vorstelle, es ist ja schon komisch, Nicholas mit Perücke zu sehen!), aber für uns ist das Wichtigste, dass unsere Kinder glücklich sind.

Nicholas und ich haben keine Ahnung von der Musikbranche. Nach meinem Gespräch mit Alice habe ich gleich Jake angerufen. Er ist genau wie ich erleichtert, dass Alice ein Ziel hat, aber er macht sich auch Sorgen um sie. In der Branche herrsche ein erbitterter Konkurrenzkampf, meinte er, die Straße zum Erfolg sei mit Leichen gepflastert. Zum Glück hat Alice wenigstens mit Professor Taylor gesprochen. Sie darf ihre Gesundheit nicht aufs Spiel setzen und ihre Lungen noch stärker belasten. Vielleicht werde ich bei Gelegenheit mal unter vier Augen mit ihm reden.

Manchmal frage ich mich, wie mein Leben aussehen würde, wenn es anders gekommen wäre. Vor Alice' Geburt habe ich immer gedacht, dass ich wieder arbeiten gehen würde, sobald die Kinder zur Schule gingen. Meine große Leidenschaft sind Mode und Design. Im Rückblick denke ich manchmal: Was habe ich eigentlich die letzten zwanzig Jahre gemacht? Nicht besonders viel! Meine Aufgabe war und ist es, mich um Alice zu kümmern, dafür zu sorgen, dass unsere Familie funktioniert und alles so normal wie irgend möglich läuft – für Alice und Jake, und für Nicholas und mich. Ich habe großes Glück, dass Nicholas genug verdient und wir keine finanziellen Sorgen haben, aber es gibt Momente, da erhasche ich einen flüchtigen Blick auf jenes andere Leben, das ich hätte führen können. Ab und zu macht mich das traurig, aber ich bereue nichts. Meine Kunst bedeutet mir sehr viel. Beim Malen vergesse ich alles, wichtig ist nur das Bild vor mir. Ich denke, Jake geht es genauso. Und Alice, wenn sie singt. Sie verliert sich in ihrer eigenen Welt. Und genau das ist es, was wir alle gelegentlich brauchen: sich bewusst in etwas zu verlieren, was fern unserer Realität ist.

# 15

## Tom

Während die Lasagne im Ofen ist, geht Tom unter die Dusche und zieht sich um. Er weiß immer noch nicht, was er machen soll, wenn Alice nachher kommt. Sie hat ihm bei jeder Verabredung deutlich zu verstehen gegeben, dass sie mehr möchte. Er denkt an ihren letzten gemeinsamen Abend zurück, zusammen mit George und ein paar weiteren Freunden in einer Bar. »Und was ist mit uns?«, hatte sie gegen Ende des Abends gemurmelt, vollkommen schwummrig von der verrauchten Kneipenluft und dem Schwächegefühl, weil sie zu lange nichts gegessen hatte. Er war drauf und dran gewesen, ihr seine Gefühle zu gestehen und sie zu küssen. Dann hatte sie ihren Kopf an seine Schulter gelegt, und er hatte ihr übers Haar gestrichen. In dem Moment war ihm Georges abschätziger Blick aufgefallen, begleitet von der Bemerkung, sie brauche offensichtlich einen starken Kaffee, und der Zauber war gebrochen.

Toms Blick fällt auf das Buch über Mukoviszidose auf seinem Nachttisch. Keine leichte Lektüre. Ein Teil von ihm wünschte, er wüsste nicht so viel. Was man nicht weiß, macht einen nicht heiß.

Er hatte die Buchhandlung zunächst ohne das Buch verlassen und war nach Hause geradelt. Er hatte erwartet, sich erleichtert zu fühlen, hatte gedacht, einfach davonradeln und sich mit der schönen Erinnerung an ihre einzige kurze Begegnung begnügen zu können. Doch statt Erleichterung verspürte er Gereiztheit und Enttäuschung über sich selbst. Er stürzte sich in seine Arbeit, um sich abzulenken, doch es half nichts. Seine Gedanken kreisten nur um eines: Er hatte die Frau seiner Träume gefunden und musste feststellen, dass sie an einer unheilbaren Krankheit litt. Diese Ungerechtigkeit des Lebens machte ihn rasend vor Wut. Er war kurz entschlossen zu seinen Eltern gefahren – nicht, um ihnen von Alice zu erzählen, sondern weil er eine Auszeit fern von London brauchte, um einen klaren Kopf zu bekommen. Tom war an der Küste von Dorset aufgewachsen, er hatte seine Kindheit am Meer verbracht, und nur am Meer fühlte er sich ganz bei sich. Obwohl die Sonne bereits unterging, schlenderte er zum Strand hinunter. Das Rauschen der Wellen hatte etwas Tröstliches. Seine Mutter spürte, dass etwas nicht stimmte, stellte aber keine Fragen, sondern kochte ihm etwas Leckeres, bevor er wieder zurückfuhr. Der kleine Abstecher ans Meer hatte ihm gutgetan, doch kaum hatte er die Tür aufgeschlossen und seine dunkle, leere Wohnung betreten, musste er sofort wieder an Alice denken.

Es war hoffnungslos. Er hatte starken Kaffee gekocht, sich an seinen PC gesetzt und stundenlang nach Informationen über Mukoviszidose gesucht. Er fand eine ganze Menge über Symptome, Therapien und Forschung. Das meiste war nicht besonders ermutigend, aber es gab auch Websites, die von Fortschritten in Wissenschaft und Medizin berichteten und Hoffnung machten. Seine Joggingrunde am nächsten Morgen hatte ihn wieder an der Buchhandlung vorbeigeführt, und dieses Mal zögerte er nicht. Er kaufte das Buch.

Tom wirft einen Blick auf die Uhr. Alice wird jeden Moment hier sein. Er eilt nach unten in die Küche, nimmt ein Bier aus dem Kühlschrank und eine Tüte Fertigsalat mit Rukola- und Kopfsalatblättern, die er in eine Schüssel schüttelt. Er denkt an den Tag zurück, als er Alice im Krankenhaus besuchte. Er hatte lange mit sich gerungen. Was sie wohl denken würde, wenn er aus heiterem Himmel hereinschneite? Ob sie sich überhaupt an ihn erinnern würde? Und was, wenn ihr Freund da wäre? Und noch etwas bereitete ihm Kopfzerbrechen: Seit seinem Autounfall vor acht Jahren hatte er nie wieder ein Krankenhaus betreten. Er wollte nicht an die Zeit erinnert werden, in der er wochenlang ans Bett gefesselt und dem Tod näher als dem Leben gewesen war. Er nahm sich vor, nicht lange zu bleiben, höchstens zwanzig Minuten, und wollte sagen, dass er zufällig in der Nähe gewesen sei. Ein kleiner Besuch ohne jegliche Verpflichtung.

Doch als er das Zimmer betrat und Alice im Bett liegen sah, war es um seine guten Vorsätze geschehen. Er steckte mittendrin in der Geschichte.

# 16

## Alice

Ich bin gerade auf dem Sprung zum Abendessen bei Tom, als Mum in einem marineblauen Kleid und Schuhen mit hohen Absätzen die Treppe zu mir herunterkommt. Sie und Dad treffen sich heute Abend mit Freunden. »Würde es dir was ausmachen, deine Sachen wegzuräumen, Alice?« Sie hängt eine der vielen Blusen, die ich anprobiert habe, auf einen Bügel.

»Wieso, dafür habe ich doch dich!«

Sie wirft mir einen vielsagenden Blick zu, und wir fangen beide an zu lachen. Ich helfe ihr, meine überall auf dem Fußboden verstreuten Sachen aufzusammeln.

»Hast du deine Physio gemacht?«

Ich nicke.

»Das mit den hochgesteckten Haaren sieht hübsch aus. Gefällt mir.«

»Dann werde ich sie wieder offen tragen«, frotzele ich. Mein Blick fällt auf eine Packung Kondome auf meinem Bett. Professor Taylor schärft mir immer wieder ein, dass meine Krankheit nicht zwangsläufig zu verminderter Fruchtbarkeit führt und dass Empfängnisverhütung sehr wichtig ist, weil eine ungewollte Schwangerschaft nicht klug wäre. Ich sehe, wie Mum die Packung nimmt und unauffällig in meine Handtasche gleiten lässt. Brauchen werde ich die Kondome wohl kaum. Wir gehen jetzt seit fast drei Monaten miteinander aus, und noch immer ist nichts passiert. Wenn er mir doch ein Zeichen geben würde, wenigstens ein kleines, damit ich weiß, dass ein Ziel in Sicht ist …

Da sind selbst Schnecken schneller.

# 17

## Tom

Als Tom die Tür öffnet, steht Alice in Lederjeans und einem figurbetonten cremefarbenen Oberteil vor ihm. Sie reicht ihm eine Flasche Rotwein und eine Bitterschokolade mit Orangengeschmack, seine Lieblingssorte. Er küsst sie auf die Wange. Ihre Nähe ist fast mehr, als er ertragen kann. Sie folgt ihm nach unten in die Küche und sagt, dass es dort köstlich dufte.

Er entkorkt den Wein und nimmt aus dem Augenwinkel wahr, wie Alice eine ganze Handvoll Tabletten einwirft und schnell mit einem Schluck Wasser hinunterspült. Er tut so, als hätte er nichts bemerkt, weil er spürt, dass es ihr unangenehm wäre, wenn er sie darauf anspräche.

Beim Essen erzählt sie ihm von Peter Harris, und Tom empfindet überraschenderweise Eifersucht. Alice mag diesen Typen, keine Frage. Ihrer Ansicht nach hat er Einfluss und Macht, schließlich hat er den Schlüssel zu ihrem möglichen Erfolg. Als sie ihm das kleine Studio beschreibt, steigt ein Bild vor ihm auf, das er auszublenden versucht, das Bild, wie die beiden stundenlang in diesem kleinen Raum eng nebeneinanderhocken und Songs schreiben, dazu klimpert Peter auf der Gitarre. Tom versteht gerade gar nichts, das ergibt doch keinen Sinn: Er ist derjenige, der sie auf Distanz hält, und trotzdem ist er jetzt eifersüchtig!

Da sie offensichtlich der Meinung ist, Singen sei kein Problem für sie, will er sie nicht fragen, wie sie das mit ihren kaputten Lungen schaffen will. Stattdessen sagt er: »Du musst mir mal was vorsingen.«

»Bei Gelegenheit. Wer weiß: Vielleicht schreibe ich sogar mal einen Song über dich«, erwidert sie und blickt ihm dabei in die Augen.

Tom schaut als Erster weg. Er überlegt krampfhaft, was er sagen könnte, um die Atmosphäre aufzulockern. »Solange ich gut dabei wegkomme. Du weißt schon – groß, attraktiv, gut im Bett.«

»Kann ich nicht beurteilen. Ob du gut im Bett bist, meine ich.«

Er beugt sich näher zu ihr. »Bin ich.«

»Davon würde ich mich gern selbst überzeugen.«

»Noch einen Schluck Wein?«, fragt er. Sie beherrscht dieses Spiel besser als er.

»Okay«, sagt Alice nach dem ersten Gang. »Beziehungen bisher?«

»Oh, da würden wir morgen früh noch hier sitzen.«

Sie zieht eine Braue hoch.

»Also gut. Ein paar.«

»Erzähl mir von deiner letzten.« Sie sieht ihn aus großen Augen aufmerksam an, die Ellbogen auf dem Tisch aufgestützt.

»Wir haben uns vor anderthalb Jahren getrennt.«

»Und seitdem bist du allein? Das ist eine lange Zeit.«

»Wir waren vier Jahre zusammen. Ich hatte es nicht eilig mit einer neuen Beziehung.«

»Red weiter.«

»Wenn alles gut lief, war es fantastisch, aber wir haben uns auch viel zu oft gestritten. Ich habe sie sehr geliebt, aber irgendwann hat es uns beide einfach zu viel Kraft gekostet.«

Alice nickt, als wüsste sie genau, was er meint. »Und seitdem hat es keine andere gegeben?«

»Na ja, ich hatte was mit einer Yogalehrerin. Aber nicht lange.«

»Sie war bestimmt sehr biegsam.« Sie rekelt sich und lächelt ihn provokant an.

*Himmel noch mal, Tom, wie deutlich muss sie es dir noch zeigen?* Da sitzt sie in ihren Lederjeans und dem engen Top, mit ihren wunderschönen blonden Haaren, in die er so gern greifen würde … *Sitz doch nicht so blöd herum wie ein Klotz!* »Sehr biegsam«, sagt er schließlich. Dieses Mal hält er ihrem Blick stand. Sein Entschluss ist gefasst. Er will diesen Abend nicht wieder mit einem Händedruck oder einem Küsschen auf die Wange beenden. Sonst ist es gelaufen, das ist ihm klar. Alice scheint nicht der Typ zu sein, der ewig auf einen tollpatschigen, unschlüssigen Trottel wartet.

Sie beugt sich zu ihm vor. *Tu was! Sag was!* »Noch ein bisschen Nachtisch?«, fragt er und verflucht sich im gleichen Augenblick. Er kann Alice fast kreischen hören: *Was ist bloß los mit dir? Was zum Teufel soll das?*

»Wie würde es wohl sein mit uns beiden, was meinst du?«, fragt sie.

Er lässt beinah den Servierlöffel fallen. »Mit uns beiden?«

»Ja. Mit dir und mir.«

»Moment mal, was ist mit dir und Phil? Du hast mir noch nicht …«

»Du weichst mir aus.«

»Stimmt doch gar nicht«, protestiert er. Ihr entgeht aber auch nichts.

Er steht auf, tut so, als suche er etwas im Küchenschrank. Ein Stuhl schabt über den Fußboden, Schritte nähern sich. »Denkst du eigentlich jemals an mich, Tom? An uns?«

Er dreht sich zu ihr um, lehnt sich an die Spüle. »Ununterbrochen.«

»Und?« Sie ist nur Zentimeter von ihm entfernt.

*Jetzt oder nie, Kumpel. Nimm sie in die Arme oder lass sie gehen.* »Weißt du, es ist ungefähr so wie mit einer Dose Bohnen.«

*Was faselst du denn da, verdammte Scheiße?*

Alice sieht ihn schweigend an.

Er schnappt sich eine Dose Bohnen aus dem Schrank. »Hier, siehst du? Diese Dose kann gut für sich allein stehen, sie braucht keine Gesellschaft.«

»Was willst du damit sagen? Dass du eine Dose Bohnen bist? Oder bin ich die Dose Bohnen?«

*Ehrlich, Tom, wenn sie vorher schon verwirrt war, dann ist sie jetzt mit ihrem Latein am Ende. Immerhin hat sie so viel Anstand, dass sie lächelt und dir nicht eine scheuert und dann hinausmarschiert.*

»Ich will damit sagen, egal ob eine Dose Bohnen oder fünf, man, äh, man braucht sie nicht alle miteinander. Eine allein reicht auch ...« Er kratzt sich verlegen am Hinterkopf. »Ich meine ... Oh Scheiße, Alice, ich weiß auch nicht, was ich meine! Wir müssen reden, aber ...«

»Okay, überleg dir, was du sagen willst. Ich verschwinde dann mal.«

»Nein!« Er kann sie nicht gehen lassen. Nicht so. »Geh nicht.«

»Ich will nur aufs Klo«, beruhigt sie ihn. Nach ein paar Schritten dreht sie sich noch einmal um. »Eine *Dose Bohnen*?«

Als sie die Küche verlässt, würde Tom am liebsten mit den Fäusten gegen die Wand trommeln und mit den Füßen dagegentreten. Wenn es nicht so traurig wäre, würde er lachen. Was ist bloß los mit ihm? Er ist doch sonst nicht so. Er füllt sein Glas noch einmal mit Wein. Eigentlich geht es darum, dass man sich mit jemandem wie Alice, jemandem mit einer schweren Krankheit, gehemmt fühlt. Die Leute haben Angst, wissen nicht, wie sie sich verhalten sollen, und er schämt sich zuzugeben, dass auch er zu diesen Leuten gehört. Hätte er doch bloß nicht dieses Buch gekauft oder im Internet recherchiert! Wüsste er doch nichts über Organtransplantationen und Lebenserwartung!

Er denkt an Alice, an die Fragen, die sie ihm zu Recht gestellt hat. Was soll er jetzt tun? Er muss Farbe bekennen, es gibt keine andere Möglichkeit. Wo bleibt sie eigentlich so lange? Er läuft die Treppe hinauf, voller Angst, dass sie gegangen ist. Er könnte es ihr nicht verdenken.

Zu seiner grenzenlosen Erleichterung findet er sie in seinem Schlafzimmer. Dann fällt sein Blick auf das Buch in ihren Händen. Sie hebt langsam den Kopf, sieht ihn an. Tom will ihr das Buch wegnehmen, aber sie hält es fest. »›Entscheidende Fortschritte bei den Behandlungsmethoden haben die Lebenserwartung auf dreißig Jahre heraufgesetzt‹«, liest sie vor und sagt dann zu ihm: »Gute Bettlektüre?«

Er erkennt an ihrem Blick, dass sie zutiefst verletzt ist.

»Entschuldige, ich hätte nicht herumschnüffeln sollen.« Sie legt das Buch auf seinen Nachttisch zurück.

»Alice, warte.« Er fasst sie am Arm, als sie an ihm vorbeigehen will. »Du hast mich gefragt wegen uns. Wir müssen reden. Ich hab dich wirklich sehr gern …«

»Aber du hast Angst wegen meiner Muko. Ich verstehe.«

»Kannst du mir das verübeln?«

Er setzt sich aufs Bett und ist erleichtert, als sie neben ihm Platz nimmt.

»Als ich diese schwere Wirbelsäulenverletzung hatte, wusste ich, dass ich irgendwann wieder gesund werden würde, aber bei deiner …«

Sie lässt ihn nicht ausreden. »Tom, glaubst du, ich habe keine Angst? Allein der Gedanke … Und deshalb will ich nicht daran denken. Ich will nicht von Freunden oder von meiner Familie daran erinnert werden. Ich brauche jemanden, der mir hilft, vor meiner Krankheit zu fliehen.«

Sie steht auf, aber er fasst sie wieder am Arm, fester dieses Mal. »Geh nicht. Lass mich wenigstens erklären …«

»Nicht nötig. Ich hab schon verstanden.« Sie sieht ihn an, als hätte sie eine Entscheidung getroffen: Es ist vorbei. »Rufst du mir ein Taxi?«

»Nein, erst wenn …«

»Ich will nach Hause.«

»Himmel, glaubst du, ich würde mich darüber informieren, wenn ich nichts für dich empfinden würde?« Er springt auf und geht im Zimmer auf und ab. »Das ist alles neu für mich!«

»Du hast recht. Es gibt keine Heilung für mich. Ich muss es akzeptieren, wie es ist, ich habe keine andere Wahl. Du schon.«

Tom fährt sie nach Hause. Keiner von ihnen spricht ein Wort. Als er vor dem Haus ihrer Eltern hält und den Motor abstellt, bedankt sie sich für das Abendessen, öffnet dann die Beifahrertür und sagt: »Man sieht sich.«

Tom steigt aus und eilt um den Wagen herum. »Ich bring dich noch zur Tür.«

»Nicht nötig, danke.«

»Ich möchte es aber.«

Er streckt die Hand aus und ist froh, als Alice sie ergreift. Sie gehen die Steinstufen zur Hintertür hinunter. »Kann ich mit reinkommen?«, fragt er. Als er ihre abweisende Körpersprache bemerkt, fügt er drängend hinzu: »Bitte, Alice! Wir können nicht so auseinandergehen.«

Tom sieht sich in dem Zimmer um. An den Wänden hängen gerahmte Drucke und Fotos von Freunden und Angehörigen, die Regale sind voller Romane und CDs. Er bemüht sich, nicht allzu lange auf die Medikamentenpackungen rings um das Kopfteil ihres Doppelbetts zu starren. An einem Stuhl neben dem Bett lehnt eine Gitarre, daneben stehen ein großer Kühlschrank und ein Keyboard.

»Irgendwann zieh ich hier aus«, sagt Alice und streift ihre Schuhe von den Füßen. »Ich werde eine Wohnung mit Blick auf die Themse haben und von meiner Dachterrasse aus den Sonnenuntergang beobachten.« Sie setzt sich im Schneidersitz auf ihr Bett.

»Darf ich?« Tom zeigt auf seine Stiefel und zieht sie aus, als Alice nickt. Dann hockt er sich zu ihr aufs Bett.

»Tom …«

»Alice …«

»Du zuerst«, sagen beide gleichzeitig, und die Spannung zwischen ihnen wächst.

»Ich wollte sagen, dass ich verstehen kann, dass du wegen meiner Krankheit Bedenken hast. Ich hab das von Anfang an gemerkt.«

Tom versucht es gar nicht erst abzustreiten. Er will aufrichtig sein.

»Aber das Komische am Leben ist, dass keiner weiß, was es bringen wird«, fährt sie fort. »Obwohl ich es für mein Leben eher weiß als die meisten anderen. Ich meine, du weißt nicht, was heute Nacht oder nächste Woche passieren wird, oder? Vielleicht wirst du morgen von einem Bus überfahren.«

»Danke«, erwidert er trocken.

»Oder du gewinnst im Lotto.«

»Ich bevorzuge diese Option.«

Sie lächelt leicht. »Das Leben ist unberechenbar. Du gehst deinen Weg mit jemandem, und kein Mensch kann sagen, ob es ein holpriger Pfad sein wird oder vielleicht eine Sackgasse.« Alice wendet sich ihm zu. »Aber ich kann mich nicht mit jemandem auf den Weg machen, der von vornherein Angst hat, der mich vor lauter Angst nicht einmal berühren mag …«

Tom legt seine Hand auf ihre Wange.

Sie lässt es zu. »Oder mit jemandem, der mich mit einer Dose Bohnen vergleicht«, fügt sie hinzu.

»Das war nicht mein hellster Moment«, gesteht er.

Sein Gesicht ist ihrem ganz nah.

»Glaubst du, dass du mich jemals küssen …«

Tom lässt ihr nicht die Zeit, den Satz zu beenden. Er hat ihr Gesicht in seine Hände genommen und küsst sie leidenschaftlich. Er hat es satt zu warten, sein Gewissen zu erforschen, sich in irgendwelche Bücher zu vergraben und das Schicksal zu verfluchen. Alice ist da, hier und jetzt. Sie hat recht: Wer weiß schon, was morgen sein wird. Dieses ständige Zweifeln macht ihn krank. Und so küsst er sie, als ob in dieser Nacht die Welt untergehen würde. Ihre Lippen fühlen sich wunderbar an auf seinem Mund. Er hebt ihre Arme ein wenig an, und sie streckt sie über den Kopf, damit er ihr das Top ausziehen kann. Dann knöpft sie ihm das Hemd auf. Er schaut ihr in die Augen. »Ich will nichts überstürzen …«

»Überstürzen?«, entfährt es ihr. Sie lächelt. Er ist im Begriff, sich in dieses Lächeln zu verlieben.

»Gut.« Er lässt seine Hand zum Reißverschluss ihrer Hose hinunterwandern. »Ich hab nichts dabei«, flüstert er.

»Warte.« Sie zieht ihre Nachttischschublade auf und greift hinein.

»Bist du sicher?«, fragt er, bevor er die Verpackung mit den Zähnen aufreißt.

»Hör auf, Fragen zu stellen!«

»Ich bin eben durch und durch britisch und höflich.«

»Lass das. Ich mag böse Jungs.«

»Wie böse?«

»Richtig, *richtig* böse.«

Wieder küsst er sie, und es dauert nicht lange, bis sie nackt im Bett liegen.

Plötzlich meint Tom, ein Geräusch zu hören, von draußen, wie er glaubt, doch dann kommt es näher … »Nicht aufhören«, murmelt Alice. Das Licht geht an. Jemand steht am Fußende des Bettes, jemand in einem langen Baumwollnachthemd und mit vor Angst weit aufgerissenen Augen. Tom löst sich ruckartig von Alice. »Mum!« Hastig zieht Alice die Bettdecke hoch in dem vergeblichen Versuch, sie über sich und Tom zu breiten.

»Oh! Äh«, stammelt Alice' Mutter. »Du hast den Knopf gedrückt! Ich dachte, du hättest einen deiner, äh …« Sie wirft Tom einen Blick zu.

Eine Hand an die Stirn gepresst, sagt Alice: »Alles in Ordnung, Mum, alles bestens.«

Tom streckt die Hand aus. »Freut mich, Sie wiederzusehen, Alice' Mum.«

»Ja, äh, hallo. Sie können Mary zu mir sagen.«

»Es ist alles in Ordnung, Mum«, versichert Alice noch einmal mit einem flehentlichen Blick auf ihre Mutter.

»Tut mir wirklich leid, dass ich euch gestört habe.«

Sie weicht langsam zurück, doch wieder poltern Schritte die Treppe herunter. »Alles in Ordnung, Nicholas, falscher Alarm«, ruft Alice' Mutter und fügt mit einem raschen Blick zu den beiden im Bett hinzu: »Ich lass euch dann mal wieder allein. Viel Spaß noch!« Sie winkt und eilt dann hinaus.

»Gut zu wissen, dass der Hausnotruf einwandfrei funktioniert«, bemerkt Tom, während Alice, die am liebsten im Boden versinken würde, sich ein Kopfkissen aufs Gesicht presst und mit den Beinen strampelt.

Dann brechen beide in schallendes Gelächter aus, das einfach nicht enden will.

# 18

## Alice

*Guten Morgen. Wollte dich nicht wecken. Danke für diese schöne Nacht. Ich muss am Wochenende auf eine Junggesellenabschiedsparty (leider), aber ich rufe dich Sonntagabend an. PS: Grüß deine Mutter von mir.*

Ich lese Toms Zeilen wieder und wieder. Ich bin emotional ausgelaugt, aber wahnsinnig glücklich. Nach Mums Abgang war die Leidenschaft des Augenblicks verflogen, aber Tom und ich blieben wach. Wir haben uns unterhalten, bis weit nach Mitternacht, und eigentlich war das sehr viel besser als Sex. Als er die Narbe auf meinem Bauch berührte, nahm ich seine Hand und führte sie darüber. »Meine Glücksnarbe. Ein waagerechter Halbmond, wie ein Lächeln.« Woher ich die hätte, wollte er wissen, und ich erklärte ihm, dass ich bei meiner Geburt einen Darmverschluss hatte, der operativ entfernt werden musste. Tom schlang seine Arme um mich und drückte mich an sich. »Ich kann mich nicht an den Eingriff erinnern, ich war ja erst wenige Tage alt, es gibt also keinen Grund, mich zu bedauern.«

»Das würde ich niemals wagen!«

»Und wenn du nur ein einziges Mal zu mir sagst, dass ich tapfer bin, mache ich Schluss.«

»Wow. Aber du bist wirklich tapfer.«

Ich knuffte ihn. Ich spürte mehr, als dass ich sah, dass er lächelte.

»*Ich* hingegen bin außerordentlich tapfer«, fuhr er fort. »Du hättest mich nach meinem Unfall sehen sollen. Ich habe stoischen Gleichmut an den Tag gelegt, mich nie beklagt, mein Schicksal heldenhaft ertragen.«

»Ach, halt doch die Klappe.«

»Sorg doch dafür«, zog er mich auf, und das musste er mir nicht zweimal sagen. Ich küsste ihn, wobei ich mich vergewisserte, dass ich nicht wieder versehentlich an den Notrufknopf kam, und so wurden wir von niemandem gestört, als wir dann doch noch miteinander schliefen.

Ich kann es noch gar nicht fassen. Habe ich die letzte Nacht vielleicht nur geträumt? Es schien doch schon so, als würden unsere Wege sich trennen. Nachdem er gestern Abend vom Tisch aufgestanden war und an der Spüle lehnte, hatte ich fest mit der Lass-uns-Freunde-bleiben-Rede gerechnet. Und dann der Vergleich mit der Dose Bohnen! Das war der absolute Tiefpunkt gewesen, und als ich das Buch über Mukoviszidose auf seinem Nachttisch entdeckt hatte, sah ich mich in meinen schlimmsten Befürchtungen bestätigt. Tom deckte meine Schwäche auf, legte alle Gründe offen, *nicht* mit mir zusammen zu sein. Ich nahm ihm das nicht übel, aber ich fühlte mich dadurch verletzlich und unsicher. Plötzlich wollte ich nur noch allein sein. Doch als er mich küsste …

»Es ist so ruhig da unten«, höre ich eine Stimme, die mich aus meinen Gedanken reißt. Ich wünschte, Tom müsste am Wochenende nicht weg.

»Hallo, Rita! Ich glaube, es war gestern ziemlich spät«, sagt Mum übermäßig laut, um mich zu warnen: Falls Tom und ich noch im Bett liegen, wäre es jetzt an der Zeit für ihn, sich aus dem Staub zu machen.

»So, so, es war also spät gestern«, erwidert Rita genauso laut. Sie ist die Krankenpflegerin, die den dem Brompton angegliederten häuslichen Pflegedienst leitet.

»Er ist weg!«, rufe ich leicht genervt nach oben. Als ob zum ersten Mal ein Mann über Nacht geblieben wäre! Allerdings war es das erste Mal, dass Mum hereinplatzte, während wir gerade zugange waren.

»O Romeo, Romeo, warum bist du Romeo?«, zitiert Rita, während sie die Treppe hinuntersteigt.

»Sie müssen mir nachher unbedingt erzählen, was Sie herausgefunden haben«, sagt meine Mutter.

In solchen Augenblicken würde ich alles für eine eigene Wohnung geben. Aber an diesem Morgen kann mir nicht einmal ihre aufdringliche Neugier meine gute Laune verderben.

»Du hast schon genug herausgefunden, Mum!«, rufe ich. »Und außerdem gibt es so etwas wie Schweigepflicht!«, füge ich im Spaß hinzu.

»Da hat sie allerdings recht, Mary!« Rita tritt an mein Bett. Sie trägt eine Fleecejacke über ihrem marineblauen Schwesternkittel, flache Schuhe, eine Brille mit lila Gestell und baumelnde Ohrringe. »Erzähl, Alice, wer ist jetzt wieder in dich verknallt?«

Ich kann nicht aufhören zu grinsen.

»Es war doch hoffentlich nicht Phil, oder?« Sie stellt ihren Arztkoffer und die Schultertasche auf dem Boden ab. »Sag jetzt bitte nicht, dass du wieder mit diesem Fiesling zusammen bist!«

Ich schüttle den Kopf.

»Puh! Sei froh, dass du diesen minderwertigen Sack los bist.« Ihr Blick fällt auf Toms Nachricht. Sie zählt eins und eins zusammen. »Tom?«

»Es war einfach *unglaublich*, Rita.«

»Erzähl«, drängt sie. Ihr strahlendes Lächeln stellt mein eigenes fast in den Schatten.

Als ich ihr von Mum und dem Notrufknopf berichte, schüttet sie sich aus vor Lachen.

»Oh, Alice«, japst sie, »das ist so gut, das kann man unmöglich erfinden!« Dann wird sie ernst. »Du hustest mehr als sonst«, bemerkt sie, als ich zu dem Asthmaspray auf meinem Nachttisch greife.

»Ich bin bloß müde.«

»Schlafen stand vermutlich nicht an erster Stelle auf deiner Prioritätenliste, oder?« Sie hält einen schwarzen Spitzen-BH hoch und macht sich dann daran, meine immer noch auf dem Fußboden verstreuten Sachen einzusammeln. »Aber jetzt ist ja deine Sklavin da.« Sie faltet jedes Kleidungsstück ordentlich zusammen und legt es auf den Stuhl neben meinem Bett. Dann schüttelt sie meine Kissen auf. »Leg einfach die Füße hoch, Prinzessin, und überlass das Arbeiten mir.«

Ich muss lachen.

Rita zieht den Reißverschluss ihres Arztkoffers auf.

Sie überprüft im Anschluss an eine zweiwöchige intravenöse Antibiotikatherapie spätestens jeden zweiten Monat anhand einer Blutuntersuchung, ob ich richtig eingestellt bin. Sie kommt aber auch zwischendurch und sieht nach mir.

Heute wird sie meinen Portkatheter spülen. Das ist ein kleines, mit einem Schlauch verbundenes Ding aus Metall und Silikon, ein dauerhafter Zugang unter der Haut zu einer Vene nahe dem Herzen. Professor Taylor hat mich zu dem Eingriff überredet, und ich habe mir den Port unmittelbar über meiner linken Brust implantieren lassen. Am Anfang habe ich mich dagegen gewehrt, meinem Körper noch etwas hinzuzufügen, was mich an meine Muko erinnert, zumal ich Karriere als Model machen wollte, aber ich muss zugeben, dass der Port mein Leben gewaltig erleichtert. Ich muss sehr viele Injektionen bekommen, und jetzt können Rita oder ich mir über eine Portnadel Medikamente oder Infusionslösungen zuführen, anstatt jedes Mal mühsam nach einer geeigneten Vene zu suchen. Der Port ist bloß ein kleiner Knubbel unter der Haut, aber Phil ist natürlich jedes Mal zusammengezuckt, wenn er ihn berührt hat. Ich glaube, Tom hat etwas gemerkt, aber er hat nichts gesagt. Die meiste Zeit denke ich gar nicht an den Port, es sei denn, er wird benutzt. Wenn das nicht der Fall ist, muss Rita ihn alle vier bis sechs Wochen spülen, um zu verhindern, dass die Zuleitung mit Blutklümpchen verstopft wird.

Rita macht den Kühlschrank auf, in dem ich meine Medikamente lagere, darunter auch Heparin, einen Blutverdünner. Während sie die Heparin-Kochsalz-Lösung vorbereitet, summt sie Shania Twains *Man! I Feel Like a Woman*. Ich muss immer schmunzeln bei der Vorstellung, wie Rita in ihrem kleinen lila Lieferwagen quer durch London fährt und dabei irgendeinen Popsender hört. »Hast du wieder seichte Musik für über Vierzigjährige gehört?« Rita ist sechsundvierzig.

»Pass bloß auf!«

»Wie geht's Emily?«

Eines der ersten Dinge, die Rita zu mir sagte, als wir uns vor vielen Jahren kennenlernten, war: »Ich bin selbst Mutter. Emily, meine Tochter, wurde mit einer Fehlstellung der Hüften geboren und muss seit ihrer Geburt einen Stützapparat tragen. Ich weiß, was es heißt, im Krankenhaus ein und aus zu gehen.«

Rita hat ihre Tochter allein großgezogen. »Mein Mann hat es vorgezogen zu verduften, als es ganz dicke kam. Das tut immer noch weh. Wird auch immer wehtun. Mir nicht, aber Emily. Männer sind Schwächlinge, mal abgesehen von deinem wundervollen Vater.« Rita hat meinen Dad vom ersten Augenblick an gemocht, als er ihr in seinem kastanienbraunen Morgenmantel die Tür öffnete.

Sie wäscht sich im Bad nebenan die Hände und ruft: »Emily hat übrigens eine Stelle in einer WHSmith-Buchhandlung bekommen. In der Schreibwarenabteilung.«

Als sie zurückkommt, trägt sie Einmalhandschuhe. Auf einem kleinen Tablett liegt Verbandszeug bereit. Sie tastet nach meinem Port, indem sie die Haut über meiner Brust zusammenkneift, und führt dann eine dünne Nadel ein. Die gebrauchte Nadel wirft sie in meinen knallgelben Sondermüll-Eimer. »So. Das war's schon. Fertig.«

Dann muss ich in eine weiße Plastikschale husten. Mein Husten dröhnt hohl. *Wenn ich diesen Schleim nicht aushusten würde, würde ich glatt darin ertrinken.* Ein Glück, dass Tom nicht mehr da ist. Normalerweise werfe ich jeden Freund raus, bevor er diese Seite von mir zu Gesicht bekommt. Rita wirft einen Blick in die Plastikschale. »Entschieden zu rotzgrün für meinen Geschmack.«

Sie will die Probe ins Labor schicken, um sicherzugehen, dass ich keine Infektion habe. »Ich kann kein Risiko eingehen, Alice.« So lustig und flapsig Rita sein kann, sie ist auch äußerst gewissenhaft und eine der besten Krankenpflegerinnen, die ich kenne.

Ich strecke ihr meinen Arm hin, damit sie meinen Puls fühlen kann. »Das alles ist nicht gerade sexy, hm?«

»Keine Krankheit ist sexy.«

Ich denke an vergangene Nacht. Nachdem wir miteinander geschlafen hatten, wollte Tom wissen, warum ich einen Notrufknopf habe.

Obwohl ich ehrlich zu ihm sein wollte, spielte ich das Ganze herunter und erwiderte, das sei eine reine Vorsichtsmaßnahme, ich hätte ihn bloß ein einziges Mal gebraucht. Ich brachte es einfach nicht fertig, ihm von dem Blut zu erzählen, das ich manchmal aushuste, manchmal in solchen Mengen, dass es im schlimmsten Fall aussieht wie am Tatort eines Gewaltverbrechens. Ich wollte ihn nicht noch mehr erschrecken, nicht jetzt, wo wir endlich zueinandergefunden hatten.

»Sind deine anderen Patienten in Bezug auf ihren Körper auch so eitel?«

»Ist der Papst katholisch?«, gibt sie zurück. »Jeder, ob krank oder gesund, verfügt über ein mehr oder weniger ausgeprägtes Körperbewusstsein. Sieh dir das hier an!« Sie kneift sich in die Fleischlappen unter ihren Oberarmen. »Und dabei hab ich mir immer langes, volles Haar gewünscht und lange, schlanke Beine wie die von Julia Roberts.« Rita hat dünne rote Haare und kurze Beine. Ich schätze sie auf höchstens eins fünfundfünfzig. »Man muss dankbar sein für das, was man hat, Madam. Die Kamera liebt dich und deinen Knochenbau. Ich seh auf Fotos aus wie Shrek und das auch nur an einem guten Tag.«

»Das ist nicht wahr! Du bist wunderschön.« Und das meine ich ehrlich. Sie *ist* wunderschön, innerlich und äußerlich. Ich denke oft, dass der Himmel sie mir geschickt hat.

»Genug damit. Wo waren wir? Ah ja.«

Als Nächstes ist der Lungenfunktionstest dran. Ich nehme das Mundstück in den Mund und atme hinein. »Weiter! Nicht nachlassen! Du schaffst das!«, treibt Rita mich an.

Ich bin völlig aus der Puste. Rita notiert die Ergebnisse. »Was hat Professor Taylor zum Thema Schwimmen gesagt?«

»Er meint, ich solle es versuchen, ich würde ja sehen, wie es klappt mit dem Atmen.«

»Sehr gut. Ich kann dir nur raten: Tanz und sing, so viel du willst.« Sie legt sich eine Hand auf die Brust. »Mach alles, was Bewegung da reinbringt.«

Als sie ihre Sachen zusammenpackt, frage ich: »Was ist mit Sex? Zählt der auch?«

»Aber klar doch. Tausendmal mehr als Schwimmen!«

»Sie ist in Bestform heute Morgen«, höre ich Rita oben zu meiner Mutter sagen.

»Wüsste zu gern, woran das liegt.«

»Oh ja, ich auch«, erwidert Rita.

# 19

## Marys Tagebuch

**Februar 1999**

Nicholas und ich saßen im Wohnzimmer, Nicholas studierte gerade irgendwelche Gerichtsakten, als Tom und Alice hereinkamen. Ich glaube, Tom wollte die Situation entspannen, indem er sagte, er freue sich, mich wiederzusehen. »Und dieses Mal sogar in Klamotten«, warf Nicholas trocken ein. Er liebt solche Frotzeleien. Tom sagte, er wolle sich für die peinliche Situation und den falschen Alarm entschuldigen, aber immerhin wüssten wir jetzt, dass der Notrufknopf einwandfrei funktioniere. Nicholas und ich mögen ihn schon jetzt. Er ist so ganz anders als Phil, so charmant und witzig. Ich kann gut nachvollziehen, dass Alice ihn attraktiv findet. Er hat unglaublich blaue Augen. Das Einzige, was Nicholas Kopfzerbrechen bereitet, ist sein Beruf. »Er arbeitet mit Computern?«, fragte er stirnrunzelnd mit einem Blick über den Rand seiner Brille hinweg, nachdem die beiden gegangen waren. »Was genau soll das heißen?«, fügte er hinzu und klang dabei genau wie seine Tochter.

# 20

## Alice

*»You like me – I know you really like me«*,
singe ich Peter vor und begleite mich dazu auf der Gitarre,
*»don't try to disguise that you want me,*
*I know you really want me.*
*I can see it in your eyes,*
*I can see it in your …«*

»Stopp!«

Ich verstumme.

»Was ist denn das, verdammte Scheiße?« Er starrt mich an.

»Das ist nur eine erste …«

»Das ist Gewäsch. Seicht und langweilig. *Du magst mich, ich weiß, du magst mich; du willst mich, ich weiß, du willst mich. Wozu es leugnen, ich durchschau dich. Ich seh's in deinen Augen* und so weiter, das ist das, was alle anderen auch singen. Banales Gefasel.«

»Vielen Dank.«

»Ich bin nur höflich. Du klingst wie Kylie.«

*Was für ein Kompliment.*

»Eine miserable Kopie von ihr.« Peter presst beide Hände an den Kopf. »Hast du mir letzte Woche nicht zugehört? Für wen singst du? Wir hätten viel mehr Superhits, wenn die Leute mir nur besser zuhören würden. Okay, lass uns noch mal von vorn anfangen. Erzähl mir von dir, Alice. Was hast du vorher so gemacht?« Er beißt herzhaft in sein Plunderstück, die Belohnung für seinen Besuch im Fitnessstudio am Morgen.

»Ich war Model.«

»Toll. Ein wandelnder Kleiderbügel.«

»Es ist schon ein bisschen mehr als das.«

»Ein wandelnder, *sprechender* Kleiderbügel. Ich hatte mal eine Freundin, die eine Zeit lang Model war. Das war hart: Sie war ständig auf Reisen und lebte aus dem Koffer.«

»Das ist auch der Grund, warum ich aufgehört habe.« *Obwohl man eine Busfahrt durch die Uxbridge Road kaum »auf Reisen sein« nennen kann.*

Seine Augen werden schmal. »Mir ist schon klar, dass du als Typ vor der Linse gefragt bist. Blond und katzengleich, hübscher als das Mädchen von nebenan, und trotzdem können Frauen sich mit dir identifizieren. Männer finden dich sexy und attraktiv, Frauen möchten dich als Freundin haben.«

Seine Komplimente machen mich verlegen, daher sage ich: »Ich habe aber komische Füße. Und keulenförmige Finger«, füge ich hinzu, als ich bemerke, dass er meine Hände betrachtet. »E.T. telefoniert nach Hause.« Ich zeige mit dem Finger Richtung Decke. Ich kann mich noch erinnren, wie die Mädchen in meiner Klasse darüber gelacht haben.

»Und was hast du danach gemacht? Eine Karriere als Komikerin in Angriff genommen?«

»Ha, ha.«, sage ich. »Das hier. Musik. Liegt in der Familie. Mein Bruder spielt in einer Band. Gitarre.«

»Und warum hast du dann nicht früher mit dem Singen angefangen?«

»Dämonen«, erwidere ich achselzuckend.

Er nickt, als wolle er sagen, er habe gegen seine eigenen Dämonen kämpfen müssen. »Weißt du, Alice, in der Musik ist es anders als beim Modeln: Du bist du selbst. Du spielst keine Rolle. Du trägst keine Maske, wenn du auf der Bühne stehst. Du kannst dich nicht hinter irgendwelchen Ausreden verstecken.

In der Filmbranche ist vielleicht der Regisseur schuld oder das schwache Drehbuch. Du kannst einen totalen Flop landen, beim nächsten Mal aber eine oscarreife Vorstellung liefern. In der Musik kriegst du eine einzige Chance. Ein einziges schlechtes Album, und die Plattenfirma lässt dich fallen. Wenn du Glück hast, wirst du auf einem Festival bloß mit Flaschen voller Pisse beworfen. Das ist mal einer Gruppe passiert, die ich gemanagt habe«, gesteht er. »Sogar ein Rollstuhl und eine Bratpfanne sind auf die Bühne geflogen. Deswegen ist es so wichtig, dass ich mir ein Bild von dir machen kann. Wenn du auf der Bühne nicht als echt rüberkommst, werden sie dich in Stücke reißen. Hast du an deinem Persona-Profil gearbeitet?« Peter hatte mir bei unserem ersten Treffen einen Bogen mitgegeben, den ich ausfüllen sollte. Sinn und Zweck der Übung solle sein, mir Gedanken zu machen, wer ich auf der Bühne sein wolle und wer das Publikum sein solle, für das ich meine Lieder singe.

Ich strecke ihm das Blatt hin, aber er macht keine Anstalten, es zu nehmen. »Erzähl's mir«, fordert er mich auf und lehnt sich in seinem Ledersessel zurück, als freue er sich auf eine Gutenachtgeschichte. Ich bin selbstbewusst, ich kann eine gute Show abziehen, aber manchmal bin ich auch unglaublich schüchtern. »Alice, wie willst du vor einem großen Publikum singen, wenn du schon das hier nicht schaffst?«

Ich räuspere mich und lese dann vor, ohne aufzublicken: »Okay. Meine Bühnen-Persona: intelligent, sensibel, schüchtern, witzig, zuweilen düster, manchmal auch wütend …«

»*Manchmal?* Sei ruhig wütend. Wut ist gut, Wut kann eine Botschaft rüberbringen. Und ich liebe das Düstere. Düster ist spannend, launisch, atmosphärisch.«

»Musikalisch mag ich einen guten Rhythmus.«

»Im Gegensatz zu einem schlechten.«

»Ich mag viel Gitarre, meine Musik soll echt klingen, sozusagen gewachsen, wenn du verstehst, was ich meine, akustisch mit Klavier und Streichinstrumenten.«

»Gut.«

»Ich mag Mut, Güte, Humor. Musikalische Einflüsse: U2, Alanis Morissette, Robbie Williams, The Beatles, Coldplay und …« Ich zögere. »Kylie. Tut mir leid, aber ich mag sie wirklich gern.«

»Warum auch nicht? Sie ist die Prinzessin des Pop. Weiter.«

»Ich hasse schwache Männer, arrogante Männer, eine hochgeklappte Klobrille.«

»Das heißt, du hasst alle Männer.«

»Was ich hasse: Egoismus, Leute, die andere schikanieren, die Sitcom *Dad's Army*, Krankenhäuser, Leute, die sagen, ich sei tapfer.« Ich schaue auf und sehe, dass er grinst. »Was ich mag: lachen, Reispudding, Klamotten, ins Kino gehen, Musik hören, Songs schreiben, Essen zum Mitnehmen, E.T. und …« Wieder zögere ich. Ich kann das nicht sagen. Ich kann einfach nicht.

»Nur Mut.«

»*Dawson's Creek.*« Ich verstecke mich hinter dem Blatt Papier. Die amerikanische Jugendserie läuft seit gut einem Jahr im Fernsehen, und ich verpasse keine einzige Folge. Ich habe eindeutig zu viel Zeit.

»Erzähl's nicht weiter, Alice, aber ich habe mir früher *Ally McBeal* angeschaut. Daran war nur meine Freundin schuld.«

Ich lasse das Blatt sinken. Wir lachen beide. Dann sage ich: »Eigentlich müsste ich auch mehr über dich wissen, wenn wir zusammenarbeiten, oder?«

»Bisher hat das noch nie jemanden interessiert.«

»Es gibt immer ein erstes Mal«, erwidere ich.

»Obwohl meine Familie nicht musikalisch war«, beginnt Peter, »wusste ich schon im zarten Alter von vier Jahren, dass ich

Rockstar werden wollte. Angeblich habe ich damals schon in meinem Kinderbettchen gesungen und dabei meinen Spielzeugelefanten als Gitarre benutzt. Später habe ich in den Schulferien Geld verdient, indem ich alle möglichen Arbeiten für unsere alten und gebrechlichen Nachbarn erledigt habe, Auto waschen und so. Von dem Geld habe ich mir eine Gitarre gekauft, aber Unterricht konnte ich mir nicht leisten. Das konnte damals niemand. Ich habe nachgespielt, was ich gehört habe, und so ein Gehör für Musik entwickelt.«

»So mache ich es auch«, sage ich. »Ich habe nie Unterricht im klassischen Sinn gehabt.«

»Als ich fünfzehn war, habe ich mit Freunden eine Band gegründet. Ich war der Leadsänger.«

»Was für eine musikalische Richtung?«

»Eine üble.« Er zieht seine Brieftasche heraus und entnimmt ihr ein altes, vergilbtes Foto, auf dem vier junge Männer zu sehen sind und ein Mädchen mit grellrosa Haaren, das Cello spielt. Peter, ein Tattoo auf dem Oberarm, ist in seinen Grufti-Klamotten fast nicht zu erkennen. »Wir wollten so viel sparen, dass wir nach New York fliegen und dort bei Produzenten anklopfen konnten.«

»Was ist dann passiert?«

»Die anderen haben in letzter Minute einen Rückzieher gemacht. Sie haben kalte Füße gekriegt und sind eilig zurück aufs College. Ich vermute, dass ihre Eltern Druck ausgeübt haben.« Er schüttelt den Kopf. »Keine Ahnung, ob wir es geschafft hätten. Wahrscheinlich nicht, aber sie hätten zumindest den Mumm haben sollen, es zu versuchen. Wenn wir den Durchbruch innerhalb eines Jahres nicht geschafft hätten, wäre die Schule immer noch eine Option gewesen. Die Schule wartet. Günstige Gelegenheiten nicht. Sie hatten einfach kein Rückgrat.«

»Heute denken sie vermutlich anders darüber. Dinge, die man nicht getan hat, bereut man immer.«

»Kann sein. Jedenfalls hatte ich danach erst mal die Nase voll von Musik. So viele vergeudete Jahre.«

Das kann ich gut nachempfinden. Ich wünschte, ich hätte Peter schon vor drei, vier Jahren gegenübergesessen.

»Mein Vater wollte, dass ich in sein Buchhaltungsbüro einsteige, aber ich kann schon nicht besonders gut mit meinem eigenen Geld umgehen, geschweige denn Ordnung in die Finanzen anderer bringen. Ich habe alles Mögliche gemacht, in Bars gearbeitet, in Kinos … ja, genau, und einmal auch in einem Schallplattenladen. Da durfte ich allerdings nicht die Kunden bedienen, sondern musste im Hinterzimmer Preisschildchen auf Plattenhüllen kleben. Bis zu dieser einen Situation: Ich stehe da und diskutiere gerade mit einem Kollegen über die Boomtown Rats, da kommt der stellvertretende Geschäftsführer herein und schnauzt mich an: ›Sie sind nicht zum Quatschen hier, sondern zum Arbeiten!‹ Und ich springe auf und sage: ›Jawohl, Sir …‹«

»Jawohl, Sir, zu Ihren Diensten, Sir!« Ich salutiere.

»Plötzlich stellt sich dieser Hänfling mit Brille und Art-Garfunkel-Krause ganz dicht vor mich und schubst mich. Ich schubse ihn zurück, er verliert das Gleichgewicht und landet auf den offenen Plattenkartons auf dem Fußboden. Seine Brille war von der Nase geflogen, die Haare hingen ihm wirr in die Augen, er war blind wie ein Maulwurf.«

Peter lacht, als hätte er schon ewig nicht mehr so weit in die Vergangenheit zurückgeblickt.

»Ich bin gegangen und nie wieder zurückgekehrt.«

Im Verlauf des weiteren Gesprächs wird mir schnell klar, dass Peter sogar noch viel früher von der Schule abgegangen wäre, wenn er Gelegenheit dazu gehabt hätte. »Das Leben ist der beste

Lehrer. Wenn du eine Fremdsprache lernen willst, dann geh in das betreffende Land und lern sie dort, indem du sie sprichst! Man kann auch Musik nicht lernen«, argumentiert er hitzig. »Man kann nicht lernen, wie man Songs schreibt. Entweder man hat es oder man hat es nicht!«

Ich erzähle ihm von Miss Ward.

»Das ist echt furchtbar, Alice. Ich will nicht grundsätzlich alle Lehrer verdammen, es gibt ganz wunderbare Pädagogen, aber es gibt eben auch die, die fest entschlossen sind, dich runterzuziehen und deine Träume oder Hoffnungen im Keim zu ersticken. Die sich stur an ihre Lehrpläne halten. Sollte ich jemals Kinder haben, dann möchte ich, dass man ihnen in der Schule Anregungen gibt, dass ihre Fantasie gefördert wird, anstatt dass man ihnen alles vorkaut.«

Ich nicke und frage dann: »Und wie ging es weiter, nachdem eure Band sich aufgelöst hatte?«

»Ich bin im Musikgeschäft geblieben und habe andere Musiker unter Vertrag genommen. So bin ich in die USA gekommen, und dort ...« Er holt tief Luft. »Dort sind die Dinge ein bisschen außer Kontrolle geraten. Jetzt bin ich wieder da, wo ich angefangen habe. Okay, genug geplaudert«, fügt er unvermittelt hinzu. Offenbar will er nicht ins Detail gehen. »Sing mir etwas anderes vor, und denk dabei an diese Persona, denk daran, wer du bist.«

Ich gehe zum Keyboard und klimpere ein wenig darauf herum, um mich einzuspielen. Dann singe ich einen meiner Songs, *Nothing is Forever. Nichts bleibt für immer*.

»Du hast eine erstaunlich kraftvolle Stimme«, bemerkt Peter, als ich geendet habe. »Aber am Text müssen wir noch feilen, ihn entkrampfen.« Er steht neben mir, spielt noch einmal die Melodie. »Er muss nicht immer unbedingt grammatikalisch korrekt sein.«

»Du denkst, ich bin zu vornehm, stimmt's, Peter?«

»So vornehm bist du nun auch wieder nicht. Aber sag um Himmels willen Pete zu mir.«

»Soll ich es mit einem anderen Akzent versuchen, *Pete*?«

»Einem nachgeahmten?«

»Ich kann Cockney, ich kann singen wie Eliza Doolittle.«

»Tu das nicht! Sei du selbst. Sei Alice. Ich wollte damit nur sagen, dass wir ein paar Wörter streichen sollten.« Er singt seine eigene Version. »Hörst du den Unterschied? Straffere, klarere Zeilen.« Er sieht mich an. »Dieser Song handelt von einem Exfreund, richtig?«

»Ja. Ich bin jetzt mit jemand anderem zusammen. Noch nicht sehr lange, aber … am Anfang …« *Glücklich, aber von Unsicherheit geplagt. Wird es halten oder nicht?* »Man fragt sich doch immer: Ist das der oder die Richtige? Ist das« – ich male Anführungszeichen in die Luft – »der Eine? Ist das der richtige Zeitpunkt?«

Er sieht mich an, als reife in ihm eine Idee. »Setz dich.«

Ich gehe zum Sofa.

»Schreibzeug.«

Ich greife nach meinem Notizbuch.

Pete setzt sich ebenfalls hin. »Neue Seite. Neuer Song. *The Right Time.*«

*Der richtige Zeitpunkt.* »Unsere Stunde ist doch um, oder?«

»Ich hab nichts mehr vor. Und du?«

# 21

»Möchtest du, dass ich mitkomme?«, fragt Mum beim Frühstück.

»Nicht nötig«, erwidere ich. »Ist ja nur eine Kontrolluntersuchung. Es sei denn, du möchtest Professor Taylor sehen.«

Dad und Jake ziehen Mum und mich immer damit auf, dass wir für den Prof schwärmen würden.

Sie schenkt sich Kaffee nach und lacht. »Unsinn! Wie war deine Musikstunde gestern?«

»Das ist keine Musikstunde.«

»Dann eben deine *Session*.«

»Die war gut. Wir haben mit Texten und Sound herumexperimentiert.«

Mehr erzähle ich nicht. Die Zeit mit Peter im Tonstudio ist das Einzige, was mir ganz allein gehört, und ich möchte, dass das so bleibt. Aber ich liebe Mum dafür, dass sie sich um mich sorgt und mich unterstützt.

»Womit habe ich das denn verdient?«, fragt sie, als ich sie fest in die Arme nehme.

Auf der Fahrt zum Brompton denke ich über meine Mutter nach. Sie hat jeden Gedanken an eine Ausbildung zur Modedesignerin aufgeben müssen, als ich zur Welt kam und das Leben meiner Eltern gehörig durcheinanderwirbelte. Sie ist zwar froh, dass Dad ihr ein Dasein als Hausfrau und Mutter ermöglicht, aber ist es wirklich das, was sie sich gewünscht hat?

Mum und ich würden den Weg zum Brompton mit verbundenen Augen finden. Ich möchte nicht wissen, wie viele Stunden wir im Lauf der Jahre in der Schlange vor der Apotheke gestanden und schließlich meine vielen Medikamente zum Auto geschleppt haben. Ich sehe Mum vor mir, wie sie meine Arzneien vor der Fahrt in die Ferien in Kühltaschen packt und sich vergewissert, dass wir alle auf Französisch, Spanisch oder Italienisch sagen können: »Wo ist das Krankenhaus?« Oder: »Hilfe! Bitte rufen Sie einen Krankenwagen!« Als ich älter wurde und wir Skilaufen gingen, wartete Mum geduldig, bis ich meine seltsam geformten Füße mit den eingefallenen Gewölben unter wahnsinnigen Schmerzen in meine Skistiefel gezwängt hatte. Ich wollte mir auf keinen Fall helfen lassen. Meine Gleichgewichtsstörungen und meine Kurzatmigkeit machten das Skilaufen zu einem fast aussichtslosen Unterfangen, aber ich wollte es unbedingt Jake und Dad nachmachen, die beide Ski liefen wie James Bond. Dad hätte zu seinem Glück nichts weiter gebraucht als Berge und ein Paar Ski, aber für mich war es eine eher feindliche Umgebung. Mum und ich rutschten auf den Idiotenhügeln herum; sie hob mich jedes Mal auf, wenn ich hinfiel, und dabei fiel ich ständig hin. Ich hasste das Hinfallen und die beißende Kälte, aber es tat mir unendlich gut, es zumindest versucht zu haben. Wasserskilaufen ist das Einzige, was ich nie geschafft habe. Dad mühte sich stundenlang, mich auf diese blöden kleinen Ski zu stellen, aber der einzige Lohn für meine Anstrengungen waren grenzenlose Enttäuschung und schmerzende Gliedmaßen.

Ich musste die bittere Pille schlucken und mich geschlagen geben.

Es gibt immer wieder Momente, in denen ich mich schuldig fühle, weil ich Mums Leben vollständig mit Beschlag belege und weil sie einen Teil ihres früheren Ichs mir zuliebe aufgegeben hat. Ich weiß noch, dass ich genau das dachte, als ich nach drei Wochen an der Universität ins Brompton eingeliefert wurde, wo mir ein Teil des rechten Lungenflügels entfernt werden musste. Als ich langsam aus der Narkose erwachte, spürte ich, dass Mum an meinem Bett saß. Ich konnte den vertrauten Duft ihres Parfüms riechen, den Duft von Feigen. »Du hast bestimmt gedacht, du wärst mich endlich los«, hatte ich ganz benommen gemurmelt.

Sie drückte meine Hand ganz fest und erwiderte unter Tränen: »Du gibst mir so viel. Du gibst mir mehr, als du dir vorstellen kannst.«

Ich konnte das Piepen der Apparate ringsum hören, konnte die Schläuche in meinem Körper spüren und den Schmerz in meinem Kopf. »Ich kann nicht mehr.« Ich starrte an die Decke, weil ich ihr nicht in die Augen sehen konnte. »Ich kann nicht mehr so weiterleben.«

»Doch, du kannst. Du kannst und du wirst.«

Ich glaube, ich weiß, woher ich meinen starken Willen habe.

Ich stehe auf der Waage und wünschte, sie würde lügen.

»Wie sieht's mit deinem Appetit aus?«, fragt meine Ernährungsberaterin, als sie mein Gewicht in meiner immer dicker werdenden Krankenakte notiert.

»So lala«, antworte ich. Durch die dünnen Wände ist das Husten anderer Patienten zu hören, ein Geräusch, das mich selbst im Schlaf noch verfolgt.

»Was isst du zum Frühstück?«

»Joghurt.«

»Besteht die Möglichkeit, noch was anderes runterzubringen?«

»Schwarzen Kaffee? Und dazu einen Glimmstängel?«

Sie lächelt. »Oh, Alice!«

»Ich hab morgens nicht viel Hunger.«

»Wie wär's denn, wenn du etwas später noch was isst? Haferbrei vielleicht oder ein Spiegelei und gebackene Bohnen …«

Das erinnert mich an Tom.

»Was ist daran so komisch?«, fragt sie verdutzt.

Ich tratsche zwar gern, aber *diese* Geschichte behalte ich dann doch lieber für mich …

»Was isst du gerne?«, drängt sie.

»Irgendwas vom Imbiss, Innereien mit Kartoffelbrei.«

Als sie die ersten Wörter hingeschrieben hat, schaut sie auf und guckt mich groß an.

»Im Ernst. Ich liebe Innereien mit Kartoffelbrei.«

»Dann iss es. Es ist mir vollkommen egal, was du zu dir nimmst, Hauptsache, du isst etwas!«

Im Wartezimmer sitzt ein blondes Mädchen, das ich die ganze Zeit anstarren muss. Ich kann nicht anders. Sie kann höchstens vierzehn sein, ist bleich wie ein Geist und leicht wie ein Vogel. Wie viel sie wohl wiegt? Als ich in ihrem Alter war, habe ich oft eine Trainingshose unter meinen Jeans getragen, damit ich nicht ganz so dünn aussah. Ich schicke Susie eine SMS, weil sich alle Termine bei Professor Taylor um über eine Stunde verschieben, und schlage vor, dass wir uns später in einem Café unweit der South Kensington U-Bahn-Station treffen. Ich stecke mein Handy in meine Handtasche zurück und erstelle im Geist eine Liste von den Dingen, die ich noch erledigen muss. Einen Termin im Solarium buchen. Das Bußgeld wegen überhöhter Geschwindigkeit bezahlen. Ein Hochzeitsgeschenk für Jake und Lucy aussuchen, sie wollen im Sommer heiraten. Ist es zu früh, Tom zu fragen, ob er mich zur Feier begleiten möchte? An *The Right Time* arbeiten. »Wichtig für einen Song ist die Atmosphäre«, hat Pete mir erklärt. »Wenn du die richtige Stimmung triffst, kommen die Worte von ganz allein.« Am Ende unserer Session sang ich ihm *If I Fall* noch einmal vor. »Du hast einen einzigartigen Sound und eine Hammerstimme«, meinte er.

»Willst du damit sagen, dass ich Potenzial habe?«

»Wenn nicht, wäre ich nicht hier«, antwortete er, was einem weiteren Kompliment recht nahekam, »aber bilde dir bloß nichts ein, wir haben noch einen langen Weg vor uns.«

Pete hat mich erst vor zwei Monaten unter seine Fittiche genommen, aber wenn ich die Augen zumache, sehe ich meinen Namen in Neonschrift leuchten und höre stürmischen Applaus. Ich schreite über den roten Teppich, nehme auf der Bühne meinen BRIT Award entgegen und bedanke mich bei meinen zahllosen Fans und bei Pete, der immer an mich geglaubt hat. Ich sehe das Album, für das ich ausgezeichnet werde, in allen Plattenläden: WELTWEIT ÜBER EINE MILLION MAL VERKAUFT! steht in goldenen Lettern auf der Hülle. Ich höre Leute sagen: »Wow, das ist sie! Das ist Alice!« Sie umringen mich, bitten mich um ein Autogramm …

»Alice?« Ich fahre zusammen. Als ich die Augen öffne, steht Professor Taylor in seinem weißen Kittel vor mir und bittet mich in sein Büro.

»Wie geht es dir heute?«

»Großartig«, antworte ich, während ich bemerke, dass irgendetwas in meiner Krankenakte ihn zu beunruhigen scheint. »Mit dem Singen klappt's auch, ich kann nicht behaupten, dass mit meinen Lungen irgendetwas anders wäre.«

»Gut«, murmelt er und verschiebt die Papiere auf seinem Schreibtisch.

Dann greift er zum Stethoskop. Es fühlt sich kalt an auf meiner Brust, als er mich abhört. »Einatmen … und wieder ausatmen.« Ein weiteres Beklopfen. Dann meint er, da sei ein Rasseln in meiner Brust. Im Raum herrscht eine ungewöhnliche Atmosphäre, eine lange, bedeutungsschwere Stille. Er zieht den Vorhang zurück, hinter dem die Behandlungsliege steht. »Bitte leg dich hin und zieh die Hose ein wenig runter. Ich möchte deinen Bauch abtasten.«

Obwohl der Professor meinen narbenbedeckten Körper seit mehr als zehn Jahren kennt, ist es immer noch ein komisches Gefühl, mich vor ihm auszuziehen.

Als er, immer noch schweigend, an die Liege tritt, mache ich mir allmählich Sorgen. War das Ergebnis meiner Blutuntersuchung derart schlecht? Hat das Singen meine Lungen doch geschädigt? *Du bist doch paranoid. Wahrscheinlich hat er bloß einen schlechten Tag, weil sich die Termine verschoben haben und er noch nichts zu Mittag gegessen hat.* Nachdem er mich abgetastet hat, sagt er, ich könne mich wieder anziehen.

Nervös setze ich mich ihm gegenüber.

»Wie geht es dir, so im Allgemeinen?«

Ich hasse es, dass er mir diese Frage noch einmal stellt, weil er eine aufrichtigere Antwort will, das höre ich an seinem Tonfall. Ich weiß, dass ich es in letzter Zeit übertrieben habe, ich meine, da sind Tom und Pete … Mein Körper ist für mich ein Gebrauchsgegenstand, wie mein Auto. Ab und an ein Werkstattbesuch zum Durchchecken und dann wieder zurück auf die Straße. Mir macht es nichts aus, dass ich zu wenig Luft in den Reifen habe, solange das Radio funktioniert und ich mobil bin.

»Na ja, das Einzige, was mir dazu einfällt, ist, dass ich öfter intravenöse Infusionen bekomme als früher.« Nämlich alle zwei Monate anstatt alle drei. »Aber abgesehen davon geht's mir gut.«

»Alice.« Er nimmt seine Brille ab, reibt sich mit Daumen und Zeigefinger die Augen. »Deine Lungenfunktion nimmt seit einiger Zeit signifikant ab. Ich denke, es ist an der Zeit, über eine Transplantation nachzudenken.«

»Eine Transplantation?«, wiederhole ich so leise, dass ich es selbst fast nicht hören kann.

»Ja.« Die Sorge und das Mitgefühl in seinem Blick machen alles nur noch schlimmer. Ich bin kurz davor, in Tränen auszubrechen. Und ich will nicht weinen. Was würde er von mir denken? Er würde denken, dass ich schwach bin, und ich will vor ihm keine Schwäche zeigen.

»Ich möchte nicht auf die Warteliste für eine Organspende«, murmele ich. Mein Mund fühlt sich trocken an, mein Körper taub. Ich verdränge das Thema Transplantation schon seit Jahren.

»Es muss auch nicht jetzt sofort sein, aber ich denke, es würde nicht schaden, wenn wir über die Einzelheiten sprechen.«

Ich nicke, obwohl ich eigentlich nicht will. Aufgrund meiner kranken Leber, sagt er, würde ich eine alleinige Lungentransplantation vermutlich nicht überleben. Als Folge der Mukoviszidose habe ich seit meiner Kindheit Leberprobleme, die sich im Lauf der Jahre verschlimmert haben. Deshalb trinke ich auch kaum Alkohol. Ein schwerwiegender Eingriff wie eine Transplantation würde zu einem Versagen meiner ohnehin geschädigten Leber führen, sagt er. »Deshalb ist eine Einzel- oder eine beidseitige Lungentransplantation äußerst schwierig.« Obwohl ich am liebsten schreiend aus dem Zimmer rennen würde, versuche ich zuzuhören. »Der Eingriff ist bedeutend einfacher, wenn Herz und Lungen zusammen transplantiert werden. Das heißt, eine Herz-Lungen-Leber-Transplantation ist die einzige Option.«

Aber bevor ich mich überhaupt auf die Warteliste setzen lassen könne, fährt er fort, müssten umfangreiche Untersuchungen durchgeführt werden, um abzuklären, ob dieser Eingriff möglicherweise zu riskant für mich ist.

»Es stellt sich außerdem die Frage nach dem geeigneten Spender, er muss die richtige Blutgruppe haben, die richtige Körpergröße, das richtige Gewicht. Manche warten Monate, ein Jahr oder noch länger, bis ein passender Spender gefunden wird. Manche warten vergeblich. Oder aber die verpflanzten Organe werden vom Körper abgestoßen.«

*Und dann sterben sie.*

*Aufhören! Ich will nichts mehr davon hören!*

So wie ich das sehe, gibt es nur zwei Möglichkeiten: Entweder ich unterziehe mich einem Eingriff, den ich wahrscheinlich nicht überleben würde, oder aber ich lasse mich nicht auf eine Warteliste setzen und habe noch ein paar Jahre zu leben … Ich weiß, welche Option ich bevorzuge.

Er spürt meine Ängste. »Noch ist das nicht notwendig, Alice«, sagt er ruhig. »Dir geht es noch relativ gut, das heißt, würden wir dir jetzt Spenderorgane einpflanzen, würde das gleichzeitig bedeuten, sie einem anderen Patienten, der sie sofort zum Überleben braucht, vorzuenthalten. Aber ich glaube, es ist an der Zeit, sich Gedanken über deine mittelfristige Zukunft zu machen.« Er klappt meine Krankenakte zu. »Eine Transplantation kann Leben retten, vergiss das nicht. Der Patient kann praktisch ein ganz normales Leben führen ohne Einschränkungen durch die Mukoviszidose. Dein Leben würde nicht mehr von Arztterminen, Behandlungen, Krankenhausaufenthalten bestimmt werden, und, quasi als Bonus, müsstest du mich nicht mehr so oft sehen.« Er will mich mit dieser Bemerkung aufheitern, aber das funktioniert nicht. »Eine Transplantation hat vielen Patienten und nicht zuletzt auch ihren Familien wieder Hoffnung gegeben.«

*Der Gedanke, frei atmen zu können, ohne Physiotherapie, ohne husten zu müssen, ist zu schön, um wahr zu sein. So als stelle man einem Blinden in Aussicht, wieder sehen zu können. Dennoch …*

»Ich werde die intravenösen Therapien häufiger machen, ich werde nicht so tun, als würde es mir blendend gehen, wenn es nicht stimmt, ich werde eine mustergültige Patientin sein!«

Er sieht mir in die Augen. »Alice, das ist nichts, was wieder weggeht.«

Ein lähmendes, schreckliches Schweigen tritt ein.

»Bei dir kann ich nie genau sagen, was passieren wird. Du hast nach meiner Einschätzung bestimmt noch zwei Jahre zu leben, aber wenn mich jemand fragen würde, ob du noch fünf Jahre hast, müsste ich die Antwort schuldig bleiben.«

Ich gehe wie betäubt an der Apotheke vorbei, die Rampe hinunter und verlasse das Gebäude. Achtlos trete ich auf die Straße. Ein Taxifahrer hupt und schreit aus dem Fenster: »Pass doch auf, wo du hinläufst, Kleine!« Ich steuere auf das Café zu. Susie sitzt am Fenster und liest ein Buch. Sie blickt auf, winkt, formt mit den Lippen Wörter. Ich gehe hinein. Sie kommt mir entgegen. »Du bist ja klatschnass, Alice!«, begrüßt sie mich erschrocken. Sie schiebt mich an ihren Tisch, drückt mich sanft auf einen Stuhl. »Wo hast du denn deinen Schirm? Du holst dir ja den Tod!«

Ich starre sie benommen an.

Sie ruft eine junge, dunkelhaarige Kellnerin an unseren Tisch. »Hätten Sie vielleicht ein Handtuch oder so was für meine Freundin, damit sie sich die Haare trocken rubbeln kann? Und dann bitte zwei Tassen Tee mit extra viel Zucker und ein Stück Schokoladentorte, das teilen wir uns. Danke.«

Sie wendet sich wieder mir zu. »Was ist denn passiert?«

Ich schaue sie an und weiß nicht, wo ich anfangen soll. Schließlich sitzt Susie im gleichen Boot wie ich, einem Boot, das mit einem Eisberg kollidieren und sinken wird. Es ist nur eine Frage der Zeit …

»Jetzt red schon«, drängt sie. »Du machst mir Angst!«

»Das haben wir nicht verdient«, murmele ich. Die Kellnerin bringt unseren Tee und den Kuchen und ein blaues Handtuch. Susie springt auf und rubbelt meine Haare trocken. Ihre Berührung hat etwas Tröstliches.

»Fang bitte vorn an«, sagt sie und holt tief Luft. »Was hat der Prof gesagt?«

*Ich bin sechsundzwanzig. Ohnmächtige Wut lodert in meinem Innern auf. Wie kann diese Krankheit es wagen, zur Schere zu greifen und mein Leben zu halbieren, mir und Susie und Milly und allen, die ich liebe, kostbare Jahre zu stehlen?*

»Er gibt mir noch zwei Jahre«, antworte ich dumpf.

Susie erstarrt mitten in der Bewegung. Dann lässt sie sich auf den Stuhl mir gegenüber fallen. Alles Blut ist aus ihrem Gesicht gewichen. »Wie kann er so etwas sagen?«

»Er meint, es ist Zeit, über eine Transplantation nachzudenken.«

Sie greift nach meiner Hand.

»Er hat das T-Wort schon einmal erwähnt, damals war ich neunzehn.«

»Nach deiner Lungen-OP?«

Ich nicke. »Ich hab dem keine große Bedeutung beigemessen. Er hat davon gesprochen, als wäre es etwas in ferner Zukunft, nichts, worüber ich mir Sorgen machen müsste.«

*Aber jetzt …*

*Der Feind rückt immer näher. Schon tippt er mir auf die Schulter, ich spüre seinen Atem an meinem Ohr.*

Ich breche in Tränen aus. »Ich will nicht sterben, Susie.«

*Der Tod war immer dort drüben, weit weg, niemals hier bei mir.*

»Du wirst nicht sterben.« Aber ich spüre ihre Hilflosigkeit, sehe die Angst in ihrem Blick. Was kann sie schon sagen, damit ich mich besser fühle?

Ich schaue aus dem Fenster. Ein paar mit Einkaufstüten bepackte Freundinnen suchen sich lachend ihren Weg um die Pfützen auf dem Bürgersteig herum. Susie folgt meinem Blick. »Ob sie wissen, wie viel Glück sie haben?«, murmele ich nachdenklich.

»Bestimmt nicht. So funktioniert das Leben nicht.«

Ein Mann mit Anzug und Aktenkoffer betritt das Café. Er spricht sichtlich aufgebracht in sein Handy. Ich würde ihn gern fragen, ob er schon einmal mit seiner eigenen Sterblichkeit konfrontiert worden ist. Ich würde ihm gern sagen, dass sich der Ärger, den er offensichtlich hat, nicht lohnt. »Ich wüsste etwas, über das Sie sich *wirklich* aufregen können«, würde ich zu ihm sagen.

Aber warum sollte es ihn interessieren? Warum sollte es jemanden, für den ich eine Fremde bin, interessieren?

*Ich habe mich noch nie so einsam gefühlt.*

Als er sein Gespräch beendet hat, zündet er sich eine Zigarette an. Susie fächelt den Rauch weg, der in ihre Richtung zieht, und brummelt: »Da hat einer gesunde Lungen und dann so etwas!«

»Ich will nicht sterben«, flüstere ich noch einmal.

»Jetzt hör mir mal zu, Alice.« Susie reicht mir eine Serviette als Taschentuch und fährt fort: »Ich mag den Prof wirklich gern, aber er kann weder dich noch mich mit einem Mindesthaltbarkeitsdatum versehen. Wir gehen nirgendwohin, verstanden?«

*Aber in meinem Kopf dröhnt die Stimme von Daisy Sullivan: »Sie wird nicht lange genug leben, um berühmt zu werden, dazu ist sie viel zu krank! Sie wird bald tot sein!«*

*Ich sehe meinen Traum, ein Album aufzunehmen, zerstört, noch bevor er richtig begonnen hat.*

»Wir gehen nirgendwohin, Alice«, sagt Susie noch einmal,

wobei sie jedes Wort betont. Dann teilt sie das Kuchenstück in zwei Hälften. »Komm, iss was. Du brauchst Zucker.«

*Mir graut jetzt schon davor, es Mum und Dad zu erzählen. Vielleicht sollte ich es ihnen lieber nicht sagen. Und auch sonst niemandem. Wozu denn? Mum und Dad sind mit den Fakten über meine Krankheit und die damit verbundene Lebenserwartung bestens vertraut. Und Tom weiß auch Bescheid.*

*Ich sehe ihn vor mir, wie er an jenem ersten Abend draußen vor der Galerie stand, durchs Fenster hereinschaute und lächelte.*

*Ich bin im Begriff, mich in ihn zu verlieben.*

»Alice?« Susie hat sich neben mich gesetzt und hält meine Hand umklammert. »Hast du mir überhaupt zugehört?«

Ich schüttle den Kopf.

Sie langt in ihren Rucksack und zieht eine Broschüre heraus. »Die London School of Fashion bietet einen Kurs in Perückenknüpfen an.« Mit zitternden Händen schlägt sie die entsprechende Seite auf. »Du weißt, dass Theater, Kostüme, Frisuren meine große Leidenschaft sind. Und als Mum damals durch die Chemo so krank war und keine gescheite Perücke finden konnte … Als du mir erzählt hast, du würdest ernst machen mit deiner Musik, war das der Anstoß für mich hierfür.« Sie wedelt mir mit der Broschüre vor dem Gesicht herum. »Das hier tue ich wegen *dir*. Ich habe mich für den Herbst angemeldet. Der Kurs dauert drei Jahre, aber ich kann die Stunden so legen, dass sie sich mit meiner Arbeit im Salon nicht überschneiden.«

Ich bringe die Energie auf zu sagen: »Das ist toll, Susie.«

»Nehmen wir mal an, man hätte *mir* heute eröffnet, es sei an der Zeit, über eine Transplantation nachzudenken – würdest du mir davon abraten, den Kurs zu besuchen? Ganz bestimmt nicht! Was ich damit sagen will – und das nicht besonders geschickt«, fügt sie lächelnd hinzu, sodass die Lücke zwischen ihren Schneidezähnen sichtbar wird, »ist: Das Schiff ist noch nicht gesunken. Mag sein, dass es immer mal wieder ins Schlingern gerät, aber wir müssen weitermachen, wir dürfen nicht leben wie zum Tode Verurteilte.«

Ich nicke.

»Und dann hast du doch auch Tom gerade erst kennengelernt. Du hast gesagt, du bist so glücklich wie noch nie. Du darfst nicht aufgeben. Wenn du aufgibst, will ich auch nicht mehr.« Sie lehnt sich zurück, als wolle sie sagen: So einfach ist das. »Ich kann nicht ohne dich weiterkämpfen, Alice. Du und ich, wir beide haben noch einiges vor. Zum Beispiel die Perücken, die ich herstellen möchte, und die Songs, die du singen willst, die Sterne, nach denen du greifen möchtest.« Sie beugt sich vor und wischt mir mit dem Daumen eine Träne weg. »Und wenn die Dritte in unserem Bunde hier wäre, würde sie genau das Gleiche sagen. Du bist eine der tapfersten …«

»Untersteh dich!«, sage ich warnend, weil ich fürchte, gleich wieder loszuheulen.

»Aber es ist doch so!«

»Du bist genauso tapfer, Susie.« Und dann laufen uns beiden die Tränen übers Gesicht. Die Gäste am Nebentisch starren zu uns herüber.

»Und vergiss nicht: Wenn alles andere versagt, gibt es immer noch Kuchen«, nuschelt Susie, weil sie sich ein Stück cremige Schokoladentorte in den Mund geschoben hat. Ich lache unter Tränen und greife zu meiner Kuchengabel.

»Ich danke dir, Susie.«

»Gern geschehen. Denk immer daran, was meine Mum gesagt hat.« Sie zeigt mir ihre Unterarme mit den mir so vertrauten Tattoos. »Auf Gewitter folgt Sonnenschein.«

# 22

## Marys Tagebuch

**April 1999**

Ich war gerade dabei, Sahne zu schlagen, als Alice endlich nach Hause kam. Ich hatte mich schon gewundert, wo sie so lange blieb. Ich sah ihr sofort an, dass etwas nicht stimmte. Sie warf sich in meine Arme und schluchzte: »Ich will euch nicht verlassen! Ich bin noch nicht bereit, Mum. Ich will euch nicht zurücklassen. Ich will nicht sterben!« Ich konnte nicht mehr tun, als sie festzuhalten und ihr über die Haare zu streichen. Es brach mir das Herz, und ich gab mir alle Mühe, meinen Schmerz nicht hinauszubrüllen.
Als Nicholas nach Hause kam, erzählte ich ihm, was passiert war. Professor Taylor hat schon einmal mit uns darüber gesprochen, dass Alice sich möglicherweise einer Herz-Lungen-Leber-Transplantation unterziehen muss, aber wir haben den Gedanken verdrängt und von einem Tag zum nächsten gelebt. Als Alice es laut aussprach, traf es mich wie ein Dolchstoß mitten ins Herz. Jetzt war es real, viel zu real, viel zu nah.
Eigentlich hätten wir an dem Abend Gäste zum Essen gehabt, aber Nicholas sagte allen ab. Unsere Freunde haben uns immer unterstützt, und dafür bin ich ihnen unendlich dankbar, aber gelegentlich fällt es schon schwer, die Rolle der Gleichmütigen zu spielen. Ich wollte nicht riskieren, dass vielleicht einer erzählt, sein Kind plane eine Auslandsreise oder habe eine Stelle im Ausland angenommen.

Das wäre nach den schlimmen Nachrichten heute zu viel gewesen.
Ich bat Nicholas, nicht gleich zu Alice zu gehen. Er solle ihr ein bisschen Zeit allein mit Tom geben, der gerade erst mit dem Rad vom Büro zu uns gekommen war. Ich hörte die beiden lachen, das tat ihr sicher gut. Tom scheint überhaupt einen überaus positiven Einfluss auf sie zu haben. Auch wenn Alice ein ganz besonderer, liebenswerter Mensch ist, ist es sicher nicht leicht für ihn, mit der Situation umzugehen. Ich habe immer gewusst, dass das mit Phil nicht halten würde. Alice braucht einen Mann, der so stark ist wie sie selbst, der keine Angst hat vor dem, was kommen wird, einen, zu dem sie aufblicken und bei dem sie sich geborgen fühlen kann.
Ich rief Jake an, um ihm die Neuigkeit zu erzählen. Keine halbe Stunde später standen er und Lucy auf der Matte, beladen mit Tüten voller Fish-and-Chips-Kartons. Das folgende Abendessen war erstaunlich fröhlich. Jake versteht sich ausgezeichnet darauf, eine düstere oder angespannte Atmosphäre mit seinem Humor aufzulockern, und Tom steht ihm in puncto Witz und Komik in nichts nach. Er und Jake verstehen sich blendend. Auch Nicholas mag Tom sehr und droht jetzt damit, Kitesurfen zu lernen. Alice saß neben mir, und als sie unter dem Tisch meine Hand drückte, liebte ich sie noch mehr. Wir entschieden, das Leben sei viel zu kurz für so lästige Arbeiten wie Abspülen, und lachten über Tom, der meinte, er könne das gern übernehmen und die sahneumhüllten Schneebesen abschleckte.

# 23

## Alice

Während Tom am nächsten Morgen Croissants, Kaffee und die Wochenendzeitungen besorgt, widme ich mich meiner täglichen Routine und stöpsele meinen Vernebler ein. Morgens und abends muss ich zwei Substanzen inhalieren, die mir das Atmen erleichtern. Die erste verdünnt den Schleim in meiner Brust (ich vergleiche das gern mit kochendem Wasser zum Lösen zähflüssiger, klebriger Melasse), die zweite ist ein Antibiotikum, das Keime und Bakterien in Schach halten soll. Ich bin bei der zweiten Anwendung. Ich habe das Antibiotikum aus dem Kühlschrank geholt und fülle es in den Apparat. Dann setze ich mich im Schneidersitz aufs Bett, das Mundstück zwischen den Lippen, und warte, bis der Vernebler unter vibrierenden, gurgelnden Geräuschen die Flüssigkeit in einen feinen Dunst verwandelt und diesen Nebel in meine Lungen befördert. Das ist das erste Mal, dass Tom mich mit meinem Vernebler sehen wird, denke ich und grapsche nach der Fernbedienung für den Fernseher. Als er dreißig Minuten später zurückkommt, hänge ich immer noch an dem Apparat, die Augen weit aufgerissen, einen dünnen Film Feuchtigkeit unter meiner Nase. Eine Sekunde lang frage ich mich, ob er bei meinem Anblick die Flucht ergreifen wird … Aber halt, das hier ist *Tom*, nicht *Phil* …

»Du siehst aus wie ein Drache«, meint er, kickt die Schuhe von seinen Füßen und lässt sich neben mich aufs Bett fallen.

»Bring mich jetzt nicht zum Lachen!« Ich muss husten, und Tom schnappt die Plastikschüssel und hält sie mir vors Gesicht.

*Ist es zu früh, dass er mich so sieht? Wenn das die Romantik nicht tötet, was dann? Der Reiz des Geheimnisvollen ist dahin. Andererseits ist das meiste davon gestern schon weitgehend auf der Strecke geblieben.*

Aber Tom bleibt sitzen. »Entschuldige dich jetzt bloß nicht, Alice.«

»'tschuldigung.«

Wir lachen.

»Dir muss doch der Appetit vergehen bei dem Anblick.«

Er schüttelt den Kopf. Ich muss noch mehr ekliges grünes Zeug in die Schüssel husten. »Na ja, vielleicht ein klein wenig.«

Ich nehme mir ein Croissant und einen Kaffee und scheuche Tom aus dem Zimmer. »Ich komme nach, sobald ich fertig bin.«

Ich sehe Tom draußen am Gartentisch sitzen. Er liest Zeitung und trinkt Kaffee. Es ist fast schon unheimlich, wie wohl ich mich nach so kurzer Zeit in seiner Gegenwart fühle. Als er wieder hereinkommt, habe ich meinen Vernebler weggeräumt und mache meine physiotherapeutischen Übungen.

»Morgens einfach aufstehen und das Haus verlassen ist nicht drin, oder?«

Ich werfe ihm einen schrägen Blick zu. »Zum Glück habe ich keine dringenden Termine.«

»Was würde passieren, wenn du das alles nicht machst?«

»Na ja, einen Tag kann ich es schon mal schleifen lassen, aber ich hätte Probleme beim Atmen.«

»Komm, ich helfe dir«, sagt er, als ich mich abmühe, hinter mich zu greifen. »Sag mir, was ich tun soll.«

Ich zeige ihm, wie er eine hohle Hand formen und mir damit aufs Kreuz klopfen soll. Dann schlage ich mir an verschiedenen Stellen fest auf die Brust. »Dad hat sich früher immer lustige Lieder ausgedacht und im Takt geklopft«, erzähle ich. Eines mochte ich ganz besonders, obwohl es davon handelte, dass alles meine Schuld ist. Dabei wusste ich genau, dass Dad genau das nicht meint. »*It's always Alice's fault*«, singe ich, »*It's always Alice's fault, goes together like pepper and salt, it's always always always always always Alice's fault!*«

Dann drehe ich Tom den Rücken zu. Die Berührung seiner Finger ist so leicht, dass ich sie kaum spüre. »Fester!«

»Ich will dir nicht wehtun.«

»Dad hat mich früher immer mit dem Kopf nach unten baumeln lassen und mich dann gehauen.«

»Das mach ich ganz bestimmt nicht!«

»Fester!«

Eine weitere zarte Berührung.

»Sei nicht so zaghaft! Zeig, dass du Muskeln hast.«

Ein leichtes Tätscheln.

»Stell dir vor, du müsstest jemanden hauen, den du nicht ausstehen kannst … Daisy Sullivan zum Beispiel.«

»Wer ist Daisy Sullivan?«

Ich schildere ihm in knappen Zügen, wie sie mich in der Schule gequält hat.

»In diesem Fall hat sie definitiv Schläge verdient. Und so viele Hämorrhoiden, dass sie nicht mehr sitzen kann.«

»Fester, Tom.«

Ein kräftiger Schlag.

»Aua! Das hat jetzt wirklich wehgetan. An wen hast du denn gedacht?«

»An den Bastard, der Mukoviszidose erfunden hat.«

Ich drehe mich zu ihm um und lege ihm die Arme um den Hals.

»Meinst du, du würdest dich auf eine Warteliste setzen lassen, wenn es einmal so weit ist?«, fragt Tom behutsam.

»Kann sein. Wenn ich keine andere Wahl hätte.« Zwei Jahre, fünf Jahre … ich kann noch immer nicht glauben, dass sich das auf mich bezieht. »Ein Vorschlag: Lass uns nicht mehr darüber sprechen. Nicht nur an diesem Wochenende. Überhaupt.«

»Okay.«

Ich denke an Susies Worte: Wir dürfen nicht leben wie zum Tode Verurteilte. Ich spüre Toms Zögern. Fange an, sein Hemd aufzuknöpfen. »Abgemacht?«

»Abgemacht«, murmelt er, abgelenkt durch meine Berührung.

Ich habe nicht die Absicht, mich in einen OP-Saal rollen zu lassen, den ich nicht wieder verlassen werde – außer lebend. Erst muss ich ein Album aufgenommen haben. Wenigstens ein einziges.

»Hör mal, Alice …«

»Hm?« Ich werfe sein Hemd auf den Fußboden.

»George hat mich gefragt, ob wir Lust hätten, nächsten Monat nach Dorset zu kommen …«

Ich fahre mit der Hand über seine Brust, und weiter nach unten.

»Das Haus liegt … ganz abgelegen …« Er sieht mich unverwandt an. »Wunderschön dort …«

»Hm.« Ich löse den Gürtel seiner Hose.

Wir küssen uns. Ganz behutsam.

»Das ist zwar noch eine Weile hin, aber …«

Es dauert nicht lange, bis meine Sachen ebenfalls auf dem Boden landen.

Wir besprechen die Reise nicht bis zum Ende.

# 24

An einem Freitagabend im Mai fahren Tom und ich nach Dorset, wo Georges Elternhaus steht. Spätestens um elf wollen wir dort sein.

In den letzten Monaten war ich unsagbar glücklich. Tom und ich haben so gut wie jede Nacht zusammen verbracht. Wenn wir nicht irgendwohin essen gehen, sind wir bei mir. Als Cat Tom kennenlernte, rief sie am nächsten Tag an und fragte, ob er einen Bruder habe – falls ja, bat sie darum, ihn ihr schnellstmöglich vorzustellen.

Leider musste ich Cat enttäuschen. Tom hat zwar tatsächlich einen älteren Bruder namens Ben, doch der ist verheiratet, hat zwei Kinder und lebt mit seiner Familie in New York. Tom meint, dass sie sich nicht besonders nahestehen, weil sie sechs Jahre auseinander und immer getrennte Wege gegangen sind. Als Kinder hätten sie nicht miteinander gespielt, weil Ben mit seinen eigenen Freunden losgezogen sei und sein eigenes Ding gemacht habe.

Ich bitte Tom, mir mehr über George zu erzählen, von dem ich nur weiß, dass er Architekt ist. »Als er mich nach meinem Autounfall im Krankenhaus besuchte, hatte er Bierdosen unter seinem Pulli versteckt.« Tom grinst. »Viele meiner Freunde wussten nicht, wie sie mit der Situation umgehen sollten. Aber George und ich wurden durch den Unfall noch fester zusammengeschweißt.« George sei für ihn wie ein Bruder, sagt er. »Wir hatten eine wilde Kindheit. Wir stromerten durch die Gegend und stellten allen möglichen Unfug an. Wir haben in Flüssen gebadet und kamen abends völlig verdreckt nach Hause. Wie in einem Abenteuerroman für Jugendliche.«

Auf der Autobahn staut sich der Verkehr noch schlimmer als in London, offenbar hat es einen Unfall gegeben. »Nimm die Standspur«, weise ich Tom an.

Ein Lächeln breitet sich auf seinem Gesicht aus. »Nun mach schon«, dränge ich. »Wenn die Polizei uns anhält, spiele ich die Halbtote, und du sagst, dass du mich schnellstens ins Krankenhaus bringen musst.«

»Das machst du nicht zum ersten Mal, stimmt's?« Er schaltet die Warnblinkanlage ein, steuert den Wagen auf den Standstreifen und braust an all den gesetzestreuen Bürgern in ihren stehenden Fahrzeugen vorbei.

»Wird auch Zeit«, sagt George zur Begrüßung. Er küsst mich auf die Wange und rügt Tom, wir seien die Letzten. Die Küche, die ich betrete, ist eine typische Landhausküche: Steinfußboden, cremefarbener altmodischer Herd, Töpfe und Pfannen, die an Haken aufgehängt sind, in der Mitte des Raums eine mit Bierflaschen, leeren Chipstüten und einer zollfreien Stange Marlboro Red übersäte Kücheninsel. Die anderen sitzen alle um einen Tisch herum.

»Was kann ich euch zu trinken holen? Ach so, ja, hört mal her, das ist Alice. Alice, das ist Mike, Dan, Tanya, Helen …«

»Hi!«, sagen alle wie aus einem Mund. Die Mädchen mustern mich von Kopf bis Fuß. Eine zündet sich eine Zigarette an.

Georges Freundin Tanya hat olivfarbene Haut und lange braune Haare, die sie mit einem Tuch zusammengebunden hat.

»Himmel, wie lange hast du denn vor zu bleiben?«, fragt George, als er Tom hilft, unser Gepäck ins Haus zu tragen. Dann beobachtet er, wie ich den Kühlschrank öffne und einen

Platz für meine Antibiotika und die Schachteln mit den Inhalationslösungen suche, und fragt: »Was ist das für Zeug?«

»Medikamente«, antworte ich.

»Ah ja.« George wirft Tom einen Blick zu und sieht dann wieder mich an. »Tom hat erwähnt, dass du Mukoviszidose hast. Tut mir leid. Das muss echt hart sein.«

*Ich spüre, dass Tom noch einiges mehr erwähnt haben muss.*

Tanya dreht sich schwungvoll zu mir um. »Sieht man dir überhaupt nicht an. Du siehst richtig gesund aus.«

Ich will das Thema wechseln und bitte George um ein Glas Wein. Dann proste ich allen zu und rufe: »Auf einen feuchtfröhlichen Abend!«

Es ist weit nach Mitternacht, als Tom mich die Treppe hinauf in unser Zimmer trägt. »Du hast ihn gut erzogen, Alice«, bemerkt Tanya.

»Mach dir bloß keine falschen Hoffnungen«, sagt George. Dann packt er sie und wirft sie sich über die Schulter. »Lass mich runter, lass mich runter!«, kreischt Tanya quietschvergnügt.

Am nächsten Nachmittag rekele ich mich auf einem Liegestuhl am Pool, während die anderen Tennis spielen. »Hi, Cat«, sage ich ins Telefon.

Es rauscht in der Leitung, die Verbindung ist schlecht. Deshalb könnte ich nie auf dem Land wohnen. Deshalb und weil wir am Morgen unbedingt einen langen Marsch querfeldein durch Brennnessel- und Farngestrüpp machen mussten, in einem Tempo, als gelte es, einen Wettlauf zu gewinnen. Ich hielt immer wieder an und tat so, als müsste ich mir die Schnürsenkel binden, nur um ein bisschen verschnaufen zu können.

»Kannst du mich hören?«, schreie ich.

»Gerade so. Wie läuft's?«

»Gut. Es ist wunderschön hier.« Ich denke an die Aussicht von unserem Schlafzimmerfenster aus, eine grüne, hügelige, weite Landschaft voller Butterblumen, Pferde und Schafe.

»Wie ist George denn so?«

»Ganz nett.«

»Aber?«

*Ich ertappe ihn ständig dabei, dass er mich ansieht. Dass er Tom und mich beobachtet.* »Nichts aber. Er ist reizend«, erwidere ich und versuche das ungute Gefühl abzuschütteln, das mich im Lauf des Wochenendes beschlichen hat.

»Du hast doch irgendwas«, sagt Cat, während George in Shorts und T-Shirt und mit einem sichtlich teuren Tennisschläger in der Hand auf mich zuschlendert. »Wie wär's mit einem Doppel?«, ruft er. »Tanya und ich gegen dich und Tom.«

*Lieber steche ich mir die Augen aus.*

»Weiß er eigentlich, wie schwer krank du bist?«, sagt Cat lachend.

»Scheiße«, murmele ich.

»Sag doch einfach Nein!«

»Ich muss Schluss machen.« Ich beende das Gespräch.

»Wo sind denn die anderen?«, frage ich, als George direkt neben mir steht. *Kann nicht einer von denen spielen?*

»Rutsch rüber.« Ich lege mein Buch und die Kopfhörer auf den Boden, damit er sich auf die Kante des Liegestuhls setzen kann. »In die Stadt gefahren, um Bier für heute Abend zu besorgen.«

Ich nehme meine Sonnenbrille ab. »Tut mir leid, ich hab keinen Schläger.«

»Schläger gibt's hier jede Menge.«

»Ich hab keine passenden Schuhe.«

»Tanya kann dir bestimmt welche leihen.«

Tanya und Tom gesellen sich zu uns. »Komm, wir machen

eine Pause, George«, sagt Tom und lässt seinen Schläger auf den Boden fallen. George gehört ganz offensichtlich zu den Menschen, die ständig beschäftigt sein müssen; das Leben ist dazu da, um Abenteuer zu erleben, nicht, um stillzusitzen.

»Oh Mann«, seufzt Tanya und schaut auf mich herunter. Sie trägt einen niedlichen gefältelten Tennisrock und einen pastellrosa Pulli über den Schultern. »Das muss echt ätzend sein, nicht herumrennen zu können.« Ihren makellos sauberen Tennisschläger hält sie quer vor ihre Brust. »Ein Jammer, ehrlich.«

»Ich kann sehr wohl Tennis spielen«, sage ich und setze mich abrupt auf. *Wir Mukos sind nicht behindert, musst du wissen,* würde ich ihr am liebsten an den Kopf werfen. *Ich kenne einen, der ist Profi-Hockeyspieler. Er spielt für sein Land. Wir husten nicht nur für England …*

»Dann mal los, ich bin dabei«, höre ich mich zur Überraschung aller, insbesondere Toms, sagen.

Oben in unserem Zimmer wühle ich mich durch meinen Koffer, bis ich meine Denimshorts und meine Adidas-Turnschuhe gefunden habe. »Bist du sicher, dass du das willst?«, fragt Tom. Sein besorgter Tonfall regt mich fast genauso auf wie Tanya. »George liebt es, alle nach seiner Pfeife tanzen zu lassen, aber wir müssen nicht spielen, wirklich.«

»Also, ich habe mir folgende Taktik überlegt.« Ich packe ihn am Hemd und ziehe ihn an mich. »Ich treffe weder den Ball, noch kann ich laufen, also wirst du alles allein machen müssen, klar?«

»Das ist eine großartige Taktik, Alice.«

»Wie schaffst du es, so schlank zu sein?«, fragt Tanya eine Spur neidisch, als ich den Tennisplatz betrete. »Was ist dein Geheimnis?«

*Mukoviszidose.* »Gute Gene«, sage ich.

Wir losen aus, wer beginnt. George und Tanya gewinnen, und George entscheidet, als Erster aufzuschlagen.

Ich spiele auf der rechten Seite des Platzes. George dribbelt den Ball ein paar Mal, bevor er ihn zum Aufschlag hochwirft. Er zieht eine Show ab, als wäre er Agassi. *Nun mach schon!*

Doppelfehler.

*Wunderbar! Drei weitere, bitte.*

George schlägt auf, der Ball ist schnell und landet leider im Feld, Tom schlägt ihn zu Tanya zurück, die ihn ins Netz drischt.

*Herrlich! Sie spielt genauso miserabel wie ich.*

Null dreißig.

George schlägt auf. Ich verfehle den Ball. *Grob geschätzt um ein paar Meilen.*

*Okay, vielleicht spielt doch niemand so schlecht wie ich. Außer Cat.*

»Fünfzehn dreißig.«

George schlägt auf. Tom drischt den Ball zu ihm zurück. George haut ihn mit voller Wucht in meine Richtung.

»Meiner!« ruft Tom. »Ich hab ihn.«

George spielt den Ball zurück, wieder zu mir.

»Ich nehm ihn!« Tom jagt über meine Seite des Platzes.

Das Ganze wiederholt sich. »Deiner!«, schreie ich Tom zu, als der Ball direkt vor mir aufspringt. *Zum Totlachen!*

Dreißig beide.

*Juhu! George serviert zweimal ins Aus. Doppelfehler.*

»Das ist Pech!«, sage ich, weil ich weiß, wie sehr ihn das ärgert.

Dreißig vierzig.

Tom retourniert Georges Aufschlag zu Tanya. Sie trifft den Ball mit dem Rahmen, und er fliegt über den Zaun und landet im Swimmingpool.

Eins zu null für uns.

Die nächsten sechs Spiele rennt Tom sich die Seele aus dem Leib und drischt den Ball mit Kraft für uns beide in die andere Spielfeldhälfte. Als es mir endlich einmal gelingt, einen Ball übers Netz zu schlagen, drehe ich mich völlig verdutzt zu ihm um. »Pass auf, Alice!«, höre ich fast im selben Moment, doch es ist zu spät: Der Ball kommt zurück und trifft mich am Oberschenkel. Das wird einen ordentlichen blauen Fleck geben.

Es steht fünf zu vier, Matchball für uns. Tom schlägt auf, und George drischt den Ball mit enormer Wucht zu mir zurück. Ich weiß nicht, was ich tun soll, und halte meinen Schläger kurzerhand einfach schützend hoch. Ein blauer Fleck genügt, ich will nicht auch noch ein blaues Auge. Der Ball trifft in einem komischen Winkel auf die Bespannung und tröpfelt dann Zentimeter neben der Seitenlinie übers Netz ins Feld. »Lauf!«, schreit George Tanya zu, aber sie hat keine Chance, noch an den Ball zu kommen.

Ich glaube, ich träume! Haben wir etwa gewonnen?

»Spielen wir auf zwei Gewinnsätze?«, fragt George, das Gesicht zu einer Grimasse verzogen.

»Nein«, keucht Tom schweißgebadet. »Ich brauch jetzt erst mal einen starken Drink.«

Nach dem Abendessen stecken sich alle eine Zigarette an. *Ich möchte ja kein Spielverderber sein*, höre ich Professor Taylors Stimme in meinem Kopf, *aber warum bittest du sie nicht, zum Genuss ihrer schädlichen Glimmstängel nach draußen zu gehen, anstatt deine Lungen gleich eine ganze Packung mitrauchen zu lassen?*

Ich ignoriere diese Warnung, obwohl ich sowieso schon ein schlechtes Gewissen habe, weil ich heute Abend weder meine Physio noch meine Anwendungen mit dem Vernebler gemacht habe. Nach dem Tennis habe ich gebadet, bin ins Bett getaumelt und habe geschlafen wie ein Stein. Ich glaube, ich habe Fieber. Ich fühle mich dehydriert, und in meiner Brust ist alles so eng.

*Aber dieser Abend ist wichtiger als der morgige Tag.*

Entschlossen, mich zu amüsieren, wende ich mich Tanya zu. Ich erfahre, dass sie freischaffende PR-Beraterin in den Bereichen Mode und Schönheit ist und nicht weit von Petes Studio in Kentish Town entfernt wohnt. Sie hat George durch ihre Mitbewohnerin kennengelernt und ist seit drei Monaten mit ihm zusammen. »Er hat vorgeschlagen, über Weihnachten zusammen zu verreisen, also läuft es offensichtlich ganz gut mit uns beiden.« Sie kreuzt die Finger.

»Ich hab mir überlegt, eine Skihütte zu mieten, irgendwo, wo's billig und gesellig ist«, sagt George von der anderen Seite des Tischs.

»Billig ist es nirgendwo«, wendet Tanya ein und murmelt dann in meine Richtung, dass sie immer pleite ist.

»Bist du dabei, Tom?« George ertappt ihn dabei, wie er mich ansieht. »Snowboarden?«

»Es ist noch eine ganze Ecke hin bis Weihnachten«, erwidert Tom.

»Aber es wird günstiger, wenn wir früh buchen. Wie steht's mit dir, Alice?«

Ich habe das dumpfe Gefühl, dass George testen will, wie stark unsere Beziehung ist. »Mal sehen.« Wieder zündet sich jemand eine Zigarette an. Ich muss husten, und Tanya klopft mir auf den Rücken. »Hilft es, wenn du Hustensaft nimmst? Du Ärmste!«

Ich hasse es, wenn jemand das zu mir sagt.

George geht zum Kühlschrank, um mehr Wein und Bier zu holen. »Hört mal, Leute, würde es euch etwas ausmachen, draußen zu rauchen …«, beginnt Tom.

»Nicht nötig«, unterbreche ich ihn. »Es macht mir nichts aus. Wirklich nicht.«

Aber jeder drückt seine Zigarette aus.

»Ihr müsst das wirklich nicht«, beharre ich und ärgere mich über Tom.

George macht eine Flasche Rotwein auf und schenkt allen nach. Mein Glas ist noch voll. »Du trinkst nicht und du rauchst nicht«, bemerkt er. »Was tust du überhaupt, Alice?«

»Ich singe.«

»Ja, richtig, das hat Tom mir erzählt«, wirft Tanya ein. »Sing uns was vor, Alice!« Die anderen fordern mich ebenfalls dazu auf, und schließlich gehen wir alle zusammen ins Arbeitszimmer, wo ein Klavier steht. »Ich habe nie spielen gelernt«, warne ich, während ich meine Finger zum Aufwärmen über die Tasten gleiten lasse. George steht neben mir. Anfangs fühle ich mich dadurch gehemmt, aber es dauert nicht lange, bis ich vergesse, dass er da ist. Ich denke wie so oft in letzter Zeit an ein paar Zeilen aus *If I Fall: Glanz in meinen Augen, heller Schein, will es richtig machen, es muss richtig sein, kann es kaum erwarten, groß zu werden, weiß noch nichts von Angst und Einsamkeit* und beginne zu singen:

*My eyes so full of light*
*So keen to do it right*
*Impatient to be grown*
*Not yet frightened of*
*Being alone …*

»Das ist ein absoluter Hit. Ich würde die Platte sofort kaufen!«, sagt Tanya, und ich könnte sie dafür küssen.

Mit einem Mal bin ich in ihren Augen nicht mehr die Ärmste. »Wer weiß, vielleicht kannst du das eines Tages sogar.«

Tom setzt sich neben mich und klimpert den *Flohwalzer*.

»Ich würde das mit Sicherheit nicht kaufen«, knurrt George und geht hinaus, um eine zu rauchen.

Die Nacht ist mein Feind. Als ich aufwache, fühlt meine Brust sich verklebt an wie eine Zuckerstange, was mir das Atmen zusätzlich erschwert. Ich greife nach meinem Asthmaspray, und zum ersten Mal wünsche ich mir, der Duft von Kaffee und Toast würde aus der Küche meiner Eltern zu mir herunterziehen. Ich brauche meine Medikamente. Wo ist Tom? Ich habe Durst, aber mein Wasserglas ist leer. Ich stehe auf und mein Blick fällt auf mein Bild im Spiegel über der Frisierkommode. Ich mache mich auf den Weg ins Untergeschoss, wo Stimmen zu hören sind. »Morgen«, sage ich fröhlich. George drückt sofort seine halb gerauchte Zigarette aus und fragt dann, ob ich eine Tasse Tee möchte. Wieso ist die Unterhaltung plötzlich verstummt? Bilde ich mir das nur ein oder ist die Atmosphäre tatsächlich angespannt? Ich öffne den Kühlschrank. Hinter mir im Raum herrscht betretene Stille. Meine Antibiotika sind da, aber wo sind die anderen Schachteln? Ich suche, schiebe Sachen hin und her.

Tom reicht mir einen Becher Tee. »Alles in Ordnung?«

»Ja, ja, ich suche nur meine Medikamente.«

Im gleichen Moment nehme ich aus dem Augenwinkel etwas Blau-Weißes wahr, einen Karton, der in der Obstschale liegt. Meine Inhalationslösung. Ich könnte heulen. »Wie kommt der denn …?«

George nimmt die Schachtel aus der Schale. »Ich hab mir gestern Abend noch ein Bier geholt … Dabei muss ich wohl …«

»Du Idiot!«, schnauzt Tom ihn an. Er wendet sich wieder mir zu. »Kannst du es noch verwenden?«

Ich gehe hinauf und schließe die Tür unseres Zimmers hinter mir. Die Medikamente sind bis zu vierundzwanzig Stunden bei Raumtemperatur haltbar, warum also nimmt mich das derart mit, dass ich in Tränen ausbrechen könnte? George hat es ja nicht absichtlich getan, es ist einfach passiert, und dennoch …

Noch während ich den Vernebler einstöpsle, verfluche ich diese lästige Prozedur. Ich kann die anderen unten hören und wünschte, ein ordentlicher Kater wäre meine einzige Sorge.

Nach dem Duschen und den Übungen fühle ich mich wieder ein bisschen mehr wie ein Mensch, aber meine Lungen brennen höllisch von dem Rauch, den ich eingeatmet habe. Ich befühle meine Stirn: Ich habe ganz sicher Fieber und kann heute unmöglich in einer verrauchten Kneipe sitzen. Draußen sind Stimmen zu hören, und nach einem Blick aus dem Fenster sehe ich Tanya und Helen, beide in Jeans und weiten Pullis, die barfuß durch den Garten schlendern. Ich wende mich ab, fasse mir wieder an die Stirn. Ich werde Tom bitten, mich nach Hause zu fahren.

»Sie ist reizend«, höre ich George durch die geschlossene Küchentür sagen. Die Hand auf der Klinke, halte ich inne. »Sie ist bildschön, begabt, witzig, süß, ich kann verstehen, dass du dich in sie verknallt hast, jeder Mann würde sich in sie verlieben, aber sie ist *krank.*«

»Glaubst du, ich hätte mir darüber keine Gedanken gemacht?«

»Wieso behältst du sie nicht als Freundin?«

*Behalten? Klingt, als wäre ich ein Haustier. Ein Häschen, das man im Käfig halten, streicheln und mit Leckerbissen verwöhnen kann.*

»Wieso muss es was Ernstes mit ihr sein?«, beharrt George.

»Nicht so laut, sie ist oben.«

»Es gibt so viele Frauen, mit denen du ausgehen könntest. Du kannst jede haben, die du willst, das war schon immer so. Die Mädels stehen auf dich, warum also ausgerechnet Alice?«

Ich wende mich ab. Ich will nicht länger lauschen, aber es ist wie ein Zwang, ich kann nicht anders.

»Ich hab sie einfach gern.«

»So gern, dass du bereit bist, ihr Krankenpfleger zu werden?«

»Das würde sie nicht wollen und ich auch nicht.«

»Genau das wird aber passieren.«

»Garantiert nicht. Alice ist einer der stärksten Menschen, die ich kenne, und sie ist unabhängig ...«

»Sie wohnt bei ihren Eltern, Kumpel.«

»Völlig selbstständig. In ihrem eigenen Bereich. Sie braucht keine Pflege. Und eines Tages wird sie ausziehen ...«

»Wieso willst du dir Fesseln anlegen lassen?«

*Fesseln anlegen? Ich lege Tom keine Fesseln an.*

»Was regst du dich eigentlich so auf?«, hält Tom dagegen. »Kein Mensch zwingt mich.«

»Richtig, kein Mensch zwingt dich, also sieh zu, dass du aus der Sache rauskommst. Ich sage dir das als Freund, klar?«

»George, du ...«

»Warte, lass mich ausreden. Wir sind nur einmal jung, und wir sind frei. Wieso willst du dein Leben die nächsten fünf Jahre ...«

»Fünf Jahre? Woher willst du das wissen?«

»... an einem Krankenbett in irgendeinem Scheiß-Krankenhaus verbringen? Warst du nicht selbst lange genug drin?«

*Er sagt das, als ob es sich um ein Gefängnis handelt.*

»George, hör zu ...«

»Nein, *du* hörst zu!«

Ein Stuhl schabt über den Boden. Ich weiche ein wenig von der Tür zurück, ich weiß, dass ich wieder hinaufgehen sollte, aber es ist wie in einem Albtraum: Ich will rennen, aber meine Füße gehorchen mir nicht. Ich bin unfähig, mich zu bewegen. Wie gelähmt.

»Ich sage das alles doch nur, weil ich dich davor bewahren will, verletzt zu werden, verstehst du?«, sagt George eindringlich.

»Alice ist diejenige, die verletzt werden würde. Ich würde mir vorkommen wie ein Stück Scheiße, wenn ich sie abservieren würde …«

»Pass auf, sieh es mal von meiner Warte, okay? Mal angenommen, ich erzähle dir, dass ich mich in ein Mädchen verliebt habe, das irgendein Herzleiden hat und in ein paar Jahren sterben wird – würdest du da sagen: Nur zu, schnapp sie dir?«

»Das ist nicht das Gleiche.«

»Das ist exakt das Gleiche.«

»Wenn du sie wirklich liebst, dann würde ich das sagen, ja.«

»Du steckst den Kopf in den Sand, Mann. Ich hab gestern Abend Mukoviszidose nachgeschlagen. Kennst du die Fakten? Die sind nicht besonders berauschend.«

»Ich weiß. Ich hab mich informiert …«

»Sie wird *sterben*.«

»Wir sterben alle irgendwann.«

»Lass sie gehen, Tom, bevor du zu tief drinhängst.«

Ich höre, dass Tanya und Helen die Küche betreten. »Das klingt ja richtig ernst hier«, bemerkt Helen. »Was ist denn los?«

»Gar nichts«, erwidert Tom scharf.

»Wo ist Alice?«, fragt Tanya.

»Oben.«

»Sie ist umwerfend«, seufzt sie. »Unerträglich schön und dann diese Stimme, wow, was für eine Stimme!«

Ich schmeiße gerade meine Sachen in meinen Koffer, als Tom hereinkommt. »Fährst du mich bitte nach Hause?«, frage ich, ohne ihn anzusehen.

»Was, jetzt sofort?«

»Ja.«

»Was ist los? Geht es dir nicht …«

»Doch, alles okay!«, fauche ich, kurz bevor ich mir den Finger im Koffer klemme und vor Schmerz aufschreie.

George versucht nicht, uns zum Bleiben zu überreden. »Tut mir wirklich leid wegen der Sache mit deinen Medikamenten«, murmelt er, als er uns hilft, das Gepäck ins Auto zu laden.

»Kein Problem.« Ich kann ihm nicht in die Augen sehen. Hätte ich seine Unterhaltung mit Tom doch bloß nicht belauscht!

Alle winken uns zum Abschied nach. Georges Gesicht spricht Bände. Ich kann ihn fast sagen hören: *Siehst du, Tom, es geht schon los. Zieh die Reißleine, solange du noch kannst.*

# 25

Auf der Rückfahrt starre ich aus dem Fenster. Es ist trüb, der Himmel ist mit unheilverkündenden grauen Wolken bedeckt. Ich trage meine Sonnenbrille nur, damit Tom meine Tränen nicht sieht. Wir haben bislang kaum ein Wort miteinander geredet. Ich stelle mich schlafend, obwohl mir nichts ferner liegt, als zu schlafen.

*Sie ist krank.*

Für wen hält George sich eigentlich? Er kennt mich überhaupt nicht. Der Einzige, der irgendwelche Prognosen hinsichtlich meiner Zukunft stellen kann, ist Professor Taylor.

*Sie wird sterben.*

Wie kann George sich das Recht herausnehmen, so etwas zu sagen? Eine Transplantation kann Leben retten. Der medizinische Fortschritt kann Leben retten.

*Lass sie gehen.*

Tom merkt, dass ich ihm einen flüchtigen Blick zuwerfe. »Wir sind bald da.«

Was mag ihm seit unserem Aufbruch durch den Kopf gehen? Denkt er, dass George vielleicht gar nicht so unrecht hat? Gehen, bevor er zu tief drinhängt. Die Ironie an der Sache ist, dass das normalerweise *meine* Taktik ist. Ich beende die Beziehung, sobald die Gefahr besteht, dass ich einen Mann zu nahe an mich heranlasse. Ich bin so ausgelaugt, vielleicht sollte *ich* das Ganze beenden? Dann müsste ich mich auch nicht mehr mit Toms oder Georges Zweifeln auseinandersetzen. Ein Wort von mir, und alle wären mit einem Schlag erlöst.

»Alles in Ordnung?«, fragt Tom, als wir nur noch eine Meile von zu Hause entfernt sind.

*Du kannst nicht so tun, als hättest du nichts gehört, Alice.* »Ja, alles bestens.«

»Soll ich bei dir bleiben? Oder lieber später noch mal vorbeikommen?«

*Ich will allein sein.*

Als ich nicht sofort antworte, fährt er fort: »Oder wir gehen irgendwann die nächsten Tage essen. Vielleicht musst du dich erst mal richtig ausruhen.«

*Sag ihm, dass du Bescheid weißt.*

»Gut, dass wir so früh losgefahren sind, so kommen wir wenigstens nicht in den dicksten Verkehr.« Tom versucht krampfhaft, die wachsende Spannung zwischen uns mit höflichem Small Talk wegzureden. »George fühlt sich übrigens furchtbar wegen der Sache mit deinen Medikamenten.«

*Ich habe euch heute Morgen gehört, dich und George. Sag es, Alice, sag es!*

»Er war ganz schön sauer, dass er beim Tennis gegen uns verloren hat. Er ist fast genauso ehrgeizig wie ich.«

*Wir sind gleich da. Du kannst nicht so tun, als hättest du nichts gehört!*

»Dir geht es gar nicht gut, oder? Kann ich irgendetwas für dich tun?«

»Nein.« *Die Zeit läuft dir davon.*

»Das ist alles meine Schuld. Sie hätten zum Rauchen rausgehen sollen. Das nächste Mal ...«

»Es wird kein nächstes Mal geben.«

Eine Hand auf dem Lenkrad, dreht sich Tom mir zu. »Wie meinst du das?«

*Sag es, sonst drehst du noch durch.* »Ich habe dich und George in der Küche reden hören.«

»Was?« Er stellt das Radio leiser.

»Du weißt, dass ich Mitleid nicht ausstehen kann. Ich will nicht mit jemandem zusammen sein, der mich bedauert.«

»Ich bedauere dich doch nicht!« Tom reißt das Steuer herum und hält bei der nächsten Möglichkeit am Straßenrand. Es fängt an zu regnen, es schüttet wie aus Kübeln. »Das alles war gar nicht für deine Ohren bestimmt.«

»Ich habe es aber gehört.«

»George sorgt sich um mich, das ist alles.«

»Er hat dir gesagt, du sollst mit mir Schluss machen.«

Das kann Tom nicht leugnen.

»Er hat kein Recht dazu, Tom.« Ich lege eine Hand auf meine glühende Stirn. »Ich habe eine Lungenkrankheit. Jede Wette, dass George auch sein Päckchen zu tragen hat, wie jeder von uns, nur dass meins eben ein bisschen anders ist.«

»Alice, streng genommen stimmt das so nicht.«

*Ich bin so erschöpft … Tom und ich haben das alles doch schon einmal durchgekaut.*

»Nachdem du gestern Abend hinaufgegangen bist, haben George und ich uns noch unterhalten, ich habe ihm von der Transplantation erzählt und …«

»Warum denn? Das geht George doch überhaupt nichts an.«

»Weil ich auch mal mit jemandem darüber reden muss, ist das so abwegig?«

»Was gibt es da zu reden? Ich lasse mich ja nicht jetzt sofort auf eine Warteliste setzen. Professor Taylor hat mir klipp und klar gesagt, das sei noch nicht notwendig, also hat sich im Grunde nichts geändert.«

»Das heißt, wir stecken unsere Köpfe in den Sand und hoffen, dass es wieder weggeht?«

*»Alice, das ist nichts, was wieder weggeht«*, klingen Professor Taylors Worte in meinem Kopf nach.

»Nein, aber ich versteh nicht, warum du mit George darüber reden musst.«

»Weil *du* nicht mit mir redest. Jedes Mal, wenn ich es versuche …«

»Ich hasse es, darüber zu sprechen.« Ich wende den Blick ab. »So bin ich eben. Wenn du wieder frei und solo sein willst, wenn du …«

»Ich möchte, dass das mit uns funktioniert. Aber das wird es nicht, wenn wir so tun, als wäre alles in bester Ordnung.«

»Gut, dann lass uns reden.« Ich warte.

»Okay.« Tom holt tief Luft. »Ich habe über die Schwierigkeiten gelesen, einen passenden Organspender zu finden …«

»Oh Gott, müssen wir das ausgerechnet jetzt durchdiskutieren?«, falle ich ihm genervt ins Wort.

»Super, Alice, vielen Dank für diesen Beitrag!«, bemerkt er sarkastisch.

Ich wende mich ab und beiße mir auf die Lippe. »Du weißt nicht, wie das ist. Ich habe das hier schon mein ganzes Leben lang. Ich muss im Hier und Jetzt leben, ich muss mich normal fühlen können …«

»Aber es ist eben *nicht* normal, Alice, verstehst du das nicht?« Ich höre die Ernüchterung in seiner Stimme. »George hat nichts gegen dich, ganz im Gegenteil, er mag dich.«

*Willst du dein Leben die nächsten fünf Jahre an einem Krankenbett in irgendeinem Scheiß-Krankenhaus verbringen?*

»Geh auf Reisen, schau dir die Welt an«, sage ich, »besauf dich mit deinen Freunden … geh snowboarden …«

Er schlägt so fest aufs Lenkrad, dass ich zusammenzucke. »Ich will nicht zum Snowboarden, verdammte Scheiße! Du hörst nicht zu!«

»Wenn du nicht stark genug bist, mit mir zusammen zu sein, dann …«

»Das ist nicht fair! Du drehst mir das Wort im Mund herum! Es tut mir echt leid, dass du unser Gespräch gehört hast, ich fühle mich schrecklich deswegen, schuldig, aber Männer müssen sich auch mal austauschen, und mit irgendjemandem musste ich schließlich über meine Ängste reden …«

»Deine Ängste!« Mit neuer Energie fauche ich: »Weißt du was? Wenn es so beängstigend ist, mit mir zusammen zu sein, dann beenden wir das Ganze doch einfach.«

»Sicher, warum nicht. Lass uns einfach aufgeben.«

»Von mir aus.« Meine Energie ist verraucht. Mir geht es viel zu schlecht, um zu streiten. »Können wir jetzt weiterfahren?« Ich deute nach vorn auf die leere Straße.

Tom lässt den Motor an und tritt das Gaspedal bis zum Anschlag durch.

»George hat recht, du könntest jede haben«, murmele ich mit erstickter Stimme, den Tränen nahe.

»Ich will aber nicht jede.« Wir sind vor dem Haus meiner Eltern angekommen. »Kapierst du das nicht? Ich …«

Ich springe aus dem Auto und schlage die Tür zu.

*Ich hab diese Unterhaltung so was von satt …*

»Alice!«

Ich stoße das Gartentor auf und haste die Treppe zum Vordereingang hinauf; ich will mich nur noch hinlegen. Tom rennt hinter mir her. Sein Auto steht mit laufendem Motor und auf schnellster Stufe arbeitenden Scheibenwischern mitten auf der Straße. »Alice, warte!«

»Es ist aus, Tom!«, rufe ich ihm zu.

»Das ist doch albern!« Er packt mich am Arm, bevor ich an die Tür klopfen kann. »Alice, bitte«, sagt er beschwörend.

Plötzlich geht die Tür auf, und Mum steht in den alten Klamotten, die sie zum Malen trägt, vor mir. »Was ist denn los? Mir war, als hätte ich was gehört …« Ihr Blick fällt auf Toms

Hand, die immer noch meinen Arm umklammert. Als er mich loslässt, zieht Mum mich ins Haus.

»Du bist ja ganz nass! Wo ist dein Koffer?«

Ich kann nicht sprechen. Kann nicht klar denken.

»Tom! Was ist los?«, fragt Mum energisch.

Mir ist schwindlig.

Ich will nur noch ins Bett und mich unter meiner Decke vergraben.

Mein Gesicht fühlt sich ganz komisch an.

Mein Arm wird taub, wie abgestorben.

»Alice!«, höre ich beide wie aus einem Mund rufen.

Ich falle.

Tom fängt mich auf.

»Halt sie fest!«, befiehlt Mum ihm.

»Was passiert mit ihr?« Tom ist völlig verdattert. »Alice?«

»Ich habe dir vertraut, Tom«, ruft Mum aus der Küche. Ich höre Geklapper, dann fällt etwas herunter und zerspringt klirrend auf dem Fußboden.

Ich bin in Schwierigkeiten. Ich sehe etwas Rotes vor dem Hintergrund eines cremefarbenen Teppichs. Ich winde mich aus Toms Griff, stoße ihn zurück, hebe abwehrend eine Hand.

»Geh!« Mum kommt im Laufschritt an und hält mir eine graue Nierenschale aus Pappe vors Gesicht. »Geh endlich!«, schreit sie Tom an. »Mach, dass du wegkommst!«

Halb ohnmächtig sitze ich neben Mum im Auto, als wir zum Krankenhaus rasen. Mein Blut hat zwei Nierenschalen bis zum Rand gefüllt. Sie hält vor dem Eingang zum Brompton und stützt mich auf dem Weg die Rampe hinauf. Ihre Augen lodern vor Wut. »Wo ist Tom?«, frage ich.

»Nicht jetzt«, antwortet sie kurz angebunden. Sie erinnert mich an eine Löwin, deren Junges angegriffen wurde.

Später an diesem Nachmittag hänge ich in einem Zimmer auf der Station am Tropf. Ich gleite immer wieder in einen Dämmerzustand, spüre aber, dass Mum an meinem Bett sitzt. Jedes Mal, wenn ich aufwache, wird mir schmerzlich klar, dass meine Auseinandersetzung mit Tom kein Traum war.

Ich bin verletzt, traurig, verwirrt. Fühle mich schuldig.

Ein Klopfen. »Das wird Dad sein«, sagt Mum.

»Hauptsache, es ist nicht Barbara mit ihrer Pastinakensuppe«, brummele ich.

»Darf ich reinkommen?« Tom steht in der Tür.

Mum sieht mich unsicher an.

»Ich fühle mich ganz schrecklich«, sagt er. »Ich musste einfach kommen.«

»Was auch immer zwischen euch beiden vorgefallen ist – jetzt ist nicht der richtige Zeitpunkt für eine Aussprache«, sagt Mum streng.

Tom drängt sich an ihr vorbei. »Soll ich wieder gehen, Alice?«

»Er soll bleiben, Mum. Er kann nichts dafür.«

Ihr Blick ist voller Zweifel.

»Es tut mir aufrichtig leid, Mary«, sagt Tom zerknirscht.

»Bitte, Mum. Lass uns eine Minute allein, ja?«

»Na schön. Ich hole mir einen Kaffee. Ihr habt fünf Minuten, keine Sekunde länger.«

Die Tür fällt hinter ihr ins Schloss. Tom zieht einen Stuhl heran. Seine Augen sind rot und geschwollen.

»Es tut mir so leid, Alice, das alles ist wirklich allein meine Schuld.«

»Nein, du kannst nichts dafür.« Ich kämpfe mit den Tränen.

Wird er den Mut haben, mich zu fragen, was genau zu Hause mit mir passiert ist? Wird er das viele Blut ansprechen? War es nicht egoistisch von mir zu denken, es sei ein Leichtes für Tom, mit der Situation umzugehen? Und verschließe ich nicht vielleicht selber die Augen vor der Wahrheit? Meine Krankheit wird aggressiver, daran besteht kein Zweifel.

»Hör auf George«, sage ich leise. Ich kann die Motive von Toms Freund nachvollziehen. »Geh einfach.«

»Das kann ich nicht.«

Ich starre an die Zimmerdecke. Will ich wirklich, dass er noch mehr von dieser Seite von mir sieht? Wäre es nicht viel leichter, sicherer, wenn unsere Wege sich trennten?

»Es tut mir leid, dass du meine Unterhaltung mit George mitbekommen hast, aber ich wollte dir nie wehtun, Alice, das musst du mir glauben. George will mich nur schützen, aber mit wem ich zusammen sein möchte, das ist ganz allein meine Entscheidung, und das muss er respektieren. Sieh mich an, Alice.«

Er greift nach meiner Hand. Ich entziehe sie ihm nicht.

»Ich gehe, wenn du es willst«, sagt er mit erstaunlich fester Stimme. »Aber ich will keine andere. Ich will dich.«

Er wartet darauf, dass ich etwas sage. Irgendetwas.

*Wenn wir zusammenbleiben, muss ich meine Maske fallen lassen und ich selbst sein, etwas, was ich Männern gegenüber bisher vermieden habe.*

*Die Alternative ist, mich weiter hinter meiner Maske zu verstecken, einen anderen kennenzulernen und Tom nie wiederzusehen. Wieder die Person zu sein, die ich immer war, eine Frau, die ihr Möglichstes tut, um ihre Ängste zu verbergen.*

Als ich nicht antworte, nickt Tom, wie um zu sagen, dass er verstanden hat. Er steht auf, geht zur Tür, zögert, drückt die Klinke herunter. Er verlässt das Zimmer und zieht die Tür sachte hinter sich ins Schloss.

*Die Alternative ist undenkbar!*

»Tom!« Ich versuche aufzustehen, aber ich schaffe es nicht. »Tom!«, rufe ich noch einmal. »Komm zurück!«

Die Tür geht auf, und mich überkommt unsagbare Erleichterung, als ich Tom erblicke. »Es tut mir so leid, dass ich dich weggestoßen habe«, sage ich, während er zu mir eilt und sich neben mein Bett kniet. »Ich hab's nicht so gemeint! Das war so dumm von mir, so idiotisch …«

»Ich hab gedacht, du stirbst«, gesteht er, »und der Gedanke, ich könnte dich verlieren, jagt mir furchtbare Angst ein.«

»Du wirst mich nicht verlieren.« Ich schiebe meine Hand in seine. »Ich schwöre es. Ich werde nirgendwohin gehen.« Wir sehen uns in die Augen und wissen beide, dass der Augenblick jetzt gekommen ist. Wir werden gemeinsam eine sehr gefährliche und Furcht einflößende Reise antreten. Es gibt kein Zurück.

# 26

## Marys Tagebuch

**Mai 1999**

Ich bin in die Kantine gegangen und habe mir einen Kaffee bestellt, der Spülwasser verdächtig ähnlich sah. Ein anständiger Gin wäre mir lieber gewesen. Dort fiel mir an einem der Tische eine Frau auf, die völlig fertig und übernächtigt wirkte. Vermutlich sah ich keinen Deut besser aus. Die Frau starrte vor sich hin und rührte unablässig in ihrem Getränk. Ob sie auch ein an Mukoviszidose erkranktes Kind hat? Sofort fühlte ich mich ihr verbunden. Wie ich dieses Krankenhaus liebe und zugleich hasse! Ich liebe es, weil die Patienten hier ausgezeichnet versorgt werden, und ich hasse es, weil ich viel zu oft hier bin. Alice ist viel zu oft hier. Und jedes Mal werde ich daran erinnert, mit welchem Gegner wir es zu tun haben und wie unberechenbar Alice' Anfälle sind. Auch Professor Taylor hat keine Erklärung für diese mit Schwindel und Gleichgewichtsstörungen verbundenen Attacken. Alice' Gesicht wird dann ganz starr, ihr Arm wird taub, als hätte sie einen Mini-Schlaganfall. Manchmal, nicht immer, folgt darauf ein Bluthusten. Alice war ungefähr sechzehn, als sie den ersten Anfall hatte, und ich habe mich bis heute nicht daran gewöhnt. Ich werde mich nie daran gewöhnen. Jedes Mal, wenn sie in die Ferien oder übers Wochenende wegfährt, sogar wenn sie nur mit Cat oder Tom essen geht, habe ich Angst, sie könnte einen Anfall erleiden. Noch schlimmer ist die Vorstellung, es könnte passieren, wenn sie allein im Auto sitzt. Sie könnte sterben.

Ich nippte an meinem Kaffee und meine Gedanken wanderten zu meiner Mutter. Sie starb an einer Lungenentzündung, als Alice zehn war. Ich weiß noch, wie wir Hand in Hand durch den Garten schlenderten und Mum sagte, ich könne mit meinen Sorgen immer zu ihr kommen. Die zärtliche Erinnerung trieb mir Tränen in die Augen. Ich wischte sie weg und schaute auf meine Uhr. Alice und Tom hatten genug Zeit gehabt.

Ich kehrte auf die Station zurück, bereit, Feuer zu speien wie eine Drachenmutter. Ich wollte gerade die Tür zu Alice' Zimmer öffnen, als mein Blick durch das in die Tür eingelassene Fenster fiel und ich Tom neben Alice im Bett liegen sah. Ich war außer mir, das war doch die Höhe! Aber dann beobachtete ich, wie Tom seine Arme um sie legte, so behutsam, so liebevoll, dass mir wieder die Tränen kamen. Das war das erste Mal, dass Alice im Krankenhaus Besuch von ihrem Partner bekam. Sie hatte allen Männern immer verboten, sie zu besuchen. Aber wenn einem von ihnen wirklich etwas an ihr gelegen hätte, wäre er trotzdem gekommen.

So, wie Alice Tom ansah, habe ich Nicholas angesehen, als wir jung und frisch verliebt waren. Ich sehe ihn heute noch so an. Wir haben uns in Lausanne kennengelernt und die Abende in irgendwelchen Cafés verbracht, wo wir tranken und rauchten. Aus der Bekanntschaft wurde erst Jahre später, als wir uns zufällig auf einer Tanzveranstaltung wiedertrafen, eine feste Beziehung. Er betrat den Saal mit langen Schritten. Groß, blond, mit blauen Augen, die bei jedem Lächeln aufleuchteten – ein attraktiver Mann, in jeder Hinsicht. Ich erkannte ihn sofort wieder und sorgte

dafür, dass ich beim Essen neben ihm saß, indem ich die Tischnamensschildchen vertauschte. Alice hätte das auch gemacht.
In diesem Moment riss mich seine Stimme aus meinen Gedanken. Ich zuckte zusammen und drehte mich um. Da war er, mein Nicholas, und nahm mich in seine Arme. Es hat sich nichts geändert, ich liebe ihn höchstens noch mehr als früher. Unsere Beziehung ist durch die Kinder noch tiefer geworden. »Wie geht es ihr?«, fragte er. »Es tut mir so leid, dass ich nicht da war.« Er war über Nacht bei seiner Mutter geblieben.
»Jetzt bist du ja da«, erwiderte ich.
Nicholas wollte sofort zu Alice, und auch ich wollte hinein und mich bei Tom entschuldigen. Alice' Anfälle kommen ohne Vorwarnung. Tom war nicht der Auslöser gewesen, ich hatte lediglich meine Wut an ihm ausgelassen, weil gerade kein anderer da war. Nicholas klopfte, und wir gingen hinein. »Mum hat uns schon mal zusammen im Bett erwischt, für sie ist das nichts Neues«, sagte Alice lächelnd. Tom stand dennoch auf und gab Nicholas die Hand. Während Nicholas seine Tochter umarmte und sie zärtlich ausschimpfte, uns einen solchen Schrecken eingejagt zu haben, suchte ich Toms Blick. Ich hoffte, er würde verstehen, dass ich meine Tochter lediglich hatte beschützen wollen. Und das tat er: Ich erkannte es an der Art, wie er meinen Blick erwiderte. In diesem Moment wurde mir klar, dass Tom stark genug war, mit Alice' Krankheit und mit uns umzugehen. Denn wer sich mit Alice einlässt, lässt sich mit unserer ganzen Familie ein.
Ich blickte prüfend zu Alice. Sie hatte wieder ein bisschen Farbe im Gesicht und wirkte erleichtert, sich mit Tom ausgesprochen zu haben. Als die Schwester zum Fiebermessen

kam, wagte sie zu fragen: »Mir geht's wieder richtig gut, kann ich nach Hause?« Die Schwester verneinte, aber Alice ließ nicht locker. Ich musste unwillkürlich lächeln, weil sie so clever über ihre Entlassung verhandelte.

# 27

## Alice

»Es war da und jetzt ist es weg«, jammere ich und haue mir mein Notizbuch an die Stirn.

Rita zieht eine Braue hoch. »Warum ruhst du dich nicht erst mal aus und versuchst es noch einmal, wenn du dich frischer fühlst«, schlägt sie vor, während sie die Blutentnahme vorbereitet. Ich bin wieder daheim und habe die Hälfte meiner zweiwöchigen intravenösen Antibiotika-Therapie hinter mir, die während meines Krankenhausaufenthalts nach dem Wochenende in Dorset begonnen wurde.

»Ich fühle mich nie frisch.« Genervt drücke ich zum wiederholten Male die »Play«-Taste und höre mir den Refrain von *The Right Time* an. Pete hat den Song für mich auf Kassette aufgenommen.

Pete schärft mir immer wieder ein, wie wichtig der Beat sei, er sei das Herz eines Songs. Ich begreife jetzt, dass mein Sound nicht in die Kategorie Pop gehört; meine Musik ist Filmmusik, dramatisch, mit großem Orchester, mit Streichern und Basstrommel. Der Mollakkord macht diesen Song düsterer und unruhiger als *If I Fall*.

»Das ist wie Zähne ziehen«, seufze ich und werfe mein Notizbuch hin.

»Sei nicht so melodramatisch!«

»Mir fällt nichts ein.«

»Das gibt sich wieder.«

»Mein Kopf ist leer, Rita.«

»Leg es weg und mach dich später noch mal an die Arbeit.«

»Das geht nicht, ich hab keine Zeit, es wegzulegen.« Heute Nachmittag treffe ich mich mit Pete, und er will Fortschritte sehen. Letzte Woche musste unsere Studio-Session ausfallen. Er versteht, wieso, ist darüber aber genauso enttäuscht wie ich. Eine Zwangspause unterbricht die Dynamik. »Gibst du mir mal mein Asthmaspray?« Ich zeige auf meine Kommode.

»Seit wann bist du gehbehindert?«, kontert sie.

Ich spiele den Song ein weiteres Mal ab. Heute Nacht hatte ich eine richtig tolle Idee. Ich ärgere mich schwarz, dass ich sie nicht gleich aufgeschrieben habe.

Rita reicht mir das Asthmaspray im gleichen Moment, als ich die Seite aus meinem Heft reiße, zerknülle und auf den Boden werfe. »Ich muss einfach mehr von der Welt sehen! Wie soll ich Texte schreiben, wenn ich in diesen vier Wänden hier gefangen bin!« Ich strecke ihr meinen Arm hin.

»Wenn es so einfach wäre, Alice, wären wir alle Popstars, mit Bekannten wie Madonna und den Backstreet Boys.«

Als die Nadel in meine empfindliche Haut eindringt, könnte ich fluchen, schreien, kreischen vor Schmerz, aber ich gebe keinen Laut von mir.

»Es fällt einem nichts in den Schoß«, fährt Rita fort, »das kannst du mir glauben. Und das ist gut so, denn man weiß nur das zu schätzen, wofür man sich anstrengen musste.«

*Schon, aber manchmal könnte es schon ein bisschen leichter sein …*

Als Rita ihre Sachen zusammengepackt hat, bleibt sie an der Treppe stehen und dreht sich noch einmal zu mir um. »Ich bin nicht viel herumgekommen. Die Sonne hasst mich, ich kriege Ausschlag von Hitze. Aber das heißt nicht, dass ich keine Lebenserfahrung hätte. Man muss nicht in der Weltgeschichte herumreisen, um einen guten Song zu schreiben, Alice. Wichtig im Leben sind die Beziehungen zu anderen Menschen, nicht der Besuch des Eiffelturms oder die Besichtigung irgendwelcher Tempel. Du hast mehr erlebt als die meisten Leute deines Alters. Du musst nur ein bisschen tiefer schürfen, um dich zu finden.«

Es ist vollkommen still, nachdem sie den Raum verlassen hat. Nur das Schnurren von Nutmeg, der am Fußende meines Betts liegt, ist zu hören.

Ich denke über Ritas Worte nach.

Dann schweifen meine Gedanken zu Tom und zu dem Moment, in dem ich ihn beinah verloren hätte.

Ich greife zu meinem Stift.

Am frühen Nachmittag betrete ich das Tonstudio. Pete lehnt an seinem Schreibtisch und telefoniert. Die Mikrowelle klingelt. Ich hole zwei pappige Würstchen im Schlafrock heraus. »Eins für dich«, formt er lautlos mit den Lippen und deutet auf zwei Teller. Ich liebe dieses Studio. Das Mischpult, der Audiokompressor, der Verstärker, sie alle sind meine Freunde geworden. Ich lasse mich auf das Sofa fallen, versinke darin und streife mir die Schuhe von den Füßen. Dieser Ort scheint Lichtjahre entfernt von zu Hause, vom Krankenhaus, von meinem anderen Leben.

»Geht's dir besser?«, fragt Pete, als er sein Telefonat beendet hat.

»Ja, alles bestens.« Ich schlage mein Notizbuch auf. »Bist du bereit?«

Pete haut in die Tasten, und Augenblicke später dröhnt die Hintergrundmusik von *The Right Time* aus den Lautsprechern. Pete spielt an verschiedenen Knöpfen herum, um den Sound zu verändern, während eine Klangkurve über seinen Monitor flackert. »Stopp!«, rufe ich und greife zu meiner Gitarre. »Ich hab einen neuen Song geschrieben.«

»Einen neuen Song?«

»Ja. An dem anderen will ich auch weiterarbeiten, aber der Text zu dem hier ist mir heute Morgen eingefallen. Er handelt von meiner tiefen Angst, allein zu sein, und heißt *Let It Rain.*

*Lost inside this demon town*
*please stay in me*
*I'm so scared I'm gonna drown*
*please forgive me*

*Let it rain*
*let it snow*
*I don't care so long's you know*
*that I don't wanna be alone*
*without you*

*Let it rain*
*let it clear*
*let the sunshine reappear*
*I don't care so long's you're near*
*believe me*
*so let it rain*

*I don't know what I was thinking*
*til I thought of you*
*I didn't know that I was sinking*
*til you came into view ...*

Ich schaue erst auf, als der Song zu Ende ist. Pete sitzt zurückgelehnt in seinem Sessel und hat die Hände hinter dem Kopf verschränkt. Seine Miene ist vollkommen ausdruckslos. Dann sagt er: »Verdammt, ich hab dich so dermaßen unterschätzt.«

Wir experimentieren mit dem Text und der Hintergrundmusik herum, bis wir *Let It Rain* schließlich aufnehmen. Am frühen Abend lasse ich mich endlich erschöpft auf das Sofa fallen. Jeder einzelne meiner Muskeln schmerzt, aber das ist mir egal, ich bin einfach nur glücklich. Wir haben unseren ersten gemeinsamen Song geschrieben! Pete fragt, ob ich zur Feier des Tages mit in das Café um die Ecke komme. Ich werfe einen Blick auf meine Uhr: kurz vor sieben. Wir haben fast fünf Stunden ohne Pause durchgearbeitet. Die Würstchen sind längst wieder eiskalt, trotz Schlafrock.

Bei einer Tasse Kaffee erzähle ich Pete plötzlich von meinem Wochenende in Dorset. Es fällt mir leichter, mich jemandem anzuvertrauen, der nicht Mitglied meiner Familie oder Teil meines Freundeskreises ist.

»Noch ein paar solcher Wochenenden in der Hölle, dann haben wir bald ein Album«, lautet Petes Kommentar. »Glücklich zu sein macht dich anscheinend weniger kreativ.«

»Man muss eine gequälte Seele sein, oder? Wie ist das bei dir? Bist du glücklich?«

»Glücklich sein ist eine komplizierte Sache«, erwidert er nachdenklich. »Aber ich bin zum ersten Mal seit Jahren in einer Beziehung, die nicht durch Drogen und Alkohol aufrechterhalten wird. Wir sind zusammen, weil wir uns lieben. Jemandem in nüchternem Zustand zu sagen, dass man ihn liebt, erfordert noch viel mehr Mut«, gesteht er in Anspielung auf die dunkleren Phasen seiner Vergangenheit.

»Werdet ihr heiraten?«

»Vielleicht.« Er rührt seinen Kaffee um. »Ich hab mich lange genug wie ein Idiot benommen, inklusive Aufwachen in fremden Betten.«

»Wie ist Katie denn so?« Ich weiß nur, dass sie Krankenschwester ist.

»Wunderschön. Witzig. Clever. Viel zu gut für mich.«

»Wie habt ihr euch kennengelernt?«

»Ich bin froh, dass du mir von der Transplantation erzählt hast«, sagt er unvermittelt. Ich verstehe den Hinweis: Er will nicht darüber reden. »Ich hab nicht viel Erfahrung mit Behinderung ...«

Ich schaue offenbar finster drein.

»... also gut: mit schweren Krankheiten. Nur einmal, da hatte ein Freund von mir aus heiterem Himmel einen Schlaganfall, als er ein Taxi herbeiwinken wollte. Er war halbseitig gelähmt, aber er ist stark und hat sich wieder ins Leben zurückgekämpft. Aber das war ganz schön hart.« Pete sieht mich an, er scheint all seinen Mut zusammenzunehmen. »Alice, wollen wir deine Krankheit erwähnen, wenn wir irgendwann einmal bei Plattenfirmen anklopfen?«

Ich schüttle den Kopf. »Ich möchte allein aufgrund meiner Musik beurteilt werden. Wenn ich sage, dass ich Muko habe, wird man mir eine Absage erteilen, noch bevor ich einen Ton gesungen habe. Das Risiko wäre ihnen zu groß.«

Pete antwortet nicht. »Oder siehst du das anders?«, bohre ich nach.

»Ich weiß es nicht, deshalb habe ich dich ja gefragt.«

»Wenn du mit jemandem arbeiten würdest, der an Depressionen leidet, würdest du zum A&R-Manager doch auch nicht sagen: Oh, übrigens der Typ ist manisch depressiv. Oder?« A&R steht für *Artist and Repertoire*, Künstler und Repertoire; diese Leute sind quasi die Talentsucher und -förderer einer Plattenfirma.

»Nein, wahrscheinlich nicht.«

»Und dann all die Leute, die jeden Tag irgendwelche Vorstellungsgespräche absolvieren: Jeder von denen trägt doch Ballast mit sich herum.«

»Schon, aber …«

»Sie sollen sich erst mal in meine Musik verlieben.«

»Irgendwann müssen wir es ihnen aber sagen.«

Ich lächle. »Gleich nachdem wir den Millionen-Vertrag für fünf Alben unterschrieben haben.«

Pete bittet um die Rechnung. Er zögert kurz, bevor er fragt: »Was mache ich, wenn du einen Anfall hast, Alice? Den Notarzt rufen? Dich in die Notaufnahme bringen?«

Das werde schon nicht passieren, versuche ich ihn zu beruhigen, und wenn doch, bräuchten wir nichts weiter als ein paar leere Starbucks-Tabletts und die Fähigkeit, Ruhe zu bewahren, bis die Blutung aufhört.

»Und du willst nicht tapfer sein?«

»Ich bin Superwoman, wusstest du das nicht?« Ich tue so, als würde ich mir einen Umhang umwerfen und zu meinem Auto fliegen, das drüben auf der anderen Straßenseite steht.

Pete lacht. Er läuft mir nach, überholt mich und hält mir dann die Tür auf. Es gefällt mir, dass er so altmodisch ist. Ich setze mich ans Steuer und kurble das Fenster herunter. Pete beugt sich herein. »Ich habe noch nie mit jemandem wie dir gearbeitet, Alice. Warum liegt dir so viel daran? Warum setzt du deine Lungen dieser enormen Belastung aus, nur um zu singen?«

»Die Belastung wäre viel größer, wenn ich daheim sitzen und mich in Watte packen würde.«

*Warum liegt mir so viel daran?*

»Ich möchte, dass die Menschen meine Stimme hören und etwas dabei empfinden, dass meine Songs Gefühle in ihnen hervorrufen, Pete. Meine Zukunft ist ungewiss …«

»Nicht, Alice.«

»Aber es ist doch so. Ich möchte, dass etwas von mir bleibt.« Meine Songs für die Zukunft … »Meine Musik wird weiterleben, wenn ich einmal nicht mehr da bin.«

# 28

»Wie läuft's mit Pete?«, raunt Jake mir zu, während die Werbung läuft. Wir wollen uns *Matrix* ansehen, einen Scifi-Thriller mit Keanu Reeves (Jake hat den Film ausgesucht, nicht ich).

Ich greife in die Popcornschachtel. »Wir haben ein paar Songs aufgenommen.«

»Wann willst du bei den Giganten anklopfen?« Er meint die Plattenfirmen.

»Das dauert noch.« Pete möchte erst noch an meinen Schreibqualitäten feilen, erkläre ich ihm, und eine Auswahl von Werken mit eingängigem Thema und Sound produzieren, sodass wir nach Abschluss des Vertrags – »wenn wir ihn bekommen, Alice, nicht *falls*« – alles parat haben und die CDs innerhalb weniger Monate auf den Markt bringen können. »Viele Künstler legen nur ein, zwei Songs vor«, sagt Pete. »Weil sie noch nicht wissen, in welche Richtung sie wollen. In diese Falle werden wir nicht tappen. Wir nehmen uns die Zeit, die Sache richtig anzugehen.«

»Hoffentlich erlebe ich das noch«, brummele ich jetzt vor mich hin.

»Hör auf, so zu reden. Manchmal bist du echt makaber, Egelchen.«

*Schwarzer Humor ist eben meine Art, mit meiner Situation umzugehen. Immer noch besser als heulen, oder?*

Ich halte ihm die Popcornschachtel hin. »Und wie geht es dir so? Hast du schon kalte Füße?« Jake heiratet kommendes Wochenende.

»Die hatten Zeit genug, warm zu werden. Außerdem werde ich jetzt, wo ich die Torte schon bezahlt habe, ganz sicher keinen Rückzieher mehr machen. Die Torte ist ein Kunstwerk«, sagt er, »mit zwei ineinander verschlungenen Delfinen, blauen Blumen und Muscheln. Man sollte sie in einer Glasvitrine im Museum ausstellen und nicht unseren Altvorderen zum Fraß vorwerfen.«

Jake und Lucy haben zweihundert Gäste zur Trauung und dem anschließenden Empfang mit Tee und Torte eingeladen. »Phil ist auf einer Hochzeit mal kopfüber in die Torte gestoßen worden, während der Trauzeuge seine Rede hielt«, flüstere ich.

Wir lachen. »Ich hätte ihn umgebracht, wenn das unsere Torte gewesen wäre, und ihm die Rechnung geschickt.«

»Wenn er tot ist?«

»Oh, richtig, das hab ich gar nicht bedacht. Ich würde ihn ordentlich verprügeln und ihm dann die Rechnung schicken.«

Während die Trailer laufen, beschwören Jake und ich die Vergangenheit herauf. Wir plaudern darüber, wie er und Lucy sich vor zehn Jahren kennengelernt haben. Beide waren achtzehn und besuchten einen Einführungskurs für angehende Kunststudenten in West London. Lucy fiel ihm in der Buslinie 31 zum ersten Mal auf. »Ich war viel zu schüchtern, um sie einfach anzusprechen«, erinnert er sich lächelnd. Stattdessen merkte er sich ganz genau, wo und wann sie ein- und ausstieg, während er so tat, als sei er in einen Roman von Charles Dickens oder Thomas Hardy vertieft. Irgendwann brachte er den Mut auf, im Bus auf sie zuzugehen und sie zu fragen, ob sie Lust habe, mit ihm auf eine Party zu gehen. Es war ein Feiertag, und Jake behauptet, beim Feuerwerk hätten sie sich zum ersten Mal geküsst. Lucy entgegnet dann immer, sie könne sich überhaupt nicht mehr daran erinnern, nur um ihn zu ärgern. In den folgenden vier Jahren gingen beide auch mit anderen aus, aber dann führte das Schicksal oder der Zufall sie erneut in der Buslinie 31 zusammen. »Dieser Bus ist an allem schuld«, sagt Lucy. Dieses Mal ließ Jake sie nicht einfach gehen. Er wollte wissen, ob es jemanden gebe in ihrem Leben, denn: »Ich bin Single, nur damit du's weißt, hundertprozentiger, überzeugter Single, durch und durch.«

»Das hast du aber nicht so zu ihr gesagt, oder?«

»Na ja, mehr oder weniger … Ich wollte, dass das ganz klar ist.«

»Du bist so ein Idiot!«

Wäre Jake nicht Maler, würde er einen tollen Schauspieler abgeben.

Nach dem Kino schlendern wir zum Haus unserer Eltern zurück. »Das war ein Schrottfilm«, stelle ich fest.

»Egelchen, du hast die Hälfte verschlafen!«

»Gar nicht wahr!«

»Okay, dann erzähl mir doch mal, was am Schluss passiert ist …«

»Schon gut, ich geb's ja zu: Ich bin gelegentlich eingenickt.«

Wir haben einen Großteil unserer Kindheit im Kino und vor dem Fernseher verbracht. Als ich klein war, half Jake mir bei meiner Krankengymnastik: Während wir uns Kinderserien wie *The Wombles, Blue Peter* oder John Cravens Nachrichten für Kinder anschauten, drehte er mich auf dem Sofa hin und her wie ein Würstchen auf dem Grill. Wir konnten uns stundenlang damit vergnügen, unsere Lieblingsfiguren nachzuahmen, darunter Morph aus *Take Hart*. Später folgten *Top of the Pops, Krieg der Sterne, Das A-Team, E.T.* …

Jake gräbt eine weitere Erinnerung aus. An einem verregneten Sonntagnachmittag schauten wir uns *Grease* an, mit einer in schwarzes Leder gekleideten Olivia Newton-John, die zu John Travolta sagt: »*Tell me about it, stud*« und dann ihre Zigarette mit dem Schuh ausdrückt.

»Ziemlich harter Tobak für eine Zehnjährige«, sagt Jake nachdenklich. »Weißt du noch, wie Granny plötzlich im Zimmer stand?« Er meint Dads Mutter: wie immer sorgfältig frisiert, die Bluse bis obenhin zugeknöpft, damit auch ja alles bedeckt ist. »Sie sagte: ›Wie ungebührlich!‹ und rauschte hinaus.«

Granny stammt aus dem australischen Perth und kam per Schiff nach England. Niemand weiß Näheres über ihren familiären Hintergrund, aber das macht nichts: Wir alle lieben sie. Meine Großeltern mütterlicherseits starben, als ich noch klein war, und Dads Vater lebt auch nicht mehr. Granny kommt oft zu Besuch, sie wird auch zu Jakes Hochzeit anreisen. Sie fühlt sich schuldig wegen meiner Krankheit, weil sie glaubt, sie habe das fehlerhafte Gen vererbt. »*Ich* bin die Trägerin«, hat sie einmal zu Mum und Dad gesagt, aber die haben ihr deswegen natürlich nie einen Vorwurf gemacht. Keiner von uns hat das. Wem hätte das geholfen?

Granny besitzt ein kleines Landhaus am Exmoor-Nationalpark. Für uns Kinder war die lange Fahrt dorthin immer furchtbar öde, aber noch viel langweiliger wäre sie gewesen, wenn wir unsere Kiste mit Kassetten nicht gehabt hätten. Als Erster durfte sich immer Dad die Musik aussuchen, weil er der Älteste war. Ungeachtet unseres Protests entschied er sich jedes Mal für *Silence is Golden*, einem Hit der Tremeloes aus den 1960er-Jahren. »Das ist ein Härtetest«, sagte Mum jedes Mal.

Jake und ich schwelgen weiter in Kindheitserinnerungen. Immer wenn unsere Eltern eine Party gaben, bin ich irgendwann mitten in der Nacht in Jakes Bett geschlüpft und habe ihn aufgefordert: »Lass uns reden, Jakey!« Als er mit acht Jahren aufs Internat kam, habe ich mich auf seine Brotdose gesetzt, trotzig die Arme verschränkt und mich geweigert aufzustehen. »Ich nehme an, du willst auch eine, hm?«, sagte Dad.

Natürlich wollte ich auch eine, aber vor allem wollte ich, dass Jake zu Hause blieb. Das war mir wichtiger als eine Brotdose.

Jetzt geht es mir ganz ähnlich. Am liebsten würde ich mich auf die Brotdose setzen und ihn nicht gehen lassen. Auf der einen Seite freue ich mich für meinen Bruder, dass er heiratet, und auf der anderen habe ich das Gefühl, ihn zu verlieren.

»Es wird sich nichts ändern«, sagt Jake, als hätte er meine Gedanken gelesen.

»Ich weiß. Ich kann weiterhin zu dir kommen und dich im Scrabble schlagen.«

»Von wegen, noch gewinne ich! Ich hab doch gesagt, es wird sich nichts ändern.«

An der Hintertür umarmen wir uns zum Abschied.

»Das nächste Mal bin ich dran mit Aussuchen«, rufe ich ihm nach.

Er dreht sich um und winkt. »Wir sehen uns in der Kirche, Egelchen.«

# 29

## Marys Tagebuch

**Juni 1999**

Ich sah Jake an und sah wieder den kleinen Jungen vor mir, der eine Kette aus Gänseblümchen um den Hals trug und den Gartenweg entlang stolperte. Und jetzt heiratet dieser Junge. Wie war das möglich?

Der Fairness halber muss man sagen, dass er sich reichlich Zeit damit gelassen hat. Eine Zeitlang dachten Alice und ich, dass er Lucy nie einen Antrag machen würde, und so beschlossen wir, ihn in die Mangel zu nehmen. Und zwar bei einem gemeinsamen Abendessen in einem Restaurant. Nicholas war nicht dabei, er hatte noch im Gericht zu tun.

Als Lucy auf die Toilette musste, beugte ich mich über den Tisch und raunte Jake zu: »Wir wissen, dass ihr beide es langsam angehen lassen wollt …«

»… aber allmählich wird es echt Zeit«, fuhr Alice fort, bevor wir den Satz gemeinsam beendeten, so laut, dass es im ganzen Restaurant zu hören war: »… dass du in die Gänge kommst!«

Jake lehnte sich so weit wie möglich zurück und stammelte: »Scheiße, hätte ich doch bloß einen Bruder!«

Tom kam ebenfalls zur Hochzeit. Er sah sehr gut aus in seinem Smoking. Genau wie Alice in ihrer eierschalenfarbenen Seidenhose, zu der sie einen langen marineblauen Seidenmantel trug, den wir zusammen gekauft hatten. Sie war bezaubernd.

Nach der Trauung unterhielt ich mich mit Jakes ehemaligem Kunstlehrer. Er erzählte, der dreizehnjährige Schlaks habe sich ständig im Zeichensaal herumgetrieben, und so habe er ihn eines Tages aufgefordert, etwas für ihn zu zeichnen. Jake kritzelte eine Katze auf einer Mülltonne, woraufhin er meinte: »Du weißt, wie eine Katze und eine Mülltonne aussehen, aber komm morgen wieder, dann zeig ich dir, wie man zeichnet.«

Da Jake und Lucy eine Familie gründen wollen, hat Lucy einen Bluttest gemacht, um sicherzugehen, dass sie nicht auch Trägerin des defekten Gens ist. Wir waren alle unsagbar erleichtert, als zwei Tage später das Ergebnis feststand: Sie trägt das Gen nicht in sich. Alice hat große Herzensgüte bewiesen, indem sie sich so sehr für die beiden freute. Nicholas und ich würden alles dafür geben, dass Alice ein Leben ohne Mukoviszidose führen könnte, aber aller Ängste und Sorgen zum Trotz würden wir für kein Geld der Welt die Zeit zurückdrehen und irgendetwas anders machen wollen.

Nicholas und ich könnten nicht stolzer auf unsere Kinder sein.

Und was noch viel besser ist: Ich werde vielleicht bald Großmutter! Eine Oma!

Dann werde ich mir äußerst wichtig vorkommen (nicht alt!).

# 30

## Alice

### Ein Jahr später, Juni 2000

Pete ist mit einer seiner Bands auf Tournee. Sobald er zurückkommt, werden wir unser Demoband an verschiedene Plattenfirmen schicken. Er, Cat, Jake und Tom haben mich zu einigen Auftritten in London ermutigt, die mir einen kleinen Vorgeschmack auf mein Leben als Berühmtheit gegeben haben, auch wenn die Hälfte meines Publikums betrunken war und nicht zugehört hat. Susie hat das erste Jahr ihres Kurses im Perückenknüpfen fast hinter sich. Ihr großer Traum ist es, im Andenken an ihre Mutter Perücken für krebskranke Menschen herzustellen. Sie ist leider immer noch mit Ethan zusammen. Milly arbeitet nach wie vor für ihren einflussreichen Geschäftsmann und ist nach wie vor Single. Aus Überzeugung, wie sie behauptet, außer sie begegnet irgendwann dem Richtigen. Cat hat derzeit etwas mit einem ihrer Arbeitskollegen. »Nichts Ernstes«, sagt sie, »aber ich bin in letzter Zeit viel zu oft im Schlafanzug und mit Schlafmaske ins Bett gegangen, und das musste dringend geändert werden.«

Lucy ist noch nicht schwanger, aber sie und Jake haben seit Kurzem eine kleine getigerte Katze. »Da kann ich schon mal üben«, meint Lucy.

Tom wohnt inzwischen bei mir. Oder jedenfalls so gut wie. Wir haben seine Boxershorts und T-Shirts in meine Kommode und seine Turnschuhe, Anzüge und sonstigen Kram in meinen Kleiderschrank gestopft. Wir sind glühende Fans von *The West*

*Wing – Im Zentrum der Macht.* Das Kapitel *Dawson's Creek* ist abgeschlossen.

Und am Wochenende fährt Tom mit mir zu seinen Eltern nach Dorset. Endlich. Seit Monaten lasse ich immer wieder fallen, dass ich sie gern kennenlernen würde, aber Tom hat sich bisher taub gestellt. Zwischen uns läuft es fantastisch und ich wollte ihn nicht bedrängen, aber als er einen Wochenendbesuch vorgeschlagen hat, war ich erleichtert. Jetzt, wo es so weit ist, bin ich allerdings nervös. Seine Eltern fragen sich bestimmt, wer die Frau ist, mit der ihr Sohn zusammenlebt. Wahrscheinlich machen sie sich Sorgen, weil Tom sich ausgerechnet jemanden mit Mukoviszidose ausgesucht hat. Ich weiß doch, wie sehr meine Eltern uns Kinder immer beschützen wollen. Ich kann mir nicht vorstellen, dass sie begeistert wären, wenn Jake eine Partnerin mit einer tödlichen Krankheit hätte. Deshalb hat Tom das Kennenlernen auch so lange hinausgezögert. Wie viel er seinen Eltern wohl erzählt hat? Tom und ich haben eine stillschweigende Vereinbarung: Wir reden nur über meine Krankheit, wenn es sich nicht vermeiden lässt. Tom hat mittlerweile verstanden, dass Reden nichts bringt. Es ändert nichts an der Sache, also am besten nicht daran rühren. Wir wollen einfach ein ganz normales Paar sein, mehr nicht.

Tom wirft mir einen flüchtigen Blick zu. »Sie werden dich lieben«, versichert er mir, nicht zum ersten Mal, weil er meine Nervosität spürt. *Sie werden mich lieben.* Ich biete ihm ein Pfefferminzbonbon an und denke darüber nach, dass wir jetzt seit über einem Jahr zusammen sind und noch nie »ich liebe dich« zueinander gesagt haben.

*Ich glaube, ich war noch nie richtig verliebt. Das heißt, ich glaube es nicht nur, ich weiß es, weil ich noch für keinen empfunden habe, was ich für Tom empfinde. Der Gedanke an ein Leben ohne ihn tut körperlich weh.*

Wir fahren eine lange, schmale, kurvenreiche Straße entlang. Dann biegt Tom nach links in eine gekieste Auffahrt ein, hält vor einem hellgrau gestrichenen Haus und hupt. Der Sommerabend ist warm und jetzt um acht Uhr immer noch hell. Ein Hund bellt. »Hallo!«, sagt eine große schlanke Frau zur Begrüßung. Sie trägt eine marineblaue Strickjacke über ihrem Sommerkleid und eine Sonnenbrille in ihren silbergrauen Haaren. Neben ihr steht ein Dalmatiner. Tom tätschelt ihn. »Das ist Lottie, Alice.« Die Hündin springt schwanzwedelnd an ihm hoch.

Toms Mutter umarmt mich. »Sie haben hoffentlich nichts gegen Hunde? Lottie gehört eigentlich Toms Bruder, er hat sie uns aufs Auge gedrückt, als er vor ein paar Jahren nach New York zog.«

»Ich liebe Hunde«, versichere ich ihr, bevor ich ihr einen Blumenstrauß und eine Schachtel teure Seife überreiche.

»Wie lieb von Ihnen, Alice.«

Toms Vater gesellt sich zu uns. Er ist blond und hat lebhafte blaue Augen. Die Ähnlichkeit zwischen Vater und Sohn ist unübersehbar. Er trägt einen weiten, verwaschenen Pullover zu Jeans und Sandalen und ist damit sehr viel lässiger gekleidet als mein eigener Vater, der normalerweise mit Hemd und Schlips herumläuft. Er klopft seinem Sohn auf den Rücken, gibt mir dann die Hand und besteht darauf, meinen Koffer ins Haus zu tragen. »Und sagen Sie bitte James zu mir.«

»Und ich bin Olivia«, fügt Toms Mutter hinzu.

»Du kannst von Glück reden, dass wir im Sommer hergekommen sind, Alice«, meint Tom, während ich ihm in die Küche folge, einen großen, offenen Raum mit einem langen Holztisch in der Mitte, einem durchgesessenen Sofa in einer Ecke und einem kleinen Fernseher auf einem Tischchen davor, einer Standuhr und einem altmodischen Herd. »Dad glaubt nämlich nicht an Zentralheizungen.«

»Reine Geldverschwendung«, brummt James. »Wer friert, soll einen weiteren Pullover anziehen und auf der Stelle hüpfen.«

»Oder Hampelmänner machen«, ergänze ich.

»Sehr richtig.«

»Sie spüren die Kälte bestimmt sehr, nicht wahr?«, fragt Olivia.

Ich nicke verlegen und frage dann, ob ich meine Medikamente im Kühlschrank lagern kann.

»Aber natürlich«, antwortet Olivia. Sie eilt zum Kühlschrank, um Platz zu schaffen. Ich lege die Schachtel mit den Antibiotika und einen Beutel mit einer cremig weißen Flüssigkeit ins unterste Fach. Diese Flüssigkeit enthält fast zweitausend Kalorien. Ich habe mich von Professor Taylor zu einer Magensonde überreden lassen, über die mir nachts Nahrung zugeführt wird. Tom war nach dem Eingriff ganz nervös, weil er fürchtete, es könnte etwas verrutschen, wenn wir miteinander schlafen. Aber mittlerweile ist das für uns vollkommen normal. Ich spüre, dass Olivia mich beobachtet. Sie würde zu gern fragen, was in dem Beutel ist, doch stattdessen sagt sie: »Hoffentlich mögen Sie Curryhuhn.«

»Wie geht's eigentlich George?«, fragt Olivia beim Essen. »Sie haben ihn bestimmt schon kennengelernt, Alice, oder?«

Ich begegne Toms Blick. »Ja. Ja, ich hab ihn schon kennengelernt.« Seit jenem verhängnisvollen Wochenende in Dorset vor über einem Jahr versuche ich, mit ihm auszukommen, weil er Toms bester Freund ist. George weiß nicht, dass ich seine Unterhaltung mit Tom belauscht habe, und er wird es auch nie erfahren. »Er ist großartig.«

»Ein richtiges Energiebündel, der Junge.« James nickt. »Wir haben ihn praktisch großgezogen. Einmal haben seine Eltern bei uns angerufen und gefragt, ob wir wüssten, wo ihr Sohn ist. Da hatte er schon eine Woche bei uns gewohnt.«

»Und was macht das Leben in London?« Olivia sieht uns beide an.

»Immer das Gleiche«, murrt Tom. »Kann es kaum erwarten, von dort wegzukommen.«

*Tatsächlich? Ich könnte nie irgendwo anders als in der Stadt leben.*

»Und was gibt's Neues an der Arbeitsfront?«, wendet James sich an seinen Sohn.

Toms Webdesign-Firma ist gewachsen und in ein Büro im West End umgezogen. Er entwickelt jetzt Software für Onlinespiele.

Sein Vater schaut ihn skeptisch an. »Ein Online-Casino? Klingt nach Suchtpotenzial.«

»Ich würde es eher ›faszinierende Welt des Glücksspiels‹ nennen, Dad.«

Während Tom und sein Vater sich über Geschäftliches unterhalten, sieht Olivia mich prüfend an. »Ich habe gehört, Sie sind Sängerin.« Sie spricht ruhig und selbstbewusst.

»Ja, das ist richtig.«

Ich erzähle, dass Pete und ich ein halbes Dutzend Songs produziert haben und jetzt versuchen wollen, eine Plattenfirma für meine Musik zu interessieren.

»Ich singe in einem Chor, aber wir sind alle Amateure. Einige können überhaupt nicht singen.« Olivia lacht. »Ich wünsche Ihnen jedenfalls viel Erfolg. Aber ich kann mir gut vorstellen, dass der Konkurrenzkampf enorm ist in dieser Branche.«

»Sie wird es schaffen, Mum«, sagt Tom und streichelt unter dem Tisch mein Knie. »Sie hat eine unglaubliche Stimme.«

»Wo wir gerade von Musik sprechen – dein Vater und ich haben uns *La Bohème* angesehen. Kennen Sie die Oper, Alice?«

»Nein, leider nicht.« Ich traue mich nicht, ihnen zu gestehen, dass ich noch nie in der Oper war, und das, obwohl das Royal Opera House am Covent Garden praktisch vor meiner Tür liegt. »Wovon handelt sie denn?« Mir fällt auf, dass Tom und seine Mutter sich einen verstohlenen Blick zuwerfen.

»Der Held, Rodolfo, verliebt sich in Mimi«, sagt Tom, »aber ihre Liebe hat keine Chance, weil Mimi arm wie eine Kirchenmaus ist. Ende der Geschichte. Gibst du mir mal den Pfeffer?«, fragt er, obwohl der Gewürzstreuer direkt vor ihm steht.

»Das ist bei Weitem nicht alles«, widerspricht sein Vater. »Rodolfo ist ein Dichter, er und seine Künstlerfreunde teilen sich eine Mansarde in Paris. Sie leben praktisch von der Hand in den Mund, aber sie sind glücklich, bis eines Abends eine Näherin namens Mimi an ihre Tür klopft. Ihre Kerze ist ausgegangen, deshalb bittet sie Rodolfo um Feuer. Eine einzige Berührung von Mimis zarter Hand, ein einziger Blick, und Rodolfo verliebt sich in sie.«

»Wie romantisch«, murmele ich.

»Ja, das ist es, aber das Tragische daran ist, dass Mimi krank ist. Sie stirbt an Schwindsucht. Eine furchtbar traurige Geschichte.«

Olivia wirft ihrem Mann einen erbosten Blick zu.

»Was?« Er zuckt die Achseln. »Das ist nun mal der Inhalt der Geschichte.«

*Bilde ich mir das folgende peinliche Schweigen nur ein?*

»Was habt ihr morgen vor?«, fragt Olivia in dem verzweifelten Bemühen, das Thema zu wechseln.

Tom sieht mich an. »Das ist ein Geheimnis.«

Ich verschlucke mich fast an einem Stück Huhn. Ich hasse Geheimnisse!

»Keine Sorge, dieses wird dir gefallen«, versichert Tom mir.

Toms Mutter zeigt mir später mein Zimmer: ein Einzelbett mit einer Steppdecke, in einer Ecke ein Waschbecken. Ich habe seit Jahren nicht mehr in einem Einzelbett geschlafen.

»Ich hoffe, Sie werden gut schlafen«, sagt sie und zieht die Vorhänge zu.

»Ganz bestimmt. Und vielen Dank für das leckere Abendessen.«

»Nichts zu danken. Dann bis morgen früh. Wann immer Sie so weit sind.«

Als ich allein bin, atme ich auf, froh, dass ich das Essen und den anschließenden Kaffee überstanden habe. Olivia und James haben mich überaus freundlich und herzlich aufgenommen, aber es ist eben nicht das Gleiche wie daheim. Und wo schläft eigentlich Tom? Es ist mir gar nicht in den Sinn gekommen, dass wir in verschiedenen Zimmern übernachten könnten. Als es im Haus ganz still geworden ist, höre ich das gedämpfte Knarren des Holzbodens. Die Tür geht auf, Tom schleicht herein, schließt die Tür sachte hinter sich und schlüpft zu mir unter die Decke. Wir kommen uns wie ungezogene Teenager vor.

»Was für ein Geheimnis ist es denn?«, flüstere ich.

»Wenn ich es dir verraten würde, wäre es kein Geheimnis mehr.«

»Ist doch egal.«

»Nein, mir nicht.«

»Aber mir!«

Er legt eine Hand auf meinen Mund. »Aber mir nicht.«

Lachend versuche ich, seine Hand wegzuschieben. »Sch!«, macht er. »Wir wollen die alten Herrschaften doch nicht wecken. Mum und Dad sind in manchen Dingen erstaunlich altmodisch. Und wir wollen nicht noch einmal von einer besorgten Mutter zusammen im Bett überrascht werden, oder?«

*Was Toms Eltern wohl von mir denken?*

»Mum mag dich übrigens sehr, sie findet dich außerordentlich reizend.«

»Ich mag sie auch.«

*Und dich mag ich auch, sehr sogar. Warum fällt es mir so schwer, »ich liebe dich« zu sagen? Würde ihm das Angst machen?*

»Gehen wir irgendwohin essen?«, bohre ich weiter.

»Wir gehen doch in London dauernd essen, Alice. Du bestellst die komplette Speisekarte, schaffst dann nicht alles, und ich muss die Reste vertilgen. Ich werde fett.«

»Gib mir doch einen Hinweis, Dickerchen, nur einen ganz kleinen«, bettle ich.

»Zieh dich warm an und vertrau mir. Mehr wird nicht verraten.«

Dick eingemummt in ein paar hundert Schichten, folge ich Tom über einen windigen, verlassenen Flugplatz. Tom behauptet immer noch, dass ich begeistert sein werde. »Paddington wird dir gefallen«, sagt er.

»Wer ist Paddington?« Ich fürchte, ich weiß es schon. In der Ferne bemerke ich in einem Hangar ein kleines rotes Flugzeug. »Du willst mich in dieses Ding da verfrachten, hab ich recht?« Der Wind zerrt an meinen Haaren, ich schüttle sie mir mit einer Kopfbewegung aus den Augen. Tom legt seinen Arm um meine Schultern. »Paddington ist meine Piper Cub. Sie wurde nach dem Zweiten Weltkrieg gebaut, 1951, um genau zu sein.«

Ich erinnere mich, wie Tom mir ganz am Anfang erzählt hat, dass er schon als kleiner Junge davon geträumt hat, Pilot zu werden, und später dann von seinem Vater ermutigt wurde, Flugstunden zu nehmen. Alle seine Verwandten väterlicherseits sind bei der Air Force, das Fliegen liegt ihm im Blut wie mir die Musik. Mit siebzehn hat Tom seinen Flugschein gemacht.

*Nun komm schon, Alice. Es wird dir gefallen! Du brauchst keine Angst zu haben. Was bitte soll schwer daran sein, in einem Flugzeug zu sitzen und die Aussicht zu genießen? Du wirst dir vorkommen wie in einer Szene aus* Der englische Patient.

»Schwing dein Bein drüber!«, ruft Tom mir zu.

»Ich versuch's ja!« *Wieso habe ich mir Gedanken übers Fliegen gemacht? Ich hätte mir Gedanken machen sollen, wie ich auf den Rücksitz dieser Konservenbüchse komme.*

»Höher! Nun komm schon, Alice. Rein mit dir!« Er legt seine Hände auf meinen Po und stemmt mich hoch. Ich bin sicher, dass Ralph Fiennes das bei Kristin Scott Thomas nicht gemacht hat. Aber irgendwie schaffe ich es, meine Beine über den Rand zu schwingen. Vollkommen außer Atem lasse ich mich auf den Sitz plumpsen. Die Enge behagt mir gar nicht. Ich zittere vor Kälte. »Ich hab dir doch gesagt, du sollst dich warm anziehen«, schimpft Tom. Er zieht seine Jacke aus und legt sie mir über die Schultern. »Deine Mutter wird mich umbringen!«

»Du klingst wie meine Mutter.«

Er schnallt mich an, als wäre ich ein Kleinkind, und reicht mir erst ein Headset, damit wir uns verständigen können, und dann einen schwarzen gepolsterten Kopfhörer, ähnlich denen in Petes Studio. »Es ist laut dort oben.« In Petes Studio allerdings ist es warm und gemütlich, und dort können wir Plunderstücke und Würstchen im Schlafrock in der Mikrowelle aufwärmen. Ich kann deren tröstliches Klingeln förmlich hören.

»Was sind denn das für Kontrolldinger?«, frage ich, als Tom vor mir diverse Knöpfe drückt und Hebel umlegt.

»Drehzahlmesser, Höhenmesser, Fahrtmesser, Magnetkompass, damit wir wissen, wohin wir fliegen …«

*Im Grunde interessiert mich das alles gar nicht sonderlich, Hauptsache, Tom kann die Kiste sicher fliegen. Aber mir gefällt, wie aufgeregt er ist. Ich kann ihn mir gut als blutjungen Flugschüler vorstellen.*

»Das hier ist der künstliche Horizont«, erläutert er. »Bei Nebel ersetzt er mir den natürlichen Horizont und zeigt mir die Fluglage an. Das hier ist der Steuerknüppel. Zum Steuern, logischerweise.«

»Logischerweise.«

»Zu meiner Ausbildung gehörte auch das Wissen über die Konstruktion eines Flugzeugs und die verschiedenen Flugzeugteile, über Treibstoff, Wetter, Naturgesetze. Hilfreich ist auch, wenn man gut ist in Geografie.«

»Wie lange hat deine Ausbildung denn gedauert?«

»Vier Wochen.«

Ich rutsche nervös auf meinem Sitz hin und her. Ich dachte, dafür bräuchte man mindestens ein Jahr.

»Nach nur neun Flugstunden musste ich das Flugzeug das erste Mal ganz allein landen. Das war eine unglaubliche Erfahrung.« Er dreht sich zu mir um. »Da musst du Ruhe bewahren, du darfst nicht in Panik geraten. Ich glaube, da habe ich viel über Angstbewältigung gelernt und darüber, wie man die Kontrolle behält. Bist du startklar?«

Ich streife mir den Kopfhörer über und recke den Daumen hoch.

Als Paddington aus dem Hangar rollt und dann mit laufendem Propeller über die Graslandebahn holpert, kommt mir der Gedanke, dass das Flugzeug nicht besonders stabil wirkt. Für mich sieht es aus, als würde es von ein paar Stahlrohren, Kabeln und rostigen alten Schrauben zusammengehalten. Außerdem riecht es nach Diesel, und alles fühlt sich ölig an. Ich schließe fest die Augen und murmele ein Gebet, als die Räder den Bodenkontakt verlieren und wir abheben.

Ich öffne die Augen und stoße ein nervöses Lachen aus. Und

dann kann ich gar nicht mehr aufhören zu lachen, ich weiß nicht, warum. Der Anblick von Toms Hinterkopf und wie er dasitzt und uns durch die Lüfte steuert, bringt mich zum Grinsen. »Alles in Ordnung?«, schreit er über den Lärm hinweg.

»Ja, bestens!«

»Paddington ist ein neugieriger Bursche.«

»Was?«, schreie ich.

»Er fliegt gern über Häuser und Gärten und spioniert die Leute aus. He, sieh nur, gerade hat er einen nackten Mann entdeckt!«

Ich gucke nach unten, aber ich sehe nur Felder, Häuser … ein steiles Gefälle …

»Und dort verrichtet ein Hund gerade sein Geschäft!«

»Oh Tom, jetzt hör auf!«

Er lacht. »Achtung, festhalten!«

*Wo denn? Hier ist nichts, an dem ich mich festhalten könnte.*

»Fertig?«

»Was …« Weiter komme ich nicht. Paddington rast im Steilflug abwärts, und mein Magen macht einen Satz. Ich habe das Gefühl, gleich aus dem Flugzeug zu fallen. Offenbar habe ich gekreischt, denn Tom fragt: »Alles okay?«

*Nein! Ja! Glaub schon!* »Mehr oder weniger!«

Ich schicke ein weiteres Stoßgebet zum Himmel. Bitte lass den Motor jetzt nicht ausfallen! Ich will nicht zu Tode stürzen! Ich will nicht sterben!

*Noch nicht.*

Irgendwann traue ich mich wieder hinauszuschauen. Es ist ein unglaubliches Gefühl, so hoch über der Erde zwischen den Wolken zu fliegen. Die Felder sind ein Patchwork aus bunten, rechteckigen Flicken, mit Häusern da und dort. Nie hätte ich gedacht, dass ich einmal fliegen würde. Ich betrachte Tom. Im Moment bin ich ihm ausgeliefert, aber ich vertraue ihm. Wenn ich nicht daran denke, dass ich Angst habe, macht mir das Ganze sogar Spaß.

*Es spielt keine Rolle, wenn du ihm zuerst sagst, dass du ihn liebst. Es ist kein Wettstreit.*

Es gibt da nur ein Problem. Mir spukt die ganze Zeit ein quälender Gedanke im Kopf herum: Wie komme ich bloß wieder raus aus dieser Sardinenbüchse?

Es ist Samstagabend. Während Toms Mutter das Essen vorbereitet, erzähle ich ihr von unserem Rundflug. Tom sitzt am Küchentisch und liest Zeitung. Olivia lächelt, als ich schildere, wie Tom mich nach der Landung aus dem Flugzeug heben musste, weil meine Knie sich wie Wackelpudding anfühlten und mein Herz vor lauter Adrenalin raste. »Mein Sohn ist ein Adrenalinjunkie«, schmunzelt sie. Als ich ihr erzähle, dass wir im Sommer eine Woche nach Mallorca wollen und ich ihn schon irgendwie dazu kriegen werde, faul am Swimmingpool zu liegen, meint sie lachend: »Na, dann viel Glück!«

»Wieso, ich freu mich schon darauf, mit einem Bier am Pool zu faulenzen«, erwidert Tom.

»Kann ich Ihnen bei irgendwas helfen?«, frage ich, was mir einen vielsagenden Blick von Tom einträgt, der nur zu gut weiß, dass Kochen nicht gerade meine Stärke ist.

Olivia reicht mir Möhren, die ich schälen und raspeln soll. Tom legt die Zeitung beiseite mit der Bemerkung, er werde noch schnell duschen. Als wir allein sind, bitte ich Olivia, mir mehr über ihre Vorliebe für Opern und über ihren Chor zu erzählen. »Ach, wissen Sie, wir können alle nicht besonders gut singen, aber hinterher fühle ich mich immer besser. Singen hilft mir, mich zu entspannen. Das kennen Sie sicher.« Sie öffnet den Kühlschrank. Eine meiner Medikamentenschachteln fällt heraus und auf den Fußboden. »Oh Entschuldigung, das tut mir schrecklich leid!« Vorsichtig, als handele es sich um ein rohes Ei, hebt sie die Schachtel auf und legt sie in den Kühlschrank zurück.

»Macht nichts, das sind nur flüssige Arzneimischungen für meine Brust. Tom unterstützt mich, wo er nur kann«, füge ich hinzu in dem Bemühen, sie wegen meiner Krankheit zu beruhigen. »An dem Tag, als er mich im Krankenhaus besuchte, wurde mir klar, dass er etwas Besonderes ist. Die meisten Männer würden die Flucht ergreifen.«

Sie schließt langsam die Kühlschranktür. »Es gab eine Zeit, da musste Tom gegen seine eigenen Dämonen kämpfen.«

»Er hat mir von seinem Autounfall erzählt. Das muss schrecklich für Sie gewesen sein.«

Olivia nickt. »Er hat um sein Leben gekämpft. Er ist tapfer, immer schon gewesen.« Sie dreht sich zu mir um. »Ich denke, Sie sind genauso tapfer. Ihre ganze Familie ist es.«

Ausnahmsweise ärgere ich mich nicht über das T-Wort.

»Ich bin nicht wirklich tapfer.« Ich lege die Reibe hin. Weder meine Eltern noch Jake halten sich für tapfer. Auch wenn sie meinetwegen viele Male tapfer sein mussten, behagt ihnen das Wort nicht. »Ich leide seit meiner Geburt an Mukoviszidose. Ich kenne es nicht anders.«

*Für Tom ist es viel schwerer, sich daran zu gewöhnen, oder für eine Mutter, die sieht, wie ihr Sohn sich in jemanden wie mich verliebt, jemand, der vielleicht nur eine begrenzte Zeit da ist. Jemand, der ihm möglicherweise das Herz bricht.*

# 31

## Tom

Am Sonntagmorgen fährt Tom mit Alice nach London zurück. Das Wochenende ist erstaunlich gut verlaufen. Seine Eltern mögen Alice sehr. Aber wer mag sie nicht? Dennoch hat er auch ihre Bedenken gespürt, sie sorgen sich, weil seine Beziehung zu ihr mittlerweile sehr eng ist. Auch Alice ist das nicht entgangen, außerdem hat sie ja auch schon Georges Reaktion erlebt. George hat sich bei ihm entschuldigt, und sie haben sich um ihrer langjährigen Freundschaft willen wieder versöhnt. »Ich habe dir meine Meinung gesagt, ich werde nicht wieder davon anfangen«, hatte George versprochen und hinzugefügt: »Bitte sag Alice nichts davon, ich will nicht, dass sie sich gekränkt fühlt oder denkt, ich mag sie nicht.«

Zu Toms Erleichterung hat seine Mutter ihn nicht beiseite genommen und ihm freundlich ins Gewissen geredet. Das ist auch gar nicht ihre Art. Seine Eltern haben ihn nie gegängelt, im Gegenteil, schon als kleiner Junge musste er oft alleine klarkommen. Er und George hätten auch mit dem Wissen seiner Eltern Brände legen können – was sie natürlich nicht taten –, und sie hätten trotzdem hinter ihm gestanden. Sie waren schon immer sehr tolerant. Sein Vater hätte ihm kaum mehr Freiraum lassen können, selbst, wenn er es gewollt hätte. Und sie waren gute Eltern gewesen, Eltern, die ihre Kinder Fehler machen ließen, damit sie daraus lernten. Tom findet, dass heutzutage viel zu viele Eltern ihre Kinder in Watte packen. Dass er und sein Bruder so selbstständig sind, haben sie allein ihrer Erziehung zu verdanken. Andererseits kann er auch mit seinen Problemen immer zu seinen Eltern kommen, er weiß, dass sie noch immer hundertprozentig hinter ihm stehen und alles für ihn tun würden. Er braucht nur daran zu denken, wie sein Vater nach seinem Autounfall an sein Krankenbett geeilt war. Nie wird Tom den Ausdruck in seinen Augen vergessen, die furchtbare Angst in seinem Blick, er könnte seinen Sohn verlieren.

Tom streift Alice, die zwischen Musiksendern hin und her schaltet, mit einem Seitenblick. Er ist froh, dass er ihr Orte seiner Kindheit zeigen durfte, dass sie endlich einmal auf *seinem* Terrain waren. Und dass er sie mit seiner großen Leidenschaft, dem Fliegen, bekanntmachen durfte. Fliegen bedeutet Freiheit für ihn. Dort oben über den Wolken sagt ihm niemand, wohin er gehen soll oder nicht gehen darf, er kann fliegen, wohin er will. Er ist sich nicht sicher, ob Alice das Fliegen wirklich Spaß gemacht hat, aber er rechnet ihr hoch an, dass sie eingestiegen ist. Lächelnd erinnert er sich an ihr Kreischen, als die Maschine im Steilflug abwärts brauste. Der Autounfall hat nichts an Toms Vorliebe für Geschwindigkeit geändert. Er liebt Alice aber auch für ihre Bemühungen, ein gutes Verhältnis zu seiner Mutter aufzubauen. Nach dem Raspeln der Möhren hatte sie den Tisch gedeckt und Olivia dabei über seine Kindheit ausgefragt. Sie hatte ganz genau wissen wollen, wie Tom als kleiner Junge war.

»Was ist?«, fragt Alice, als sie seinen Blick bemerkt.

»Nichts.«

»Danke für das Wochenende, Tom. Ich mag deine Eltern sehr.« Sie entscheidet sich für einen Sender, auf dem gerade Coldplay läuft, eine ihrer Lieblingsbands. Sie zieht ihn oft damit auf, dass sie von einem Candle-Light-Dinner mit Chris Martin träumt.

»Sie mögen dich auch.«

Sie streckt die Hand aus und legt ihre Handfläche auf seine Wange. »Ich liebe dich, Tom.«

Er verreißt das Steuer und landet fast im Straßengraben. Eine Viertelmeile später biegt er auf einen Parkplatz ein, lenkt hinter einen Lastwagen, bremst und stellt den Motor ab.

Er wendet sich Alice zu, nimmt ihr Gesicht in seine Hände und flüstert: »Ich liebe dich auch.«

Alice schnallt sich ab, legt ihre Arme um ihn und drückt ihn fest an sich.

Für Tom ist es der glücklichste Augenblick seines Lebens.

# 32

## Marys Tagebuch

**August 2000**

Alice und Tom sind gerade von Mallorca zurückgekehrt, wo sie eine Woche Urlaub gemacht haben. Dort ist ihnen etwas Schreckliches passiert: Einmal stiegen sie zum hoteleigenen Strand hinunter, was an sich schon ein ziemliches Abenteuer gewesen sein muss, zumal sie mit ihren Badesachen, Luftmatratze, Sonnencremes und Picknickkorb bepackt waren. Unten angekommen, ging es noch einmal ein Stück über Felsen zum Meer hinunter, das an dem Tag aufgewühlt war. Alice wollte nicht ins Wasser springen, aber Tom bestand darauf, dass sie, wo sie schon mal da waren, im Meer und nicht nur im Swimmingpool baden sollte. Er warf die Luftmatratze vom Felsen aus ins Wasser und sprang hinterher. Alice nahm all ihren Mut zusammen und folgte ihm. Sie war kaum im Wasser, als Tom aufschrie. Er war in einen Schwarm Quallen geraten! Trotz der Schmerzen gelang es ihm irgendwie, Alice aus dem Wasser zu helfen und dann selbst die Felsen hinaufzuklettern. Sie schleppten sich ins Hotel zurück, wo Alice voller Panik seinen brennenden Arm einrieb. Immer wenn er mit Alice zusammen sei, passiere ein Drama, sagte Tom im Scherz zu mir, offenbar sei es ihnen nicht vergönnt, ein ganz normales Paar zu sein, so sehr sie sich auch bemühten …
Es war ein merkwürdiges Gefühl ohne die beiden im Haus. Wenn ich koche, höre ich Alice oft singen und Gitarre

spielen. Das hat mir gefehlt. Ich habe mich auch schon daran gewöhnt, Tom um mich herum zu haben. Vor dem Abendessen unterhalten wir uns immer, erzählen, wie unser Tag war, oder er plaudert mit Nicholas über Wein, bevor er die Teller auf einem Tablett zur »gnädigen Frau«, wie er sie scherzhaft nennt, hinunterträgt.

Als ich gestern Abend noch einmal in die Küche hinunterging, um mir einen Tee aufzubrühen, habe ich gehört, wie die beiden sich gestritten haben. Ich kann mir nicht vorstellen, dass es etwas Ernstes war. Die beiden sind jetzt seit fast achtzehn Monaten zusammen, da kann es schon einmal Streit geben. So was kommt überall vor.

Ich weiß nicht, ob ich jemals damit fertigwerden würde, wenn die beiden sich trennen sollten.

# 33

## Alice

**Sechs Monate später, Februar 2001**

»Wie läuft's mit dem Singen?«, fragt Professor Taylor, während er meine Notizen überfliegt.

»Großartig.« Ich arbeite jetzt seit zwei Jahren mit Pete zusammen. »Wir stehen kurz davor, meine Songs einigen Plattenfirmen vorzustellen, daher heißt es Daumen drücken.«

Ich würde zu gern wissen, wie der Professor darüber denkt. Hält er das alles für reine Zeitverschwendung?

»Und wie geht es dir sonst so?«

»Gut.« *Ich bin hundemüde vom unablässigen Husten.*

»Musst du viel husten?«

»Nicht mehr als sonst.« *Tom hat seit drei Tagen meinetwegen kein Auge mehr zugetan. Heute Nacht war er so fertig, dass er auf dem Sofa geschlafen hat. Wir sind beide gereizt, weil wir völlig übermüdet sind.*

Er horcht mit dem Stethoskop meinen Brustkorb ab. »Einatmen … und wieder ausatmen. Irgendwelche Blutungen?«

»Eine.« Zwei, aber die letzte war ganz minimal.

Das Wort Transplantation liegt spürbar in der Luft. Das letzte Mal haben wir vor über zwanzig Monaten darüber geredet, als er mir mitteilte, dass ich definitiv noch zwei Jahre zu leben hätte, aber: »*Wenn mich jemand fragen würde, ob du noch fünf Jahre hast, müsste ich die Antwort schuldig bleiben.*«

Noch ist nicht der richtige Zeitpunkt für eine Transplantation. Ich kann mich nicht mit dem Gedanken anfreunden, mich einem Eingriff zu unterziehen, der möglicherweise tödlich für mich endet, zumal jetzt die Chance besteht, dass Pete einen Vertrag für mich aushandeln könnte. Wir haben viel Zeit in ein eindrucksvolles Demoband investiert. Wenn ich schon eine Transplantation über mich ergehen lassen muss, dann erst, nachdem mein erstes Album erschienen ist. Und ich mir einen Namen gemacht habe.

*Ich will den Erfolg so sehr, dass es wehtut.*

Er setzt sich wieder hinter seinen Schreibtisch. »Deine Lungenfunktion ist so gut wie lange nicht mehr.«

Ich bin überrascht und erleichtert. »Haben Sie mir etwa die ganze Zeit nur eingeredet, ich hätte Mukoviszidose?«, witzele ich.

»Ich frage mich, ob der Apparat fehlerhaft gearbeitet hat oder ob du deine Ergebnisse selbst aufgeschrieben hast.«

»Ganz ehrlich, seit ich angefangen habe, Cannabis zu rauchen, geht es mir um Lichtjahre besser!«

Er schüttelt nachsichtig den Kopf. »Möglicherweise hilft das Singen deinen Lungen sogar.«

»Professor Taylor«, beginne ich zögernd, wohl wissend, dass Tom garantiert zu Tode erschrecken würde, wenn er hören könnte, was ich gleich frage. »Glauben Sie, ich könnte irgendwann ein Kind haben?« Wir sind seit zwei Jahren zusammen, haben aber nie übers Heiraten oder einen Kinderwunsch gesprochen. Dass wir nicht über die Zukunft reden, bedeutet allerdings nicht, ich würde nicht darüber nachdenken, auch weil Lucy und Jake seit einiger Zeit versuchen, ein Kind zu bekommen.

»Für dich mit deinen Darm- und Lungenproblemen ist es sicherlich schwieriger als für andere Frauen mit Mukoviszidose.«

»Das heißt nein?«

»Nicht unbedingt. Wenn du dich in eine mustergültige Patientin verwandelst, würden wir es vermutlich hinkriegen, aber es gibt noch weitere Risiken.«

»Für mich oder das Baby?«

»Für dich. Eine Schwangerschaft würde eine zusätzliche Belastung für deinen Körper darstellen, und es gibt Frauen, die danach nie wieder den Gesundheitszustand erreichen, den sie vorher hatten. Außerdem gibt es noch ein paar praktische Dinge zu bedenken: Dich um ein Kind zu kümmern, ohne deine Therapie zu vernachlässigen, dürfte nicht ganz einfach sein.«

Er hat weder kategorisch Nein gesagt noch das Wort Transplantation erwähnt. Er kritzelt etwas in die Ecke einer meiner vollgeschriebenen Seiten und dreht das Blatt dann zu mir hin. »Diese Linie sollte gerade verlaufen. In letzter Zeit ist sie immer wieder gewaltig abgefallen« – er zeichnet einen auffälligen Knick – »dann wieder hinaufgeschossen auf die normale Höhe, aber dann – rums – kam eine weitere Brustkorbinfektion, eine weitere intravenöse Antibiotika-Therapie. Wir müssen dafür sorgen, dass diese Linie weniger Schwankungen zeigt.«

»Kurven unerwünscht.«

»Ganz genau.« Jetzt muss er doch lächeln. »Kurven unerwünscht.«

»Da wär noch etwas«, sage ich, kurz bevor ich mich verabschiede. »Ich habe mir überlegt, mir ein Tattoo stechen zu lassen.« *Ich habe bereits für kommenden Freitag einen Termin vereinbart.* »Auf dem Arm, nur ein kleines.«

»Dafür musst du mich nicht um Erlaubnis fragen. Nach der Transplantation allerdings schon.«

Das Wort Transplantation lässt mich erstarren.

*Eine Transplantation könnte mir eine Zukunft schenken oder mich töten.*

»Dann würde ich dir dringend davon abraten, Alice.«

Ich ziehe die Tür sachte hinter mir ins Schloss, während mich seine vor langer Zeit gesprochenen Worte verfolgen: *»Alice, das ist nichts, was wieder weggeht.«*

# 34

»Was hast du dir ausgesucht?«, frage ich Milly, die sich, was äußerst selten vorkommt, den Freitag freigenommen hat. Wir sitzen auf einer schwarzen Ledercouch im Tattooladen. Im Hintergrund läuft Musik. Eine junge Italienerin namens Paola kommt aus der vom Warteraum abgeteilten Kabine. Sie trägt Turnschuhe und eine schwarze Wollmütze und reicht uns ein Formular zum Ausfüllen und ein paar Bücher mit Design-Vorlagen für Tätowierungen. Aber ich glaube, ich weiß schon, was ich will.

»Ich bin mir ehrlich gesagt nicht mehr so sicher«, antwortet Milly und wickelt eine Strähne ihrer roten Haare um ihren Finger. »Vielleicht guck ich bloß bei dir zu.« Sie trägt einen Rollkragenpulli unter ihrer Latzhose und sieht hier, umgeben von Ohr- und Zungenpiercings, von Gothic-Klamotten und Tabakrauch, aus wie das blühende Leben.

»Es tut bestimmt nicht so weh«, erwidere ich, zu meiner Beruhigung ebenso wie zu ihrer.

Ich höre ein Trapsen, begleitet von schwerem Atmen und Schnaufen und weiß, das kann nur eine sein: Susie mit Bond, ihrem Mops. Beide werden von der Frau an der Ladentheke begrüßt, Bond sogar herzlicher als sein Frauchen, dann ist das Klappern der Dose mit den Hundekeksen zu hören. Bond ist definitiv ein VIP in diesem Laden. »Schön brav sein, Bondy«, sagt Susie. Sie kommt nach hinten zu uns, gekleidet in Jeans, einen weiten Pulli und einen gestreiften Schal. Sie kommt mir noch dünner vor. »Tut mir leid, dass ich so spät bin«, keucht sie, lässt ihren Rucksack auf den Fußboden fallen und sich selbst neben uns auf das Sofa. »Was ich euch jetzt sage, werdet ihr nicht glauben. Ich war eben so kaputt, dass ich mir von der U-Bahn-Station hierher ein Taxi nehmen musste. Sagt doch der Fahrer zu mir: ›Ist doch bloß ein Stück die Straße runter, Mädchen, wozu hast du deine Beine?‹ Ich kläre ihn darüber auf, dass ich Mukoviszidose habe, eine Lungenkrankheit, und bitte ihn, mich einfach herzufahren.« Sie hält inne, um Luft zu holen, und dabei ist deutlich zu hören, wie der zähe Schleim ihre Atemwege belastet. »Er kritzelt etwas auf die Quittung, bevor er sie mir in die Hand drückt: ›Faule Kuh‹ hat er auf die Rückseite geschrieben!«

Milly und ich sind außer uns. »Du solltest den Kerl anzeigen«, empört sich Milly.

»Blöderweise hab ich mir das Kennzeichen nicht gemerkt.« Susie zieht ihr Asthmaspray aus der Tasche.

»Man sieht uns nicht an, dass wir krank sind, das ist das Problem«, sagt Milly nachdenklich. »Wir haben eine unsichtbare Krankheit.«

»Mach sie sichtbar, indem du dir den Knöchel bandagierst«, schlage ich Susie vor.

»Schlimm genug, dass man sich sowas einfallen lassen muss. Aber Schluss jetzt. Habt ihr schon was ausgesucht?« Sie greift zu einem der schwarzen Bücher mit Design-Vorlagen wie nach einer Speisekarte, auf der wir eine Vorspeise wählen wollen. Susie möchte keine weiteren Tätowierungen, sie ist nur in ihrer Funktion als Mitglied unserer Anti-Selbsthilfegruppe hier. Ich weiß noch, wie sie mir einmal erzählt hat, dass sie sich früher Nadeln in praktisch jedes Körperteil hat stechen lassen. Ich habe Fotos von ihr als Teenager gesehen, mit orangerot gefärbten Haaren, einer Reihe von Nieten in beiden Ohren, Piercings in der Nase, in der Lippe, im Bauchnabel und in der Zunge.

»Mein Chef im Friseursalon war nicht begeistert, und so habe ich sie nacheinander herausgenommen. Ich glaube, für mich war das irgendwie ein Aufbäumen gegen unsere tägliche Routine, weißt du, die stundenlange Krankengymnastik und die vielen Medikamente und zu allem Überfluss auch noch meine strengen Eltern. Das war eine Form von Protest. Mum und Dad haben meine Piercings *gehasst*, aber mir gaben sie das Gefühl der Kontrolle über meinen Körper.«

Die Schiebetür der Kabine öffnet sich und ein bulliger Mann kommt heraus. Um seinen frisch tätowierten Arm, auf dem jetzt *Sei gütig* steht, ist durchsichtige Folie gewickelt.

»Du zuerst.« Milly versetzt mir einen leichten Rippenstoß.

»Können meine Freundinnen mit reinkommen?«, frage ich Paola.

»Aber sicher«, erwidert sie mit starkem italienischem Akzent.

Ich setze mich in den Ledersessel. Milly zieht sich einen Hocker heran, und Susie sucht sich einen Platz auf dem Fußboden, mit dem Rücken an die Wand gelehnt. »Ich möchte gerne einen Vogel«, sage ich zu Paola und zeige ihr meine Zeichnung: die schlichten schwarzen Umrisse einer Eule.

»Das ist reizend, Alice, sehr schick.« Paola öffnet eine Schranktür neben dem Waschbecken und holt ein kleines Papierpäckchen heraus. Alles in dieser Kabine ist grellweiß: die Schränke, die Fliesen, die Wände, die Beleuchtung.

»Was ist das?«, fragt Milly, den Blick angstvoll auf eine lange dünne Nadel gerichtet, als handele es sich um ein Folterinstrument.

»Eine 9er-Rundnadel. Wir brauchen für dieses Tattoo nur eine kleine Nadel. Das tut nicht weh.«

Paola richtet alles, was sie braucht, auf einem kleinen Servierwagen her und will wissen, warum ich ausgerechnet einen Vogel ausgesucht habe.

»Wir waren in den Ferien einmal in Portugal, ich war sechs, mein Bruder Jake acht. Eines Nachts hat er mich wach gerüttelt, ins Bad gezerrt und voller Angst auf riesengroße Krallenfüße auf dem gefliesten Boden gezeigt.«

Paola, eine Flasche Desinfektionsmittel in der Hand, bittet mich, mein Oberteil auszuziehen.

»Dann ist Jake zu Mum gelaufen, und Sekunden später kam sie herbeigeeilt und hat den Vogel vorsichtig in ein Handtuch gepackt.« Ich sehe meine Mutter in ihrem langen, weiten Nachthemd heute noch vor mir. »Es war eine Eule.« Wir gingen zusammen auf den Balkon, wo Mum den Vogel in die Freiheit entließ. Jake und ich schauten ihm ehrfürchtig staunend nach, als er davonflog und im ersten Licht der Morgendämmerung verschwand. »Es war das schönste Geschöpf, das wir je gesehen hatten.«

*Die Eule erinnert mich daran, wie tapfer meine Mutter ist.*

*Tapfer und pragmatisch.*

*Die Eule ist für mich auch ein Sinnbild der Freiheit.*

*Ich möchte meine Flügel ausbreiten.*

*Aus der Dunkelheit ins Sonnenlicht fliegen.*

*Manchmal fühle ich mich wie eine Gefangene in meinem eigenen Körper.*

*So gefangen, dass ich zu ertrinken glaube …*

Paola legt einen Schalter an der Wand um. »Das finde ich toll«, sagt Susie. »Tattoos erzählen immer eine Geschichte, oder? Die Geschichte vom Erwachsenwerden.«

»Wird es wehtun?«, frage ich jetzt doch.

»Es brennt vielleicht ein bisschen«, antwortet Paola. »Aber es ist ja nur ein kleines Tattoo, das dauert sechs, höchstens sieben oder acht Minuten.«

»Wird es bluten?«, will Milly wissen.

Fest entschlossen, nicht zu kneifen, sage ich: »Verglichen mit dem, was wir sonst so gewohnt sind, dürfte das ein Klacks sein, Milly.«

Paola hat sich »Hoffnung« und »Alles ist vergänglich« sowie einen Leuchtturm auf den Arm tätowieren lassen. Ich würde zu gern mehr über die Geschichte hinter diesen Tattoos erfahren, aber die Nadel, die jetzt ganz nah über meiner Haut surrt, sie fast berührt, lenkt mich ab. *Ich schaffe das.* Was ist schon ein winzig kleines Tattoo? Es fühlt sich komisch an. Ein eigenartiges Kribbeln.

»Du wirst wie eine richtige Rockröhre aussehen«, sagt Susie. »Sie ist nämlich Sängerin, musst du wissen, Paola, und kriegt demnächst ihren ersten Plattenvertrag.«

Ich klopfe gedanklich auf Holz. Pete hat heute Nachmittag einen Termin mit einem A&R-Menschen bei GEM – lediglich eine der größten Plattenfirmen weltweit … Es ist unser erster Versuch. Als ich Susie erzählte, wie nervös ich sei, schlug sie dieses Treffen unserer Anti-Selbsthilfegruppe im Tattoo-Studio vor. Ihrer Meinung nach die perfekte Ablenkung.

»Gestern Abend habe ich für Ethan gekocht«, fährt sie fort, in einem weiteren Versuch, meine Gedanken von Pete abzulenken, der in Kürze an einem Konferenztisch sitzen und ernst dreinblickenden Anzugträgern mein Demoband vorspielen wird. »Sein Lieblingsessen, italienische Fleischklößchen in Tomatensauce.«

»Hm, lecker!«, bemerkt Paola. Sie hält eine Leuchte über meinen Arm.

»Er probiert einen Bissen und kippt dann sofort alles in den Abfalleimer, direkt vor meinen Augen. Zum Totlachen.«

*Milly und ich sind anderer Meinung. Zum Totlachen ist das ganz sicher nicht.*

»Dann haut er ab in die Kneipe, kommt mitten in der Nacht besoffen mit Bierfahne zurück und weckt mich, weil er Sex will.«

Milly und ich wechseln einen Blick.

»Und warum genau bist du mit diesem Kerl zusammen?«, fragt Paola zu meiner grenzenlosen Erleichterung.

»Gute Frage«, murmelt Milly.

»Warum lässt du dich so von ihm behandeln, Susie?«, frage ich. Meistens fällt es mir schwer, mit ihr über Ethan zu reden, weil sie weiß, wie sehr ich mir wünsche, dass sie ihn verlässt. Ein Blick von mir genügt in der Regel, dann sagt sie: »Nicht, Alice. Ich weiß, was du denkst.« Normalerweise vermeidet sie das Thema oder wechselt es schnell. Aber mir bricht es trotzdem das Herz.

Sie blickt zu Boden und zuckt mit den Schultern. Wenn sie doch nur den Mut hätte, sich von diesem Fiesling zu trennen! Wenn sie doch nur begreifen würde, dass sie etwas Besseres verdient hat.

»Was macht eigentlich dein Perückenkurs?«, frage ich, um sie zum Lächeln zu bringen und weil ich spüre, dass sie hier im Tattoo-Studio nicht über Ethan sprechen möchte.

»Läuft nicht so toll, hab ein paar Wochen ausgesetzt«, antwortet sie.

»So, das war's«, sagt Paola und cremt meine gereizte Haut mit Vaseline ein.

Dann hält sie einen Spiegel hoch, damit ich mein Tattoo sehen kann. »Wunderschön!« Ich drehe meinen Arm, sodass die Mädels ihn bewundern können. Hoffentlich gefällt Tom die Tätowierung … Ich stelle mir vor, wie er sie berührt … »Ich hab Tom erzählt, dass ich mir einen großen Adler auf den Rücken tätowieren lasse«, scherze ich, um Susie aufzuheitern.

»Zum Totlachen«, sagt sie tonlos.

»Manchmal rate ich meinen Kunden, sie sollen sich mal vorstellen, wie ihre Tätowierungen aussehen werden, wenn sie alt und runzlig sind«, sagt Paola, woraufhin ein betroffenes Schweigen entsteht.

Ich begegne Susies Blick, kurz bevor sie sagt: »Du bist dran, Milly.«

»Das nächste Mal lass ich mir *ganz bestimmt* eins stechen«, versichert Milly verlegen grinsend, als ich ihr ein Päckchen Tattoos zum Aufkleben kaufe.

Zu Hause starre ich auf die Uhr auf meinem Nachttisch und auf mein stummes Handy. Petes Termin bei der Plattenfirma sollte jetzt eigentlich vorbei sein. Mein Handy vibriert und signalisiert den Eingang einer SMS. Sie ist von Cat, sie will wissen, ob es etwas Neues gibt, und teilt mit, dass sie später vorbeikommt. *Ich bestell uns dann was zu essen*, schreibe ich zurück. Die Nummern unserer Lieblingsspeisen auf der Karte des Thai-Restaurants kenne ich auswendig.

Mein Handy vibriert aufs Neue. Petes Name leuchtet auf dem Display auf, und ich halte unwillkürlich die Luft an.

»Ich bin's.« Eigentlich muss er gar nichts mehr sagen. Ich weiß, was kommt. »Tut mir leid, Alice.«

Eine schlechte Nachricht ist wie ein Tritt in den Bauch.

»Sie wären sowieso nicht die Richtigen für dich gewesen, Alice. Sie haben es nicht kapiert.«

»Dann sind sie selber schuld, stimmt's?« Ich weiß, dass er mir meine Enttäuschung anhören kann.

»Das war unser erster Versuch, auf der Liste stehen noch viele Namen«, tröstet Pete mich. »Ein Einziger, der sich in dich und deine Musik verliebt – mehr brauchen wir nicht. Das ist erst der Anfang.«

Es ist vollkommen still im Haus. Mum ist ausgegangen, Dad bei der Arbeit.

Ich wähle Susies Nummer. Ich habe versprochen, sie anzurufen, sobald ich etwas Neues weiß.

»Mit wem quatschst du jetzt schon wieder?«, höre ich Ethan im Hintergrund schreien.

*Hör auf. Hör auf, sie anzuschreien! Sag ihm, er soll damit aufhören, Susie!*

»Wo warst du den ganzen verdammten Tag? Guck dir bloß mal diesen Saustall hier an …«

Eine Tür wird zugeknallt.

»Dann nimmst du es dir also nicht allzu sehr zu Herzen«, sagt Susie zu mir. Meine bittere Enttäuschung schrumpft zu völliger Bedeutungslosigkeit, als ich Ethan zurückkommen und poltern höre: »Es ist nichts mehr im Kühlschrank, verdammte Scheiße …«

Ich habe Angst, dass er gewalttätig wird. Vielleicht hat er sie bereits geschlagen.

»Sieh zu, dass dieser Köter von unserem Bett verschwindet, sonst verpasse ich ihm einen Tritt, damit er rausfliegt!«

*Auf ihn mit Gebrüll, Bond.* Ich wünschte, Bond wäre 007 und hätte eine Knarre.

Wieder knallt die Tür.

»Verlass ihn«, sage ich beschwörend.

»Ich kann nicht«, flüstert sie.

»Wieso nicht?«

»Er bezahlt die Hälfte meines Kurses *und* meine Miete.«

*Ja, damit er dich in der Hand hat.* »Ich kann dir aushelfen, Susie. Du bekommst das Geld von mir.«

»Nein, Alice.« Mein Angebot rührt sie, aber es verletzt auch ihren Stolz. »Das geht nicht. Das kann ich nicht annehmen.«

»Ich möchte es aber gern.«

»Nein.«

Ich denke laut. »Gut. Dann leih dir das Geld und zieh aus.«

»Ich arbeite jetzt weniger Stunden im Salon. Ich könnte mir eine eigene Wohnung niemals leisten.«

»Das ist kein Grund, mit jemandem zusammenzubleiben.«

»Oh doch, das ist ein Grund! Was soll ich denn machen? Ich hab doch gar keine andere Wahl.«

»Es gibt immer eine Lösung. Was ist mit deinem Dad?«

»Unter einem Dach mit ihm und der bösen Stiefmutter?«

»Weiß dein Dad, was für ein Mensch Ethan ist? Du musst mit ihm darüber reden. Er würde dir ganz sicher helfen.«

»Das würde nicht funktionieren«, weicht sie aus. »Und außerdem will ich nicht bei …« Sie bricht abrupt ab. Nicht bei den Eltern wohnen, wollte sie sagen, und dass nicht jeder so viel Glück hat wie ich und bedingungslos unterstützt wird. »Da ist nicht genug Platz«, beendet sie den Satz stattdessen.

Wenn ich an meine Eltern denke und wie viel sie für mich tun, macht es mich unglaublich traurig, dass Susie kein einziges liebes Wort von Ethan zu hören bekommt. »Könntest du nicht wenigstens vorübergehend bei deinem Dad unterkommen, nur so lange, bis …«

»Nein, Alice. Nein.« Ich höre, wie sie sich schnäuzt und dann hustet. »Es wird nicht leichter. Sie fehlt mir so sehr.«

»Es wäre schlimm für deine Mum, wenn sie wüsste, dass du mit einem Mann zusammen bist, der …«

»Er hat auch seine guten Seiten«, unterbricht sie mich.

*Verteidige ihn doch nicht auch noch!*

»Es gibt viele Veränderungen an seinem Arbeitsplatz, und es stimmt schon, ich bin ewig im Krankenhaus gewesen …«

»Dafür kannst du doch nichts.« Ich bin laut geworden, weil mich die Wut packt. Ethan hat Susies Selbstvertrauen zerstört.

»Und dann kann ich meinen Anteil an der Miete nicht bezahlen …«

»Du kannst jederzeit zu mir kommen, das weißt du. Und zwar mit Bond.«

»Er kommt zurück, ich muss Schluss machen!«

»Susie! Warte! Warte!«

Die Verbindung ist getrennt.

Ich wähle ihre Nummer noch einmal. Besetzt.

Ich versuche es ein weiteres Mal. Besetzt.

Besetzt. Besetzt. Besetzt.

Ich rufe Milly an und erzähle ihr alles. Als ich fertig bin, kriege ich kaum noch Luft. »Ich werd's bei ihr versuchen«, verspricht Milly, die sich genauso um Susie sorgt wie ich. »Ich geb dir Bescheid.«

Wieder vibriert mein Handy. Zum Glück ist es Tom. »Ich kann heute Abend nicht kommen.« Er klingt, als wäre er auf der Flucht. »Wir reden später!«

Cat kommt wie versprochen am Abend vorbei. Ich wärme das bestellte Essen auf, während sie sich aus ihrem Mantel schält, ihren Schal abnimmt, sich ihre hochhackigen Schuhe von den Füßen kickt und seufzt, dass sie fast den ganzen Tag irgendwelche Konferenzen gehabt hat. Sie hasst es, morgens im Dunkeln aus dem Haus zu gehen und abends im Dunkeln wieder heimzukommen. »Wie geht es dir?«, fragt sie und umarmt mich.

»Nicht so besonders«, gestehe ich.

»Ich bin sicher, dass sogar Robbie Williams und Madonna irgendwann mal abgelehnt worden sind.« Als sie mein Gesicht sieht, fügt sie hastig hinzu: »Sorry, die Bemerkung war blöd.«

»Schon okay.«

»Du schaffst es, wirst schon sehen.« Cat hilft mir mit dem Essen und den Tellern, und bald sitzen wir mit Kissen im Rücken auf meinem Bett vor dem Fernseher.

»Es ist ja nicht bloß das«, sage ich und stelle den Fernseher leiser.

»Tom?«

Ich schüttle den Kopf und erzähle Cat von Susie. Cat kennt sie nicht besonders gut, unsere Anti-Selbsthilfegruppe bestand immer nur aus uns dreien. »Milly hat vorhin mit ihr gesprochen. Sie wolle früh ins Bett, hat sie gesagt, Ethan sei weggegangen. Milly hat ihr angeboten rüberzukommen, aber das wollte sie nicht.«

»Mehr kannst du nicht tun, Alice.«

»Ich weiß.« Ich stelle meinen Teller beiseite, ich kriege keinen Bissen mehr hinunter. »Aber ich habe ein ungutes Gefühl.«

»Ruf sie morgen an. Könnt ihr euch nicht treffen und in Ruhe darüber reden?«

»Ich wünschte, sie würde sich von ihm trennen.«

»Manchmal ist das nicht so einfach. Aber Susie weiß, dass du für sie da bist.«

Ich nicke.

»Kommt Tom später noch vorbei?«

»Das bezweifle ich.« Ich starre auf den Bildschirm und erinnere mich, wie spät er vergangene Nacht von der Arbeit nach Hause kam. »Als wir vorhin telefonierten, hat er nicht einmal gefragt, wie es bei der Plattenfirma gelaufen ist. Manchmal ist er echt zu nichts zu gebrauchen, Cat.«

»Das ist jetzt aber ein bisschen hart!«

»Er erzählt mir ständig, dass er *kurz davor* sei, diese Software zu verkaufen oder jenes Geschäft abzuschließen«, klage ich. Ich bin frustriert, weil die Zeit, die er bei der Arbeit verbringt, Zeit ist, die uns beiden fehlt.

Cat stellt ihren Teller ab und dreht sich zu mir um. »Wahrscheinlich war er gestresst, müde, hatte einen Termin und war zu spät dran …«

»Kann sein.«

»Es gibt Tage, da kann ich keinen klaren Gedanken fassen,

ich weiß nicht mal, ob Montag oder Freitag ist, mein Akku ist leer, weil ich es nicht mal geschafft habe, mir eines dieser widerlichen Sandwichs aus der Kantine zu holen …«

»Es ist ja nicht nur wegen heute. Er hat mich die letzten drei Wochenenden versetzt, weil er arbeiten musste.«

»Er ist im Begriff, eine eigene Firma aufzubauen. So ist das Leben nun mal. Er kann deinetwegen nicht einfach alles stehen und liegen lassen.«

Wieder beschleicht mich ein ungutes Gefühl.

»Du kannst von Glück sagen, dass du Tom hast. Er ist einer von den Guten, vergiss das nicht.«

»Trotzdem hätte er nachfragen können«, schmolle ich.

»Das wird er schon noch. Du weißt doch, wie wichtig du ihm bist. Uns allen. Sei nicht so streng mit ihm, okay?«

Ich denke an Ethan und muss zu meiner Schande gestehen, dass Cat recht hat.

Ich rufe Tom an, nachdem Cat gegangen ist. Ich will ihren Rat befolgen und ihm mehr Freiraum lassen. »Ich bin's. Kannst du später nicht doch noch vorbeikommen?« *Moment mal, das wollte ich doch gar nicht sagen …*

»Es wird ziemlich spät werden und …«

»Ich werde bestimmt noch wach sein.«

»Weißt du, eine Nacht in meiner eigenen Wohnung könnte mir zur Abwechslung nicht schaden.«

*Hör auf Cat!* »Klar. Versteh ich. Kein Problem. Übrigens, Pete hatte heute doch diesen Termin …«

»Oh, Alice, ich fasse es nicht, ich hab doch tatsächlich vergessen, dich danach zu fragen!«

»Nicht so tragisch, ehrlich.«

»Tut mir wirklich leid …«

»Du hast einen anstrengenden Tag hinter dir.«

»Und, wie ist es gelaufen?«

Er kennt die Antwort bereits. »Diese Idioten. Wie geht es dir, alles in Ordnung?«

»Ja. Nein. Nicht wirklich.« Ich denke dabei auch an Susie.

»Pass auf, ich seh zu, dass ich noch vorbeikommen kann.«

»Hallo du, mit deinen lustigen Füßen.« Tom berührt sie, beugt sich dann zu mir herunter und gibt mir einen Kuss auf die Wange. Ich öffne die Augen, gucke auf meinen Wecker. Elf Uhr. Tom legt sich neben mich, die Fahrradklammern noch an der Hose. »Ich kann nicht bleiben, aber du hast dich angehört, als könntest du eine Umarmung gebrauchen.«

Ich klammere mich an ihn, ich will heute Nacht nicht allein bleiben. »Wie war deine Besprechung?«, frage ich.

»Wir bekommen die Finanzierung nicht.«

»Was? Nachdem ihr so viel Arbeit in das Projekt gesteckt habt?«

Tom schüttelt den Kopf.

»Das ist unfassbar! Es tut mir so leid für dich.« Die schlechte Nachricht ist ein weiterer Tritt in den Bauch. »Wie geht es dir? Alles in Ordnung?«

Er lacht gequält. Wir sind beide darauf angewiesen, dass andere an uns und unsere Arbeit glauben. Es ist frustrierend, nicht die Kontrolle zu haben und zum Weiterkommen von der Unterstützung anderer abhängig zu sein.

Ich lehne meinen Kopf an seine Schulter. »Du schaffst das, Tom. Ich weiß es.«

»Ich wünschte, ich hätte deinen Optimismus.« Er streicht mir übers Haar.

»Bleib doch«, bettle ich. Seine Berührung tröstet und beruhigt mich.

Er ist sichtlich hin- und hergerissen.

»Willst du mal mein Tattoo sehen?«, frage ich neckisch und streife mir mein Oberteil über den Kopf.

Als ich am nächsten Morgen aufwache, dröhnt mein Kopf vor Enttäuschung über das Nein der Plattenfirma. Dann dämmert mir, dass Tom über Nacht geblieben ist, er liegt auf dem Sofa und schläft. Ein fast schon vertrauter Anblick. Ich wecke ihn. Er stöhnt, fragt, wie spät es ist, streckt sich, dreht den Kopf hin und her, als hätte er unbequem gelegen.

»Acht.«

»Acht?« Er springt auf und steigt eilig in seine Klamotten.

»Was ist mit Frühstück?«

»Keine Zeit«, faucht er, stößt sich den Zeh am Couchtisch an und hüpft fluchend auf einem Bein auf und ab.

»Dann wenigstens eine Tasse Kaffee. Ich mach dir schnell einen.«

»Hab um neun eine Besprechung.« Er schnappt Mantel, Brieftasche, Schlüssel und Handy, drückt mir einen flüchtigen Kuss auf die Wange und will zur Tür hinaus.

»Seh ich dich heute Abend?« Ich beobachte, dass sein Gesicht sich verdüstert und wünschte sofort, ich hätte nicht gefragt.

»Ich brauche mehr Freiraum, Alice«, erwidert er leicht gereizt.

»Was meinst du damit?« Ich folge ihm zur Hintertür. *Mehr Freiraum*? Klingt, als wollte er Schluss machen.

»Tom?«

»Ich meine damit, dass ich mehr Zeit für mich brauche, in meiner eigenen Wohnung, in meinem eigenen Bett.«

Er nimmt es mir übel, dass ich ihn gestern Abend zum Bleiben überredet habe. Ich hätte auf Cat hören sollen. Ich beiße mir auf die Unterlippe und kämpfe gegen die Tränen an. »Gut. Dann geh. Nimm dir deinen Freiraum.«

Er schließt das Fahrradschloss auf und trägt das Rad die Steinstufen hinauf, ohne auch nur einmal zurückzublicken.

So eilig hatte er es noch nie, von mir wegzukommen.

# 35

Als ich mir später an diesem Morgen die Zähne putze, macht es mir immer noch schwer zu schaffen, wie Tom und ich auseinandergegangen sind. Ich hatte mich nach seiner Abfahrt noch mal ins Bett verkrochen, von Schuldgefühlen geplagt, weil ich ihn überredet hatte, bei mir zu übernachten. Mein Handy klingelt. Eilig nehme ich ab. Aber es ist nicht Tom, wie ich gehofft habe, sondern Pete. Ob ich schon um elf und nicht erst heute Nachmittag ins Studio kommen könne, will er wissen.

Mir wird sofort klar, dass ich mich mit meiner täglichen therapeutischen Routine beeilen muss, wenn ich das schaffen will. Wieder klingelt mein Handy. Auf dem Display leuchtet Susies Name auf. »Was ist passiert?«, frage ich, als ich sie weinen höre.

»Ich kann nicht mehr, Alice. Ich kann nicht mehr.«

»Was ist los? Wo bist du?«

»Ich kann das nicht, ich kann nicht mehr mit ihm zusammen sein. Ich hab Angst.«

»Hat er dir was getan?«

»Kannst du kommen …?«

»Klar. Ist er da?«

Keine Antwort.

»Bleib, wo du bist, Susie, hörst du? Ich bin schon unterwegs.«

Ich ignoriere die Radaranlagen, als ich durch die Uxbridge Road Richtung Ealing rase. Gerade schaltet eine Ampel auf Rot. Mir egal.

*Wenn er ihr was angetan hat …*

Ich parke vor dem Mietshaus, in dem sie wohnt. Parken nur mit Berechtigungsausweis oder Parkschein. Ich habe keine Zeit, einen Parkschein zu lösen.

*Aber wenn ich Susie nun ins Krankenhaus fahren muss? Ich kann nicht riskieren, dass mein Auto mit einer Parkkralle festgesetzt wird.*

Also laufe ich zum Automaten, krame in meiner Handtasche nach Münzen und stecke sie mit zitternden Fingern in den Münzschlitz.

Endlich drücke ich den Klingelknopf von Wohnung 3A. Keine Antwort. Ich hämmere gegen die Tür und lasse den Finger sekundenlang auf dem Klingelknopf. Ich öffne den Briefkastenschlitz und brülle hindurch: »Susie! Ich bin's, Alice! Ich bin hier!«

Ich schaue zu ihrem Schlafzimmerfenster hinauf. Die Vorhänge sind zugezogen. »Susie!«

Meine Fantasie läuft Amok. Und wenn Ethan nun da ist und verhindert, dass sie die Tür öffnet? Vielleicht ist Susie nicht in der Lage zu fliehen. Wer weiß, was zwischen den beiden vorgefallen ist! Soll ich die Polizei rufen? Ich habe keine Ahnung, wozu Ethan fähig ist.

Ich wünschte, ich könnte die Tür eintreten. Ich will gerade ein weiteres Mal klingeln, als eine ältere Frau mit blauem Hut und einer Einkaufstasche über dem dünnen Arm aus dem Haus tritt. Ich schlüpfe an ihr vorbei ins Haus und stolpere fast über Briefe und Kataloge, die noch auf dem Fußabstreifer liegen. Es ist dunkel und riecht muffig. Die Wände haben dieselbe Farbe wie nikotinfleckige Finger. Ich schalte das Licht ein und steige ununterbrochen hustend die Treppe in den ersten Stock hinauf. Mein Handy klingelt. Tom. Er ruft mich nur selten morgens vom Büro aus an. Ich kann nicht, nicht jetzt. Meine Gedanken überschlagen sich. Ruft er an, um Schluss zu machen? Um mir zu sagen, er will noch mehr Freiraum?

»Ich kann jetzt nicht reden«, keuche ich, bevor er ein Wort sagen kann, und erzähle ihm, was passiert ist.

»Alice, warte! Was ist, wenn Ethan da ist?«

»Ich muss zu ihr.«

»Das gefällt mir überhaupt nicht, Alice.«

*Ich habe keine andere Wahl.* »Ich ruf dich später an, versprochen.«

»Alice! Wo wohnt sie? Alice!«

Ich klopfe mit der Faust an die Tür und bin unsagbar erleichtert, als ich Schritte höre. Susies Schritte, das weiß ich instinktiv. Die Kette wird zurückgeschoben, die Tür öffnet sich.

Susie fühlt sich furchtbar dünn an, als ich sie umarme. »Alles gut, ich bin ja da, ich bin jetzt bei dir. Alles wird gut.« Ich bringe sie ins Schlafzimmer und erschrecke über das wüste Durcheinander dort. Der Fußboden ist mit Glasscherben übersät. Susie kriecht ins Bett und wickelt sich Schutz suchend in ihre Decke. Ich rücke ihr die Kissen im Rücken zurecht, wie Mum es immer für mich tut. Plötzlich höre ich ein Winseln. Ich knie mich hin und erblicke Bond, der voller Angst unter dem Bett kauert. Ich rede auf ihn ein, locke ihn, bis ich ihn hervorziehen und hochheben kann. »Ist ja gut«, murmele ich beruhigend und lege ihn in Susies Arme. Sie vergräbt das Gesicht in seinem dunklen Fell und fängt an zu weinen.

Ich halte Susies Hand ganz fest, während sie mir erzählt, was passiert ist. »Dieses In-der-Kneipe-Hocken, das Heimkommen mitten in der Nacht, das Trinken … das ist alles neu. Er hat früher kaum Alkohol getrunken, schon wegen seinem Job.« Ethan ist Personal Trainer und arbeitet im Fitnessstudio. »Er ist ein Kontrollfreak, achtet peinlich genau auf sein Gewicht und die

Alkoholeinheiten …« Sie wendet den Blick ab und wischt die Tränen weg. »Ich habe richtig Angst, wenn ich weiß, er geht in die Kneipe und betrinkt sich. Dann liege ich wach und horche panisch auf den Schlüssel im Türschloss. Er will nicht mal mit mir reden, wenn er heimkommt, er will bloß Sex …«

Sie verstummt und blickt beschämt drein, als wäre das alles ihre Schuld. »Aber letzte Nacht …«

Ich ermuntere sie mit einem Nicken fortzufahren.

»Da war es noch schlimmer als sonst. Er kam später als üblich nach Hause.« Sie nippt an dem starken, gesüßten Tee, den ich ihr gemacht habe. »Er habe mit einer anderen geschlafen, erzählt er mir, als wäre er auch noch stolz darauf. Das sei ich ihm schuldig, hat er gesagt.«

»Und was hast du geantwortet?«

»Nicht viel. Ich hab mich nicht getraut, ich hatte solche Angst. Ich wollte nur, dass er Bond und mich in Ruhe lässt.« Sie zittert am ganzen Körper. »Er soll verschwinden, hab ich zu ihm gesagt, und da hat er … da hat er Bond getreten.«

Ich streichle den Hund, der sich an Susie kuschelt und genauso verstört ist wie sein Frauchen.

»Ich hab ihn angefleht, damit aufzuhören. Ich hab echt gedacht, er bringt ihn um. Ich hab geschrien und gekreischt, und da« – sie krempelt ihre Ärmel hoch und zeigt mir die blauen Flecken an den Oberarmen – »da hat er mich gepackt und aus dem Bett gerissen und an die Wand geschleudert und mich angeschrien, was ich denn erwarten würde und wieso er nicht mit einer anderen schlafen soll, da mit mir ja nichts anzufangen ist und ich ihn nur eine Menge Geld koste …« Sie beginnt wieder zu schluchzen.

Ich habe genug gehört. »Wann kommt er zurück?«

»Nach dem Essen … Heute hat er die Frühschicht übernommen.«

Ich schaue auf meine Uhr. Zehn nach elf. »Gut. Wir haben knapp zwei Stunden, um deine Sachen zusammenzupacken und dich und Bond hier wegzuschaffen.« Ich schnappe mein Handy und wähle Millys Nummer.

»Was tust du da, Alice? Wir können nicht einfach gehen, *ich* kann nicht einfach gehen.«

»Was ist los?«, fragt Milly am anderen Ende der Leitung.

»Kannst du so schnell wie möglich zu Susie kommen?«

Milly stellt keine Fragen. Sie spürt, dass es sich um einen Notfall handelt.

Ich lege auf und greife wieder nach Susies Hand. »Du kannst nicht hierbleiben.«

»Er wird mich finden.« Sie entzieht mir ihre Hand, rückt von mir ab. »Er hat mich schon mal geschlagen, Alice.« Sie schaut zu, wie ich ihre Sachen aus Schubladen herausreiße und aufs Bett werfe. »Wo soll ich denn hin?«

»Wir finden was«, entgegne ich. »Ich muss nur wissen, dass wir an einem Strang ziehen, Susie.«

Ihr Gesicht spiegelt ihre Verzweiflung, sie ist unsicher, ob sie ihr altes Leben von jetzt auf gleich hinter sich lassen kann, so unglücklich sie auch sein mag.

»Susie?«

Sie nickt langsam.

Mein Handy klingelt. Tom. Ich kann jetzt nicht rangehen. Ich habe keine Zeit für lange Erklärungen. Er wird mir einfach vertrauen müssen …

Als Milly eintrifft, stopfen Susie und ich eifrig Kleider, Schuhe, Arbeitsgerät, Handtücher, Schminksachen in Taschen und Koffer. »Fang du in der Küche an«, sage ich zu Milly. »Such alles zusammen, was ihr gehören könnte. Wir machen hier weiter. Wir haben höchstens noch eine halbe Stunde.«

Susies Handy klingelt. »Ethan«, murmelt sie.

»Nicht rangehen!«, befehle ich ihr.

Er hinterlässt eine Nachricht auf der Mailbox. Die Angst kehrt in ihre Augen zurück. »Er ist auf dem Heimweg.«

»Jetzt schon?«, rufe ich so laut, dass Milly ins Zimmer stürzt.

»Er sagt, es tut ihm leid«, meint Susie, als wäre das Grund genug, die ganze Aktion abzubrechen.

Milly schüttelt den Kopf. »Das sagt er jedes Mal.«

»Ich weiß auch nicht …« Susie kann mir nicht in die Augen schauen. Sichtlich hin- und hergerissen starrt sie auf die Taschen und Koffer.

*Wir haben keine Zeit für diese Unschlüssigkeit, keine Zeit zu zögern … Aber ich kann sie nicht zwingen zu gehen … Wenn sie nicht freiwillig mitkommt, hat es keinen Zweck …*

»Ich bin nicht so stark wie du, Alice«, flüstert sie.

Ich knie mich neben sie, mein Herz rast bei dem Gedanken daran, dass Ethan in wenigen Minuten zurückkommen wird. »Ich bin nur so stark, weil ich meine Familie, meine Freunde, weil ich *dich* habe.«

»Ich habe eben keine Mum oder …«

Milly lässt sie nicht ausreden. Sie kniet sich neben uns. »Aber du hast Menschen, die dich lieben.«

»Glaubst du nicht, dass du was Besseres verdient hast?«, frage ich.

*Sie spielt mit Zeit, die wir nicht haben.*

»Ja. Ja, das glaube ich«, antwortet sie schließlich.

Milly und ich laden alles in mein Auto. Susie waren vor allem Bonds Sachen wichtig, also Decken, Hundekorb, Hundebett, Näpfe, Futter, Hundekekse, Leine. »Er hat einen Sommer- *und* einen Wintermantel«, musste ich staunend feststellen, woraufhin wir alle lachten, zum ersten Mal an diesem Tag. Wir hatten nicht die Zeit, alles einzupacken, wir müssen zusehen, dass wir hier wegkommen.

»Meine Mappe!«, ruft Susie plötzlich.

Ich drehe mich zu ihr um. »Was für eine Mappe? Brauchst du die unbedingt?«

»Ja, meine Fächermappe. Da sind alle meine Bankunterlagen drin, meine Ausweise, ein bisschen Bargeld …«

Ich bin hin- und hergerissen. Ethan wird jede Minute hier sein … jede Sekunde …

»Ich hol sie schnell.« Susie schnallt sich ab. »Ich weiß genau, wo sie ist.«

Ich nehme ihr die Hausschlüssel ab, lasse mir beschreiben, wo die Mappe liegt, und sage zu Milly: »Bleib hier bei Susie und halt nach Ethan Ausschau.«

Ich laufe zurück in die Wohnung, ins Wohnzimmer. *In der Ecke unter dem Schreibtisch, gegenüber vom Fernseher … Da ist sie.*

Ich schnappe die Fächermappe und will mich gerade umdrehen, als ich draußen auf dem Gang schwere Schritte höre. Die Tür wird aufgeschlossen. Blitzschnell ducke ich mich hinters Sofa.

»Susie!«, ruft Ethan. »Bist du da? Wo steckst du denn? Wir müssen reden! Susie?« Schranktüren werden geöffnet und geschlossen. Er muss im Schlafzimmer sein. Dem ausgeräumten Schlafzimmer. Mir klopft das Herz bis zum Hals und mir wird schlecht. Ich verspüre einen starken Hustenreiz. Ich kann jetzt nicht husten! Ich höre ihn durch den Flur stapfen. »Susie!«, schreit er, offenbar hat er ihre Handynummer gewählt. »Wo zum Teufel bist du? Wo ist dein ganzes Zeug?« Ich würde ihn liebend gern zur Rede stellen, ihm meine Meinung sagen, aber das ist zu riskant, er ist viel stärker als ich. Und ich weiß jetzt, wozu er fähig ist.

Wieso hat er draußen Susie und Milly nicht gesehen? Natürlich, er kennt mein Auto nicht. Aber was, wenn Susie und Milly ihn gesehen haben und beschließen, mir zu Hilfe zu eilen? Ich hoffe inständig, dass sie bleiben, wo sie sind.

Ich höre ihn ins Wohnzimmer kommen. Ich halte die Luft an und verharre völlig regungslos. Seine Schritte entfernen sich wieder, und kurz darauf höre ich die Klospülung. Das Bad befindet sich am anderen Ende der Wohnung, neben der Küche. Jetzt oder nie, sage ich mir. Die Wohnungstür liegt zum Glück genau gegenüber dem Wohnzimmer. Ich springe auf, sprinte quer durch den Flur und habe die Hand schon auf der Türklinke, als ich ihn rufen höre: »Susie? Susie! Komm zurück!«

Ich jage die Treppe hinunter. Nie hätte ich geglaubt, dass ich so schnell rennen kann, aber das Adrenalin in meinem Blut beflügelt mich. Ich reiße die Haustür auf, laufe über die Straße, werfe mich in mein Auto, verriegele die Türen und lasse den Motor an. Susie und Bond kauern sich auf dem Rücksitz zusammen.

»Mach schon, beeil dich«, drängt Milly. »Er kommt!«

Ethan rennt zu uns herüber. Aber wir sind im Auto in Sicherheit. Er beschimpft Susie lautstark, sie hält sich die Ohren zu. Ich kurbele das Fenster einen Spalt herunter und sage drohend: »Lass meine Freundin in Ruhe, kapiert? Fass sie nie wieder an!«

Er schlägt mit der Faust auf die Motorhaube. Aber er kann nichts weiter tun, als zuzuschauen, wie ich davonfahre, mit heftig pochendem Herzen.

# 36

Abends sitzen Jake, Lucy, Tom, Cat und unsere Anti-Selbsthilfegruppe wie bei einer Vorstandssitzung am Esstisch. Mum kocht Pasta für alle. Ich weiß, dass sie Dad von meinem verrückten Tag erzählt hat. Jake und meine Eltern haben mich beiseitegenommen und mir ins Gewissen geredet. Was ich getan hätte, sei zwar bewundernswert, aber auch extrem leichtsinnig gewesen. »Du hättest ernsthaft verletzt werden können«, hatte Dad gemeint. »Ethan ist ein Fall für die Polizei, nicht für dich.«

Bond sitzt auf Susies Schoß wie das Maskottchen der Kompanie. Mum war mit ihm beim Tierarzt und hat ihn untersuchen lassen, aber er hat zum Glück nur ein paar starke Prellungen davongetragen, obwohl das auch schon schlimm genug ist. Susie hat all ihren Mut zusammengenommen und Ethan angerufen, um ihm zu sagen, dass es vorbei ist und sie ihm die Schlüssel sowie ihren Anteil der Miete per Post schicken wird. Wir legen zusammen. Sie verzichtet auf eine Anzeige unter der Bedingung, dass er sich von ihr fernhält, hat sie ihm noch gesagt, leider konnten wir ihr das nicht ausreden.

Ich streife Tom mit einem flüchtigen Blick. Seit ich nach Hause gekommen bin, haben wir kaum miteinander geredet, obwohl er schon auf mich gewartet hatte. Nach unserem Telefonat am Morgen war er schnurstracks hierhergeradelt und hatte gemeinsam mit meiner Mutter ungeduldig auf meine Rückkehr gewartet. Jake und Lucy bieten Susie an, bei ihnen zu wohnen. »Ich muss dich aber vorwarnen«, sagt Jake. »Das Haus ist eine Baustelle, überall ist Staub!«

»Du kannst vorübergehend bei mir wohnen«, sagt Cat. »Ethan kennt mich nicht, er hat keine Ahnung, wie ich heiße oder wo ich wohne.«

Ich wende mich an Susie und Bond. »Dort würdest du dich sicher fühlen.«

»Ich kann auf dem Schlafsofa schlafen«, fährt Cat fort.

Bevor Susie einwenden kann, dass sie sich das nicht leisten kann, sagt Milly: »Ich kann dir aushelfen. Ich muss zu Hause keine Miete zahlen, und ich habe einen Job und verdiene …«

»Du sparst doch auf eine eigene Wohnung«, gibt Susie zu bedenken.

»Das hier ist wichtiger«, entgegnet Milly.

Ich weiß, dass Susie keine Almosen annehmen möchte. Sanft berühre ich ihren Arm. »Wir helfen dir alle. *Du* musst wieder auf die Beine kommen, damit du deinen Kurs besuchen und wieder arbeiten gehen kannst. Das ist das Wichtigste. Um alles andere kümmern *wir* uns.«

»Ich weiß nicht, was ich sagen soll«, flüstert sie.

»Sag einfach Ja«, schlage ich vor.

»Ich danke euch, euch allen.« Sie ist den Tränen nahe. »Wir haben ein neues Zuhause, Bondy!«

# 37

## Tom

Wenn Tom über das nachdenkt, was Alice heute für Susie getan hat, weiß er nicht, ob er stolz auf sie sein und sie umarmen oder ihr eine Predigt über ihren Leichtsinn halten soll. Er muss unter vier Augen mit ihr reden. Sie müssen sich aussprechen, schon allein wegen ihres Streits am Morgen. Als er sich auf das Sofa in ihrem Schlafzimmer setzt, lässt sie sich völlig erschöpft neben ihn in die Polster fallen.

»Wegen heute Morgen«, beginnt er. »Es tut mir leid …«

»Nein«, fällt sie ihm ins Wort. »Mir tut es leid. Ich hätte dich nicht zum Bleiben überreden sollen. Ich weiß, dass es manchmal ein bisschen viel ist.«

»Ich war so wütend, als ich wusste, dass du in Ethans Wohnung warst, weil du dich da eingemischt hast, Alice …«

Sie nickt.

»Ich hatte solche Angst, du könntest einen Unfall bauen oder von diesem Typ zusammengeschlagen werden. Du kannst von Glück reden, dass die Sache so glimpflich ausgegangen ist, Alice.«

»Milly war doch dabei. Außerdem hab ich in letzter Zeit viel Kraftsport gemacht, ist dir das nicht aufgefallen?«

»Du hast sie ja nicht alle, Alice.«

Aber wenigstens lächelt er jetzt.

»Falls Ethan hier jemals auftauchen sollte … Versprich mir, dass du die Sache nicht selbst in die Hand nimmst.«

»Ich verspreche es. Aber ganz ehrlich, ich hatte keine Zeit, darüber nachzudenken. Handle so, wie du es von anderen erwartest. Susie hätte mir auch geholfen. Ich musste ihr einfach helfen, Tom.«

Ihre Worte führen dazu, dass er sich aufs Neue in sie verliebt.

Später, als die anderen gegangen sind – bis auf Susie und Bond, die im Gästezimmer übernachten –, sagt Alice zu Tom: »Geh ruhig. Du musst mal eine Nacht durchschlafen. Du brauchst das.«

Keine Spur von Enttäuschung mehr in ihrer Stimme.

Er wünscht, nicht das Gefühl zu haben, dass seine Arbeit mit ihrer Beziehung konkurriert. Alice hat recht. Manchmal ist da zu viel Nähe, manchmal sehnt er sich nach mehr Freiraum, manchmal findet er die Einschränkungen aufgrund ihrer Krankheit frustrierend. Alice kann nie bei ihm übernachten, weil sie auf ihre Apparate, ihre vielen Medikamente angewiesen ist. Aber dafür kann sie nichts.

Er zieht sie an sich, spürt, dass sie heute Nacht nicht allein sein möchte. Und außerdem ist das hier auch sein Zuhause. »Darf ich bleiben?«, fragt er, weil auch er nicht allein sein will.

Im Bett legt er seinen Arm fest um ihre Taille und sagt in die Dunkelheit hinein: »Sollte ich jemals in der Klemme sitzen, weiß ich jetzt, wen ich anrufen sollte.«

# 38

## Alice

Es ist Frühsommer, und die Leute kleben vor ihren Fernsehgeräten mit den Übertragungen aus Wimbledon, wo Tim Henman sich nervenzerreißende Tennisduelle liefert und die Kommentatoren nicht müde werden zu betonen, 2001 sei *sein* Jahr. Es ist jetzt drei Monate her, dass Susie Ethan verlassen hat. Nach vier Wochen bei Cat fand sie, sie habe deren Gastfreundschaft genug strapaziert, zumal ihr Vater ihr seine Hilfe angeboten hatte. Sie und Bond wohnen jetzt bei ihm in Acton, West London, obwohl ihre Stiefmutter behauptet, sie sei allergisch auf Hundehaare. Susie hat eine neue Handynummer und lebt Tag für Tag ein bisschen mehr auf, auch wenn es sicherlich noch eine ganze Weile dauern wird, bis ihr ohnehin geringes Selbstbewusstsein wiederhergestellt ist.

Ich bin mit Pete im Studio. Wir wollen einen meiner neuen Songs, *Breathe Tonight*, aufnehmen. Atme heut Nacht. Der ersten Absage vor Monaten sind weitere gefolgt, von den A&R-Leuten in Worte gepackt wie: »Wir lieben ihren Sound, aber …« oder: »Sie hat eine einzigartige Stimme, aber …«.

*Ich hasse das Wort »aber« mittlerweile fast so sehr wie die Wörter »tapfer« oder »gut«.*

*Aber ich kann nicht aufgeben.*

*Ich will den Erfolg mit aller Gewalt, nicht zuletzt für Pete.*

Ich beobachte ihn durch die Glasscheibe. Er sitzt an seinem Mischpult, drückt auf den roten Knopf und signalisiert mir mit den Fingern: drei … zwei … eins …

Ich singe.

Sofort hebt er die Hand. »Noch einmal. Setz dich, wenn du schlapp bist.«

Es ist drückend heiß im Raum. Ich bin jetzt seit drei Stunden hier eingesperrt, aber ich weigere mich, auf dem Hocker hinter mir Platz zu nehmen. Ich konzentriere mich. Schaue Pete an. Drei … zwei … eins …

Beim Singen spüre ich plötzlich, wie alles in meiner Brust in Bewegung gerät und sich dann staut. Wie Straßenbauarbeiten, die den Verkehrsfluss behindern, dabei möchte ich einfach nur fahren, frei sein … Ich breche ab, ich weiß, dass es nicht gut genug ist. Ich muss atmen. Husten.

»Das war scheiße, Alice«, kommentiert Pete. Er verlässt das Studio und knallt die Tür hinter sich zu.

Ich streife den Kopfhörer ab und sinke auf den Hocker, genauso niedergeschlagen wie Pete. Ich betaste meine Lymphknoten. Vor vierzehn Tagen war ich bei einem HNO-Arzt, der Knötchen an meinen Stimmbändern diagnostiziert hat – nicht als Folge der Mukoviszidose, sondern als Folge des Singens. »Diese Verdickungen sollten eigentlich nicht schmerzhaft sein, sind aber der Grund für die Heiserkeit und für das komische Gefühl. Sie sind wie blaue Flecken auf den Stimmbändern.« Dann fügte er noch hinzu, ich hätte Glück im Unglück, da meine Knötchen weich und erst im Anfangsstadium seien. Es genüge, meine Stimme zu schonen, damit sie abheilen. Das unangenehme Gefühl rühre vermutlich von einer Überanstrengung der Kehlkopfmuskeln und nicht von den Knötchen selbst, die würden mit der Zeit von allein wieder verschwinden.

Tom hat mir heute Morgen einen finsteren Blick zugeworfen. »Du weißt doch, was der Arzt gesagt hat! Wenn es schlimmer wird, müssen sie operativ entfernt werden. Du musst deine Stimme schonen.«

»Ich hab aber keine Zeit dafür«, fuhr ich ihn an. Hinterher tat es mir leid, aber ich habe es satt, dass mir alle dauernd sagen, was ich tun soll. Sie verstehen das einfach nicht. Es hat schon viel länger als bei anderen gedauert, dahin zu kommen, wo Pete und ich jetzt sind. Ich kann wegen dieser blöden Knötchen nicht noch mehr Zeit verlieren.

Im Augenblick läuft es einfach nicht. Ich bin wie verdorbene Milch: sauer. Pete hat mich vorhin angesehen, als hätte er etwas probiert, für eklig befunden und wieder ausgespuckt.

Er kommt mit zwei Bechern Kaffee zurück, und ich setze mich ihm gegenüber aufs Sofa. »Ich werde uns noch was zu essen holen«, sagt er, als er mir meinen Becher reicht. »Worauf hast du Lust?«

»Kommt drauf an, wie weit du gehen willst.«

Er grinst. »Du solltest dein Glück nicht überstrapazieren.«

Die Spannung lässt spürbar nach.

»Gott, ist das heiß hier drin! Wie in einer Sauna.«

»Dann lass uns verschwinden.«

»Und wohin?«

»Irgendwohin, wo wir klar denken können.«

Wir sitzen in meinem Auto. Pete legt eine Kassette von Alanis Morissette ein. Ich kurbele das Fenster herunter.

»Fahr nicht so schnell«, nörgelt er, als ich das Gaspedal durchtrete.

»Angst?«

»Nur um mein Leben.«

Ich setze den Blinker nach links. »Das war deine Idee, vergiss das nicht«, schmunzele ich, als er sich bekreuzigt.

»Ich dachte an eine gemütliche kleine Spritztour. Warum musst du rasen wie eine Irre?«

*Weil das Auto meine einzige Möglichkeit ist, mich schnell fortzubewegen.*

»Also, was ist los?« Pete starrt geradeaus.

»Was meinst du?«

»Mit dir.«

»Gar nichts.«

»Geht es dir nicht gut? Mache ich zu viel Druck?«

»Nein.«

»Es gibt Tage, da denke ich, ich sollte dich überhaupt nicht singen lassen, damit sich dein bisschen Lungenfunktion nicht noch mehr verschlechtert.«

»Pete, ich verspreche dir, dass ich sage, wenn es mir zu viel wird.« *Es wird mir nie zu viel werden.*

»Wie läuft's mit Tom?«

»Gut.« Die Frage hat mich überrumpelt. »Glaube ich.«

»Glaubst du? Ich möchte dir nicht zu nahe treten, aber wenn du über irgendetwas reden möchtest, höre ich dir gerne zu.«

*Es läuft zwar besser zwischen uns, aber das heißt nicht, dass wir uns nicht streiten.*

Vor uns ein weißer Lkw. Das müsste noch reichen zum Überholen …

»Pass auf!«, ruft Pete. Er ballt die Faust, dass die Knöchel weiß hervortreten.

Als er sich wieder zu atmen traut, fragt er: »Dann ist also alles in Ordnung?«

Ich will ihm nichts von den Knötchen erzählen. Er würde mir genau wie alle anderen raten, mich zu schonen.

Ich ziehe es vor, das Thema zu wechseln.

»Was genau ist eigentlich damals in den Staaten passiert?«, frage ich.

Er sieht mich an und scheint zu überlegen, ob er mir die Geschichte erzählen soll oder nicht. »Ich hatte alles, was man sich nur wünschen kann«, beginnt er schließlich. »Sex, Alkohol, Drogen, Kohle, bildschöne Frauen. Ich war jung, und so kam es, wie es kommen musste: Ich verlor den Halt, geriet unter die Räder. Die Ironie an der Sache lag darin, dass ich mir immer gewünscht hatte, mein Vater würde mich in Amerika besuchen und stolz auf mich sein. Stattdessen kam er, um seinen süchtigen, abgewrackten Sohn nach Hause zu holen.«

Seine Verletzlichkeit berührt mich. »Heute ist er bestimmt stolz auf dich.«

»Katie hat mir sehr geholfen. Sie arbeitet in einer Suchtklinik. Ein Patient, der sich in seine Krankenschwester verliebt – was für ein Klischee.«

Ich denke darüber nach. »Ich liebe Professor Taylor auch, es sei denn, er will mich ins Krankenhaus einweisen.« *Er ist vermutlich der einzige Mensch, auf den ich höre.*

»Dieses Foto, das am Strand in Cornwall aufgenommen wurde …«

Er meint das Schwarz-Weiß-Foto auf seinem Schreibtisch, das mir bei unserem allerersten Treffen aufgefallen ist.

»Das ist ganz in der Nähe ihres Elternhauses. Ich habe viel Zeit am Meer verbracht und darüber nachgedacht, was ich mit meinem Leben anfangen will. Das Meer hat mir geholfen, gesund zu werden.«

Ich muss an Tom denken, der mit seinen Sorgen aus London und dem Großstadtgetriebe ans Meer flieht.

»Ohne Katie hätte ich es nicht geschafft«, sinniert er.

»Sie hat dich unterstützt, aber den größten Teil hast du selbst geleistet.«

»Ich weiß, dass mein Studio nicht gerade Beverly-Hills-Standard ist, aber jetzt, wo ich älter bin und das Spiel hoffentlich besser beherrsche, bin ich zufriedener und glücklicher.«

Ich biege auf eine Landstraße ab. Ein paar Meilen schweigen wir beide, jeder hängt seinen Gedanken nach. Schließlich sage ich in die Stille hinein: »Was mache ich falsch?«

»Du machst gar nichts falsch, Alice. Es liegt an mir.«

»Wieso, du bist großartig. Ich bin diejenige, die singt.«

»Schon, aber es ist meine Aufgabe, dafür zu sorgen, dass du so gut wie irgend möglich klingst. Du solltest ein paar Auftritte absolvieren, wir müssen eine Bühne für dich schaffen. Aber Gigs sind körperlich extrem anstrengend …«

»Ich schaff das schon.«

»Ich weiß nicht, ich mache mir Sorgen …«

»Das brauchst du nicht.«

»Oh doch. Du musst auf deine Gesundheit achten. Es ist meine Pflicht, dich …«

»Ich werde alles tun, was nötig ist.«

Er sieht mich an und scheint zu begreifen, dass ich nicht nachgeben werde. »Ich habe mit einer Freundin von mir gesprochen. Trisha ist Vocal Coach, eine der Besten ihres Fachs, eine der Besten des Landes, vermutlich eine der Besten der Welt. Ich glaube, sie könnte dir helfen, die Emotionen in deinen Texten stärker herauszuarbeiten, eine bessere Interpretin zu werden. Du kannst es dir ja überlegen.«

»Ruf sie an.«

»Du musst dich nicht sofort entscheiden.«

»Ruf sie an«, wiederhole ich lächelnd. »Sonst tu ich es.«

# 39

Trishas Studio befindet sich in Hammersmith unweit des Apollo Theatre. Stufe für Stufe steige ich eine wacklige Treppe hinunter. Hinter mir höre ich eine Frau ungeduldig seufzen und trete zur Seite. »Gehen Sie ruhig vor«, sage ich und will hinzufügen: »Ich habe einen Skiunfall gehabt, müssen Sie wissen.« Aber ich will meine Luft nicht für unnötige Ausreden vergeuden.

Ich gehe durch einen langen Korridor. Durch offene Türen kann ich in die abzweigenden Räume sehen; in jedem stehen ein Flügel und ein Hocker. Irgendwo singt jemand den Barbra-Streisand-Song *The Way We Were* mit einer so kraftvollen Stimme, dass man es sicherlich bis auf die Straße hören kann. Ich lasse mich von dem Gesang bis vor das Studio leiten. Trisha ist ungefähr Ende dreißig und groß. Sie hat lange dunkle Haare und trägt ein Kleid im Hippie-Look und Schnürstiefel – eine Gesangslehrerin habe ich mir irgendwie anders vorgestellt. Sie ist in ihren Gesang vertieft und scheint mich nicht zu bemerken. Unschlüssig bleibe ich stehen: Soll ich bleiben oder später wiederkommen? Ich lasse meinen Blick durch das Studio schweifen. Ruhm, wohin das Auge blickt: gerahmte Fotos von Sängern und Sängerinnen, deren Dankesbekundungen mit schwarzem Stift quer über die Bilder gekritzelt sind. Eine Studiowand ist komplett verspiegelt. Es riecht nach Weihrauch. »Du bist bestimmt Alice«, sagt Trisha, als unsere Blicke sich endlich begegnen. Ich habe den Eindruck, sie hat die ganze Zeit gewusst, dass ich sie beobachte. Ihre dunklen Haare betonen ihr blasses Gesicht, die dunklen Augen und den grellroten Lippenstift. Ich reiche ihr die Hand, aber sie zieht mich an sich und drückt mich an ihren üppigen Busen, wie eine Freundin, die sie seit einer Ewigkeit nicht gesehen hat.

»Pete hat mir viel von dir erzählt«, sagt sie und nimmt am Flügel Platz. Ihre Armreifen klirren, während ihre schlanken Finger anmutig über die Tasten gleiten. »Aber ich möchte von dir hören, warum du hier bist.«

»Ich möchte Sängerin und Songwriterin werden, aber ich komme einfach nicht weiter. Ich brauche eine Lehrerin …«

Sie hört auf zu spielen und sieht mich an. Ihre Augen lodern. »Ich bin *keine* Lehrerin. Merk dir das!«

Sie macht mir Angst. »Entschuldigung.«

Sie spielt weiter und sagt sanft: »Ich bin Vocal Coach.«

»Wo ist der Unterschied?« *Die Frage ist mir herausgerutscht. Oh-oh, das hätte ich besser nicht gefragt …*

Wieder unterbricht sie ihr Spiel und dreht sich zu mir, wieder lodert das Feuer in ihren Augen. »Der Unterschied ist, dass ich alles über Musik weiß, Alice. Alles. Sie liegt mir im Blut. Mein Wissen kommt von hier.« Sie tippt sich an die Brust, dort, wo das Herz ist. Ein Schwall Energie und Wärme flutet durch mich hindurch. Sie hält einen Moment inne und fährt dann ruhiger fort: »Ich habe mir deine Demos angehört, Schätzchen. Du hast Talent, ganz sicher.« Sie spielt weiter. »Dieses Stück heißt *Rainforest*. Hier im Regenwald findest du alle Tiere, Hirsche, Schmetterlinge« – ihre Finger flattern leicht über die Tasten – »Pfeilgiftfrösche, Schlangen, Affen … und dann kommt das Feuer.« Die Musik wird dramatisch, ihre Finger hämmern auf die Tasten, ihre Hände bewegen sich flink über die Klaviatur. »Hörst du den Unterschied? Beim Singen ist es genau das Gleiche, ein Sänger muss imstande sein, Emotionen hervorzurufen – Leidenschaft, Trauer, Freude, inneren Frieden. Es ist nicht so sehr das, was du singst, sondern *wie* du es singst. Kannst du mir folgen, Schätzchen?«

Ich nicke. Dad sagt oft, vor Gericht kommt es weniger auf die Aussage selbst an, als darauf, wie sie vorgebracht wird.

»Steh auf«, befiehlt sie.

Ich stehe auf.

»Dreh dich zum Spiegel.«

Ich drehe mich um.

»Schultern runter. Entspann dich.« Sie stellt sich hinter mich, massiert mir die Schultern. Ihr Parfüm ist von Chanel. »Hart wie Beton, Schätzchen.« Sie knetet mich wie Brotteig. Das tut weh. Aua!

»Heb die Arme hoch über den Kopf! Du musst dieses Strecken fühlen. Na los, *fühl* es!«

Sie setzt sich wieder an den Flügel, spielt vom C-Dur-Akkord bis zum G-Dur-Akkord und befiehlt mir, mit ihr »la, la, la, la, la, la, la, la, la« mitzusingen. Das machen wir mit verschiedenen Dur- und Moll-Akkorden. Dann spielt sie eine andere Melodie und singt dazu: »Doppelt Gin und Tonic, doppelt Gin und Tonic, doppelt Gin und Tonic …«

Ich muss mir das Lachen verbeißen und singe mit ihr zusammen. Nach mehreren dieser Aufwärmübungen sagt sie: »Nenn mir eine deiner Lieblingssängerinnen«, und geht zu den Regalen hinüber, die sich biegen unter der Last alphabetisch aufgestellter Ordner.

»Natalie Imbruglia.«

Sie nimmt den mit I beschrifteten Ordner heraus, legt dann eine CD in den Player und reicht mir ein Blatt mit dem Text des Liedes, *Torn*.

»Sing das.«

Die Hintergrundmusik ertönt. Ich umklammere das Mikrofon mit vor Nervosität schweißnasser Hand. Als der Song zu

Ende ist, kriege ich kaum noch Luft, meine Stimme ist so heiser und rau, als hätte ich ein Päckchen Zigaretten geraucht.

»Riechst du das?«, fragt Trisha mit einer wedelnden Handbewegung in den Raum.

*Unmöglich, es* nicht *zu riechen.*

»Weihrauch. Stärkt das Immunsystem. Fördert die Konzentration und hilft bei der Stressbewältigung.« Sie greift zu ihrem Glas und saugt an dem gestreiften Strohhalm. »Man muss seine schlechten Angewohnheiten ablegen, auch beim Essen und Trinken, ganz radikal. Soll ich dir sagen, was deine schlechte Angewohnheit ist?«

»Wahrscheinlich hab ich eine ganze Menge davon.«

»Deine Atmung.«

»Das dürfte nicht so einfach ...«

»Pete hat mir von deiner Krankheit erzählt.«

Ich bin froh, dass sie mich nicht mitleidig ansieht. Sie stellt ihr Glas auf den Flügel und legt mir dann in der Höhe des Herzens eine Hand auf die Brust. »Atme, Alice. Das wichtigste Atmungsorgan ist das Zwerchfell, nicht die Lunge. Du *hast* ein Zwerchfell. Also benutze es. Leg dich auf den Boden.«

»So einfach ist das nicht ...«

»Doch, das geht. Ich werde dir dabei helfen.«

Ich fühle mich schutzlos ausgeliefert, als ich mich auf den Fußboden lege.

»Vertrau mir«, sagt sie und stützt meinen Kopf. »Du hast dich doch schon mit deinem Zwerchfell befasst, oder, Schätzchen?«

Ich nicke vage. Dass ich meinen Körper mit einem Auto vergleiche und praktisch keine Ahnung habe, was sich unter der Motorhaube befindet, sage ich ihr lieber nicht.

»Ist es schon mal trainiert worden?«

»Ja.«

»Du hast keinen blassen Schimmer, stimmt's? Das Zwerchfell ist der wichtigste Muskel deines Körpers. Es beginnt hier …« Trisha legt eine Hand auf mein Brustbein. »… und reicht bis dorthin, wo der Bauchraum beginnt. Beim Einatmen senkt sich das Zwerchfell. Versuch's. Atme ein, und zwar von hier.«

Ich hole Luft.

»Spürst du das?«

»Ja.« *Irgendwie schon …*

»Wenn sich das Zwerchfell senkt, entsteht ein Unterdruck. Die Zwischenrippenmuskeln heben sich, die Lunge kann sich entfalten, Luft strömt ein. Ich möchte, dass du dich zu Hause aufs Bett legst und das übst. Du atmest von hier unten ein, sodass sich das Zwerchfell senkt und Luft in die Lungen strömt, und schon singst du besser. So einfach ist das. Kapiert?«

»Hm-hm.«

»Stell es dir wie einen mit Luft gefüllten Ballon vor. Stell dir vor, wie du ihn ganz oben zusammendrückst, sodass ein ganz klein wenig Luft herausströmt und ein Geräusch entsteht. Es ist die größere Menge Luft darunter, die dieses Geräusch kontrolliert und dafür sorgt, dass es sich gut anhört, verstehst du?«

»Ich glaub schon«, erwidere ich, weil ich allmählich begreife, was sie mir zu erklären versucht.

»Entweicht zu viel Luft aus dem Ballon, wird er schlaff, die Tonhöhe fällt ab, der Ton wird schwächer und ist schließlich ganz weg. Okay. Schon mal von diesen Muskeln gehört?« Sie stupst den Finger in meine Bauchdeckenmuskulatur, wie sie es nennt. »Beim Singen lässt du ein bisschen Luft raus, wie der Ballon. Ganz kontrolliert. Dann erwachen diese Muskeln hier zum Leben. Los, aufwachen, Jungs!«, sagt sie und schnippt mit den Fingern an meinen Bauch. Ich muss lachen. »Sie sorgen dafür, dass deine Zwischenrippenmuskeln sich heben, wodurch die Luft in deinen Lungen bleibt. Das solltest du bis hinunter zum Bauchnabel spüren.« Trisha hilft mir, mich aufzusetzen. Ich komme mir in ihren Armen vor wie eine Stoffpuppe.

»Du hast deine Stimmbänder viel zu stark beansprucht. Höchste Zeit, ihnen eine Ruhepause zu gönnen.«

Ich fasse mir an den Hals. »Ich habe Knötchen an den Stimmbändern. Ich kann fast nicht mehr«, gestehe ich, den Tränen nahe.

»Du hast deine Stimmbänder falsch benutzt und zu stark belastet. Daher die Heiserkeit, die Atemnot und die Schmerzen, Schätzchen.« Sie greift zu einem Kugelschreiber. »Als Kind habe ich meine Stifte immer falsch gehalten.« Sie zeigt es mir. »Kein Mensch hat mich darauf aufmerksam gemacht, und so habe ich geschrieben und geschrieben, ganz verkrampft, bis ich diese Schwiele hier bekam. Man sieht sie heute noch.« Sie zeigt mir die Stelle am rechten Mittelfinger. »Du musst mit deinem ganzen Körper singen, nicht bloß mit dem Hals. Das werden wir jetzt üben. Sing mir einen deiner Songs vor, und denk an das, was ich dir gesagt habe. Lass dir Zeit.«

Ich stehe auf, konzentriere mich und singe *Breathe Tonight*.

Trisha unterbricht mich nach etwa der Hälfte. »Du lernst schnell, auch wenn es bis zur perfekten Umsetzung noch dauern wird.« Sie legt mir wieder eine Hand auf die Brust. »Einatmen …« Pause. »… ausatmen. Ein … und wieder aus …«

Dieses Mal nehme ich beim Singen einen feinen Unterschied wahr.

»Siehst du? Noch einmal … nicht aufhören. Und noch einmal …«

Bald kann ich überhaupt nicht mehr atmen. Ich schnappe nach Luft, huste, keuche, spüre Arme, die sich von hinten um meinen Oberkörper legen.

»Ich bin da. Ich halte dich, Alice. Ich bin da, Schätzchen. Atme durch den Mund. Ganz ruhig, alles gut, ich bin ja da.«

Ich lasse mich nach hinten in ihre Arme sinken. »Ich halte dich, keine Angst.«

»Bitte helfen Sie mir«, flüstere ich. »Sie müssen mir helfen.«

»Das werde ich. Dafür bin ich ja da.«

Ich danke ihr so überschwänglich, als hätte sie gerade versprochen, mir das Leben zu retten.

»Sie muss sich so vielen Herausforderungen stellen, Pete«, sagt Trisha am Telefon zu ihm, wobei sie mich unverwandt ansieht. »Sie ist ein Unikat, das merkt man sofort. Sie hat eine Aura, eine unglaubliche Energie. Das habe ich vom ersten Moment an gespürt.« Pause. »Ja, sie ist ein zartes Persönchen, aber sie hat einen eisernen Willen.« Pause. »Nein, ich hab nicht zu ihr gesagt, dass sie tapfer ist, ich hab mich nicht getraut.«

Ich lächle.

»Aber sie ist es ohne jeden Zweifel, und das weiß sie auch.«

Ich kämpfe gegen die Tränen an. Was ist bloß los mit mir? Ich bin doch sonst auch nicht so gefühlsduselig.

»Jeder andere würde sagen, träum weiter, aber du kennst mich, Pete, ich liebe die Herausforderung.« Pause. »Ja, ihre Texte sind wunderschön.« Pause. »Stimmt, sie ist auch wunderschön, ich hoffe, du kannst dich beherrschen.« Pause.

Ich muss grinsen.

»Gut, ich bin froh, dass du deine Lektion gelernt hast. Hör zu, Pete, wir müssen bei null anfangen, bei den Grundlagen, Alice muss lernen, richtig zu atmen, so gut das mit ihrem verkorksten Innenleben eben geht. Ich werde eine Athletin, eine Olympionikin aus diesem Mädchen machen.«

*Eine Olympionikin? Na, dann mal viel Glück!*

»Es liegt bloß ein hartes Stück Arbeit vor uns.« Sie nimmt ihren Kaugummi aus dem Mund, zielt und wirft ihn mit dem ersten Versuch in den Abfalleimer. »So einfach ist das.«

Es ist meine dritte Session mit Trisha. »Beweg dich, Alice, denk daran, deinen Körper als Ausdrucksmittel zu benutzen«, ermahnt sie mich und singt dann wieder mit mir mit.

Als der Song zu Ende ist, fühle ich mich tatsächlich leichter, nicht mehr so müde oder kurzatmig, auch das unangenehme Gefühl in meinem Hals hat nachgelassen. »Dein Zwerchfell – dieses Ding, von dessen Existenz du bis vor ein paar Wochen nichts geahnt hast – ist verdammt stark«, sagt Trisha. »Dein Husten hat deine Stimme gekräftigt. Deshalb kannst du ein Lied so kraftvoll schmettern.«

»Im Ernst?«

»Du hast eines der kräftigsten Zwerchfelle, das mir je untergekommen ist.«

Es ist, als hätte ich all die Jahre in einem dunklen Zimmer gesungen und jetzt hätte endlich jemand das Licht angeknipst.

*Mein Husten, mein Feind, ist mir sogar nützlich gewesen, und das, wo ich ihn die ganze Zeit als Hindernis betrachtet habe, als Grund, nicht zu singen.*

»Ich kann nur laut singen, ich hab nicht gewusst, dass es auch anders geht!«

»Natürlich.« Trisha nickt und saugt an ihrem Strohhalm. »Aber jetzt geht's um die leiseren Töne, und *die* müssen wir uns erarbeiten, Schätzchen. Okay, weiter geht's! Nur keine Müdigkeit vorschützen!«

»Warst du in einem früheren Leben Feldwebel?«

»Glaub mir, das ist noch gar nichts.«

# 40

## Zwei Monate später, August 2001

Als ich aus der Dusche steige, ist mir ganz komisch. Mir ist heiß, ich fühle mich, als würde ich eine Erkältung bekommen. Ich kann jetzt nicht krank werden, ich bin heute Nachmittag mit Trisha verabredet. Wir haben in den letzten Wochen fünf weitere Sessions gehabt und hauptsächlich an meiner Atem- und Gesangstechnik gearbeitet.

*Trisha und Pete wollen, dass ich im Herbst öffentlich auftrete. Es liegt noch so viel Arbeit vor uns. Ich kann jetzt nicht krank werden, ich kann die beiden nicht im Stich lassen. Kann nicht noch mehr Zeit vergeuden …*

Ich muss mich am Wochenende erkältet haben. Tom, Lucy, Jake und ich waren ein paar Tage in unserem Landhaus am Exmoor-Nationalpark. Am Sonntag haben wir ein Picknick gemacht. Danach sind Jake und Tom im Fluss geschwommen, und ich habe mich von Tom überreden lassen, auch ins Wasser zu gehen, war aber nur ganz kurz drin. Ich öffne meinen Kleiderschrank und nehme mir vor, heute Abend früh schlafen zu gehen, um mich auszukurieren. Ich muss husten und stöpsele meinen Vernebler ein, jeder Handgriff fällt mir schwer, so schlapp bin ich. Aber es geht mir bestimmt besser, sobald ich meine morgendliche Routine hinter mir habe. Könnte ich das alles doch nur mit einem einzigen Knopfdruck erledigen!

»Wo willst du hin?« Mum tritt mit einem angebissenen Sandwich in der Hand aus der Küche, als sie meinen rasselnden Husten hört.

Ich kriege nicht einmal das Wort »Trisha« heraus, bevor ich schon wieder husten muss.

Sie fühlt meine Stirn. »Du glühst ja! So kannst du nicht aus dem Haus.«

»Es …« Husten. »Es geht schon …«

»Du musst dich ausruhen!«

*Wenn mir noch ein einziges Mal irgendjemand sagt, was ich tun soll, dann …*

»Alles in Ordnung, ehrlich. Mach dir keine Sorgen.« Ich reiße die Haustür auf und gehe eilig die Stufen hinunter und über den Weg zum Gartentor.

»Warte!« Ich drehe mich um. Mum läuft mir nach. Ich beschleunige meine Schritte, schließe schnell die Autotür auf, werfe meine Tasche auf den Beifahrersitz und lasse mich auf den Fahrersitz fallen. Schon klopft Mum an die Fensterscheibe. »So kannst du nicht gehen!«

Ich lasse den Motor an.

Sie hämmert mit der Faust gegen die Scheibe.

»Mum, bitte!«, stoße ich hustend hervor.

»Hör doch mal, wie du klingst! So kannst du doch nicht fahren! Wie willst du so singen?«

Ich gebe Gas und kreische im nächsten Augenblick: »MUM!«, weil sie sich auf die Motorhaube gesetzt hat.

»Du kannst nicht weg!«, ruft sie mir zu, ohne auf den rothaarigen Stadtsheriff zu achten, der mein Auto wie ein Hai umkreist.

Ich kurbele das Fenster herunter und schreie: »Verpassen Sie ihr einen Strafzettel!« Dann sehe ich meine Mutter an. »Ich lasse mir von dir nicht vorschreiben, was ich tun soll!«

»Na dann fahr doch! Nur zu!«

Ich jage den Motor im Leerlauf hoch. Mum wird es sicher nicht drauf ankommen lassen.

Ich schalte das Radio ein. Kurz vor zwei. Ich muss um Viertel nach bei Trisha sein. Die Uhr tickt.

»Ich warne dich, ich fahre jetzt los!«

Sie zuckt mit den Schultern. »Von mir aus.«

Ich umklammere das Lenkrad. Ich fühle mich in der Falle. Bekomme Platzangst. Mein Auto bedeutet Freiheit für mich. Ich stoße die Tür auf, steige aus und baue mich erbost vor meiner Mutter auf. »Es ist *mein* Leben! Wieso kannst du das nicht respektieren?«

Sie verschränkt ungerührt die Arme über der Brust. »Ich *bitte* dich, Alice, verschon mich!«

»Ich bin kein Kind mehr!«

»Dann hör auf, dich wie eins zu benehmen.«

»Du hast kein Recht …«

»Oh doch, und ob! Ich habe jedes erdenkliche Recht«, braust sie auf, weil sie jetzt genauso wütend ist wie ich. »Wieso willst du dieses Risiko eingehen?«

»Alles im Leben ist ein Risiko.«

Mein Handy klingelt. Trisha. »Ich bin unterwegs«, sage ich.

»Ich kann heute nicht, Schätzchen, mir ist in letzter Minute was dazwischengekommen. Tut mir echt leid.«

Mein Stolz verbietet es mir, meiner Mutter zu sagen, dass meine Session heute ausfällt. Trisha hat schon aufgelegt, aber ich tue so, als wäre sie noch dran: »Wunderbar, ich bin gleich da. Bis später.« Ich steige wieder ein, lasse den Motor an. Mum bleibt auf der Motorhaube hocken.

»Hallo!« Sie winkt dem Stadtsheriff, der jetzt offensichtlich jedes Auto in unserer Straße kontrolliert hat und wieder auf uns zukommt.

»Alles in Ordnung?«, will er wissen.

»Aber ja, alles bestens«, erwidert sie und verwirrt ihn damit noch mehr.

Ich schalte das Radio wieder ein.

Mein Fuß verharrt über dem Gaspedal.

*Ist doch völlig egal, dass ich kein konkretes Ziel mehr habe, ich drehe einfach eine kleine Runde. Vielleicht zu Jake, ein bisschen Klavier spielen. Jedenfalls muss ich hier weg, sonst explodiere ich noch …*

Mum winkt unseren Nachbarn zu, älteren Leuten, und wechselt ein paar Worte mit ihnen.

*Hör auf, mit ihnen zu reden.*

*Ich bleibe hier sitzen, wenn's sein muss, bis in alle Ewigkeit.*

*Ich werde nicht nachgeben.*

Eine Minute verstreicht.

Ich kurbele wieder das Fenster herunter. »Mum, das wird jetzt wirklich albern!«

»Dir ist es ganz egal, dass ich mir Sorgen mache, wenn du in deinem Zustand losfährst …«

»Du brauchst dir keine Sorgen zu machen.«

»… und vielleicht einen Unfall baust …«

»Werde ich nicht.«

»… und ein anderer zu Schaden kommt oder ich einen Anruf vom Krankenhaus bekomme, dass dir etwas zugestoßen ist. Und ich bin es so verdammt leid, mir Sorgen zu machen …«

»Aber Mum …«

»Und ich bin müde.« Sie zieht ihre pinkfarbene Strickjacke fester um sich. »Ich bin so furchtbar müde, Alice.«

Es bricht mir das Herz, als sie anfängt zu weinen. Ich beiße mir auf die Lippe, öffne die Tür, steige aus.

»Rutsch mal«, sage ich und setze mich neben sie. Eine Weile schweigen wir beide. »Hier.« Ich reiche ihr meine Autoschlüssel.

Sie nimmt sie nicht.

»Es tut mir leid, Mum«, murmele ich mit tränenerstickter Stimme. »Ich weiß, dass es nicht einfach für dich ist.«

Sie legt mir einen Arm um die Schultern. »Ich hab dich lieb.«

»Nicht so lieb wie ich dich.« Das habe ich früher, als ich noch klein war, immer zu ihr gesagt.

Ein paar Minuten sitzen wir Arm in Arm schweigend nebeneinander.

»Dir tut bestimmt schon der Hintern weh«, sage ich schließlich.

»Ja, und außerdem habe ich die Haustür sperrangelweit offen gelassen.«

Wir sehen uns an und lachen los. Wir sitzen auf der Motorhaube meines Autos und lachen und lachen und müssen noch viel mehr lachen, als der rothaarige Stadtsheriff uns einen vollkommen verdatterten Blick zuwirft.

# 41

Ich biete Jake Popcorn an.

Er schüttelt abwehrend den Kopf. »Geht es dir gut?«, frage ich und verwünsche mich im nächsten Augenblick für die blöde Frage. Wie kann es ihm gut gehen, wo Lucy gerade erst ihr Baby verloren hat? Durch eine Fehlgeburt in der zwölften Woche.

»Nein, nicht wirklich, Egelchen.«

Er starrt geradeaus und kämpft mit den Tränen.

»Für Lucy ist es schlimmer«, fährt er fort, als ob seine Gefühle nicht zählten. »Und schau dir bloß mal die Nachrichten an, die Bilder vom World Trade Center, wie es in sich zusammenstürzt. Denk an die vielen tausend Unschuldigen, die dort ums Leben gekommen sind. An die Familien, die ihre Söhne, Töchter, Schwestern, Ehemänner verloren haben. Ich meine, was wir durchgemacht haben ...«

»Du brauchst nicht den Tapferen zu spielen. Nicht vor mir.«

»Für Lucy ist es schlimmer«, wiederholt er.

*Aber es ist auch dir passiert. Es war auch dein Kind.*

»Komm, wir gehen«, flüstere ich. Keiner von uns ist in der Stimmung für einen Horrorfilm. Horror gibt es in unserem alltäglichen Leben mehr als genug. Im Fernsehen werden wir praktisch minütlich an den Terroranschlag des 11. September und seine Gräuel erinnert.

Jake und ich gehen zu unserem Lieblingsitaliener, einen Katzensprung vom Haus unserer Eltern entfernt.

»Eine Fehlgeburt ist nichts Besonderes«, sagt Jake beim Essen. »Das passiert andauernd ...«

»Hör endlich mit diesem dämlichen Tapferkeitsgetue auf«, weise ich ihn zurecht. »Du redest mit *mir*!«

»Ich habe ein schlechtes Gewissen«, gesteht er und schiebt seinen Teller Pasta beiseite. »Dich damit zu belasten, obwohl ich weiß, wie sehr du dir ein Kind wünschst. Ich meine, Lucy und ich können es wieder versuchen …«

»Jake, sosehr ich mir auch ein Kind wünsche – vielleicht werde ich sogar irgendwann eins haben –, hier geht es um dich.«

Er nickt. »Du hast recht. Okay, es war absolut grauenvoll, Alice.« Er legt beide Hände an seinen gesenkten Kopf. »Ich kann mir kaum vorstellen, wie es für Lucy gewesen sein muss – sie trägt unser Kind in sich, baut eine Beziehung zu diesem kleinen Wesen auf, und dann ist es plötzlich nicht mehr da. Eben streichen wir noch das Kinderzimmer, und Augenblicke später … Wir waren uns so sicher, dass in der zwölften Woche nichts mehr passieren kann.« Er hebt den Kopf, sieht mich an und flüstert heiser: »Weißt du, ich hatte mich an den Gedanken gewöhnt, Vater zu werden.«

»Du wirst eines Tages einer sein, und zwar ein ganz wunderbarer«, versichere ich ihm. *Und ich werde alles dafür tun, dass ich das noch erlebe.*

Wir unterhalten uns und merken gar nicht, wie die Zeit vergeht, bis die Kellner irgendwann die Tische abwischen und uns mitteilen, dass das Lokal in fünf Minuten schließt.

Wir machen uns auf den Heimweg, und ich hake mich bei Jake unter. »Hast du noch Lust auf eine Partie Scrabble? Ich lasse dich auch gewinnen.«

# 42

Es ist Sonntagnachmittag. Cat und ich sitzen in Trainingshosen und T-Shirts auf meinem Bett und gehen die Gästeliste für meinen Auftritt im November, also in sechs Wochen, durch. Ich habe ein Demo an einen Veranstaltungsort unweit von Trishas Studio in Hammersmith geschickt. Der Saal fasst bis zu achtzig Personen, perfekt für uns, die wir uns einen kleinen Rahmen wünschen. Der Anruf mit der Zusage hat meinem Selbstvertrauen einen gewaltigen Schub verliehen. Dort sind schon viele Künstler aufgetreten, darunter berühmte Sänger, die Alben veröffentlicht haben.

Mum ist übers Wochenende zu einer Freundin gefahren und hat Dad und mich mit Tiefkühlkost und auf Haftnotizen an praktisch jedem Küchen- und Elektrogerät gekritzelten Anweisungen zurückgelassen. Dad und ich verstehen vom Kochen und vom Haushalt ungefähr gleich viel – nämlich nichts. Bei uns brennt sogar Toast an.

Lucy und Jake sind ebenfalls verreist. Jake meinte, sie bräuchten nach dem Tod ihres Ungeborenen eine kleine Auszeit.

Tom ist mit George zum Kitesurfen gefahren. Die beiden unternehmen oft gemeinsam etwas, genau wie Cat und ich. Cat hat recht: Ich muss Tom Freiraum lassen, wenn ich ihn nicht verlieren will. Zu viel Nähe ist nicht gut. Man muss nicht alles zusammen machen. Letztes Jahr war ich mit George, Tom und seinen Freunden übers Wochenende zum Kitesurfen in Poole auf der Halbinsel Sandbanks. Cat hatte mich gewarnt, sie ging davon aus, dass es mir nicht gefallen würde, und so war es auch.

Ich fühlte mich wie das fünfte Rad am Wagen, weil ich allein am kalten, windigen Strand saß und las, während die anderen sich beim Kiten vergnügten. Abends drehte sich die Unterhaltung ausschließlich um Brandung, Bretter, Wind. »Man braucht keine *Wellen*«, hatte George mich angefahren. »Kiten hat nichts mit Surfen zu tun. Wir brauchen *Wind.* Es ist ein Wassersport, der die Windenergie nutzt.«

Sollen sie ruhig kiten gehen, ich bleibe lieber daheim. »Wer braucht schon Wind?«, sage ich zu Cat.

»Sehr richtig. Wir jedenfalls nicht. Wie läuft's eigentlich mit Toms Arbeit?«

»Sein letztes Computerspiel hat nicht eingeschlagen, jetzt ist er dabei, eine neue Software für ein neues Spiel zu entwickeln.«

»Machst du immer noch irgendwas mit Computern?«, fragt mein Vater ihn immer. Tom nimmt es mit Humor und witzelt, dass seine Eltern auch nicht ganz verstehen, was genau er eigentlich macht. In der Generation unserer Eltern wurde man Anwalt, Pilot, Soldat oder Arzt. Ich selbst bin allerdings auch nicht gerade technisch begabt. Ich möchte nur, dass Tom Erfolg hat.

»Wie wär's mit Bono? Wollen wir den nicht auch einladen?«, fragt Cat. Sie meint natürlich Bono von U2.

»Klar.« Ich schreibe seinen Namen auf die Gästeliste und unterstreiche ihn zweimal. Cat recherchiert den Namen seines Agenten auf ihrem Laptop. »Robbie Williams ist auch eingeladen. Trisha kennt ihn, sie hat ihm eins meiner Demos geschickt, und ich habe ihm geschrieben.«

»Robbie wäre garantiert enttäuscht, wenn er nicht gefragt worden wäre«, sagt Cat. »Hoffentlich ist ihm klar, dass das der heißeste Gig der Stadt wird. Wenn er zusagt, kommen die Medien automatisch. Ich könnte vielleicht auch noch ein paar Kontakte aktivieren«, überlegt sie laut.

Pete und Trisha werden auch einige Journalisten sowie Entscheidungsträger aus der Musikindustrie einladen. »Die Leute müssen über dich reden, Alice, und deine Musik hören«, hat Pete gesagt. »Und danach werden wir deine Demos noch einmal verschicken.«

Mein Handy klingelt. Trisha. Ich stelle das Telefon auf laut. »Ich habe gerade mit Robbie gesprochen, Schätzchen.«

Herrlich, wie beiläufig sie seinen Namen erwähnt, als wäre er ein x-beliebiger Bekannter.

»Er hat gesagt, er wird vorbeischauen.«

*Er wird vorbeischauen!* Cat und ich kreischen los und sofort kommt Dad die Treppe heruntergeeilt. »Falscher Alarm!«, beruhige ich ihn und verscheuche ihn mit einer Handbewegung. »Mein Vater«, sage ich zu Trisha. Ob ich Robbie wohl auf einen Tee einladen kann? Bei Jake und Lucy, nicht hier – ich möchte nicht, dass mir meine alten Herrschaften in die Quere kommen.

»Ich habe ein supergutes Gefühl bei der Sache«, sagt Cat aufgeregt, nachdem ich das Gespräch beendet habe. Wir jubeln und strampeln mit den Beinen vor Freude. Robbie Williams! Ein Weltstar kommt zu meinem Auftritt! »Wer ist dieser Robbie?«, fragt mein Vater, während er die Treppe hinaufsteigt.

»Robbie Williams!«

»Noch nie gehört.«

Cat und ich wechseln einen vielsagenden Blick und verdrehen dann die Augen. Ich bin völlig aus dem Häuschen. Ich sehe Cat an und nehme mir vor, ihr nächste Woche einen Blumenstrauß ins Büro zu schicken, als kleines Dankeschön für ihre Hilfe. Endlich geht es vorwärts. Wir haben einen Plan, der mich meinem Plattenvertrag ein Stück näher bringen wird.

»Alice?«

*Oh nein. Bitte nicht …*

Mein Arm wird taub.

Mein Gesicht fühlt sich ganz komisch an.

Ich habe den Geschmack von Blut im Mund.

Das war in meinem Plan nicht vorgesehen.

Cat zieht mein blutbeflecktes Bettzeug ab. Dad sucht hektisch ein paar Sachen fürs Krankenhaus zusammen, eilt dann ins Bad, wo irgendetwas scheppernd ins Waschbecken fällt. »Und ein bisschen Rouge für den sexy Prof«, ruft er.

*Oh Dad!*

»Morgenmantel, Handtuch, Kulturbeutel – brauchen wir sonst noch was, Alice? Alice? Alles in Ordnung?«

»Ja, es geht schon wieder.«

Muss ich wirklich ins Krankenhaus? Wahrscheinlich ist der Anblick für andere schlimmer, als es tatsächlich ist, rede ich mir ein und versuche dabei auszublenden, dass meine Anfälle immer häufiger auftreten und ich jedes Mal gefährlich viel Blut verliere. »Ich muss bestimmt nicht über Nacht bleiben.« Hier fühle ich mich allerdings auch nicht sicher.

»Lass uns für alle Fälle eine Tasche packen«, entgegnet Cat. Ich widerspreche ihr nicht, es hätte sowieso keinen Zweck.

Dad kommt zurück ins Schlafzimmer, zieht Schubladen auf und stopft einen Stapel Slips in die Reisetasche. »So lange werde ich nicht im Krankenhaus bleiben, Dad. Höchstens eine Nacht.«

»Was ist mit Socken? Brauchst du welche?« Als er die richtige Schublade gefunden hat, hält er ein Paar rote Socken hoch. Er dreht sich zu mir um. »Sollen wir bei Rot bleiben?«

Wir sehen uns an und grinsen beide.

# 43

## Tom

Tom legt sich zu Alice auf das schmale Krankenhausbett. Im Fernsehen läuft irgendeine grässliche Reality-TV-Show, aber sie schauen gar nicht hin. Mary ist gerade gegangen. Sie sitzen oft beide an Alice' Bett, jeder auf einer Seite, und unterhalten sich im Flüsterton, während Alice schläft. Dieser letzte Anfall hat sie förmlich umgehauen.

*Hast du noch immer nicht genug, du Scheiß-Krankheit? Hast du ihr noch nicht genug Blut abgezapft? Hör auf, ihr die Kraft und die Energie zu stehlen. Kannst du Alice nicht einen einzigen verdammten Augenblick in Ruhe lassen? Sie will doch nichts weiter, als ihr Leben leben, aber du wirfst ihr ständig Prügel zwischen die Beine. Das hat sie nicht verdient. Also hau endlich ab und quäl jemand anderen. Lass uns in Frieden.*

Alice' Krankheit lässt nicht zu, dass sie wie ein ganz normales Paar leben, sosehr sie sich das auch wünschen.

Tom sorgt sich, weil ihre Anfälle in immer kürzeren Abständen kommen. Er würde es aber nie wagen, sie zu fragen, ob das Singen der Grund dafür sein könnte. Pete und sein Studio, Trisha, der bevorstehende Auftritt und der Traum von einem Plattenvertrag bedeuten ihr mehr, als er sich vorstellen kann. Ihr Ehrgeiz ist ihre Triebfeder, der Grund, warum sie morgens aufsteht.

Sind diese Anfälle eine Warnung, dass ihre Zeit abläuft? Er erinnert sich an die Verkäuferin in der Buchhandlung, die ihm von ihrer besten Freundin erzählte, die mit neunundzwanzig an Mukoviszidose gestorben war. Alice ist neunundzwanzig. Der

Gedanke ist zu unerträglich, er kann ihn nicht weiter verfolgen. »Geht es dir gut?«, fragt er leise. Die Hilflosigkeit macht ihn rasend.

»Ja, alles in Ordnung«, erwidert sie ruhig, obwohl gar nichts in Ordnung ist. Sie ist wieder einmal ans Krankenbett gefesselt, anstatt wie geplant alles für ihren Auftritt vorzubereiten. Vor zwei Tagen, am Sonntag, ist sie eingeliefert worden. Zum Glück war Cat bei ihr. Alice hatte geglaubt, sie müsse nur eine Nacht im Krankenhaus bleiben, aber Professor Taylor weigert sich beharrlich, sie zu entlassen, obwohl sie ihn normalerweise leicht um den Finger wickeln kann. Er macht sich ganz offensichtlich große Sorgen um sie und möchte sie deshalb zur Beobachtung dabehalten.

Als Tom sich wieder zu ihr hindreht, ist sie eingenickt. Vorsichtig greift er nach ihrem Notizbuch.

*To Be Someone Else* liest er. *Jemand anders sein.*

*When I'm low you want me high*
*When I'm drunk, you want me dry.*
*'cos you're killing my energy*
*And I'm finding it hard to breathe*
*You're stealing my time*
*Feels like a crime to me*

In Großbuchstaben hat sie ZWEI JAHRE. FÜNF JAHRE geschrieben und mehrmals dick durchgestrichen.

*Being something I don't understand,*
*Being someone I'd never planned*
*What I would give for my health*
*What I would give to be someone else.*

Am nächsten Morgen wacht Tom zusammengerollt und in zerknitterten Sachen auf dem Fußboden auf, als der Frühstückswagen ins Zimmer gerollt wird. Die Schwestern und Ärzte auf der Station sind daran gewöhnt, dass er außerhalb der Besuchszeiten kommt und auch über Nacht bleibt, deshalb liegen immer zusätzliche Kissen und Decken für ihn bereit. »Komm her, du Schlafmütze«, sagt Alice zärtlich. Er legt sich zu ihr ins Bett, ihre Wärme und die weiche Matratze haben etwas Beruhigendes. »Du hättest wirklich nicht hierbleiben müssen. Ich hoffe, dass ich heute entlassen werde, dann können wir beide wieder in einem richtigen Bett schlafen.« Zu seiner großen Erleichterung scheint es ihr viel besser zu gehen.

»Tee oder Kaffee?«, fragt die Pflegerin, die den voll beladenen Servierwagen hereingeschoben hat.

»Zwei Kaffee, bitte.« Alice streichelt Toms Wange. »Danke fürs Dableiben.«

»Zucker?«

Tom schüttelt den Kopf. »Nein, danke.«

»Du hast da unten doch bestimmt kein Auge zugetan.«

»Hätte ich daheim auch nicht, weil ich mir Sorgen um dich mache.« Dann, als der Servierwagen klappernd aus dem Zimmer rollt, fragt er mit einem Nicken in Richtung der Zettel auf ihrer Bettdecke: »Was ist das?« Auf einem sind Namen aufgelistet. »Die Gästeliste für deinen Gig?«

»Nein, für Mums Geburtstagsparty. Ich möchte ihr dieses Jahr ein richtig schönes Fest ausrichten als Dankeschön für alles, was sie für mich tut. Jake hilft mir dabei. Wir wollen alle ihre Freunde einladen, und zum Essen gibt es Rinderfilet Wellington und Apfelstrudel. Oder vielleicht lieber Brathähnchen? Brathähnchen mag sie schrecklich gern … Was ist daran so komisch?« Sie sieht ihn verwundert an.

»Du bist schon erstaunlich, weißt du das?«

Alice erwidert sein Lächeln. »Wieso?«

Viele in ihrer Situation würden sich selbst bemitleiden, aber das ist Alice immer fremd gewesen. Sie kennt kein Selbstmitleid, nur Frustration, was menschlich ist. Und dass sie nicht versteht, was so ungewöhnlich daran ist, wenn sie an andere denkt, wo sie allen Grund hätte, in ihre Müslischale zu heulen, ist …

… Tja, das ist eben Alice.

Nach dem gemeinsamen Frühstück wird Alice ihre morgendliche Routine mit dem Vernebler beginnen und Tom ins Büro eilen.

»Irgendwann werde ich dich ins Claridge's einladen, Tom«, sagt sie, während sie versucht, ein paar Löffel Kleieflocken zu essen. »Ich werde dir ein paar Tage Luxus pur schenken.«

»Was ist so besonders am Claridge's? Warum in einem Hotel wohnen, das in derselben Straße wie euer Haus liegt?«

»Weil es das Claridge's ist, Dummerchen! Wir werden uns den Nachmittagstee servieren lassen und Kuchen und Gurkensandwiches …«

»Alice?« Tom spürt die vertraute Panik in sich aufsteigen, als er in ihr Gesicht sieht. Nein, das kann nicht sein … nicht schon wieder …

Sekunden später kommt das Blut.

Sehr viel Blut.

Er springt aus dem Bett, drückt den Knopf für den Schwesternruf, greift nach einer der Plastikschalen oben auf dem Kühlschrank. Er hält ihr die Haare aus dem Gesicht, drückt wieder hektisch den Knopf. Es dauert nicht lange, bis die Schale randvoll ist mit Blut. Er knallt sie auf den Nachttisch, schnappt sich die nächste, zuckt zusammen, als ihre Ernährungssonde in der Bauchdecke verrutscht. »Schwester!«, schreit er und drückt immer wieder panisch auf den Knopf. Alice ringt verzweifelt nach Luft, gibt gurgelnde Geräusche von sich. Der Blutstrom hält unvermindert an. Panik packt ihn. Jetzt ist es so weit. Sie wird ertrinken.

*Sie wird sterben.*

*Sie darf nicht sterben!*

Eine Schwester kommt hereingestürzt. Er sieht zu, wie sie eine Nadel in Alice' Armbeuge sticht. Die Nadel sieht schrecklich groß aus. »Sie tun ihr weh! Tun Sie ihr nicht weh!«, fleht Tom.

Dann verschwimmt alles vor seinen Augen.

Die Welt wird schwarz.

# 44

## Alice

Als ich zu mir komme, trage ich eine Sauerstoffmaske. Ich rieche den Feigenduft meiner Mutter. Mein gesamter Körper schmerzt, ich spüre jeden einzelnen Knochen. Mühsam setze ich mich im Bett auf. »Wo ist Tom?«

»Schsch, du musst dich ausruhen …«

Ausruhen? Ich kann mich nicht ausruhen, noch nicht … »Wo ist …« Das Sprechen fällt furchtbar schwer.

»Tom ist ohnmächtig geworden.« Mum streichelt meinen Arm, als ich mich hochzustemmen versuche. »Es geht ihm gut. Er kommt gleich wieder. Leg dich hin, Alice. Ruh dich aus. Bitte, Schatz.« Sie legt ihre Hand sanft auf meine Stirn. »Leg dich wieder hin. Mach dir keine Sorgen, es geht ihm gut.«

*Gut? Ich traue diesem Wort nicht.*

Am nächsten Abend bekomme ich erst Besuch von meiner Anti-Selbsthilfegruppe, und danach versammeln sich meine Eltern, Jake, Lucy, Tom und Cat in meinem Zimmer. Sie unterhalten sich und geben sich so normal wie irgend möglich angesichts der erschreckenden Realität, dass ich gestern acht Schalen Blut ausgehustet habe. Das sind ungefähr zwei Liter. Der Anfall war so schwer, dass Professor Taylor und sein Team sich zu einem sofortigen Katheter-Eingriff entschlossen, um festzustellen, woher genau das Blut kam, und die Arterie zu verschließen.

*Mein Körper ist ein Kriegsgebiet.*

*Meine Venen sind zerschossen.*

»Ich hab gehört, du hast ihr mit deiner Ohnmacht die Schau gestohlen«, sagt Jake zu Tom.

Tom sieht mich an. Wir grinsen beide. »Ja, immer dreht sich alles nur um sie. Ich wollte eben auch mal im Mittelpunkt stehen.«

Es klopft. Tom springt von meinem Bett auf, als Professor Taylor hereinkommt. »Das ist ja eine richtige Versammlung hier«, meint er und gibt meinem Vater die Hand, der sich überschwänglich bei ihm für alles, was er für mich getan hat, bedankt.

Jedes Mal, wenn ich den Professor sehe, wirkt er noch distinguierter. Ich kann mir gut vorstellen, wie er auf einem Balkon steht und vor einer riesigen Menschenmenge eine Rede hält und die Menschen in seinen Bann zieht wie der Papst. »Ich würde mich gern mit dir unterhalten, Alice.«

Ich nicke. »Dürfen sie bleiben?« Normalerweise ist er dagegen, aber heute macht er eine Ausnahme.

»Natürlich.« Er setzt sich auf den Stuhl an meinem Bett. »Wie geht es dir?«

Schüchternes Lächeln. »Ich bin in Topform. Werde heute Abend um die Häuser ziehen.«

»Ich will nicht lange um den heißen Brei herumreden …«

»Das tun Sie doch nie«, werfe ich ein.

»Du hast gestern eine Besorgnis erregende Menge Blut verloren, noch dazu in sehr kurzer Zeit.« Eine lange Pause, dann: »Ich glaube, jetzt ist es so weit, meinst du nicht auch?«

Alle im Zimmer, mich eingeschlossen, wissen, wovon er spricht. »Ich möchte auf die Warteliste«, sage ich.

»Gut. Wir werden als Erstes ein paar Kontrolluntersuchungen durchführen.«

»In Ordnung.«

»Ich werde dich ans Harefield Hospital überweisen. Dort befindet sich, wie du weißt, das Zentrum für Herz-Lungen-Transplantationen. Du wirst dort in den besten Händen sein.«

»Könnten Sie uns ein bisschen mehr darüber erzählen?«, bittet Mum, und von den anderen kommt zustimmendes Gemurmel.

»Aber gern.« Er dreht sich zu ihnen um. »Die einzige Option für Alice ist eine Herz-Lungen-Leber-Transplantation.«

Mum nickt. »Weil ihre Leber so geschädigt ist, dass eine Lungentransplantation vermutlich fehlschlagen würde.«

»Dabei trinke ich nicht mal«, witzele ich.

»Sehr richtig«, sagt der Professor zu meiner Mutter. »Eine kombinierte Transplantation von Lungen und Herz ist zudem wesentlich einfacher. Und wir haben den Vorteil, dass Alice' gesundes Herz …«

»Es gibt tatsächlich ein gesundes Organ in meinem Körper?« Ich kichere nervös.

»Ja, ob du's glaubst oder nicht. Du hast ein gesundes Herz, das einem anderen das Leben retten könnte.«

Der Gedanke gefällt mir. Zu wissen, dass ich, so furchtbar das alles ist, noch jemandem helfen könnte, tröstet mich.

»Und wie geht es nach der Transplantation weiter?«, will Dad wissen.

»Nun, die Skala reicht von einem langen und anstrengenden Krankenhausaufenthalt mit Abstoßungsreaktionen bis hin zu einem praktisch normalen Leben ohne Einschränkungen durch Mukoviszidose.« Ich würde zwar weiterhin Verdauungsenzyme und Vitamine einnehmen müssen, fährt der Professor fort, und andere Organe wären nach wie vor von der Krankheit befallen, aber: »Du könntest mit neuen Lungen atmen.«

Ich werfe Tom einen flüchtigen Blick zu. Ich sehe ihm an, dass er das Gleiche denkt wie ich: Ich könnte ein Leben ohne Krankengymnastik und strenges Behandlungsregime führen.

»Wie hoch ist die Erfolgsquote?«, fragt mein Dad.

Man könnte eine Stecknadel fallen hören, als wir auf die Antwort des Professors warten. Es gibt immer einen Haken, wenn etwas zu schön ist, um wahr zu sein, und in meinem Fall ist der Haken vermutlich der Tod.

Der Professor lässt sich Zeit mit seiner Antwort. »Ich fürchte, diese Frage lässt sich nicht beantworten, da Dreifach-Transplantationen extrem selten sind. Lungentransplantationen gibt es noch nicht sehr lange, daher stellt eine Dreifach-Transplantation eine besondere chirurgische Herausforderung dar. Aber es hat sich gezeigt, dass vergleichbare Eingriffe durchaus erfolgreich sein können.« Er sieht mich an. »Ich werde nicht behaupten, dass es einfach wird, aber das weißt du selbst. Wir benötigen drei perfekte Organe, und der Eingriff ist äußerst riskant. Es kann gut sein, dass du den OP-Saal nicht lebend verlässt.«

Keiner sagt etwas.

»Aber der Mensch hofft, solange er lebt. Eine Transplantation bedeutet möglicherweise deine Rettung, Alice, und kann dir die Tür zu einer fantastischen Zukunft öffnen.«

Als der Professor gegangen ist, sehe ich die Hoffnung in den Blicken aller. Der Eingriff mag riskant sein, aber er ist meine einzige Chance.

Ich werde mich auf die nationale Warteliste für eine Herz-Lungen-Leber-Transplantation setzen lassen. Ich bin so entschlossen wie nie zuvor, um mein Leben zu kämpfen.

Als die anderen fort sind, kuscheln Tom und ich uns im Bett aneinander und reden bis spät in die Nacht. »Dann müsste ich nicht mehr jeden Morgen das Drachengesicht mit dem verschleierten Blick sehen«, neckt er mich in Anspielung auf meinen Vernebler.

Ich knuffe ihn. *Wie schön wäre es, nicht mehr täglich zwei oder drei Stunden Krankengymnastik machen zu müssen. Ich hätte viel mehr Zeit. Freiheit.*

»Wir könnten schwimmen und schnorcheln«, sage ich.

»Ohne Quallen.«

»Wir könnten reisen.« Ich weiß, wie sehr Tom darauf brennt, aus London herauszukommen.

*Ich könnte singen, ohne dass mir die Puste ausgeht.*

*Gehen, ohne schnell müde zu werden.*

*Tom und ich könnten eine Zukunft haben.*

*Meine Eltern würden sich nicht mehr so viele Sorgen machen müssen.*

*Auch sie hätten dann mehr Freiheit.*

*Ich würde Jake als Vater erleben.*

»Wenn ich diesen Auftrag bekomme«, fährt Tom fort, »könnten wir uns ein eigenes Zuhause kaufen.«

Ich drehe mich zu ihm. »Das wäre wundervoll!«

»Raus aus London, irgendwo in Küstennähe.«

»Oder in London, irgendwo in der Nähe meines Solariums.«

»Ich möchte, dass unsere Kinder am Meer aufwachsen, Alice.«

*Unsere Kinder* … Mein Herz setzt einen Schlag aus, als ich das höre.

Zum allerersten Mal sprechen wir über Kinder. Ich merke an der Art, wie er mich ansieht, dass er viel darüber nachgedacht hat. »Das könnte eine Chance für uns sein, findest du nicht auch?« Hoffnung leuchtet in seinen Augen.

Ich nicke.

»Wir könnten eine Familie gründen. Eine Mini-Alice haben.«

»Und einen Mini-Tom.« *Ich hätte zu gern ein Mädchen und einen Jungen.*

Schon fühlt sich die Last leichter an. Vielleicht ist es für solche Gedankenspielereien noch zu früh, aber das ist mir egal.

Und Tom auch. Wir haben die Chance auf ein gemeinsames Glück verdient. Immerhin haben wir jetzt etwas, an das wir uns klammern können.

»Ich werde nicht sterben«, verspreche ich. »Ich werde leben.«

»Das will ich dir auch geraten haben.«

*Ich habe so viel, für das zu leben sich lohnt.*

# 45

## Marys Tagebuch

**November 2001**

Ich war mit Alice zwei Tage im Harefield Hospital in Middlesex, wo sie unzählige Kontrolluntersuchungen über sich ergehen lassen musste. Sogar ihre Zähne wurden kontrolliert, um mögliche Infektionsherde auszuschließen. Eine Unmenge Blut haben diese Vampire ihr auch noch abgenommen. Mich wundert, dass sie *überhaupt* noch eine intakte Vene gefunden haben.
Eine Krankenschwester hat Alice den Ablauf der ganzen Prozedur erklärt. Ich war dabei, sie hat das wunderbar gemacht. Merkmale wie Blutgruppe, Körpergröße und -gewicht des Spenders werden mit denen der potenziellen Empfänger auf der Warteliste abgeglichen. Der Eingriff selbst dauere zwischen fünfzehn und vierundzwanzig Stunden. Die Schwester besaß viel Einfühlungsvermögen, sodass sich alles nur halb so schlimm anhörte. Alice wird jetzt die ganze Nacht hindurch und gelegentlich auch tagsüber mit Sauerstoff versorgt. Ihre Lungen seien so geschädigt und verschleimt, dass ihr Körper einfach nicht ausreichend mit Sauerstoff versorgt werden könne, hat Professor Taylor uns erklärt. Daheim wird sie an einen sogenannten Sauerstoffkonzentrator angeschlossen, und wenn sie das Haus verlässt, muss sie eine Sauerstoffflasche (silbern und dunkelgrün) mitnehmen. Das Ding zu tragen ist umständlich, aber eine andere Möglichkeit gibt es nicht. Mittels eines transparenten

Schlauchs strömt der Sauerstoff über die Nase in die Lungen. Alice nennt diese Nasenkanüle ihre Nasenbrille. Anfangs war der Anblick für mich schrecklich, aber wenn dieses Gerät ihr beim Atmen hilft und sie dadurch am Leben erhält, ist es mein bester Freund.
Alice hat auch einen speziellen Piepser bekommen, den sie ständig bei sich tragen muss. Falls ein passender Spender gefunden wird und der Piepser losgeht, müssen wir sie sofort ins Krankenhaus bringen. Sie befindet sich in der Warteschleife, ist eingeschränkt, kann nicht weit wegfahren, aber auf der anderen Seite will sie eigentlich nur noch daheim sein. Sie verbringt die meiste Zeit im Bett, telefoniert, spielt Keyboard oder schreibt Songtexte. Den Plattenvertrag wünscht sie sich mehr denn je. Ich hoffe so sehr für sie, dass es klappt, denn wenn nicht, könnte es ihr das Herz brechen. Jake und Nicholas teilen meine Befürchtung.
Nicholas und ich bemühen uns, ein möglichst normales Leben zu führen, aber es fällt uns schwer. Neulich habe ich bei Sainsbury's zufällig eine Freundin getroffen, und als sie mich fragte, wie es uns gehe, wusste ich nicht, was ich antworten sollte, ohne in Tränen auszubrechen. Ich konnte ihr doch nicht sagen, dass ich manchmal Leute ansehe und mich frage, ob sie die richtige Blutgruppe oder die passenden Lungen oder die geeignete Leber für Alice haben. Vorletztes Wochenende waren Nicholas und ich zu einer Hochzeit eingeladen. Ehe ich michs versah, erzählte ich einer völlig fremden Frau neben mir, dass Alice' Brusthöhle vermessen worden sei, um die erforderliche Größe der Spenderlungen zu bestimmen. Als würde man die Maße für ein Ballkleid oder Ähnliches nehmen. Ich sah die Tränen in Nicholas' Augen. Nach außen hin gibt er sich normalerweise stark, aber das Ganze nimmt ihn genauso mit wie mich.

Alice trifft sich mit Jake im Kino. Sie hat ihre Sauerstoffflasche nur widerwillig mitgenommen. »Hätte nicht gedacht, dass ich mal eine Dreiecksbeziehung haben würde«, frotzelt Tom immer.

Ich habe eine Tasche fürs Krankenhaus gepackt und auch den schönen Schlafanzug mit Eulen darauf hineingetan, den ich für sie gekauft habe. Als sie aus Harefield zurückkam, starrten wir die ganze Zeit auf ihren Piepser, weil wir dachten, er könne jede Sekunde losgehen. Wir müssen daran glauben, dass der ersehnte Anruf bald kommt.

So viele Male ist sie dem Tod von der Schippe gesprungen. Alice ist wie eine Katze mit neun Leben.

# 46

## Alice

Als ich an der Kinokasse in der Schlange stehe, dreht sich der Teenager mit den fettigen Haaren und dem großen Popcornbecher in der Hand um und starrt mich an, als hätte sein Freund ihn auf die komische Tussi hinter ihnen aufmerksam gemacht. Ich lächle ihn an.

*Ja, ich brauche Sauerstoff, daher der Schlauch in meiner Nase. Aber abgesehen davon bin ich nicht anders als du.*

Während ich auf Jake warte, denke ich über meine Diskussion mit Professor Taylor nach. Der Vorteil des Sauerstoffs werde durch das Gewicht der Flasche, die ich mit mir herumschleppen müsse, doch bestimmt zunichtegemacht, hatte ich argumentiert. Doch das ließ er nicht gelten. Für längere Strecken zu Fuß sei es im Übrigen durchaus sinnvoll, über die Anschaffung eines Rollstuhls nachzudenken.

»Das ist doch wohl ein Scherz!«, hatte Susie gerufen, als wir uns letzte Woche getroffen und ich meine beiden Freundinnen von der Anti-Selbsthilfegruppe darüber informiert hatte, dass ich auf die Warteliste für eine Organtransplantation aufgenommen worden bin.

»Aber wenn du mit einem Rollstuhl doch mobil bist«, hatte Milly, diplomatisch wie immer, entgegnet. »Na kommt schon, ihr zwei, was ist wichtiger – dass wir unseren Stolz hinunterschlucken und am Leben teilnehmen können oder dass wir unglücklich zu Hause herumhocken und uns selbst bemitleiden?«

»Also ich kann dich jedenfalls nicht schieben«, japste Susie und blieb stehen, um Luft zu holen. »Das wäre, als wenn der Blinde den Blinden führt.«

»Du könntest dich ja mit Bond auf meinen Schoß setzen und Milly schiebt uns alle drei«, schlug ich vor. Susie prustete los, ich lachte mit, und Milly warf uns einen gespielt erbosten Blick zu. Manchmal ist Humor das Einzige, was uns bleibt.

*Eine Krankheit wie Mukoviszidose ist praktisch unsichtbar, es sei denn, man benötigt eine Sauerstoffflasche oder sitzt im Rollstuhl. Mit einem Rollstuhl wird man gleichsam offiziell zum Behinderten gestempelt.*

Ich taste nach dem Piepser in meiner Manteltasche. Die bloße Berührung beruhigt mich.

Ich muss wieder an Susie denken. Weil Milly und ich der Meinung sind, dass sie in den letzten Monaten stark abgebaut hat, nahm ich all meinen Mut zusammen und fragte sie, ob sie je an eine Transplantation gedacht habe. Ihr Blick war Antwort genug. »Mir geht es schon viel besser, seit ich … seit ich *ihn* verlassen habe.« Sie brachte seinen Namen nicht über die Lippen. »Ich kann nachts wieder schlafen, und ich habe die verlorene Zeit in meinem Kurs fast schon wieder aufgeholt. Es geht mir um Welten besser«, behauptete sie, und es klang, als wollte sie sich selbst mindestens ebenso sehr davon überzeugen wie Milly und mich.

Susie wohnt immer noch bei ihrem Vater. Sie sagt, das funktioniere ganz gut, sie dürfe nur ihrer bösen Stiefmutter nicht in die Quere kommen. Susies angebliche Krankheit sei doch nur eine Frage des Willens, giftet sie und droht täglich damit, Susies Vater zu verlassen, wenn dieser Bond nicht endlich in einen Zwinger sperre.

»Tut mir leid, dass ich so spät bin!« Jake sprintet auf mich zu, als ich vor der Kasse stehe und unsere Eintrittskarten in Empfang nehme.

Wir gehen langsam die Treppe hinauf. Eine Rothaarige mit schwarzer Baskenmütze, die in Begleitung ihres Freundes oder Mannes ins Kino geht, starrt einige Male zu mir.

*Huhu!*

»Die gaffen mich an«, flüstere ich.

»Stimmt doch gar nicht.«

»Und ob.«

»Unsinn, die schauen *mich* an, Egelchen. Ich seh viel besser aus.«

Ich schneide ihm eine Grimasse. Wir nehmen unsere Plätze ein, als die Trailer vorbei sind.

»Und wie geht's dir sonst so?«, fragt Jake. »Aufgeregt?«

In zwei Tagen ist mein Gig. »Und wie. Aber es ist ein tolles Gefühl! Lucy kommt doch auch, oder?«

»Darauf kannst du wetten. Das lässt sie sich nicht entgehen.«

Ich kenne meinen Bruder sehr gut. Er verheimlicht mir etwas. »Jake?«

»Sie …« Er fährt sich mit der Hand durchs Haar. »Sie ist schwanger.«

*Er muss das nicht sagen, als ob es sich um etwas Verbotenes handelt. Als dürfe er sein Leben nicht weiterleben, nur weil meins sich in der Warteschleife befindet. Der Gedanke, vielleicht nie Mutter zu sein, tut zwar weh, aber ich wünsche mir für Jake und Lucy nichts mehr, als dass sie ein Kind bekommen.*

»Wir wollten es bis nach der Ultraschalluntersuchung in der zwölften Woche geheim halten.«

»Komm her, ich freu mich so für dich!« Wir umarmen uns ungeschickt, weil meine blöde Sauerstoffflasche im Weg ist.

»Danke. Du bist die Erste, die es erfährt.«

Während wir uns den Film ansehen, muss ich an meine Unterhaltung mit Tom denken, über unser Traumhaus am Meer und unsere zwei Kinder. Ich gebe mir selbst ein Versprechen: Eines Tages werde ich auch Kinder haben. Tom und ich werden auch Eltern sein.

Unsere Zeit wird kommen.

# 47

Es ist so weit: Der Tag meines großen Auftritts ist gekommen. Es ist später Nachmittag, ich fahre mit dem Taxi zum Veranstaltungsort. Trisha hatte mir geraten, nicht zu früh dort zu erscheinen. »Du brauchst deine ganze Energie fürs Singen, einhundert Prozent.« Ich habe heute die meiste Zeit an meinem Sauerstoffgerät gehangen und hoffe inständig, dass ich den Abend mit diesem Vorrat überstehe. Manchmal komme ich mir vor wie ein Auto, das betankt werden muss: Ich brauche ausreichend Treibstoff für die lange Reise. Mein Handy klingelt. Susie. Ich höre sofort, dass etwas nicht stimmt.

»Ethan weiß Bescheid wegen heute Abend«, sagt sie.

»Woher?«

»Die liebe Stiefmama. Sie hat ihm erzählt, dass ich hingehen werde. Ich kann nicht kommen, Alice …«

»Du musst, du bist einer der wichtigsten Menschen für mich!«

»Aber wenn er nun auftaucht, womöglich betrunken, und eine Szene macht? Dieser Abend gehört dir, Alice …«

Ich lasse sie nicht ausreden. »Du musst kommen!«

»Das kann ich nicht riskieren, ich würde es mir nie verzeihen, wenn er dir deinen Auftritt ruinieren würde …«

»Das wird er nicht.« *Das werde ich nicht zulassen.* Susie und ich haben stundenlang über den heutigen Abend geredet, sie freut sich sehr darauf, mich das erste Mal singen zu hören. »Es werden nur geladene Gäste eingelassen, dafür sorgt der Türsteher. Falls Ethan tatsächlich auftauchen sollte, werden wir schon mit ihm fertig. Du brauchst keine Angst zu haben, Susie.« Ich warte und hoffe, dass sie es sich anders überlegt. »Bitte komm, Susie.«

Mein Auftritt findet im Untergeschoss des Lokals statt. Auf der mit Instrumenten und Notenständern vollgepackten Bühne führen zwei der Hintergrundmusiker zusammen mit Pete Soundchecks durch. Als mein Blick auf den hohen Hocker in der Mitte der Bühne und das Mikrofon davor fällt, jagt eine Welle fieberhafter Erregung durch mich hindurch. Das Ambiente hat etwas Intimes, Privates, wie ein großes Wohnzimmer. Alle meine Freunde und meine Familie werden heute Abend hier sein. *Einschließlich Susie.* Ich werde beim Singen ihre Gesichter sehen können.

Trisha zeigt mir die Flyer auf den Tischen, und mich überkommt beim Anblick meines Namens, fett gedruckt quer über die Seite, das Gefühl von Berühmtheit. *Aber ich will mehr.*

Mein Handy klingelt. Ich erstarre. Der Anruf kommt vom Krankenhaus. Harefield. Ohne den Blick vom Display abzuwenden, taste ich nach dem Piepser in meiner Handtasche.

Das darf doch nicht wahr sein … oder doch?

Nicht ausgerechnet heute Abend. Andererseits …

Mit wild klopfendem Herzen nehme ich das Gespräch an. Trisha und Pete beobachten mich.

»Das ist nicht *der* Anruf, Alice«, sagt die Krankenschwester sofort. Meine Enttäuschung weicht einer grenzenlosen Erleichterung. »Wir alle wollen Ihnen nur viel Glück für heute Abend wünschen!«

Es ist kurz vor sieben, der Saal füllt sich. Auf den Tischen brennen jetzt Kerzen.

*Noch eine halbe Stunde, dann werde ich dort oben auf der Bühne singen …*

Während ich jeden mit einer Umarmung und einem Küsschen begrüße, halte ich nach Susie Ausschau. Milly hatte am Telefon gesagt, sie würden zusammen kommen. Und wo bleiben meine Eltern? Ich habe meinem Vater gestern Abend eingeimpft, nicht so viel zu reden und dass ich es ihm nie verzeihen werde, wenn er Robbie Williams anspricht.

»Ich würde ihn gar nicht erkennen«, hat Dad erwidert. »Und wo wir schon dabei sind – irgendwelche Vorschläge, was ich anziehen soll?«

»Irgendetwas Unauffälliges, als wärst du gar nicht da.«

»Schön, dann werde ich meine Robe und meine Perücke tragen, mich ganz vorn hinstellen und im Takt hin- und herwiegen.«

Als Mum und Dad endlich kommen, mache ich sie mit Pete und Trisha bekannt. Mum brennt schon lange darauf zu erfahren, was genau wir eigentlich in seinem Studio so treiben.

»Wir arbeiten. Wir arbeiten so hart, dass wir keine Zeit zum Schwatzen oder Lachen haben«, witzelt Pete.

»Du siehst umwerfend aus«, sagt Dad zu mir. Ich trage eine rote Lederjacke über einem weißen Top und dazu neue Jeans.

»Ich hab dir doch gesagt, du sollst still sein!«

Dad sieht Pete an und meint in gespielter Verzweiflung: »Da sehen Sie mal, was ich jeden Tag durchmache!«

Dann kommen auch Jake und Lucy. Ich habe einen Tisch ganz vorn für sie reserviert. Lucy bittet Jake, ihr ein alkoholfreies Getränk zu besorgen, und flüstert mir zu: »Es ist herrlich, schwanger zu sein!«

»Mach doch einen auf Halbinvalidin«, schlage ich vor. »Damit kriegst du ihn dazu, dass er dir auch noch die Füße massiert.«

»Und mir den Tee ans Bett bringt!«

»Bloß den Tee? Ich würde die Gunst der Stunde nutzen und

mir das komplette Frühstück servieren lassen«, erwidere ich. Wir brechen beide in Gelächter aus.

Ich drehe mich um und sehe Rita hereinkommen. Sie trägt ein lila Kleid und silberne Ohrringe in Form kleiner Weihnachtsbäume. Es ist wunderbar, sie ohne ihre Schwesterntracht und ohne Injektionsnadeln zu sehen. Sie kommt mit einem Glas Wein in der Hand auf mich zu. »Muss mich in Stimmung bringen«, meint sie augenzwinkernd und fügt dann hinzu: »Du hast dich heute hoffentlich ausgeruht.« So ganz kann sie den Schwestern-Modus offensichtlich nicht abstellen. Einen Moment lang wünschte ich, Professor Taylor wäre hier. Ich habe das mit meinen Eltern und Jake diskutiert, und wir sind zu dem Schluss gekommen, dass eine Einladung ihm möglicherweise unangenehm wäre. Damit hätte ich möglicherweise eine Grenze überschritten. Der Professor hat mir schon oft angeboten, ihn bei seinem Vornamen, Roderick, zu nennen, aber das bringe ich nicht über mich. Allein die Vorstellung, »Hey, Roddy!« zu rufen, widerstrebt mir. Auch wenn wir ein sehr gutes, inniges Verhältnis haben, wird er für mich doch immer Professor Taylor sein, und ich habe den leisen Verdacht, dass es ihm so auch lieber ist.

Als alle nach und nach ihre Plätze einnehmen, trifft endlich auch Susie ein. Sie ist ganz rot im Gesicht und klammert sich an Millys Arm, als würde ihr Leben davon abhängen. Ich eile auf die beiden zu und hake Susie auf der anderen Seite unter. »Ich bin ganz … außer Puste«, japst sie. »Er … ist nicht da … oder?«

»Keine Bange«, beruhige ich sie, während Milly ihr einen Stuhl heranzieht. »Ich habe allen gesagt, sie sollen die Augen offen halten, und das Personal angewiesen, niemanden ohne Einladung hereinzulassen. Sei unbesorgt.«

Susie, immer noch schnaufend, nickt.

Ich werfe Milly einen besorgten Blick zu. »Vielleicht sind wir doch ein bisschen zu schnell gelaufen«, meint sie.

Ich bin gerührt, dass Susie trotz Ethans Drohungen gekommen ist. Ich lasse meinen Blick auf der Suche nach Tom durch den Raum schweifen. Er soll auch die Augen offen halten, falls Ethan auf die Idee kommen sollte, hier aufzutauchen. Aber ich kann ihn nirgends entdecken. Wo bleibt er denn?

»Viel Glück!« Ich drehe mich um. Hinter mir steht Cat, in einem schicken schwarzen Kleid und kniehohen Stiefeln. Wir umarmen uns. »Weißt du noch, wie wir in deinem Zimmer hockten und gesungen haben, du mit deinem Vernebler als potenzielles Mikrofon?« Ich nicke, ich sehe uns vor mir, die Haare mit Gummis zu Schwänzchen zusammengebunden, ich in den hochhackigen Schuhen meiner Mutter. Aus meiner Stereoanlage dröhnten Songs von Kylie Minogue. »Und jetzt sieh dich an!«, fährt Cat fort. »Ich bin so stolz auf dich!«

Ich drücke sie fest. »Danke, Cat. Ohne dich wäre ich heute nicht hier.«

»Oh doch, ganz bestimmt. Hat sich Robbie schon blicken lassen?«

»Ich glaube nicht, dass er kommt«, erwidere ich, weil ich uns vor einer Enttäuschung bewahren möchte. »Wo bleibt bloß Tom?« Inzwischen ist fast jeder Platz besetzt, alle sind da, bis auf den einen Menschen, der mir besonders am Herzen liegt. »Auf den Mann ist einfach kein Verlass, Cat.« Er braucht eine Uhr, die mindestens eine Stunde vorgeht.

»Alle sind so weit, Schätzchen!« Trisha steht auf der Bühne und formt die Worte lautlos mit den Lippen, begleitet von einer Handbewegung in Richtung der Jungs am Keyboard und an der Gitarre. Zu ihrer dunklen Jackte trägt sie eine auffällige Goldkette.

Ich drehe mich wieder zu Cat. »Ich versteh nicht, wo er bleibt!«

»Er kommt bestimmt gleich«, entgegnet sie.

Und da ist er endlich. Tom stürzt herein, gefolgt von George und Tanya, Mantel und Schal über dem Arm, die Fahrradklammern noch an den Hosenbeinen.

»Beeil dich«, ruft Trisha mir zu.

George und Tanya wünschen mir viel Glück und suchen sich dann einen freien Tisch. »Entschuldige, dass ich so spät bin«, japst Tom fast so atemlos wie Susie vorhin. Er schaut zu Trisha hinüber. »Dein Typ wird verlangt. Geh jetzt.« Er schiebt mich Richtung Bühne, aber ich drehe mich noch einmal um, erzähle ihm von Susie und bitte ihn, nach Ethan Ausschau zu halten. »Mach ich, versprochen«, sagt er.

»Was ist mit deinem Vertrag? Hast du schon was gehört?«

»Das ist doch jetzt unwichtig.«

»Sag doch, gibt's was Neues?«

»Nein. Geh endlich!«

Und dann geschieht das Unfassbare. Ein Mann mit einer schwarzen Wollmütze betritt den Saal. Schlagartig verstummen die Gespräche, alle starren den Neuankömmling an. Trisha eilt von der Bühne, um ihn zu begrüßen. Es ist tatsächlich Robbie! Tom und ich sind wie vom Donner gerührt. »Was, wenn ich einen Anfall kriege?«, stammele ich. »Wenn ich nicht singen kann, keine Luft mehr bekomme? Ich kann das nicht … Tom, ich kann das nicht …«

Er fasst mich an den Schultern und schaut mir in die Augen. »Doch, du kannst das, Alice. Du hast Ängste besiegt, von denen wir alle hier keine Ahnung haben. Du bist mit deiner eigenen Sterblichkeit konfrontiert worden. Verglichen damit ist das hier gar nichts.«

»Aber das ist Robbie …«

»Ja, und er ist gekommen, um *dich* zu sehen und singen zu hören.« Er ergreift meine Hände. »Jeder in diesem Raum ist nur *deinetwegen* hier.«

Wir schauen beide wieder zu Robbie hinüber, um uns zu vergewissern, dass wir nicht an Halluzinationen leiden. Jake ist voll in seinem Element: Er stellt ihn einer errötenden Lucy vor, dann Cat und Mum. Dad kann ich nirgends entdecken. Ob er sich tatsächlich in eine Ecke verkrochen hat? Susie und Milly starren Robbie mit weit aufgerissenen Augen und offenem Mund an.

»Jake macht das schon«, sagt Tom, während meine Nerven immer noch flattern wie verrückt. »Das ist *dein* Abend. Denk an all das, was dich ausmacht und für das wir alle dich lieben.«

Trisha tritt mit dem Mikrofon in der Hand einen Schritt vor. Ich stehe neben ihr auf der Bühne und winke ins Publikum. Jubel brandet auf. Ich fange Cats Blick auf. Sie sitzt neben Tom. Ich sehe Susie, die beide Daumen hochreckt. Alle hier fiebern mit mir mit und drücken mir die Daumen. Ein besseres Gefühl kann es nicht geben.

Ich sehe das Gesicht meiner Mutter.

*Ihre Anwesenheit macht mich schrecklich aufgeregt. Sie hat mich noch nie singen hören, jedenfalls nicht auf einer Bühne. Dies ist meine einzige Chance, live zu singen, bevor ich mich auf den OP-Tisch lege. Ich muss alles geben. Wenn ich bereit bin, einen vierundzwanzigstündigen Eingriff über mich ergehen zu lassen, werde ich auch das hier schaffen.*

»Ich freue mich«, sagt Trisha, »Ihnen heute Abend eine ganz besondere Künstlerin vorstellen zu dürfen, mit der zu arbeiten ich das große Vergnügen hatte …«

Dann ist es so weit. Ich halte das Mikrofon fest umklammert, begegne Mums Blick. Eins … zwei … drei …

*Mein Lampenfieber legt sich, als ich anfange zu singen.*

*Als hätte ich nie welches gehabt.*

*Hier oben verliere ich mich in meiner eigenen Welt.*

*Alle Zweifel schwinden.*

*Ich fühle mich stark.*
*Lichtjahre trennen mich von der Frau mit Mukoviszidose.*
*Von den Apparaten in meinem Schlafzimmer.*
*Von dem täglichen Kampf um mein Leben.*
*Ich bin Alice und singe meine Songs.*
*Meine Texte. Meine Worte.*

»Der nächste und letzte Song, den ich heute Abend singen werde«, sage ich schließlich, »ist einer der ersten, die ich geschrieben habe. Er wird immer etwas ganz Besonderes für mich sein.« Ich blicke zu Pete und denke an unsere erste Begegnung zurück. Ein warmes Gefühl durchflutet mich bei dem Gedanken daran, wie weit wir seit damals gekommen sind. »Er heißt *If I Fall …*«

*Memories of a little girl*
*in my perfect world*
*won't cry*
*no need to know*
*the reason why*
*my faith is so easy*
*in my carefree world*
*I'd jump into*
*my father's arms*
*trusting that I'd*
*be unharmed …*

Ich glaube zu träumen, als ich stehende Ovationen erhalte. Ich sehe den Stolz in Toms und Jakes Blick. Susie und Milly bahnen sich einen Weg nach vorn, um mich zu beglückwünschen. Mein Bauchgefühl hat mich nicht getrogen: Ethan hat sich nicht blicken lassen. Weil er im Grunde ein Feigling ist. Er weiß nämlich, dass wir auf Susie aufpassen. Er hätte nicht den Hauch einer Chance gegen meine Leibwächter. Rita klettert auf einen Stuhl, winkt und klatscht mit über dem Kopf erhobenen Händen Beifall.

Ich sehe Robbie in eine Unterhaltung mit Pete und Trisha vertieft. Vielleicht schlägt er ihnen vor, ein Duett mit mir zu singen.

*Ja, träum weiter!*

Ich kann immer noch nicht glauben, dass er tatsächlich gekommen ist.

Ich kann nicht aufhören zu lächeln.

Mum und Dad stehen unmittelbar vor mir und applaudieren, was das Zeug hält.

*Fang jetzt bloß nicht an zu heulen!*

Sie klatschen und klatschen, als würden sie nie mehr damit aufhören wollen.

# 48

**Januar 2002**

»Sind Sie sicher, dass man mich nicht vergessen hat?«, frage ich Professor Taylor nicht zum ersten Mal. Das neue Jahr hat begonnen, und ich stehe seit fast vier Monaten auf der Warteliste.

»Alice, kein Mensch könnte dich vergessen.«

»Und warum bleibt mein Piepser dann stumm?« Seit meinem Auftritt vor gut fünf Wochen will ich die Transplantation mehr denn je. Die *Times* brachte einen Artikel über mich, der voll des Lobes war. Darin hieß es unter anderem, ich brächte frischen Wind in die Musikindustrie und meine Texte hätten seelischen Tiefgang. Ich werde nie vergessen, wie das gesamte Publikum aufgesprungen ist und applaudiert hat. Diesen Augenblick werde ich für immer im Herzen tragen, solange ich lebe.

*Und ich will nicht sterben, jedenfalls noch nicht …*

Professor Taylor verschränkt die Hände ineinander. »Die Zahl geeigneter Spenderorgane ist begrenzt, Alice, zumal wir drei benötigen, die perfekt sind.«

»Ich weiß, aber …«

»Ich verstehe, dass es zermürbend sein muss, auf dieser Liste zu stehen und warten zu müssen, aber mehr können wir im Moment nicht tun.«

Ich hole tief Luft. »Wird es überhaupt irgendwann passieren?« *Ich weiß, es ist falsch, ihn festzunageln, aber …*

»Diese Frage kann ich unmöglich beantworten.«

»Aber wenn Sie nun keine andere Wahl hätten und sie beantworten müssten?« *Jetzt versuche ich schon wieder, ihn in die Enge zu treiben. Hier geht es nicht um eine neue Hüfte oder ein neues Kniegelenk. Es geht nicht darum, mich in seinen vollen Terminkalender zu quetschen. Es geht um die Lotterie des Lebens. Um die Chance, dass ein Organspender gefunden wird, der zufällig meine Blutgruppe, meine Körpergröße hat …*

*Das Leben ist ein Glücksspiel.*

*Aber einer muss ja gewinnen.*

Er klappt meine dicke Akte zu. »Ich kann keine Prognose abgeben«, antwortet er, genau wie ich erwartet habe. Er kann mir weder irgendwelche Garantien geben noch darf er mir falsche Hoffnungen machen. »Ich wünschte, ich könnte dich beruhigen, könnte *alle* meine Patienten beruhigen. Alles, was ich sagen kann, ist: Wir werden weiterkämpfen.«

»Wie groß ist die Chance, dass ich den Eingriff überlebe?«

Der Professor sieht mich an, als wünschte er, ich hätte ihn nicht gefragt. »Nur so ungefähr«, beharre ich. Mit einer Zahl kann ich umgehen. Es ist viel schlimmer, es nicht zu wissen und zu raten.

»Ich würde sagen, sie liegt bei dreißig Prozent.« Sein Gesicht ist ausdruckslos, aber ich höre das Mitgefühl in seiner Stimme.

»Das heißt, jeder Dritte schafft es.« Eine Sekunde lang sehe ich mich als Zehnjährige auf dem Korbballfeld, wie ich hinfalle, mich wieder hochrappele und Daisy Sullivan fest in die Augen schaue, bevor ich weiterspiele. »Mein Piepser wird losgehen, und ich werde diese Dritte sein«, versichere ich ihm.

# 49

Es ist Freitagabend. Tom hat gerade angerufen: Er ist sicher gelandet und auf dem Weg hierher. Er und George waren fünf Tage in Frankreich zum Snowboarden. Ich habe Tom zuletzt vor Weihnachten gesehen, weil er die Feiertage bei seinen Eltern verbracht hat. Nach seinem Anruf setze ich mich im Schneidersitz auf mein Bett und arbeite an meinen Songtexten. Das Telefon klingelt. Pete. In ein paar Tagen treffen wir uns zur nächsten Session im Studio.

»Ich habe eine Idee«, sagt er, »über die ich unbedingt mit dir sprechen muss.«

»Klingt spannend. Schieß los.«

»Nicht am Telefon.«

»Worum geht es denn?«

»Um eine neue Herangehensweise. Mehr wird nicht verraten.« Er legt auf. Ich will ihn zurückrufen, aber dann höre ich draußen ein Geräusch, springe freudig auf und reiße die Tür auf. Tom trägt sein Fahrrad die Steinstufen herunter.

»He, man könnte meinen, du hättest mich jahrelang nicht gesehen!«, sagt er, als ich ihn stürmisch umarme.

»Du hast mir gefehlt.« Ich küsse ihn.

»Alice …« Er schaut auf seine Uhr. »Bevor das hier ausufert …«

»Lass es ruhig ausufern!«

»Wie wär's, wenn wir irgendwo was essen gehen?«

»Oder wir bleiben hier und bestellen was.« Ich nehme ihn an der Hand und ziehe ihn zum Bett.

Er macht sich los. »Lass uns zum Italiener gehen.«

Er meint das Lokal um die Ecke, in dem ich oft auch mit Jake esse. Als er meinen finsteren Gesichtsausdruck bemerkt, fügt er hinzu: »Wir haben doch Zeit.«

»Du bist doch gerade erst gekommen!«, schmolle ich.

Irgendwie wirkt er befangen. »Ich hab den ganzen Tag noch nichts gegessen.« Er streckt mir seine Hand hin. »Komm schon, du mit deinen komischen Füßen.«

Ich schaue zu, wie Tom in seiner Pasta stochert und gar nicht mitbekommen hat, dass ich ihn gefragt habe, wie es in Frankreich gewesen sei.

»Bitte?« Er blickt auf. »Was hast du gesagt?«

»Alles in Ordnung mit dir?«

»Ich bin bloß hundemüde, das ist alles.«

»Und George? Wie war es so mit ihm?«

»Ach, du kennst ihn doch.« *Nein, eigentlich nicht.*

»Was gibt's Neues aus der Musikwelt?«, fragt er, und ich spüre, dass er sich regelrecht dazu zwingen muss.

»Pete hat vorhin angerufen und gemeint, er habe eine Idee für eine neue Herangehensweise«, antworte ich. *Er hört überhaupt nicht zu.*

»Hab ich dir erzählt, dass George Tanya an Weihnachten einen Heiratsantrag gemacht hat?«

»Nein, hast du nicht. Wie aufregend«, murmele ich, obwohl ich es keineswegs aufregend finde. Ich frage mich, warum er mir das jetzt erst erzählt.

»Die beiden müssen ziemlich schnell heiraten, wenn du verstehst, was ich meine.«

»Ist sie schwanger?«

»Ja«, lautet die knappe Antwort. Er schiebt seinen Teller beiseite.

»Wow.«

»Ja. Wow«, sagt er, genauso tonlos wie ich.

»Dann war es also nicht geplant.«

»Nein. Aber George scheint sich zu freuen …« Er beendet den Satz nicht. »Wie auch immer …« Er trinkt seinen Wein aus, winkt dem Kellner und bestellt noch ein Glas. »Möchtest du noch etwas?«

*Ich möchte, dass du mir sagst, was los ist.* Ich schüttle den Kopf.

»Wie geht's Nick und Mary?«

»Bestens.« *Er klingt erschreckend höflich.*

Ein verlegenes Schweigen entsteht.

»Tom, du würdest es mir doch sagen, wenn du etwas auf dem Herzen hast, nicht wahr?«

»Klar.« Er zuckt die Schultern. »Alles gut.«

*Wieder dieses »gut«.* »Wie läuft's jobmäßig? Was ist mit dem Auftrag?«

»Noch immer nichts gehört.«

»Aber diese Firma muss dir doch sagen können, wann du Bescheid bekommst, oder dir wenigstens erklären, wieso das so lange dauert?«

»Du klingst genau wie meine Eltern!«, schnauzt Tom, als hätte ich keinen blassen Schimmer von den Spielregeln des Unternehmerdaseins.

»Entschuldige, ich …«

»Ich hasse diese Warterei, dieses unerträgliche In-der-Schwebe-Sein und nichts dagegen tun können.«

»Ich weiß nur zu gut, wovon du sprichst.«

Zum ersten Mal an diesem Abend sieht er mich direkt an. »Das war dumm von mir, entschuldige. Ich habe kein Recht …«

»Doch, das hast du. Es ist frustrierend. Ich kann das verstehen.«

»Gibt es was Neues?«

Er weiß, dass es nichts Neues gibt, sonst hätte ich es ihm gesagt. Ich erzähle ihm von meinem Termin bei Professor Taylor an diesem Morgen. »Ich weiß nicht, Tom, aber manchmal denke ich, es wird nie zu dieser Transplantation kommen. Ich meine, wie groß sind die Chancen, zwei Lungenflügel, eine Leber *und* ein Herz zu finden?«

»Das wird schon klappen«, erwidert er, was mich ärgert, weil er es schließlich nicht wissen kann.

Ich spiele an meiner Serviette herum. »Soll ich dir sagen, was mir im Kopf rumgeht?«

Er nickt.

»Ich frage mich, ob heute Nacht jemand mit dem Auto verunglückt, jemand, der zu schnell auf regennasser Straße unterwegs ist.«

»Irgendein Idiot am Steuer eines Fiat Panda.«

»Genau.« Endlich lächeln wir uns an. »Irgendein Idiot, der es furchtbar eilig hat, baut einen schweren Unfall, und dann bekomme ich einen Anruf. Wie pervers ist das denn – jemandem den Tod zu wünschen, damit ich leben kann?«

»Es wäre nicht deine Schuld, wenn jemand ums Leben käme. Wäre ich damals bei meinem Unfall gestorben, hätte ich das verdient gehabt. Es war einfach nur Glück, dass ich keinen anderen in den Tod gerissen habe und dass die Rettungskräfte so schnell zur Stelle waren. Das ist nicht pervers, Alice. Das ist ein Ort namens Hoffnung. Ein Ort, den wir alle früher oder später aufsuchen.«

Zu Hause schalte ich als Erstes den Fernseher ein, um ein Hintergrundgeräusch zu schaffen. Wir reden kein Wort, und ich schließe mich an das Sauerstoffgerät an. Mir kommen fast die Tränen, als ich die von meiner Mutter sorgfältig bereitgelegte Sondennahrung sehe. Das Schweigen dauert an, als wir ins

Bett klettern. Irgendetwas stimmt nicht. Hat Tom die Zeit ohne mich, die Freiheit mit George so sehr genossen, dass es ihm vor der Rückkehr zu mir, zu meinen Apparaten und meinen täglichen Einschränkungen graute? Als ich spüre, wie er seine Arme um mich legt, ganz vorsichtig, damit meine Magensonde nicht verrutscht, überkommt mich grenzenlose Erleichterung, die aber sofort in ein ungutes, nagendes Gefühl umschlägt, weil ich so dankbar für seine Berührung bin.

Als ich am nächsten Morgen gegen neun Uhr aufwache, ist Toms Seite des Betts leer. Ich gucke auf mein Handy. Keine Nachricht von ihm. Ich wähle Cats Nummer.

»Irgendetwas stimmt nicht«, sage ich ohne Einleitung.

»Wovon redest du?«

Ich erzähle ihr vom vergangenen Abend.

»Wahrscheinlich war er einfach müde und ist jetzt joggen gegangen.«

»Glaub ich nicht.«

»Nur keine Panik. Wenn er zurückkommt …«

»Wer ist das?«, falle ich ihr ins Wort, als ich im Hintergrund die Toilettenspülung und dann eine Männerstimme höre.

»Ich bin ein ganz böses Mädchen gewesen und habe einen Typen mit nach Hause genommen«, flüstert sie. »Einen Arbeitskollegen. Wir hatten Sex. Dabei mag ich ihn nicht einmal.«

Wir müssen beide lachen. Ich bestürme sie mit Fragen, ich will alles über ihren Abend wissen, der anscheinend sehr viel amüsanter als meiner war. Wie ist er? Wie heißt er? Sie verspricht, mich später zurückzurufen, und fügt hinzu: »Er sitzt mir im Büro gegenüber, musst du wissen. Jetzt muss ich mir wirklich einen neuen Job suchen.«

Kurz vor Mittag ist Tom immer noch nicht zurück vom Joggen oder von was auch immer. Nach meiner täglichen Behandlungsroutine habe ich mir ein Buch geschnappt, in dem ich seit einer Stunde dieselbe Seite lese. Ich frage mich gerade, ob Tom überhaupt noch mal zurückkommen wird, als ich ihn endlich die Steinstufen draußen herunterstapfen höre.

Er hat einen Becher Kaffee in der Hand, als er hereinkommt. »Wo warst du denn?«, frage ich und bemühe mich, nicht wie eine nörgelnde Ehefrau zu klingen.

»Schwimmen.«

»Durch den Ärmelkanal?«

Er lacht nicht über meinen Witz. »Ich musste mich mal so richtig auspowern.«

»Du hättest auch hier Kaffee machen können.«

Er setzt sich zu mir aufs Bett. »Ich hatte so eine Unruhe in mir. Wie wär's, wollen wir später ins Kino?«

»Mal sehen.« Vom Bett aus kann man sich einen Film genauso gut und noch dazu bequemer ansehen.

»Wir könnten auch einen Spaziergang machen.«

Ich komme mittlerweile sehr schnell aus der Puste, und ich möchte mich nicht gern von Tom im Rollstuhl schieben lassen.

Er spürt, dass ich nicht gerade begeistert bin. »Bloß eine kleine Runde.«

»Lass uns lieber hierbleiben.«

»Mir ist irgendwie nach frischer Luft.«

»Du warst doch gerade an der frischen Luft.«

»Du weißt genau, was ich meine!«, faucht er.

»Schön, dann geh doch ins Kino, wenn du unbedingt willst«, fauche ich zurück.

»Mach ich auch!« Er steht auf.

Ich sehe ihn prüfend an. »Was ist los, Tom?«

Er zögert lange. »Nichts«, antwortet er dann.

»Ich bin nicht blöd, Tom.«

Er geht mit großen Schritten im Zimmer auf und ab. Ich beobachte ihn und habe das Gefühl, in schwindelerregender Höhe ganz oben auf einer Steilklippe zu stehen und in die Tiefe zu starren.

Er bleibt stehen. »Ich kann nicht mehr.« Er bringt es nicht über sich, mir in die Augen zu schauen. »Ich fühle mich furchtbar.« Er wischt sich eine Träne weg. »Aber ich kann so nicht weitermachen.«

Mir wird schlecht.

»Ich schaffe das einfach nicht mehr«, gesteht er.

»Tom, ich stehe jetzt auf der Warteliste. Professor Taylor hat gesagt, dass sich eine Tür in die Zukunft öffnen …«

»Dafür gibt es keine Garantie.«

»Es gibt im Leben nie eine Garantie.«

»Das hier ist aber etwas anderes.«

Ich weiß, dass ich Tom viel zumute. Allerdings verstehe ich nicht, was gerade jetzt, innerhalb weniger Wochen, seinen Sinneswandel herbeigeführt hat. Bis Weihnachten waren wir so glücklich miteinander. In den Wochen vor meinem Auftritt hatte ich mich ihm so nahe gefühlt wie nie zuvor. »Hat George etwas damit zu tun?«

»Ich muss zugeben, dass ich durch ihn ins Grübeln gekommen bin. Meine Freunde heiraten, sie werden ein neues …«

»Was ist denn mit unseren Plänen? Wir wollten reisen …«

»Reisen? Wir können ja nicht mal das Haus verlassen! Die Tür ist verriegelt, Alice.« Er setzt sich wieder neben mich und schlägt beide Hände vors Gesicht.

»Ich darf dich nicht verlieren.« Ich bin wie betäubt, gelähmt vor Angst. Ich kann nicht einmal weinen, kann mir ein Leben ohne ihn nicht vorstellen. »Ich liebe dich«, murmele ich und berühre seine Hand.

»Ich liebe dich auch.« Er hat Tränen in den Augen, als er seine Hand auf meine legt.

»Dann bleib bei mir. Ich kann gegen meine Krankheit kämpfen, aber nur mit dir an meiner Seite.«

»Du schaffst das auch ohne mich, du bist eine der stärksten …«

Ich lasse ihn nicht ausreden. »Nein, das stimmt nicht.« Wer bin ich ohne Tom? »Ohne dich würde ich mich *vor allem und jedem* fürchten.«

Er zieht seine Hand zurück. »Es tut mir leid, ich kann das einfach nicht mehr …«

»Ich weiß, dass es nicht leicht ist, aber wenn ich die Transplantation erst einmal überstanden habe …«

»Und was, wenn es gar nicht dazu kommt?«

»Es wird dazu kommen«, versichere ich, obwohl ich selbst nicht so recht daran glaube.

»George wird Vater, und … ich möchte das auch.«

»Wir können doch auch ein Kind haben.«

Ich sehe ihm in die Augen. Sie spiegeln nichts von der Hoffnung wider, die uns seit meiner Aufnahme auf die Warteliste Auftrieb gegeben hat. Erst vier Monate, und kein Funken Hoffnung mehr. Als würde er im tiefsten Inneren nicht daran glauben, dass ein passender Organspender gefunden wird, dass ich DEN ANRUF bekomme. Er glaubt nicht, dass ich das alles überstehe, und das jagt mir panische Angst ein.

»Tom, bitte …«

Er sieht mich hilflos an. »Ich möchte heiraten. Eine Familie gründen.«

Ich kämpfe gegen die Tränen an. »Weißt du eigentlich, was du mir mit diesen Worten antust?«, sage ich leise.

Er lässt den Kopf hängen, als schäme er sich. »Hass mich, Alice. Ich hab's verdient. Hass mich.«

»Ich könnte dich niemals hassen.« Ich kann die Tränen nicht länger zurückhalten, sie laufen mir übers Gesicht.

Er greift nach meiner Hand. Ich ziehe sie nach einem Augenblick zurück.

»Das hat *nichts* mit meiner Liebe zu dir zu tun, Alice, das ändert nichts daran …«

»Oh doch. Das ändert alles. Du solltest jetzt besser gehen.«

Die Hintertür fällt sachte ins Schloss. Ich höre, wie er sein Rad die Stufen hinaufträgt. Ich klammere mich verzweifelt an die Hoffnung, dass er zurückkommt, dass er erkennt, was für einen schrecklichen Fehler er gemacht hat, weil auch er nicht ohne mich leben kann. Aber nichts geschieht, es bleibt still.

Ich rolle mich auf meinem Bett zusammen. Im Geist sehe ich mich am Fuß der Steilklippe liegen, zerschmettert, tot. Die Stille und der Schlag meines gebrochenen Herzens dröhnen in meinen Ohren.

# 50

Vier Tage nach unserer Trennung bringt mir Mum einen Teller Tomatensuppe ans Bett.

»Hab keinen Hunger«, murmele ich.

Sie setzt sich auf den Stuhl neben meinem Bett. »Du musst etwas essen, Alice. Bitte! Wenigstens ein paar Löffel.«

Mum redet mir jeden Tag gut zu, ich solle aufstehen, an die frische Luft gehen, etwas essen, wieder zu Kräften kommen. Aber ich will nur im Bett bleiben, mit Charlie und Nutmeg um mich herum. Ich kann mich nicht einmal ins Studio aufraffen. Meine letzte Session mit Pete habe ich ausfallen lassen. Was ist mein Traum wert ohne Tom an meiner Seite? Wozu all die Mühe? Es ist doch sinnlos.

*Warum überhaupt weiterleben? Wieso um jeden Atemzug kämpfen?*

Mum deutet auf den Teller, aber ich bringe nichts runter. Es ist, als läge mir etwas schwer und schmerzhaft und verknotet im Magen. »Versuch's doch wenigstens«, bettelt sie. »Mit ein paar Bissen Brot.«

Die Angst und der Kummer in ihren Augen lassen mich in Tränen ausbrechen. »Es tut mir so leid, Mum.«

»Was tut dir leid?«

»Dass ich so eine Last für euch bin …«

Sie legt ihre Arme fest um mich. »Sag das nie wieder, hörst du? Das darfst du nicht einmal denken!«

Ich weine noch heftiger und klammere mich an sie.

Jeder Atemzug tut weh. Noch nie habe ich solche Schmerzen

gehabt. Mukoviszidose ist nichts im Vergleich zu einem gebrochenen Herzen.

»Du darfst nicht aufgeben«, sagt Mum beschwörend. »Wir sind alle für dich da, und wir lieben dich sehr.«

Ich nehme den Teller aus ihren Händen. Die warme Suppe hat etwas Wohltuendes. »Danke, Mum, danke für alles.« Sie geht erst, als ich alles aufgegessen habe.

Den Rest der Woche verbringe ich weinend im Bett. Mum umsorgt mich mit Umarmungen und selbst gemachter Suppe, und Dad kommt abends nach der Arbeit mit einem kleinen Glas Portwein als Schlaftrunk herunter. Mum besteht darauf, dass ich keine Mahlzeit ausfallen lasse, damit ich kräftig genug bin, »wenn der Anruf kommt«, wie sie sagt, während sie auf meinen Piepser zeigt. Das Team des Transplantationszentrums hat betont, ich müsse für den Eingriff bei guter Gesundheit sein; mit einer Infektion oder während einer intravenösen Antibiotika-Therapie dürfe ich nicht operiert werden. Mir ist nicht nach Telefonieren zumute, zumal ich Halsweh vom vielen Weinen habe. Cat und die Mädels meiner Anti-Selbsthilfegruppe sind die Einzigen, zu denen ich Kontakt habe. Cat versucht nicht, mir falsche Hoffnungen zu machen, indem sie mir vorgaukelt, Tom werde bestimmt wieder zu mir zurückkommen, aber ihre Gesellschaft hilft mir, mein inneres Gleichgewicht wiederzufinden.

Als ich mich endlich stark genug dafür fühle, packen Mum und ich Toms Sachen zusammen. Ich will nichts mehr von ihm hier haben. Mum bügelt seine Klamotten, und dann packen wir alles in schwarze Müllsäcke. »Nein, das nicht«, rufe ich, als sie ein letztes T-Shirt zusammenfaltet, das er oft zum Schlafen getragen hat. Ich stopfe es unter mein Kopfkissen.

Als Mum aufbricht, um Tom seine Habseligkeiten zu bringen, fühlt sich die Trennung schrecklich endgültig an. Ich lege mich ins Bett und drücke sein T-Shirt an mich. Es riecht nach ihm. Ich vergrabe mein Gesicht im Stoff, atme seinen Geruch ein, stelle mir vor, in seinen Armen zu liegen. Ich hasse ihn, weil er uns das angetan hat, und ich hasse mich, weil ich ihn noch mehr liebe als zuvor.

# 51

## Marys Tagebuch

**Januar 2002**

Tom war nervös, als ich zum vereinbarten Zeitpunkt kam, um ihm seine Sachen zu bringen. Er hatte vorgeschlagen, sie abzuholen, aber das wollte ich nicht, damit Alice sich nicht aufregte, wenn sie ihn sah oder auch nur seine Stimme hörte. Am liebsten hätte ich ihm alles in die Hand gedrückt und wäre sofort wieder geflüchtet, unter dem Vorwand, kein Geld in die Parkuhr geworfen zu haben. »Komm doch bitte herein«, sagte er, als er mein Zögern spürte.

Ich folgte ihm nach unten in die Küche. Beim Anblick des mit Teekanne, Teetassen und sogar kleinen silbernen Teelöffeln gedeckten Tisches wäre ich fast in Tränen ausgebrochen. Er hatte einen Obstkuchen gekauft, von dem er mir ein Stück anbot, aber ich lehnte ab, sagte, ich könne nicht lange bleiben.

Er schenkte mir Tee ein. Ich musste mich beherrschen, ihn nicht anzuschreien, mit den Fäusten auf ihn loszugehen, ihn anzuflehen, zurückzukommen und meine Tochter wieder glücklich zu machen. Er konnte mir nicht in die Augen sehen, als er fragte: »Wie geht's Alice?«

Sie hat die ganze Woche geweint. Sie will nicht essen. Sie hat Albträume. Sie liebt dich. Sie hasst dich. Sie vermisst dich. Du hast ihr das Herz gebrochen.

»Sie …« Ich schluckte schwer. »Sie quält sich«, war alles, was ich hervorbrachte.

»Ihr hättet meine Sachen zerreißen sollen«, sagte er und hob endlich den Blick.

Ich sah den Schmerz in seinen blauen Augen. Ein Schmerz so tief wie der von Alice.

So tief wie mein eigener.

# 52

## Alice

Pete sitzt schreibend an seinem Schreibtisch, als ich das Studio betrete. Ich lasse mich auf das Sofa fallen.

»Wie geht es dir?«, fragt er und dreht sich schwungvoll auf seinem Drehsessel zu mir um. Ich kann den vertrauten Duft seines Duschgels riechen, Zitrone und Basilikum, und der Becher Kaffee und das Plunderteilchen bedeuten, dass er im Fitnessstudio war. Das nervt mich: in einem Körper gefangen zu sein, der es mir nicht erlaubt, meinen Frust durch Bewegung oder Sport abzubauen.

»Geht es dir besser?«, fragt er, als ich nicht gleich antworte.

»Ja, alles in Ordnung«, murmele ich. Schon kommen mir wieder die Tränen. Zwölf Tage sind seit meiner Trennung von Tom vergangen, und es tut eher mehr weh als weniger. Ich wusste gar nicht, dass es menschenmöglich ist, so viele Tränen zu produzieren. Eine Sekunde später sitzt Pete neben mir, nimmt mich tröstend in die Arme und sagt leise: »Was ist los, hm? Komm, erzähl mir, was los ist.«

Er streicht mir über die Haare, während er zuhört. Seine Berührung beruhigt mich, lindert den Schmerz. Ich schließe die Augen, stelle mir vor, dass es Toms Hände sind, die mich berühren. »Ich weiß nicht, wie ich ohne ihn weiterleben soll.«

»Du schaffst das.«

Ich hole zitternd Luft. »Mir ist schon klar, dass es nicht leicht ist, für niemanden. Ich meine, er hat mit Dingen fertig werden müssen, die es in einer normalen Beziehung nicht gibt.«

»Vielleicht überlegt er es sich noch einmal. Schwierige Zeiten gibt's in jeder Beziehung«, sagt er, als befinde er sich gerade selbst in einer solchen Phase. »Wir tun oder sagen Dinge, die uns hinterher leidtun.«

Ich schüttle den Kopf. »Es ist vorbei, Pete. Er möchte eine Familie haben. Seine Zukunft planen. Das kann ich ihm nicht geben.«

»Aber du kannst ihm so viel mehr geben!« Pete ergreift meine Hände. »Als junger Mann war ich geistig total arm. Für mich zählten nur zwei Dinge: Erfolg und Geld. Ich hatte keinen blassen Schimmer, was es heißt, glücklich zu sein oder ich selbst zu sein. Das änderte sich erst, als ich Katie kennenlernte. Und dann kamst auch noch du in mein Leben, hast es durcheinandergewirbelt wie ein Naturereignis, eine außergewöhnliche, ganz bezaubernde junge Frau, die mich schlichtweg umgehauen hat.«

Er wirkt erleichtert, als sich ein schwaches Lächeln auf meinem Gesicht zeigt.

»Als ich dir gesagt habe, du sollst dich ganz am Ende der langen Schlange von Leuten anstellen, die mir erzählen, sie wollen berühmt werden, hast du geantwortet: ›Ich steh nicht gern an. Und schon gar nicht am Ende einer langen Schlange.‹ Du hast ganz genau gewusst, was du willst.«

»Du hast dir bestimmt schon einige Male gewünscht, du hättest mich damals rausgeworfen.«

»Nicht ein einziges Mal«, beteuert er und sieht mir fest in die Augen.

»Sei nicht so nett, sonst muss ich wieder heulen, und ich hab die Heulerei allmählich satt.« Ich schnäuze mich und wische mir über die Augen.

»Ich meine es ernst, Alice. Ich würde meinen rechten Arm dafür geben, dass du glücklich bist und ich deine Songs im Radio hören kann.«

Ich werfe ihm einen schrägen Blick zu. »Dürfte nicht ganz einfach sein, mit einem Arm Gitarre zu spielen, oder?«

Er lacht. »Okay, ich schlage vor, du spielst mir deinen neuen Song vor, bevor ich noch sentimentaler werde.« Er reicht mir meine Gitarre.

»Ich warne dich, es ist ein trauriger Song.«

»Wunderbar. Ich werde dich auf der Geige begleiten.«

»Du hast neulich am Telefon gesagt, du hättest eine Idee.« Ich nehme den Becher Tee entgegen, den er mir reicht. »Lass hören.«

Pete gibt einen Schuss Milch in seinen Tee. »Es bringt nichts, wenn *ich* weiterhin versuche, dich zu vermarkten. Die Einzige, die imstande ist, dich zu verkaufen, bist du.«

»Ich versteh kein Wort …«

»Was hältst du davon, wenn du deine Geschichte erzählst?«

»Meine Geschichte?«

»Ich weiß, dass du deine Krankheit nicht an die große Glocke hängen willst, aber …«

»Ich bin nicht meine Krankheit, Pete.«

»Doch, in gewisser Weise schon. Wenn wir miteinander arbeiten, vergesse ich nach wenigen Augenblicken, dass du diese verfluchte Mukoviszidose hast. Du bist dann einfach nur Alice. Aber du kannst nur deshalb so wunderbare, zutiefst persönliche Texte schreiben, weil du so viel durchgemacht hast, Dinge, von denen ein normaler Mensch keine Ahnung hat, Dinge, die er sich nicht einmal vorstellen kann. Das macht deine Musik so einzigartig. Du bist keine Frau wie alle anderen: Du stehst auf der Warteliste für eine Dreifach-Transplantation, du singst um dein Leben. Selbst mit makellos gebügeltem Hemd und meinem besten Schlips kann ich den Leuten am Konferenztisch nicht begreiflich machen, warum du etwas ganz Besonderes bist.«

»Ich will nicht bemitleidet werden.«

»Dann sag es! Sag jedem, er kann sich auf was gefasst machen, wenn er dich ›tapfer‹ nennt, aber mach kein Geheimnis aus jenem Teil von dir, der dich erst zu der Person macht, die du bist.«

Ich beginne, mich für die Idee zu erwärmen.

»Wichtig ist, dass wir die Medien dazu bringen, darüber zu berichten, damit die Öffentlichkeit auf dich aufmerksam wird. Danach werden wir deine Demos ein weiteres Mal rausschicken, und du wirst mich zu den Terminen bei den Bossen begleiten. So können wir die Tür sprengen, die viel zu lange verriegelt gewesen ist. Deine Geschichte ist es wert, gehört zu werden, Alice, und wenn dir das den verdienten Durchbruch verschafft, umso besser, verdammte Scheiße!«

»Du meinst wirklich, das könnte helfen?«

»Es ist einen Versuch wert.«

Ich ertappe mich dabei, wie ich meinen Kopf an seine Schulter lehne. »Gut. Ich mach's. Ich werde meine Geschichte erzählen. Und danke für heute, dafür, dass du immer noch an mich glaubst.«

»Ich werde nie aufhören, an dich zu glauben, Alice. Das ist mein Job.«

# 53

Nachts zeigt sich, dass meine Geschichte noch nicht zu Ende ist. Ich wälze mich unruhig hin und her; die Dunkelheit ist mein Feind. Da ist jemand mit blauer OP-Haube und blauem Kittel. Ich kann weder Augen noch Mund erkennen, nur die Umrisse seines Gesichts. Eine ausdruckslose Maske. Er hält eine Klinge in der Hand. Ich liege da, aber nicht auf einem Bett, nicht auf dem Fußboden. Ich bin einfach da und schwebe. Die silberne Klinge nähert sich meiner Brust. »Stopp!«, schreie ich, aber niemand hört mich. Ich spüre die Schneide der Klinge auf meiner Haut. Sie schlitzt mich auf. Ich sehe eine Blutlache. Ich kreische, höre Schritte, jemand ruft meinen Namen. Ein Klingeln. »Alice! Alice!«

Nach Luft schnappend, fahre ich aus dem Schlaf hoch. Es ist mitten in der Nacht. Kurz nach eins. »Das Krankenhaus«, sagt Mum und deutet auf das Telefon in ihrer Hand. »Es ist so weit.«

Mein Piepser ist ebenfalls losgegangen.

Ich bin wie versteinert. Langsam strecke ich die Hand nach dem Telefon aus.

»Geht es Ihnen gut?«, fragt Diana, die Koordinatorin des Transplantationszentrums, mit ruhiger Stimme.

»Ja, es geht mir gut.« *Ich habe Angst. Furchtbar große Angst.*

»Unterziehen Sie sich momentan einer intravenösen Antibiotika-Therapie?«

»Nein. Es geht mir gut«, sage ich noch einmal. Dad kommt im Morgenmantel hereingestürzt. Mum greift nach seiner Hand und hält sie ganz fest.

»Wir haben einen möglichen Spender«, sagt Diana. »Wie schnell können Sie hier sein?«

Ich bin immer davon ausgegangen, dass DER ANRUF mitten in der Nacht kommt. Ich weiß auch nicht, warum, vielleicht habe ich zu viele Fernsehserien gesehen. Verbunden mit der Vorstellung einer halsbrecherischen Fahrt zum Krankenhaus, mit quietschenden Reifen und schwarzen Reifenspuren auf dem Asphalt und einem Fahrer, der sämtliche rote Ampeln ignoriert. Die Wirklichkeit sieht anders aus. Es ist ruhig auf den Straßen und im Auto. Seit dreißig Minuten hat keiner von uns ein Wort gesprochen. Es kommt mir so vor, als würden wir uns von dem, was möglicherweise geschehen wird, abkoppeln. Der Ausgang der OP ist erschreckend ungewiss, also reden wir lieber nicht darüber, reden nicht über das Einzige, an das wir denken können. Wir tun einfach so, als ob der weiße Elefant gar nicht da wäre.

*Die grauenvolle Realität ist, dass ich in vierundzwanzig Stunden tot sein könnte.*

*Vielleicht fahre ich diese Straße nie wieder entlang.*

*Gut möglich, dass meine Eltern allein aus Harefield zurückkehren werden.*

Ich starre aus dem Fenster.

*Ich bin in Gesprächen mit dem Klinik-Team bestens vorbereitet worden. Auf der Station werde ich mich sofort weiteren Untersuchungen unterziehen. Ich muss so gesund wie irgend möglich sein, um grünes Licht für den Eingriff zu bekommen. Will ich das alles wirklich? Ich spüre meinen Herzschlag ganz dicht unter der Haut. Ich muss in einem fort an Tom denken. Was, wenn ich ihn nun nicht wiedersehe? Ich könnte heulen bei dem Gedanken, aber wenn ich jetzt anfange zu weinen, kann ich vielleicht nicht mehr aufhören. Ich darf nicht weinen. Ich kann nicht als seelisches Wrack im Krankenhaus ankommen.*

Mum dreht sich zu mir um, greift nach meiner Hand und drückt sie. Wie es mir geht, fragt sie. »Alles in Ordnung«, antworte ich. *Diese Redensart sollte man aus dem Wörterbuch streichen.*

Ob ich mit Jake sprechen möchte, will sie wissen. Sekunden später wählt sie seine Nummer und reicht mir ihr Handy.

»Ich hab dich lieb, Egelchen«, sagt er mit heiserer Stimme, der ich die Angst anhöre.

»Ich hab dich auch lieb.« *Nicht weinen! Jetzt bloß nicht weinen!*

Wen soll ich noch anrufen, mitten in der Nacht? Das ist eine merkwürdige Überlegung. Ich wähle Cats Nummer und erzähle ihr die Neuigkeit. Bitte sie, Susie und Milly anzurufen. »Was ist mit Tom?« Ihre Stimme zittert wie die von Jake.

»Nein.« Ich weiß nicht, ob ich damit die richtige Entscheidung treffe. »Aber sag ihm bitte Bescheid, falls mir etwas zustößt.«

*Sag ihm bitte Bescheid, wenn ich sterben sollte.*

Es ist drei Uhr früh, als wir auf der Station ankommen. Man stellt sich jetzt vielleicht weit aufschwingende Türen vor, Schwestern und Ärzte, die geschäftig durch die Korridore hasten, Patienten, die eilig in den OP gerollt werden. Aber auch hier sieht die Wirklichkeit anders aus: Es ist still, geradezu unheimlich still, die Beleuchtung ist gedämpft, alle schlafen, nur die Anmeldung ist besetzt. Wir werden in ein Einzelzimmer geführt. Jemand vom Team werde gleich kommen, sagt die Empfangsdame. Sie weiß, weshalb ich hier bin, ich sehe es an ihrem Blick. Sie wünscht mir viel Glück, und dann kommt auch schon Diana herein. Die Koordinatorin hält sich nicht mit langen Vorreden auf. »Das Entnahmeteam ist gerade erst eingetroffen, Alice. Wie Sie wissen, müssen die Organe erst noch auf ihre Transplantierbarkeit untersucht werden. Das kann eine Weile dauern.« Ihre Stimme ist gleichbleibend ruhig.

»Können Sie mir sagen, wie lange ungefähr?«

»Bis sechs Uhr sollten wir wissen, ob der Eingriff durchgeführt werden kann oder nicht.«

Das sind noch fast drei Stunden. Zum Glück werde ich schnell abgelenkt: Mir wird Blut abgenommen, Blutdruck und Temperatur werden gemessen, ich muss auf die Waage. Ein Stationshelfer kommt mit einem Rollstuhl und fährt mich zum Röntgen. Als er mich zurückbringt, sagt er: »Nur Mut. Ich hoffe, Sie kriegen das Okay.«

Ich unterschreibe eine Einverständniserklärung. Das Kleingedruckte will ich gar nicht lesen. Ich weiß mittlerweile genug über die Risiken des Eingriffs.

Nach den Kontrolluntersuchungen ist es Zeit für eine Dusche. Ich muss jeden Zentimeter meines Körpers gründlich mit einem rosaroten Desinfektionsmittel reinigen. Dad verlässt das Zimmer, als Mum mir in das OP-Hemd und die Papierunterhose hilft. »Todschick«, witzele ich. Mum und ich können sogar darüber kichern.

Jetzt warte ich nur noch auf ein Ja oder ein Nein.

Es klopft. Wir erstarren.

Es ist Diana. »Wir sind noch nicht zu einer Entscheidung gelangt.«

Ich lege mich wieder hin, aber meine innere Unruhe ist zu groß. Ich setze mich auf. Das hier ist Folter in Zeitlupe. Mum und Dad sitzen stocksteif an meinem Bett. An Lesen oder eine Unterhaltung ist nicht zu denken. Sogar wir, die wir geübt darin sind, so zu tun, als sei die Situation ganz normal, sind im Augenblick völlig überfordert. Wieder klopft es. Wir halten alle drei die Luft an. Ist es jetzt so weit? »Wir nähern uns einer Entscheidung«, teilt Diana uns mit. Sehe ich Hoffnung in ihrem Blick? »Es wird nicht mehr lange dauern.«

*Ich wünsche mir ein Ja als Antwort.*

*Aber wenn ich nun auf dem OP-Tisch sterbe? Oder die fremden Organe abgestoßen werden?*

*Was, wenn ich meine Eltern nie wiedersehe? Mum ist meine beste Freundin, meine Fahrerin, der Mensch, der Tag und Nacht an meinem Krankenbett gesessen hat. Niemand kocht besseren Hühner- oder Rindfleischeintopf. Und mein Dad … mein blitzgescheiter, liebenswerter, lustiger alter Dad mit seinem großen, butterweichen Herzen. Mein persönlicher Rücken- und Schulternkneter. Ich kann mir nicht vorstellen, ihn abends nicht mehr die Treppe herunterkommen zu hören, um eine Flasche Wein aus dem Keller zu holen und dann zu lachen, wenn ich ihn mit dem scherzhaften Hinweis, dass er sich auf meinem Territorium befindet, wegscheuche.*

*Was, wenn ich meine Nichte oder meinen Neffen nie kennenlernen darf? Ohne meine Anti-Selbsthilfegruppe zu sein, kann ich mir auch nicht vorstellen. Ich wünsche mir so sehr, dass Susie wieder glücklich ist. Und dass Milly den Mut findet, sich nicht länger hinter ihrer Arbeit zu verstecken. Und dann sind da Pete und Trisha … die Geschichte, die ich aufgeschrieben habe … alle unsere Pläne. Ich habe noch kein Album veröffentlicht; obwohl wir so hart gearbeitet haben, kann ich nichts vorweisen. Die beiden haben all ihr Vertrauen in mich gesetzt. Meine Geschichte darf noch nicht zu Ende sein.*

*Und dann sind da auch Cat und Tom. Zwei Menschen, die ein Teil von mir sind. Ohne sie bin ich unvollständig. Würde Tom es mir jemals verzeihen, wenn ich ihn nicht informierte? Soll ich ihn jetzt anrufen? Aber wenn nun eine andere bei ihm ist? Doch bestimmt nicht, oder?*

*Ich hoffe nicht. Ich wünsche es mir.*

*Ich kann nicht sterben. Nicht in den nächsten vierundzwanzig Stunden.*

*Ich bin noch nicht so weit.*

*Die Chancen, dass ich diesen Eingriff überstehe, liegen bei eins zu drei.*

*Das ist wenig. Zu wenig, als dass ich das Risiko eingehen möchte.*

*Was denke ich denn da? Natürlich will ich es! Ich will leben. Ich muss leben. Es ist ein außerordentlicher Glücksfall, dass drei mögliche Spenderorgane gefunden wurden. Das ist vielleicht meine einzige Chance. Wenn es klappt, könnte ich viele gesunde Jahre vor mir haben. Der Eingriff könnte mir die Tür zu einer fantastischen Zukunft öffnen, genau wie Professor Taylor gesagt hat. Ich könnte weitere Songs schreiben. Ich müsste nie wieder an ein Sauerstoffgerät angeschlossen werden. Vielleicht kommen Tom und ich wieder zusammen. Damit wir uns ein Haus am Meer suchen können.*

*Also ja zur OP.*

*Aber wenn ich nun sterbe …*

*Also nein zur OP.*

*Nein, es muss ein Ja sein.*

*Ich muss Tom anrufen.*

*Mir ist schlecht. Am liebsten würde ich mir die Nasenkanüle herausreißen. Ich kriege keine Luft mehr. Der Sauerstoff hilft mir nicht. Ich ersticke. Helft mir! Bitte helft mir!*

»Ich bin da, Schatz.« Mum hält meine Hand fest umklammert. Dad sitzt auf der anderen Seite meines Betts.

Wieder klopft es.

Diana kommt herein.

»Wir müssen die Transplantation absagen. Es tut mir unendlich leid.«

Die Emotionen, die mich jetzt aufwühlen, machen mir klar, wie sehr ich mir ein Ja als Antwort gewünscht habe.

# 54

## Marys Tagebuch

**Februar 2002**

Im Auto roch es nach Desinfektionsmittel. Das Ärzte-Team hatte lange mit sich gerungen, sich dann aber gegen eine Transplantation entschieden, weil ein Mitglied des Teams Zweifel an der Qualität der Spenderlunge hatte.
Nicholas und ich sprachen auf dem Heimweg kein Wort. Was hätten wir auch sagen sollen? Wir waren beide wie betäubt. Außerdem wollten wir Alice nicht aufwecken.
Es war ein Albtraum. Es gibt kein anderes Wort dafür.
Ein nie enden wollender Albtraum …
In den Tagen danach wachte ich jeden Morgen mit einem Gefühl dumpfer Niedergeschlagenheit auf. Ich fragte mich, wie Nicholas es schaffte, sich im Gerichtssaal zu konzentrieren.
Aber er hat keine andere Wahl. Ich beneide ihn fast um die Ablenkung.
Das Verrückte ist, dass das Leben einfach weitergeht. Schon kurz darauf war Alice live in der Fernseh-Talkshow von Richard und Judy zu sehen, dem einflussreichsten Duo in der Medienbranche. Alice hatte wenige Tage nach dem nächtlichen Fehlalarm den Produzenten angerufen und ihm erklärt, sie stehe auf der Warteliste für eine Dreifach-Transplantation, wolle aber unbedingt Sängerin werden. Sie redete so lange auf ihn ein, bis er einwilligte, sie als Gast in die Show einzuladen. Der Fehlalarm hat ihr noch bewuss-

ter gemacht, dass die Zeit gegen sie ist. Ich kann ihr nicht verübeln, dass sie denkt, sie habe nichts mehr zu verlieren.

Nicholas nahm sich den Nachmittag frei, damit wir das Interview zusammen anschauen konnten. Jake und Lucy kamen auch herüber. Lucy hat mittlerweile einen ziemlich dicken Babybauch. Alice sah bildhübsch aus. Kaum zu glauben, dass diese wunderschöne, lebhafte, energiegeladene, optimistische junge Frau, die als Sängerin Karriere machen will, nur wenige Tage zuvor im Krankenhaus auf eine Transplantation gewartet hatte.

Es war für uns ein banger Moment, als Judy sie nach den Männern in ihrem Leben fragte. Tom hat nichts mehr von sich hören lassen, und ich weiß, wie weh ihr das tut. Ich mache ihm keine Vorwürfe, ich wünschte nur, es wäre anders gekommen. Alice reagierte sehr clever: Sie bekomme sehr viel Unterstützung von all ihren Freunden und Angehörigen, erwiderte sie und lenkte das Gespräch schnell wieder auf die Musik zurück und darauf, wie wichtig es sei, einen Organspenderausweis bei sich zu tragen. Ich war froh, dass sie Gelegenheit hatte, das Thema anzusprechen. Es kann doch nicht sein, dass Menschen wie sie, Menschen mit lebensbedrohlichen Krankheiten, die dringend auf ein Spenderorgan angewiesen sind, sterben müssen, während so viele Gesunde nach ihrem Tod kremiert oder bestattet werden, ohne ihre Organe für eine postmortale Spende zur Verfügung zu stellen. Das ergibt doch keinen Sinn. Zum Schluss sang Alice noch *The Right Time*, und wir alle hätten Richard küssen mögen, als er meinte: »Hallo, ihr da draußen vor den Fernsehgeräten – nehmt sie unter Vertrag!«

## 55

### Tom

Seine Mutter ruft ihn nur in Notfällen im Büro an. Tom ist versucht, nicht ranzugehen, weil er in einer halben Stunde eine Besprechung und noch eine Menge vorzubereiten hat. Aber vielleicht ist etwas mit seinem Vater. Er nimmt ab. »Mum, nur ganz kurz, ich hab nicht viel Zeit.«

»Tut mir leid, wenn ich dich störe …«

»Macht nichts. Ist etwas passiert?«

»Nein, nein.« Eine lange Pause. »Es geht um Alice.«

Ein stechender Schmerz durchzuckt ihn beim bloßen Klang ihres Namens. Er hält unwillkürlich die Luft an. »Was ist mit ihr?«, stößt er gepresst hervor.

»Sie ist im Fernsehen. Jetzt gerade.«

Er wagt wieder zu atmen.

Nach dem Anruf ist er hin- und hergerissen. Wenn er den Fernseher einschaltet, werden seine mühsam zurückgedrängten Schuldgefühle aufs Neue über ihn herfallen und ihn zerfleischen. Seit der Trennung vor über einem Monat ist seine Arbeit das Einzige, was ihm hilft, nicht den Verstand zu verlieren. Wenn er allein zu Hause sitzt, kann er an nichts anderes als an Alice denken. *Geht es ihr gut? Ist sie im Krankenhaus? Gibt es etwas Neues bezüglich der Transplantation?* Es ist unerträglich. Die Minuten verstreichen. Zu guter Letzt siegt seine Neugier. Er läuft den Gang hinunter zum Konferenzzimmer, das glücklicherweise leer ist. Auf dem langen Tisch ist schon alles für seine Besprechung vorbereitet: Gläser und ein Krug Wasser stehen da, die Unterlagen für die Teilnehmer liegen bereit.

Er schaltet den Fernseher ein. *Channel 4*, hat seine Mutter gesagt.

Alice singt *The Right Time*.

Tom sieht sie unverwandt an. Er ist unglaublich stolz. Alice ist der ehrgeizigste Mensch, den er kennt. Tom ist der Ansicht, dass der Mensch nicht so sehr dadurch an- und vorangetrieben wird, dass er glücklich und zufrieden ist, sondern dass vielmehr ein gewisses Maß an Unzufriedenheit mit sich und anderen dazu führt, dass man eine Sache leidenschaftlich verfolgt. Und Alice ist genau von diesem Drang, sich ständig selbst beweisen zu müssen, beseelt. Sie besuchte nicht einfach nur die Universität, nein, sie erhielt die Bestnote in Englisch. Er weiß noch, wie sie ihm von dem Moment erzählte, als sie am Anschlagbrett die Namensliste mit den Prüfungsnoten durchsah, ihren Namen aber nicht unter der Note 2.1 und auch nicht unter der schlechteren 2.2 finden konnte. Sie war enttäuscht, weil sie dachte, eine Drei bekommen zu haben. Doch auch dort: Fehlanzeige. Da endlich traute sie sich, ganz oben auf der Seite nachzuschauen. »Da muss denen ein schrecklicher Fehler unterlaufen sein«, hatte Nicholas sie offensichtlich geneckt, während er vor Stolz fast geplatzt war. Mit dem Singen ist es genau das Gleiche. Es kann nicht nur ein Hobby für sie sein. Sie möchte Anerkennung für ihre Begabung und wird nicht eher ruhen, bis sie die bekommen hat. Und jetzt tritt sie in der einflussreichen Talkshow von Richard und Judy auf! Tom würde sie am liebsten anrufen und sie beglückwünschen. Das wäre doch ein guter Vorwand, sich bei ihr zu melden. Manchmal denkt er, dass er einen furchtbaren Fehler gemacht hat. Die Lücke, die Alice und ihre Familie in seinem Leben hinterlassen haben, kann durch nichts gefüllt werden. Er hat kein Interesse an einer neuen Beziehung. George will ihn immer wieder verkuppeln – »du musst unbedingt wieder auf die Piste gehen!« –, aber der Gedanke ist in etwa so reizvoll wie verklumpter Haferbrei. Er erinnert sich, dass es ein Samstagmorgen war, an dem Alice diesen Song geschrieben hat. Sie saß im Schneidersitz auf ihrem Bett, kaute auf ihrem Bleistift herum und war genervt, weil ihr die richtigen Worte nicht einfallen wollten. Er kann ihre Stimme so deutlich hören, als wäre sie in diesem Augenblick hier bei ihm: »Jetzt hab ich's! Wie wär's damit, Tom?«

Es war oft unglaublich anstrengend mit ihr, aber andererseits hat sie etwas ganz Außergewöhnliches miteinander verbunden. Auf Mallorca hatten sie eine ihrer glücklichsten Wochen verbracht. Ein Bild taucht vor seinem inneren Auge auf: wie sie im Swimmingpool Walzer tanzten und sich dabei schieflachten. Tanzen ist für Alice mit ihren abgeflachten Fußgewölben normalerweise sehr schwierig, aber im Wasser konnten sie sich problemlos Ginger Rogers und Fred Astaire nennen. Er erinnert sich auch an einen besonders schönen Abend bei Alice daheim, als sie auf dem Bett saßen, das Abendessen auf dem Schoß, *Pop Idol* schauten und für Will Young stimmten. Er brauchte keine exotischen Orte, um mit ihr zusammen zu sein. Sie hatten gelernt, mit den einfachen Dingen des Lebens zufrieden zu sein.

Und er hatte sie gehen lassen.

Das Schlimmste war, dass sie es verstanden hatte. Alice konnte leidenschaftlich und hitzig sein, aber sie war nie irrational. Er hatte sich gewünscht, dass sie wütend auf ihn sein würde, so wütend wie er auf sich selbst. »Ich möchte heiraten. Eine Familie gründen«, hatte er zu ihr gesagt. Er hasst sich dafür. »Weißt du eigentlich, was du mir mit diesen Worten antust?«, hatte sie erwidert. Und: »Ich könnte dich niemals hassen.«

Immer wenn er zum Telefon greifen und sie anrufen will, zögert er. In Bezug auf Alice gibt es keine halben Sachen. Entweder ganz oder gar nicht. Sie können nicht bloß Freunde sein.

Das würde nicht funktionieren, nicht für ihn, nicht für sie. Wenn er den Kontakt zu ihr wiederherstellt, muss er sich ganz sicher sein, weil es unverzeihlich wäre, wenn er ihr noch einmal wehtäte.

Sein Herz applaudiert, als sie geendet hat. Sie lächelt direkt in die Kamera, und er muss daran denken, wie er sie bei Jakes Ausstellung zum allerersten Mal sah. *Nicht weinen, du Idiot, nicht weinen! Du hast gleich eins der wichtigsten Meetings deines Lebens.* In exakt fünfzehn Minuten trifft er den Chef eines großen Unternehmens, und dann fällt die endgültige Entscheidung darüber, ob er Toms Software für ein neues Computerspiel kaufen wird. Gut möglich, dass die Verträge heute noch unterzeichnet werden, deshalb kann er es sich nicht leisten, als emotionales Wrack herumzulaufen. Er muss den Fernseher ausschalten, Alice aus seinen Gedanken verbannen …

Aber er muss sie unentwegt anstarren, er kann nicht anders. Und als Richard sagt: »Hallo, ihr da draußen vor den Fernsehgeräten – nehmt sie unter Vertrag!«, würde er ihn am liebsten umarmen.

# 56

## Alice

»War mein Auftritt o.k.?«, frage ich Milly. Wir sitzen in einem Café ganz in der Nähe des Fernsehstudios. Das Adrenalin peitscht durch meinen Körper.

»Du warst ein richtiger Profi!«

»Wahnsinn, als Richard sagte …«

Milly nickt heftig.

»Hallo, ihr da draußen vor den Fernsehgeräten – nehmt sie unter Vertrag!«, sagen wir wie aus einem Mund und lachen los. Mein Handy klingelt. Mum. »Du warst einfach umwerfend!« Sie reicht mich an Jake, Lucy und meinen Vater weiter, die mich alle zu meinem Auftritt beglückwünschen. Dann ruft Cat an und erzählt mir, dass einer ihrer Freunde, der als Journalist arbeitet, die Sendung gesehen habe und kommenden Samstag einen Artikel veröffentlichen werde. Nach meinem Gespräch mit Pete hatte ich meine Geschichte aufgeschrieben und an einen von Cats Kontaktleuten bei der Presse geschickt.

Als Nächstes ruft Susie an. Eigentlich hätte sie hier bei uns sein sollen, aber sie steckt gerade mitten in einer intravenösen Antibiotikatherapie, die sie ziemlich mitnimmt. »Bond und ich klebten am Bildschirm und sind stolz wie Bolle!«

*Wenn ich meine Freude doch auch mit Tom teilen könnte!*

»Entschuldige«, sage ich zu Milly, als ich mein Handy endlich wieder einstecke. Mein Kaffee ist kalt geworden, ich muss mir einen frischen bestellen.

»Kein Problem, genieß deinen Ruhm.«

*Solange er währt …* »Am liebsten würde ich das Ganze noch

einmal machen«, gestehe ich. *Wie oft habe ich nicht im Klassenzimmer gesessen, aus dem Fenster gestarrt und von einem Auftritt vor Publikum geträumt … und jetzt ist mein Traum Wirklichkeit geworden! »Du wirst nie eine Sängerin sein, Alice.« Ich hoffe sehr, dass Miss Ward und Daisy Sullivan zugeschaut haben.*

Milly rührt ihren Kaffee um. »Das war toll, was du da gesagt hast – dass wir für den Augenblick leben sollen, dass wir nur dieses eine Leben haben und es deshalb nicht vergeuden dürfen.«

»Das hab ich gesagt?« Komisch, wenn man live vor der Kamera steht, geht alles so schnell, dass man vergisst, was man gefragt wurde oder was man gesagt hat.

Milly nickt. »Du hast auch über Organspenden gesprochen und dass die Leute Organspenderausweise ausfüllen sollen.«

»Glaubst du, Tom hat zugesehen?«, frage ich leise und mit bebender Stimme.

Ist er über unsere Trennung hinweg? Ist er erleichtert? Froh über seine Freiheit? Ich bezweifle, dass er sich die Show angesehen hat.

»Er fehlt dir sicher«, erwidert Milly.

*Ich kann gar nicht beschreiben, wie sehr er mir fehlt. Als Judy mich nach den Männern in meinem Leben fragte, kostete es mich meine ganze Kraft, nicht in Tränen auszubrechen. Ich sah Tom vor mir, wie er mit ölig verschmierten Händen sein Rad die Steinstufen zur Hintertür hinuntertrug. Ich hörte, wie er mich aufzog, weil ich* Pop Idol *einschaltete, und mir im Spaß vorwarf, ich würde seinen guten Fernsehgeschmack verderben. Ich dachte an unsere Ferien auf Mallorca, als er die Luftmatratze im aufgewühlten Meer festhielt und rief: »Na, komm schon, du mit deinen komischen Füßen! Spring endlich!« Obwohl ich eine Heidenangst hatte, sprang ich ins Wasser. Ohne ihn habe ich das Gefühl, ich ertrinke. Ich strampele verzweifelt, um nicht unterzugehen.*

»Soll ich ihn anrufen?«, frage ich Milly. Ich habe unzählige Nächte wach gelegen und darüber nachgedacht, ob ich mich mit ihm in Verbindung setzen soll, nur um seine Stimme zu hören.

»Keine Ahnung.« Sie spielt verlegen mit ihrem Teelöffel herum. »Ich hab null Erfahrung auf diesem Gebiet.«

»Vielleicht, weil du klug bist.«

»Ich bin nicht klug, Alice, ich bin ein Feigling. Sicher, ich werde nicht verletzt, aber ich weiß andererseits auch nicht, wie es ist, verliebt zu sein. Ich an deiner Stelle würde ihn anrufen. Das Leben ist viel zu kurz, das hast du selbst gesagt.«

»Und wenn er eine andere hat?« *Das könnte ich nicht ertragen.* »Ich glaube, das Risiko ist mir zu groß. Er hätte sich doch längst gemeldet, wenn ihm etwas an mir liegen würde.«

Milly seufzt. »Alice, ich glaube nicht, dass du glücklich sein wirst, wenn du es nicht wenigstens noch einmal versuchst. Es gibt Dinge und Menschen, für die zu kämpfen es sich lohnt.«

# 57

Es ist Freitagabend, drei Tage nach meinem Fernsehinterview. Morgen erscheint der Artikel mit meiner Geschichte. Aber im Moment kann ich nur an heute Abend denken. George hat mich auf seine Geburtstagsparty eingeladen, als ich noch mit Tom zusammen war, und ich habe beschlossen, Millys Rat zu befolgen: Ich werde kämpfen.

Ich bezahle den Taxifahrer, drehe mich um und werfe einen prüfenden Blick auf mein Spiegelbild in einem Schaufenster. »Du siehst toll aus«, versichert Cat, die mich zur moralischen Unterstützung begleitet. Ich trage Jeans und dazu ein schwarzes Seidentop, das Tom immer gefallen hat. Im Solarium war ich auch einige Male. Ich möchte wie das blühende Leben aussehen.

Wir betreten die Kneipe, während ich versuche, meine Nervosität zu bekämpfen. Auf meine Ansage, dass wir zu der Privatfeier möchten, schickt der Barkeeper uns in den dritten Stock. Wir steigen die Treppe hinauf. Cat und ich haben einen Plan ausgeheckt: Falls Tom da ist und es nicht läuft wie erhofft, werden wir uns schnellstmöglich wieder aus dem Staub machen. Wenn jedoch alles nach Wunsch läuft, wird Cat sich diskret zurückziehen. Es sei denn, sie lernt an der Bar einen großen, dunkelhaarigen Kerl kennen.

Ich muss einfach lässig wirken. *Himmel, wer soll mir das denn glauben?* Lässig? Mir ist schlecht vor Aufregung.

»Alice?«

George steht direkt vor mir.

Er küsst mich förmlich auf die Wange. »Ich habe nicht damit gerechnet, dass du kommst.«

»Ich … äh … ich … Alles Gute zum Geburtstag«, stottere ich.

»Tom ist nicht da«, erwidert er und tritt zur Seite, um jemanden vorbeizulassen.

»Oh. Gut.«

»Heißt das, er kommt überhaupt nicht?«, fragt Cat.

George wirft ihr einen Blick zu, als wäre ihm jetzt erst aufgefallen, dass ich nicht allein bin.

»Sorry, dass ich uneingeladen hereinplatze.« Sie streckt ihm die Hand hin. »Ich bin Cat. Alles Gute zum Geburtstag. Wir haben uns bei Alice' Auftritt kennengelernt.«

Wir folgen ihm die Treppe hinauf in einen überfüllten Saal, wo George mich beiseitenimmt. »Möchtest du dich setzen?« Er deutet auf einen einzelnen Stuhl.

»Nein, danke«, erwidere ich, verärgert über die Geste. Cat steuert auf die Bar zu.

»Weiß er, dass du kommst?« George ist sichtlich beunruhigt.

Bevor ich antworten kann, kommt Tanya zu uns. Wir umarmen uns flüchtig, und ich beglückwünsche sie zu ihrer Schwangerschaft. »Eine langweilige Angelegenheit«, meint sie und legt sich die Hand auf ihren Babybauch. »Kein Alkohol, und ich lebe auf dem Klo.«

Wann es denn so weit sei, will ich wissen. George beobachtet mich wachsam.

»Du siehst umwerfend aus.« Tanya tritt einen Schritt zurück und mustert mich von Kopf bis Fuß. »So unglaublich dünn!«, seufzt sie.

*Du kannst meine Krankheit gern haben …*

»Was macht die Musik?«, fragt sie. Im gleichen Moment gesellt sich eine große, dunkelhaarige Frau zu uns. Sie hat ein silbernes Abendtäschchen in der Hand. »Oh, das ist meine Schwester. Emma.«

»Waren Sie im Urlaub?«, fragt Emma mit Blick auf meine Bräune.

Wo soll ich anfangen zu erklären, dass ich mich seit sechs Monaten höchstens zwei Stunden von zu Hause entfernt aufhalten darf, falls der Anruf wegen meiner Dreifach-Transplantation kommt?

Aber ich brauche nichts zu erklären, weil Emma schon fortfährt: »Ich kenne hier keine Menschenseele. George und Tanya haben mich herzitiert, um mich mit einem gewissen Tom zu verkuppeln.« Sie verdreht die Augen. »Kennen Sie ihn zufällig?«

Sie wundert sich sicher, warum plötzlich eisiges Schweigen herrscht.

»Möchtest du was trinken?« George zieht mich mit sich. »Hat mir wirklich leidgetan, als ich das von dir und Tom erfahren habe.«

*Wirklich?* »Danke.«

»Wie geht es dir sonst so?«

»Großartig.«

»Hör mal, Alice, ich will nicht unhöflich sein, aber hältst du das hier wirklich für eine gute Idee?«

*Das ist genau der Punkt, Ich könnte allen, einschließlich Toms arrangierter Flirtpartnerin, einen Gefallen tun und gehen. Ich könnte Cat schnappen, nach Hause gehen und bereuen, nicht den Mut aufgebracht zu haben, hierzubleiben und Tom gegenüberzutreten.*

Ich drehe mich George zu. »Ich weiß, dass du mich nicht hier haben willst.«

»Was willst du damit sagen?«

»Ich weiß es schon lange«, sage ich ruhig.

Er läuft rot an. »Was weißt du?«

Ich begegne Cats Blick, der mich ermutigt fortzufahren. »Damals, an dem Wochenende. Ich hab gehört, was du zu Tom gesagt hast.«

Er vermeidet es, mich anzusehen, als er zu seinem Drink greift.

»Ich habe alles gehört, jedes Wort.« Meine Stimme bleibt ruhig. »Ich will keinen Ärger machen, und ich weiß, dass du sein bester Freund bist, aber … bitte vergiss nicht, dass ich ihn auch liebe.«

Cat folgt mir zu den Toiletten. Wir schließen uns in einer Kabine ein, und ich berichte ihr von meiner Unterhaltung mit George. Wir haben das alles schon einige Male durchgekaut, dass Tom mir möglicherweise klipp und klar sagt, dass unsere Geschichte für ihn Vergangenheit ist, aber ich muss ihm einfach sagen, dass es für mich nicht so ist. *Falls er überhaupt noch aufkreuzt.* »Auf ihn ist kein Verlass, das weißt du doch«, sagt Cat in diesem Moment, als könnte sie meine Gedanken lesen.

Ich nicke. »Immer zu spät, verdammt.« Wir grinsen beide.

»Geh«, sagt Cat. »Geh da raus und such ihn.«

Ich steuere auf die Bar zu. *Ich schaffe das.*

Dann sehe ich ihn. Ich bleibe wie angewurzelt stehen. »Alice?« Er macht ein Gesicht, als sähe er ein Gespenst. Meine Beine fühlen sich an, als seien sie aus Pudding.

Ich weiß nicht, wie lange wir da stehen und uns anstarren, mir kommt es wie eine Ewigkeit vor.

»George hat mir gesagt, dass du hier bist.« *George hat dich gewarnt.* »Ich hab gerade nach dir gesucht … Du siehst unglaublich aus.«

»Danke.« Obwohl seine Augen Wärme ausstrahlen, wirkt er

müde und abgekämpft. Ich muss mich beherrschen, mich nicht in seine Arme zu werfen. »Wie geht's dir?«

»Gut. Möchtest du was trinken?«

Auf unserem Weg an die Bar begegne ich Georges Blick. Er wendet ihn schnell ab und tut so, als wäre er in eine Unterhaltung mit Tanya und seinen Freunden vertieft. »Und wie geht's dir?«, fragt Tom, nachdem er mir einen Ananassaft bestellt hat.

»Viel besser.« *Ein wenig* künstlerische Freiheit *in Bezug auf die Wahrheit hat noch keinem geschadet.*

»Du siehst richtiggehend gesund aus.«

»Ja, ich nehme dieses neue Antibiotikum.«

»Super.«

»Wie läuft's bei deiner Arbeit?«

»Ich habe den Vertrag bekommen. Sie haben meine Software gekauft.«

Ich proste ihm mit meinem Ananassaft zu. »Das ist bis jetzt die beste Nachricht in diesem Jahr. Gratuliere.«

»Danke.« Er sieht mich immer noch an, als stünde er unter Schock, als könnte er es nicht fassen, dass ich hier bin.

»Und was steht als Nächstes an?«

»Jetzt leg ich erst mal eine Pause ein.«

»Die hast du dir auch verdient, Tom. Mehr als jeder andere.«

»Außer dir.«

Die Art, wie er das sagt und mich dabei ansieht, weckt in mir jetzt schon ein banges Gefühl bei dem Gedanken daran, die Party ohne ihn zu verlassen, zu Hause in ein leeres Bett zu klettern, von Tom zu träumen, am nächsten Morgen aber allein aufzuwachen …

»Wie läuft's mit der Musik? Mum hat dich in der Show von Richard und Judy gesehen.«

»Im Ernst?«

»Ja. Sie hat gesagt, du seist richtig gut rübergekommen. Dad hat auch zugeschaut.«

*Und du, hast du mich auch gesehen?*

Ich bringe es nicht über mich, ihm diese Frage zu stellen. Wir sehen uns nur an. So vieles bleibt ungesagt.

»Wie geht’s Lucy?« Er ringt sich höflichen Small Talk ab. »Im wievielten Monat ist sie jetzt?«

»Fast im siebten.«

»Und Jake?« Er räuspert sich. »Schade, dass ich seine letzte Ausstellung verpasst habe.«

Tanya und Emma lehnen an der Bar. Emma sieht zu uns herüber. »Du sollst heute Abend offensichtlich verkuppelt werden.«

»Tanya hat so etwas in der Richtung erwähnt, ja.«

Er hätte also mitgespielt. »Ich geh dann mal besser.« *Wäre ich doch nicht hergekommen.*

Ich blicke mich nach Cat um. Ich will nach Hause. Ich kann das hier nicht. Toms Verhalten zeigt mir ganz deutlich, dass er immer noch etwas für mich empfindet, aber es hat sich nichts geändert. Er wird mir nicht nachlaufen, nicht versuchen, mich zurückzugewinnen. Das hier ist kein Film. Es wäre bescheuert von mir zu glauben, dass ihm etwas an einer Wiedervereinigung liegt. Und ich kann nicht bloß mit ihm befreundet sein. Das wäre, als würde ich das wertvollste Gemälde besitzen, ohne es je an meine Wand hängen zu können.

Doch dann drehe ich mich noch einmal zu ihm um. »Ich hasse das, Tom. Ich hasse es, nicht mit dir zusammen zu sein. Denkst du eigentlich manchmal an mich?«

Ich staune selbst über die Wut in meiner Stimme, darüber, dass es mir völlig gleichgültig ist, ob ich mich zum Narren mache oder nicht. Was habe ich noch zu verlieren?

»Ob ich *manchmal* an dich denke?« Jetzt wird auch er laut.

»Wenn ich aufwache, frage ich mich, wie es dir geht. Wenn ich ins Bett gehe, wünschte ich, du würdest neben mir liegen. Wenn es draußen kalt, nass und dunkel ist, hoffe ich, dass du daheim und in Sicherheit bist. Wenn ich mein Mikrowellenmenü für eine Person esse, muss ich daran denken, wie ich ein Tablett mit dem leckeren Eintopf deiner Mutter und einer Flasche Wein von deinem Vater für uns hinuntergetragen habe. Wenn ich Musik höre, egal, welche, denke ich an dich. Ich frage mich andauernd, ob dein Piepser losgegangen ist oder ob du vielleicht krank im Krankenhaus liegst. Ich denke daran, wie ich dir morgens als Erstes einen Kuss auf deine Stupsnase gegeben und deine komischen Füße gedrückt habe. Hundertmal hab ich zum Telefon gegriffen, weil ich dich anrufen wollte, aber dann denke ich an all die Dinge, die ich zu dir gesagt habe, und habe solche Schuldgefühle und hasse mich noch mehr, weil ich so schwach bin, weil ich dich im Stich gelassen habe, und ich kann dich nicht noch einmal verletzen, das kann ich nicht, das werde ich nicht, niemals …« Er hält inne und holt Luft. »Da hast du die Antwort.«

George und Cat sind zu uns getreten. »Geh schon«, sagt er zu Tom, eine Hand auf dessen Schulter. »Seit ihr euch getrennt habt, schleichst du nur noch todunglücklich durch die Gegend, und allmählich wird's langweilig.« Er lacht kurz auf. Tom und ich sehen uns an, ein Lächeln breitet sich auf unseren Gesichtern aus. »Los, haut schon ab, ihr zwei. Wenn Tanya und ich uns auch nur halb so viel lieben, wie ihr zwei euch liebt, können wir uns glücklich schätzen.«

In dieser Nacht liegen Tom und ich nebeneinander im Bett. Als ich ihm von dem falschen Alarm erzähle, wird es ganz still im Zimmer. Ich höre nur, wie er atmet. Schließlich sagt er: »Du wirst das nie wieder allein durchstehen. Ich kann nicht glauben, dass ich nicht da war …«

»Ich hatte ja Mum und Dad.«

»Du hättest sterben können.«

»Aber ich bin jetzt hier.« *Und du bist bei mir.*

»Ich hatte schreckliche Angst, Alice.«

»Kann ich dir nicht verdenken.«

»Ich hatte regelrecht Panik.«

»Ich weiß.« *Es tat weh, aber ich konnte dich verstehen.*

»Wir können nur hoffen und beten, dass dein Piepser noch mal losgeht und es dann nicht wieder ein Fehlalarm ist.«

»Möglich wäre es, Tom. Wenn es einmal passiert ist, könnte es auch ein zweites Mal passieren.«

*»Du hast nach meiner Einschätzung bestimmt noch zwei Jahre zu leben, aber wenn mich jemand fragen würde, ob du noch fünf Jahre hast, müsste ich die Antwort schuldig bleiben.«*

Ich war sechsundzwanzig, als Professor Taylor das zu mir gesagt hat. Bald werde ich dreißig. Ist meine Zeit bald abgelaufen?

»Ich kann nur hoffen, dass irgendjemand dort oben zuhört und dass mein Schutzengel im richtigen Moment zur Stelle ist«, füge ich hinzu. »Mehr kann ich nicht tun.«

»Dein Schutzengel muss jetzt eingreifen, Alice.« Und nach einer Pause: »Glaubst du wirklich an Schutzengel?«

*Was bleibt mir anderes übrig?* »Dich hat doch auch jemand gerettet, als du deinen Autounfall hattest.«

»Ja, die Rettungskräfte.«

Ich werfe ihm einen Blick von der Seite zu. »Könnte doch sein, dass dort oben Konferenzen abgehalten werden, Verschwörungen stattfinden. Vielleicht hat sich jemand Gedanken gemacht, wie er uns beide zusammenbringen könnte. Vielleicht wären wir uns nie begegnet, wenn du nicht mit dem Auto verunglückt wärst. Manchmal denke ich, alles geschieht aus einem bestimmten Grund. Und deshalb« – ich küsse ihn – »deshalb glaube ich an Schutzengel.«

In dieser Nacht schlafe ich tief und fest, weil ich in Toms Armen endlich inneren Frieden gefunden habe.

Am nächsten Morgen kommt Mum die Treppe herunter und wedelt mit einem Hochglanzmagazin, auf dessen Titelseite ich in voller Größe abgebildet bin. »Oh!« Sie bleibt abrupt stehen, als sie Tom erblickt. Ein Lächeln gleitet über ihr Gesicht, dann lacht sie, weint fast, als ob der verlorene Sohn endlich heimgekehrt wäre. »Entschuldigt, ich hab nicht gewusst …«

»Hi, Mary.« Tom, in Boxershorts, springt mit einem Satz aus dem Bett. Er küsst meine Mutter auf beide Wangen. Mir fällt auf, dass die beiden einen Blick wechseln, als ob Mum ihn fragte, ob er zurückgekommen sei, endgültig dieses Mal. Ich sehe, wie Tom nickt. »He, wer ist denn diese hinreißende Schönheit auf dem Titelblatt?« Ich sitze barfuß und in einem Sommerkleid, angeschlossen an mein gutes altes Sauerstoffgerät, auf den Stufen im Garten, im Hintergrund die Weidenblättrige Birne mit ihren schmalen silbernen Blättern. Mir stockt der Atem. Zum ersten Mal werde ich so deutlich mit meinem äußeren Erscheinungsbild konfrontiert, mit der schonungslosen Realität meiner Mukoviszidose.

»Keine Ahnung«, antwortet meine Mutter und wedelt mit dem Magazin in meine Richtung. »Sie sieht bezaubernd aus, finde ich. Anscheinend eine Sängerin. Und komischerweise ist auch ein Bild von mir drin. Und eins von Jake und Nicholas. Ich glaube, sogar du wirst erwähnt, Tom.«

»Her damit! Her damit! Hast du's gelesen? Hast du's gelesen?« Wieso sage ich alles zweimal?

Mum geht wieder nach oben. Tom setzt sich zu mir aufs Bett, und ich lese laut vor: »Ich bin eine junge Frau Ende zwanzig mit all den Hoffnungen und Wünschen jeder Frau meines Alters. Ich liebe Musik, Reisen, meine Freunde und meine Katzen. Ich träume davon, Sängerin zu werden, aber meine Lebenserwartung beträgt gerade einmal dreißig Jahre. Dagegen will ich mit all meiner Kraft ankämpfen.«

»Das ist unglaublich, Alice«, murmelt Tom, während er weiterliest.

Ich blättere um. Es ist ein merkwürdiges Gefühl, meine Geschichte abgedruckt zu sehen.

»Was hat dich dazu gebracht, so offen zu sein?«

»Das war Petes Idee. Er hat gemeint, ich soll meine Krankheit nicht verheimlichen.«

»Ein kluger Schachzug!«

»Er ist wieder da!«, hören wir Mum oben in der Küche rufen. »Nicholas, er ist wieder da!«

»Ich nehme an, du sprichst von Tom«, antwortet mein Dad. Die Erleichterung ist ihm anzuhören.

»Ist das nicht wunderbar?«

Dann ruft sie zu uns herunter, dass sie ausgehen werden. »Sind in ein paar Stunden wieder da!«

»Ich kann mit Fug und Recht behaupten, dass meine Eltern über unsere Versöhnung sehr viel glücklicher sind als manch anderer.«

»Meine Eltern mögen dich sehr, und du warst George nie unsympathisch.«

»Ich weiß.« *Vor allem nach dem gestrigen Abend …*

»Außerdem spielt es keine Rolle, was andere denken. Ich bin erwachsen und treffe meine eigenen Entscheidungen.«

»Genau. Du streckst deinen Kopf aus dem Zugfenster und wunderst dich, wenn er abgerissen wird.«

»Du erinnerst dich an diesen Satz aus meinem Schulzeugnis?«

»Na klar. Ich erinnere mich an alles.«

»Glaubst du, das wüsste ich nicht?« Tom lacht. Mein Handy

klingelt. Dann klingelt auch das Festnetztelefon. Es hört gar nicht mehr auf, aber ich kann nicht rangehen, ich bin viel zu beschäftigt damit, Tom zu küssen. Oben klingelt das Telefon meiner Eltern. Alle Anrufer hinterlassen die gleiche Nachricht: Sie hätten den Artikel gesehen. »Deine Fans«, murmelt Tom, als mein Handy schon wieder vibriert. »Was hältst du von folgendem Plan«, er wirft mein Handy auf die andere Seite des Zimmers, bevor er fortfährt, »wir strecken beide den Kopf aus dem Zugfenster und warten einfach ab, was passiert.« Wir schlüpfen wieder unter die Bettdecke. »Ich hoffe, du hast richtig tief durchgeatmet, Alice. Du wirst nämlich eine Menge Energie brauchen für das, was ich mit dir vorhabe …«

»Klingt aufregend.«

»Atmen, Alice, atmen!«

Wir können nicht mehr aufhören zu lachen, während wir aufs Neue schmusen.

# 58

Es ist Ende Juni. Seit fast zehn Monaten stehe ich auf der Warteliste für eine Organtransplantation. Tom und ich sind glühende Fans der Fernsehserie *24* und verpassen keine einzige Folge. Lucy, mein halbinvalider Zwilling, steht kurz vor der Entbindung. Jake arbeitet mit Hochdruck an seiner nächsten Ausstellung. Nach dem Erscheinen des Artikels über mich bekomme ich viele Briefe und E-Mails – meine Fanpost, zieht Dad mich immer auf –, die ich im Bett sitzend beantworte, während mein Vernebler läuft. Die schweren Schicksale anderer Menschen machen mir Mut. Sie zeigen, dass keiner von uns allein ist. Wir alle müssen kämpfen, und das verbindet uns. Pete hat weitere Demos an Plattenfirmen geschickt; der Vertrag scheint in Reichweite zu sein, aber es zeichnet sich noch nichts Konkretes ab. Ich gehe nach wie vor zu Trisha. Oft nehme ich mir ein Taxi zu ihrem Studio, oder Mum fährt mich bis vor die Tür, damit ich mir meine Energie fürs Singen aufsparen kann.

*Ich muss es weiter versuchen. Ich werde nicht aufgeben.*

Und dann ist endlich Wochenende, und ich bin mit meiner Anti-Selbsthilfegruppe im Chiswick Park. Ich habe Susie mit dem Auto abgeholt. Es gibt auf dem Gelände einen Parkplatz, sodass uns zusätzliche Wege zu Fuß erspart bleiben.

»Guck mal, Bond macht sein großes Geschäft.« Milly zeigt auf den Hund auf der Rasenfläche.

Wir schauen zu, als Susie mit schleppenden Schritten zum Tatort geht. »Es geht ihr schlechter«, sage ich leise zu Milly. »Sie kriegt kaum noch Luft.«

»Ich weiß. Neulich hat sie kaum das Stück die Straße rauf zum Briefkasten geschafft.«

»Ich bin total erledigt«, klagt Susie, als sie wieder da ist. »Zu viele durchgefeierte Nächte. Können wir uns kurz setzen?«

Wir steuern die nächste Bank unweit des Cafés an und lassen uns nacheinander darauffallen. »Was sind wir doch für jämmerliche alte Schachteln!« Susie bückt sich und hebt Bond auf ihren Schoß.

»Wir sind Olympioniken«, verbessere ich sie. Trisha sagt immer, sie werde eine Goldmedaillengewinnerin aus mir machen, und wenn es das Letzte sei, was sie täte.

»Ein Glück, dass wir es nicht eilig haben«, sinniert Milly.

Wir genießen den Frieden, die Strahlen der Sonne, die unsere Gesichter erwärmen. Ich schaue einem kleinen blonden Mädchen in einem geblümten Sommerkleid zu, das durchs Gras läuft, einen Jack-Russell-Terrier neben sich.

»Ich muss mit dem Professor reden«, sagt Susie unvermittelt in unser Schweigen hinein. »Meine Antibiotika …« Sie inhaliert ihr Asthmaspray. »Sie wirken nicht mehr.« Es gelingt ihr ganz offensichtlich nur schwer, nicht in Tränen auszubrechen.

»Susie? Was ist los?« Milly spürt genau wie ich, dass es um mehr als um ihre Medikamente geht.

Mein Handy klingelt. Pete. Ich lasse es klingeln.

»Er fehlt mir«, flüstert Susie.

Als ich meinen Arm um sie legen will, rückt sie ein Stück weg, als würde mein Mitgefühl alles nur noch schlimmer machen. Hoffentlich bereut sie nicht, dass sie Ethan verlassen hat. Hoffentlich gibt sie nicht mir die Schuld daran. Hoffentlich kehrt sie nicht zu ihm zurück, bloß weil kein anderer da ist.

»Wenn ich dich und Tom sehe … ich … ich hätte ihn … schon vor langer Zeit … verlassen sollen. Ich habe mein Leben vergeudet.«

»Nein, das stimmt nicht«, widersprechen Milly und ich entschieden wie aus einem Mund.

»Ich weiß nicht einmal, ob … ob ihm jemals etwas an mir lag. Ich weiß, dass ich ohne ihn … besser dran bin, aber … ich bin so einsam.«

Bond schaut zu ihr auf, als wolle er sagen: Du hast doch mich.

Milly kramt ein Päckchen Papiertaschentücher und einen Schokoriegel aus ihrer Handtasche.

Mein Handy klingelt. Wieder Pete. Ich drücke ihn weg. »Komm her«, sage ich zu Susie. Ich halte sie ganz fest, bis ihr Tränenstrom versiegt.

Wir lassen den Spaziergang ausfallen und gehen direkt ins Café, wo wir Salat, Käsesandwiches und Pommes frites bestellen.

Wieder klingelt mein Handy, wieder ist es Pete. Scheint dringend zu sein. Diesmal nehme ich das Gespräch an.

»Wo bist du?«, fragt er.

»Unterwegs, mit Freundinnen.«

»Ich versuche seit einer Ewigkeit, dich zu erreichen!«

»Sorry. Was gibt es?«

»Ich hab Neuigkeiten.«

Etwas an der Art, wie er das sagt, lässt mich aufhorchen. Ich entschuldige mich bei den Mädels und gehe nach draußen. »Erzähl schon, was sind das für Neuigkeiten?« Mein Herz schlägt eine Spur schneller.

»Bleib jetzt ganz ruhig.«

Ich bin alles, nur nicht ruhig.

»Sony lädt dich zu einem Gespräch ein.«

»Was?«, kreische ich so laut, dass Susie und Milly sich drinnen im Café zu mir umdrehen.

»Die bei Sony, was ja bloß eins der weltgrößten Musiklabels

ist, waren nicht nur angetan von deinem Demo – sie waren hellauf begeistert!«

Ich bin wie vor den Kopf geschlagen, bringe kein Wort heraus.

»Alice? Bist du noch da?«

»Ja. Ja, ich bin noch da.« *Passiert das hier wirklich? Oder schlafe ich und träume?*

»Der Termin ist nächsten Montag.«

Heute ist Samstag. Also übermorgen.

»Um drei Uhr.« Der Name der A & R-Frau sei Vanessa Pollen, sie habe den Artikel über mich gelesen und mich live im Fernsehen singen hören, weiß also über meine Krankheit Bescheid.

*Ich liebe Vanessa Pollen jetzt schon!*

»Ich glaub das einfach nicht«, stammele ich. Mir ist schwindlig vor Aufregung.

»Doch, glaub es ruhig. Unsere Chancen stehen nicht schlecht. Vanessa fährt voll auf deine Musik ab, jetzt muss sie sich bloß noch in dich verlieben, und das wird sie, da bin ich mir sicher.«

Als ich an unseren Tisch zurückkehre, wollen die Mädels sofort wissen, was los ist.

»Sony lädt mich zu einem Gespräch ein«, sage ich, immer noch fassungslos.

»Ich glaub, mein Hamster bohnert!«, kreischt Susie. »Sogar ich weiß, wer Sony ist!«

Die Mädels bestürmen mich mit Fragen: Wann findet das Gespräch statt? Wie könnte es ablaufen? Was werde ich anziehen? Muss ich vor einer Jury etwas singen? Werde ich noch am selben Tag eine Antwort bekommen?

Daran hab ich noch gar nicht gedacht. Ich könnte schon ab Montag unter Vertrag stehen. Ich bin meinem Ziel verlockend nahe.

*Bleib auf dem Teppich. Schraub deine Hoffnungen nicht zu*

*hoch. Gut möglich, dass du ein Nein zu hören kriegst, und dann stehst du wieder ganz am Anfang. Aber wenn sie mir einen Gesprächstermin anbieten, müssen sie sich ihrer Sache doch ziemlich sicher sein, oder? Wozu sonst der ganze Aufwand? Warum meine und ihre Zeit vergeuden?*

Einerseits bin ich vor Aufregung ganz aus dem Häuschen, habe andererseits aber ein schlechtes Gewissen, weil ich mit Tom über alle Maßen glücklich bin und jetzt auch noch diese gute Nachricht bekommen habe. Mir ist das Milly und Susie gegenüber unangenehm.

»Sei nicht blöd«, wehrt Susie ab. »Das hilft mir, den Scheiß, den ich am Hals habe, zu ertragen.«

»Ich sag dir was, Alice.« Milly knallt ihre Kaffeetasse hin.

Susie und ich wechseln einen Blick. »Schieß los.«

»In meinem Leben gibt es keine Höhen und keine Tiefen. Nur Mittelmaß. Ich kümmere mich um das Leben meines Chefs, aber nicht um mein eigenes. Ich lebe im Leerlauf.«

Weder Susie noch ich können dem widersprechen. »Ich werde mir kein Tattoo stechen lassen, und ich werde auch keinen Plattenvertrag bekommen, aber ich werde aufhören, Angst zu haben, vor allem vor Zurückweisung, und anfangen zu leben, und zwar von heute an. Wisst ihr was? Ich werde mir eine Auszeit von der Arbeit nehmen und von meinem Ersparten eine Reise nach Rom machen. Ich wollte immer schon die Sixtinische Kapelle besuchen.«

»Gott sei's getrommelt und gepfiffen!« Susie klatscht in die Hände.

»Und ich werde mir einen Partner suchen.«

»Gott sei's getrommelt und gepfiffen!«, greife ich Susies Worte auf.

Mein Handy klingelt. Ich gehe davon aus, dass es Pete ist, und nehme den Anruf an, ohne aufs Display zu schauen.

»Du bist Tante«, ächzt Jake. Er klingt, als hätte *er* das Kind zur Welt gebracht. »Wir haben eine kleine Tochter.«

Ich beginne zu kreischen wie verrückt, was mir befremdliche Blicke von den Frauen am Nebentisch einträgt. Eine von ihnen zeigt auf mich und sagt zur Bedienung: »Ich hätte gern das Gleiche wie sie!«

»Sie kriegt einen Plattenvertrag von Sony«, erklärt Susie. »Lassen Sie sich von meiner Freundin ein Autogramm geben, sie wird bald reich und berühmt sein!«

»Und außerdem habe ich gerade erfahren, dass ich Tante geworden bin!«, füge ich hinzu, was mir eine Runde Applaus einbringt.

Ich verspreche Jake, am Abend vorbeizukommen. Unsere Eltern kämen auch, sagt er. Einen Namen hat meine Nichte noch nicht. Ich beschließe, ihm später persönlich von meinem Termin bei Sony zu erzählen. Es gibt so viele Leute, denen ich die Neuigkeit unbedingt erzählen muss.

Nach meinem Telefonat mit Jake bitte ich den Kellner, uns eine Flasche Wein zu bringen. »Sie haben doch Wein, oder? Ich hätte gern den teuersten, den Sie haben!«

»Wir schenken Wein nur in Gläsern aus.«

»Wunderbar. Dann bitte drei Gläser vom besten!«

»Alice!«, sagt Milly tadelnd.

»Wolltest du nicht anfangen zu leben?«, bemerkt Susie.

Milly guckt sie zerknirscht an. »Ach ja, richtig.«

»Rot oder weiß?«, fragt mich der Kellner.

»Das überlasse ich Ihnen.« Er blickt mich verwirrt an, also füge ich hinzu: »Es spielt wirklich keine Rolle.«

Er bringt uns drei Gläser Rotwein. Milly schnappt nach Luft, als sie die Rechnung sieht, die sich auf einundzwanzig Pfund beläuft.

»Das geht auf mich, keine Bange.« Ich reiche jeder ein Glas.

»Das ist ein Pinot Noir«, sagt der Kellner.

»Ein Pinot Noir! Ganz exquisit.« Ich trinke seit Monaten keinen Alkohol, weil meine Leber es nicht mehr verkraftet.

»Du weißt doch, dass ich allergisch auf Alkohol reagiere, das ist reine Verschwendung«, protestiert Milly.

Ich lehne mich zurück. »Das bezweifle ich. Ich möchte einen Toast ausbringen und das hier« – ich hebe mein Glas – »das hier gibt mir das Gefühl, normal zu sein, und dafür würde ich eine Million hinblättern, wenn ich könnte, also was sind schon einundzwanzig Kröten?«

»Na dann …« Milly und Susie greifen nach ihren Gläsern.

Ich proste den beiden zu. »Auf Milly und ihre künftigen Reiseabenteuer!«

»Auf Susie!« Ich berühre sie an der Schulter. »Du wirst niemals allein sein.«

»Auf Alice«, sagt Milly, »die es den Leuten von Sony zeigen wird!«

# 59

Später an diesem Abend ziehe ich die Schublade meiner Kommode auf, in der ich die vor einigen Wochen gekauften Babysachen verstaut habe. Ich habe eine Garnitur für ein Mädchen und eine für einen Jungen gekauft. Im Laden sagte man mir, ich könne die, die ich nicht brauchen würde, zurückgeben. Insgeheim hatte ich gehofft, dass es ein Mädchen werden würde. Ich berühre die winzigen, mit roten Blüten bestickten Schuhe in Rosa und Weiß. Unvorstellbar, dass auch ich einmal so klein gewesen bin! Dazu habe ich einen passenden Strampler in Rosa und Weiß gekauft. Jetzt, wo Tom und ich wieder zusammen sind, frage ich mich manchmal schon, ob wir wohl heiraten werden. Als ich klein war und mit meiner Mutter an einem Geschäft für Brautmoden vorbeigegangen bin, hat sich jede von uns im Schaufenster das Kleid ausgesucht, das ihr besonders gefiel, das Kleid, in dem ich zum Traualtar schreiten würde. Es kam mir nie in den Sinn, dass das vielleicht gar nicht eintreten würde …

»Himmel, hast du mich erschreckt!«, rufe ich, als Tom sich neben mich kniet und mich ein weiteres Mal zu meinem Termin bei Sony beglückwünscht. Ich habe ihn und Cat gleich angerufen, nachdem ich mich von den Mädels verabschiedet hatte. Er nimmt einen Babyschuh und legt ihn auf seine Handfläche. Einen Augenblick lang sehe ich unser kleines Mädchen vor uns, blond, mit Toms blauen Augen. Sie sieht aus wie das blühende Leben, während sie zwischen uns zum Strand hinuntertappt, ihre Hände vertrauensvoll in unseren. Dann sehe ich sie in einem rosarot getüpfelten Badeanzug, wie sie Sandburgen baut. Sie läuft auf ihren pummeligen Beinen zu Tom, hält ihm eine Muschel ans Ohr und fragt, ob er das Rauschen der Wellen hören könne. Sie hat mein Lächeln und Toms Lachen. »Es ist so still im Haus«, murmelt er. Ich spüre, dass er seinen eigenen Gedanken nachhängt, Gedanken, die sich um Kinder und Vaterschaft drehen.

Ich nehme ihn in die Arme und drücke ihn fest. Wir brauchen beide eine Umarmung. »Sollen wir rübergehen?«

»Ja, ich finde schon.«

Natürlich möchte ich Jake, Lucy und das Neugeborene sehen, aber ich würde lügen, wenn ich leugnete, dass es mir einen Stich versetzt. Tom empfindet es genauso.

»Was ist denn das für ein Krach?«, wundert sich Dad, als Tom mich die Treppe hinaufträgt.

»Das kann nur einer sein!«, erwidert Mum trocken.

»Die Einbrecher sind da! Wo ist der Schmuck?«, ruft Tom, während er mich in Jakes und Lucys Schlafzimmer absetzt. Lucy liegt im Bett, ein kleines Bündel in den Armen. Sie sieht erschöpft, aber überglücklich aus. Mum sitzt in einem Korbsessel neben dem Babytragekorb an ihrem Bett und kann den Blick nicht von ihrer Enkelin wenden. Ich umarme meinen Bruder und überreiche Lucy dann mein Geschenk, das ich mit einer rosa Schleife umbunden habe.

»Hier.« Lucy streckt Mum das Baby hin.

»Darf ich?«

Lucy nickt.

Nachdem Mum ihr das Baby behutsam abgenommen hat, packt Lucy das Geschenk aus. »Oh Alice, das ist entzückend!« Sie hält die Garnitur hoch. »Ich danke dir.«

»Es ist von uns beiden.«

»Ja, ich hab die Schuhe gestrickt«, sagt Tom todernst. Alle

lachen. Er geht neben meiner Mutter in die Hocke, um einen Blick auf das Baby zu werfen. Ich hocke mich neben ihn. Meine Nichte sieht mit ihren großen blauen Augen und den dunklen Haaren wie ein Robbenjunges aus. Ich streichle vorsichtig ihre Hand. »Sie hat so einen altklugen Gesichtsausdruck, findest du nicht? So etwas Abgeklärtes.«

»Sie ist eben reif für ihr Alter«, sagt Dad, und seine Augen funkeln vor Stolz.

»Das seh ich auch so«, pflichtet Tom ihm bei. »Sie ist eindeutig zu Größerem bestimmt.« Wir sind uns einig, dass sie eine künstlerische Laufbahn einschlagen wird – schließlich hat sie Eltern, die beide malen.

»Habt ihr schon einen Namen ausgesucht?«, frage ich.

»Sie soll Rose Alice heißen«, antwortet Jake. Er setzt sich auf die andere Seite des Betts.

»Und du sollst ihre Taufpatin sein«, fügt Lucy hinzu.

Ich bin zutiefst gerührt. »Ich weiß gar nicht, was ich sagen soll. Ich danke euch, das ist lieb von euch.«

»Komm, jetzt erzähl ihnen *deine* Neuigkeiten«, drängt Tom.

»Sony hat mich zu einem Gespräch eingeladen. Mein Demo hat ihnen sehr gefallen.«

Alle reißen in fassungslosem Erstaunen Augen und Mund auf. Würde das Baby nicht schlafen, wären sie vermutlich in Freudengeheul ausgebrochen. Einmal mehr werde ich mit Fragen bestürmt.

Das Baby kräht dazwischen.

»Rose Alice ist der Meinung, dass du es schaffen wirst«, bemerkt Jake lächelnd.

Viel später, als wir nebeneinander im Bett liegen, sage ich zu Tom: »Es macht einen nachdenklich, nicht wahr, so ein neues Leben.«

Schweigen. »Tom?«

»Ich darf dich nicht verlieren«, flüstert er.

»Schsch! Das wirst du nicht.« Ich verschränke meine Finger mit seinen.

»Ich kann dich nicht verlieren.«

»Du wirst mich nicht verlieren«, versichere ich ihm.

»Ich kann mir eine Welt ohne dich nicht vorstellen.«

Ich wende mich ihm zu. »Das brauchst du auch nicht, ich verspreche es.«

Als Tom eingeschlafen ist, schlüpfe ich vorsichtig aus dem Bett, schnappe mein Notizbuch und schleiche mitsamt meinem Sauerstoffgerät zum Sofa, wo ich die kleine Leselampe einschalte. Ich habe den Song vollkommen klar im Kopf. Ich schreibe und schreibe und krieche erst wieder zu Tom ins Bett, als das erste Morgenlicht durch die Vorhänge sickert.

# 60

Ich sitze im Schneidersitz auf meinem Bett, neben mir einen starken schwarzen Kaffee, und singe den Song, den ich mitten in der Nacht für Tom geschrieben habe.

»Eine wunderschöne Melodie«, sagt Rita, die gerade die Treppe herunterkommt. »Das würde mein Lieblingssender garantiert spielen!«

Sie trägt wie üblich ihren marineblauen Schwesternkittel und flache Schuhe. Ihre roten Haare stehen wirr von ihrem Kopf ab, die Brille mit dem lila Gestell sitzt auf der Nasenspitze. Nach einem flüchtigen Blick durch den Raum meint sie: »Wie sieht es denn hier aus? Das ist sogar für deine Verhältnisse extrem!« Sie lässt ihre Schultertasche und ihren Arztkoffer aufs Bett fallen und bückt sich dann nach ein paar Büchern und anderen Gegenständen, die irgendwie auf dem Fußboden gelandet sind. »Macht es dir Spaß, in so einem Schweinestall zu leben?«

»Ich werde später aufräumen, Rita.«

»Klar, und ich werde Colin Firth heiraten.«

Mit einer Geste in Richtung meiner Gitarre erkläre ich: »Ich habe nachher einen wirklich wichtigen Termin. Bei Sony«, füge ich hoheitsvoll hinzu.

»Ah ja, Mary hat mir davon erzählt«, erwidert sie keineswegs so beeindruckt wie erhofft. »Überall Staub!« Sie fährt mit der Hand über meine Kommode und betrachtet dann angewidert ihre schmutzig grauen Finger. »Da kommt auch eine Menge vom Garten rein.« Sie geht zur Glasschiebetür hinüber und schließt sie.

»Hey, ich wollte frische Luft!«

»Aber der Staub ist nicht gut für dich und deine Lungen.«

»Die sind doch sowieso schon im Arsch.«

»Alice!«

»Ist doch wahr.«

Sie geht ins Bad. Als sie zurückkommt, öffnet sie den Kühlschrank, um meine Medikamente herauszunehmen. Sie wird meinen Port spülen.

Ich streife mir mein T-Shirt über den Kopf.

»Und, bist du aufgeregt wegen dem Gespräch?«, fragt sie, während sie meine Heparinlösung vorbereitet.

»Kann man so sagen.«

»Stell dir einfach vor, dieser Mensch bei Sony …«

»Vanessa Pollen. Sie ist die A & R-Managerin.«

»Von mir aus. Stell sie dir einfach nackt vor, das hilft.«

»Ich wünschte, ich hätte den Termin schon hinter mir.« *Und einen Vertrag unterschrieben.*

»Viel Glück, meine Liebe. Diese Leute in ihren riesigen Büros sind auch nur Menschen. Du brauchst keine Angst zu haben, nicht nach allem, was du schon überstanden hast.«

Ich lege den Kopf in den Nacken und bin einen Moment lang regelrecht eingeschüchtert von dem Sony-Gebäude, vor dem ich stehe. Pete wartet am Eingang auf mich. Er winkt und legt mir, als ich ihn erreiche, beruhigend eine Hand auf den Rücken. Die Tür öffnet sich für uns. *Das ist es.*

Im Fahrstuhl drückt Pete den Knopf für den siebten Stock. »Bist du so weit?«, fragt er. Unser Termin ist in fünf Minuten.

»Ja.« Ich kann den dumpfen Schlag meines Herzens hören.

*Das ist meine letzte Chance.*

*Die vergangenen vier Jahre dürfen nicht umsonst gewesen sein.*

*»Sie wird nicht lange genug leben, um berühmt zu werden, dazu ist sie viel zu krank! Sie wird bald tot sein!«*

*Kein Mensch, der bei klarem Verstand ist, wird mich unter Vertrag nehmen!*

*Schluss jetzt! Daisy Sullivan hat mir schon genug meiner Zeit geraubt.*

*Das Einzige, was jetzt zählt, ist meine Musik und sonst gar nichts.*

»Du siehst fantastisch aus«, sagt Pete. Ich spüre, dass er fast genauso nervös ist wie ich.

Ich trage eine Hose und dazu ein tailliertes cremefarbenes Spitzenoberteil. »Danke. Du aber auch.«

»Katie war mit mir einkaufen.« Er deutet auf sein hellblaues Hemd, das seine Bräune betont. »Und sie hat darauf bestanden, dass ich mich rasiere.«

Ich muss grinsen. »Ich habe übrigens einen neuen Song geschrieben.«

»Wann?«

»Heute Nacht.«

»Und?«

Bevor ich antworten kann, gleiten die Fahrstuhltüren zurück. Vanessas Assistentin erwartet uns bereits. Sie gibt uns die Hand und führt uns dann ein paar Stufen hinunter in einen großen, offenen Bereich. Dort stehen Glastische auf hellbraunen Teppichen, die Wände sind voll mit gerahmten Alben sowie silbernen und goldenen CDs. In den Regalen stehen Auszeichnungen, im Hintergrund läuft Musik. Wir betreten einen Raum mit schwarzen Ledersesseln und einem Hightech-Musiksystem. Vanessa werde sich ein paar Minuten verspäten, sagt die Assistentin und lässt uns allein. Wir setzen uns. Ich bin froh, dass ich ein bisschen Zeit habe, zu verschnaufen. Und Pete meinen neuesten Song zu zeigen. Er liest konzentriert. Als er fertig ist, blickt er auf. »Das hast du *heute Nacht* geschrieben?« Im gleichen Moment betritt Vanessa Pollen mit großen Schritten den Raum. Pete gibt mir eilig mein Notizbuch zurück, und wir stehen auf.

*Erwidere ihren Händedruck, halte Blickkontakt und zeig ein zuversichtliches Lächeln.*

»Schön, dich wiederzusehen.« Pete küsst Vanessa auf die Wange. Die A & R-Frau ist ungefähr so groß wie ich. Ihre glatten blonden Haare sind zu einem schicken Bob mit Pony geschnitten, und sie trägt eine maßgeschneiderte weiße Bluse, die ihre schlanke Taille betont. Sie setzt sich uns gegenüber und streift sich mit einem Seufzer der Erleichterung ihre hochhackigen Schuhe von den Füßen. »Ich bin damit schon den ganzen Tag auf den Beinen. Ich frage mich, warum wir Frauen uns das freiwillig antun!«

Sie wirft einen flüchtigen Blick auf meine flachen Schuhe und dann auf meine Hände, die ich nicht mehr verstecke.

»Nun, Alice, Pete hat mir viel von Ihnen erzählt.«

»Hoffentlich nur Gutes.« *Meine Güte, warum habe ich das denn jetzt gesagt? Cool bleiben …*

»Nur das Allerbeste. Er sagt, Sie seien eine der ehrgeizigsten Künstlerinnen, mit denen er je gearbeitet hat.«

Ich lächle. »Ich träume, seit ich ein kleines Mädchen war, davon, Sängerin zu werden.«

»Wie Sie wissen, bin ich von Ihrem Demo sehr angetan.«

*Vergiss das Demo – kriege ich einen Vertrag?*

»Ich weiß, dass die Fertigstellung eine Weile gedauert hat«, fährt sie fort. »Sie leiden an Mukoviszidose?«

Ich nicke. »Aber davon lasse ich mich nicht aufhalten. Im Gegenteil, meine Krankheit motiviert mich. Sie hat mich dahin gebracht, wo ich heute bin.« *Weil meine Zeit begrenzt ist.*

»Ihre kraftvolle, heisere Stimme gefällt mir. Sie können den

Vergleich wahrscheinlich schon nicht mehr hören, aber Ihr Sound erinnert mich an Björk.«

»Doch, ich kann es immer noch hören«, sage ich zur selben Zeit, als Pete sagt: »Doch, sie kann es immer noch hören.« Wir müssen beide lachen. Es ist ein nervöses Lachen.

»Ihr Sound hebt sich von der Masse ab, und das ist genau das, was ich suche. Ihre Stimme vergisst man nicht.«

*Das ist alles schön und gut, aber kriege ich jetzt meinen Vertrag oder nicht?*

»Was mir an Ihnen besonders gefällt, Alice, ist, dass Sie ein komplettes Œuvre vorweisen können und Ihre Musik ein durchgehendes Thema hat. Viele Künstler, die hierherkommen, wissen weder, wer sie sind, noch, für wen sie ihre Musik schreiben.«

Ich werfe Pete einen dankbaren Blick zu. Ein Glück, dass er mir das vom ersten Moment an eingetrichtert hat!

»Ich habe das starke Gefühl, dass Sie Ihre Songs geschrieben haben wie von höherer Warte aus, so als würden Sie sich selbst und Ihre Umgebung aufmerksam beobachten.«

»Ja, das stimmt.« *Mehr oder weniger ... Klingt aber gut. Ich schreibe einfach, was ich fühle.*

»Was mich an ihr vom ersten Tag an beeindruckt hat, sind ihre Texte«, wirft Pete ein.

Vanessa nickt. »Sie sind zutiefst persönlich. Als ob man einen Blick in Ihr Tagebuch werfen dürfte. In den Texten schwingen Schmerz, Verlust, Freude und Liebe mit, die Melodien sind heiter und sanft und gehen leicht ins Ohr.«

*Aber?*

»Ich möchte, dass meine Songs Emotionen hervorrufen«, sage ich, bevor sie ein »Aber« einwerfen kann. »Ich möchte, dass jeder, der sie hört, irgendeine innere Regung verspürt, und dafür muss man wirklich tief schürfen, denke ich, man muss sein Innerstes offenbaren.«

*Bin ich zu wenig überzeugend? Warum habe ich den Eindruck, dass irgendetwas fehlt?*

»Ich will ehrlich zu Ihnen sein«, sagt Vanessa. »Ich bin besorgt wegen Ihres Gesundheitszustands. Sie stehen auf der Warteliste für eine Transplantation?«

*Ich hab's gewusst!* »Ich kann nur sagen, dass ich für den Augenblick lebe. Es geht mir gut. Ich möchte erfolgreich sein, wie jeder andere auch. Ich biete meiner Ansicht nach einen originellen Sound, etwas Besonderes, und ich verspreche Ihnen, ich werde hart für den Erfolg arbeiten.«

Vanessa sieht Pete an. Ihre Miene spiegelt immer noch Unschlüssigkeit. »Es gibt noch so viele Songs, die ich schreiben und singen möchte«, sage ich zu ihr. »Es steckt noch so viel mehr in mir. Geben Sie mir eine Chance.«

*Bitte! Sie werden es nicht bereuen.*

Sie zögert immer noch.

»Wie wär's mit einem weiteren Song?«, schlägt Pete angesichts ihrer Zurückhaltung vor. »Einem ganz neuen.«

»Jetzt sofort?« Vanessa schaut ihn überrascht an.

»Jetzt sofort.« Pete wartet auf meine Zustimmung. »Alice wird ihn hier und jetzt singen.«

*Ich habe doch gar nicht geprobt! Ich bin noch nicht so weit, dass ich den Song vortragen kann, schon gar nicht vor Vanessa! Spinnt er? Will er, dass das hier schiefgeht?* »Haben Sie eine Gitarre?«, frage ich.

»Die kann ich auftreiben, kein Problem. Ich bin gleich zurück.«

»Pete! Du hast den Song noch nicht einmal gehört!«, zische ich, als Vanessa außer Hörweite ist.

»Ich vertraue dir, also vertrau du mir auch, okay?«

»Ich hab keine Ahnung, wie er klingt!«

»Sorg dafür, dass er sensationell klingt.«

Ich starre ihn an.

»Tu's einfach, Alice. Das ist unsere letzte Chance!«

Ich gehe den Song im Kopf durch. Ich möchte ihn singen, ohne auf den Text zu schauen. »Pete«, beginne ich noch einmal, »bist du sicher …«

»Pst, da kommt sie.«

Sie reicht mir eine Gitarre. »Der Song heißt *Inside Of You*«, sage ich und spiele ein paar Töne zum Aufwärmen. Ich versuche verzweifelt, mir meine Nervosität nicht anmerken zu lassen. *Ich wäre jetzt gerne überall, nur nicht in meiner Haut. Wie passend.*

Vanessa setzt sich wieder. »*Inside Of You*. Wovon handelt er?«

»Reinkarnation.« *Sie muss mich für verrückt halten.*

Pete rutscht unruhig auf seinem Sessel hin und her.

Vanessa wartet.

Ich denke an Tom, ich sehe sein Gesicht vor mir. Das macht mir Mut. *Das ist* sein *Song, also werde ihm gerecht.* »Man lebt sein Leben durch jemanden, den man liebt. Man ist zwar nicht körperlich anwesend, aber man ist da. Falls das einen Sinn ergibt.«

»Fangen Sie einfach an, wenn Sie so weit sind«, bemerkt Vanessa ohne einen weiteren Kommentar. Pete rutscht wieder nervös hin und her.

*I like to watch you from above*
*it's not an ordinary love*
*I like to feel you*
*so close to me*
*I bet I'm nearer*
*than you'll ever see*

*and I'm sitting up against the wall*
*trying to find my way*
*I'll play it safe in case I fall*
*from yesterday*

*you're letting me live*
*inside of you*
*you're letting me live*
*as someone new*

*I wanted to be forever young*
*you and me now I'm*
*forever free*
*I wanted to learn*
*from our memories*
*you're never cold*
*though you're not here*
*to hold*

*and I'm sitting*
*up against the sky*
*trying to find my way*
*nothing to do*
*but to wonder*
*why it's not yesterday*

*you're letting me live*
*inside of you*
*you're letting me live*
*as someone new*

*believe in me*
*'cos I believe it*

*somewhere there is an angel*
*watching over your life*
*sometimes there is a silence*
*somewhere a face in the light*
*know this place*
*is where I am*
*know this face is of me*
*know I'm watching over you*
*do you feel it too?*

*you're letting me live*
*inside of you*
*you're letting me live*
*as someone new*

Erst als ich geendet habe, bemerke ich, dass sich an der Tür Zuhörer eingefunden haben. Einer von ihnen beginnt zu klatschen, und dann klatschen sie alle, einschließlich Vanessa und Pete, der Tränen in den Augen hat.

Vanessa kommt zu mir. »Das war wunderschön!«

*Dann kriege ich also meinen Vertrag?* Obwohl ich das Gefühl habe, nur Zentimeter von der Ziellinie entfernt zu sein, scheint das Ziel immer noch in unerreichbarer Ferne.

»In dieser Branche spielt das Bauchgefühl eine ganz entscheidende Rolle, Alice, und mein Bauch sagt mir nicht nur, dass ich Ihnen eine Chance geben soll, er schreit es förmlich!« Sie schüttelt mir die Hand. »Willkommen an Bord, Alice.«

Pete und mir hat es buchstäblich die Sprache verschlagen. Als wir den Fahrstuhl betreten, fürchten wir immer noch, dass Vanessa oder ihre Assistentin uns nacheilen und das Ganze für einen Scherz erklären werden. Aber niemand kommt. *Oder ist das alles nur ein Traum?* Aber ich spüre doch festen Boden unter meinen Füßen, als wir das Gebäude verlassen und ein kleines Stück die Straße hinuntergehen, dorthin, wo Pete sein Auto geparkt hat. Noch bevor wir dort sind, lösen wir uns endlich aus unserer Erstarrung. Wir kreischen, johlen, hüpfen auf und ab vor Freude. »Wir melden uns wegen des Vertrags«, hatte Vanessa gesagt. Ich weiß nicht, wie lange wir uns in den Armen liegen. Ich bedanke mich überschwänglich bei Pete, weil er an mich geglaubt hat.

Er fährt mich nach Hause. Ich bin wie benommen, die Neuigkeit ist noch gar nicht richtig eingesickert.

Es gibt nur einen Menschen, dem ich es sofort erzählen muss.

»Mum!«, rufe ich, noch während ich die Haustür aufreiße.

Ich gehe in die Küche, die tadellos aufgeräumt und sauber ist. Auf dem Tisch liegen ein unvollendetes Stillleben und Tuben mit Ölfarben. Mum hat gesagt, dass sie zur Ablenkung malen wolle. Sie ist bestimmt nicht fortgegangen. Kann ich mir nicht vorstellen. Sie hat versprochen, auf mich zu warten.

Dann sehe ich sie draußen im Garten. Ein Gefühl der Freude durchflutet mich. Ich öffne die Hintertür. »Mum!«

Eine erdverklebte Mistgabel in der Hand, schaut sie von dem Blumenbeet auf, dessen Boden sie auflockert.

»Ich hab's geschafft!« Ich winke hektisch, weinend und lachend zugleich. »Ich hab's geschafft! Sie nehmen mich unter Vertrag!«

Sie lässt die Mistgabel fallen. Wir laufen aufeinander zu und liegen uns Augenblicke später in den Armen.

»Du hast es tatsächlich geschafft«, flüstert sie mit tränenerstickter Stimme. »Ich bin so stolz auf dich! Ich bin so schrecklich stolz auf dich!«

# 61

Als ich Dad die große Neuigkeit erzähle, stammelt er nur unzusammenhängendes Zeug. Das Einzige, was ich verstehe, ist, dass er uns einladen wolle, weil das gefeiert werden müsse. Ich rufe Tom im Büro an und höre, wie er die Neuigkeit herumposaunt. Bei Cat genau das Gleiche. »Die sind zwar alle hirntot und hören nicht zu, aber das ist mir egal. Ich werde es der ganzen Welt erzählen!«

Als Jake abnimmt, höre ich die kleine Rose im Hintergrund schreien. »Sie nehmen Alice unter Vertrag«, sagt er zu Lucy und ist selbst den Tränen nahe.

Ich rufe Susie an und höre, wie sie Bond erzählt, dass sie eine Freundin habe, die berühmt sei. Milly ist vollkommen euphorisch. »Ich habe am Wochenende meine Rom-Reise gebucht, und das ist ganz allein dein Verdienst, Alice!«

Als ich Trisha anrufe, muss ich den Hörer ein ganzes Stück vom Ohr weg halten, weil ich Angst habe, taub zu werden. Ich danke ihr für ihre Unterstützung, für alles, was sie für mich und für die Verwirklichung meines großen Traums getan hat. »Natürlich haben wir alle mitgeholfen, Alice, aber im Moment solltest du nur einen einzigen Menschen voller Stolz umarmen, und das bist du selbst. Du hast unglaublich viel Mut, Durchhaltevermögen und Talent bewiesen. Respekt!«

An dem Abend gehen Tom, Cat und ich aus und feiern meinen Erfolg. Und nicht nur meinen. »Auf dich!« Ich proste Tom mit erhobenem Glas zu. Das Unternehmen, das seine Online-Software gekauft hat, verdient eine Menge Geld damit, und Toms Firma erhält einen prozentualen Gewinnanteil. »Ohne dich hätte ich es nicht geschafft«, füge ich hinzu. Dabei denke ich nicht nur an seine tatkräftige Unterstützung, sondern auch an den Song, den ich heute für Vanessa gesungen habe, den er allerdings noch gar nicht kennt.

Dann bringe ich einen Toast auf Cat aus: Ich könne mir keine bessere, loyalere Freundin wünschen.

»Ach, hör auf, Alice«, wehrt sie ab. Komplimente machen sie verlegen, das war schon immer so.

Ich betrachte sie prüfend. »Cat? Du hast doch was!«

Sie druckst ein wenig herum. »Ich habe jemanden kennengelernt.«

Tom fährt zusammen, als ich aufgeregt loskreische.

»Wir kennen uns noch nicht lange«, fährt sie fort, strahlt dabei aber übers ganze Gesicht.

»Wer? Wie? Wann?«

»Er heißt Mark. Er hat erst vor Kurzem in der Firma angefangen, aber er ist anders als die anderen, kein Alphamännchen. Er ist ruhig, zurückhaltend. Er hat etwas an sich, das mir gefällt.«

»Du hättest ihn mitbringen sollen.«

Tom nickt eifrig. »Genau, dann wäre das Geschlechterverhältnis auch ausgewogen.«

»Es ist noch zu früh, ihn euch vorzustellen. Aber das kommt schon noch. Das ist aber nicht die einzige Neuigkeit.«

»Du bist schwanger.« *Bitte, sag jetzt nicht, dass du schwanger bist!*

»Spinnst du? Das fehlte gerade noch!«

*Puuh!*

»Ich habe es satt, wie ein Affe vor einem Computer zu sitzen – ich werde mich zur Masseurin ausbilden lassen und mich damit selbstständig machen.«

Als ich das Auto vor dem Haus meiner Eltern abstelle, ist aus der Küche Musik zu hören. Durch das Fenster fällt gedämpftes Licht. Tom und ich schleichen unbemerkt heran und spähen hinein. Meine Eltern tanzen ausgelassen um den Küchentisch herum. »Dad geht ganz schön ab«, flüstere ich. »Das ist dein Song«, sagt Tom und summt die Melodie. Sie tanzen zu meiner Demo-Version von *Breathe Tonight*. Tom und ich schauen uns verschmitzt an. Ich nicke ihm auffordernd zu. »Na los, mach schon.«

Tom greift zu seinem Handy. Wir beobachten, wie Mum in der Bewegung innehält und ans Telefon geht.

»Guten Abend, hier ist die örtliche Polizeiwache«, sagt Tom mit verstellter Stimme.

Ich höre, wie Mum wiederholt: »Die örtliche Polizeiwache?«

»Ganz recht.« Tom hustet in dem Versuch, sich das Lachen zu verkneifen. »Ich bin der für Ruhestörung zuständige Officer. Wir hatten eine Reihe von Klagen über die laute Musik aus Ihrem Haus. Etliche Anwohner fühlen sich belästigt.«

Ich pruste los.

»Ich muss Sie leider bitten, auf die Wache zu kommen …«

Tom lauscht in den Hörer. »Ein Song Ihrer Tochter? Ah ja, richtig, sie hat heute einen Plattenvertrag bekommen, nicht wahr?« Pause. »Wow, von Sony!« Pause. »Ja, ich kann mir vorstellen, dass Sie sehr stolz auf sie sind.«

Mir wird warm ums Herz.

»Richten Sie ihr bitte meine Glückwünsche aus, aber die Musik sollten Sie trotzdem leiser stellen.«

Ich knuffe ihn. »Es reicht jetzt.«

»Hi, Mary«, sagt Tom.

»Ich liebe euch, Mum und Dad!«, rufe ich ins Telefon, und dann lachen wir alle miteinander.

»Wir sind draußen vor dem Haus …«, erklärt Tom.

Schon wird die Haustür aufgerissen, und da steht mein Dad.
Ich werfe mich in seine Arme. »… und kommen jetzt rein, um mit euch zu tanzen!«

# 62

»Deine Lungenfunktion hat sich rapide verschlechtert, das gefällt mir gar nicht«, sagt Professor Taylor, als er die Ergebnisse des Lungenfunktionstests überfliegt. »Wie geht es dir sonst so?«

Das ist schwer zu beschreiben. Ich lebe in zwei Welten: In der einen befinde ich mich in einem Strudel aufregender Ereignisse und habe eine potenziell erfolgreiche Zukunft, in der anderen werde ich ständig daran erinnert, dass ich krank bin. Die beiden Welten kollidieren.

»Eigentlich wie immer«, antworte ich. »Haben Sie was aus Harefield gehört? Glauben Sie, da kommt noch mal ein Anruf?«

*Im einen Moment wünsche ich mir die Transplantation. Dann will ich nichts sehnlicher, als dass sie so bald wie möglich vonstattengeht. Und jetzt, mit dem Plattenvertrag, ist das noch ein Grund mehr zu leben.*

Einen Monat nach meinem Termin bei Vanessa Pollen wurde ich zu einem Fotoshooting in die Hauptniederlassung von Sony gebeten und habe dort auch den Vertrag unterzeichnet. Mein Foto wurde in den Medien verbreitet, meine Geschichte wurde unzählige Male gedruckt.

*Aber schon im nächsten Moment habe ich Angst davor, dass der Piepser losgehen könnte. Ich muss doch zuerst mein Album herausbringen! Wenn ich nun auf dem OP-Tisch sterbe, bevor mein Album veröffentlicht ist? Ich darf gar nicht daran denken! Dann wäre die ganze Arbeit umsonst gewesen.*

»Diese Frage kann ich dir nicht beantworten, Alice.«

»Bitte!« Ich möchte es einfach wissen. Ich hasse diese Ungewissheit, das Warten.

Er schüttelt den Kopf. »Meine Aufgabe ist es, dafür zu sorgen, dass es dir so gut wie irgend möglich geht, falls der Anruf kommt, aber wenn ich mir diese Ergebnisse so ansehe, denke ich, du solltest dich von jetzt an nicht nur nachts, sondern auch tagsüber an dein Sauerstoffgerät anschließen.«

Normalerweise würde ich mich nach Kräften dagegen wehren. Aber sosehr mir der Gedanke an die lästige Sauerstoffflasche auch widerstrebt, ist es überlebenswichtig, dass ich den Rat des Professors befolge. Ich muss es geschickt anstellen und mich an das Gerät anschließen, wenn ich allein oder daheim bin. Beim Singen oder bei Besprechungen mit Vanessa will ich das Ding nicht in meiner Nähe haben. Vanessa soll nicht denken, sie habe eine Todkranke unter Vertrag genommen. Ich werde nicht zulassen, das irgendetwas diesen Vertrag gefährdet.

Am nächsten Morgen habe ich ein weiteres Fotoshooting in einem Fünfsternehotel in Mayfair. Der uniformierte Empfangschef starrt auf meine Nasenkanüle.

*Ich bin keine Freak-Show. Ohne das Ding bin ich eine ganz normale junge Frau.*

»Ich komme wegen des Fotoshootings«, sage ich und nenne ihm meinen Namen. Er fällt aus allen Wolken, als er hört, dass ich die Sängerin bin, die Frau, die fotografiert werden soll.

»Und jetzt nach rechts drehen, ja, genau so, fantastisch!«, sagt dreißig Minuten später der Fotograf. Mit schicker Mütze, Jeans und dramatisch schwarz geschminkten Augen sitze ich in einem dunkelroten Samtsessel. Kein Mensch könnte erahnen, dass ich noch bis vor wenigen Minuten an ein Sauerstoffgerät angeschlossen war. »Und jetzt zur Seite schauen. Großartig!« Klick.

»Direkt in die Kamera schauen.«
Klick.
»Ich will dich glücklich sehen.«
Klick.
»Sexy.«
Klick.
»Ernst.«
Klick.
»Noch einmal.«
Ich breche in Gelächter aus.
»Gib mir einen Leg-dich-nicht-mit-mir-an-Freundchen-Blick!«
Ich bemühe mich, nicht zu grinsen.
Klick.
»Denk an jemanden, den du nicht ausstehen kannst, Alice.«
*Daisy Sullivan.*
Klick.
*Miss Ward.*
Klick.
»Meine Güte, mit dir möchte ich mich nicht anlegen! Und jetzt gib mir ein Lächeln, ein wunderschönes, so als hättest du gerade einen lukrativen Vertrag für zwei Alben unterschrieben!«

Den ganzen restlichen Sommer über klicken weitere Kameras, flammen immer wieder Blitzlichter auf, werde ich in einer Limousine samt Chauffeur abgeholt und wieder nach Hause gebracht. Sony stellt mir eine Vollzeitkrankenschwester und eine Physiotherapeutin zur Verfügung. Es ist schön zu wissen, dass ich bei Bedarf auf das Angebot zurückgreifen könnte, aber ich nehme es nicht an, weil ich Rita gegen nichts auf der Welt eintauschen würde. Meine Haare sind noch nie so oft geschnitten und frisiert, mein Make-up noch nie so perfekt aufgetragen worden. Jeden Tag bekomme ich Blumen und eine Karte dazu geschickt. Als hätte ich jeden Tag Geburtstag. Dad lädt Pete, Trisha, Cat, Tom, Jake, Lucy, Mum und mich groß zum Essen ein, und wir stoßen mit Champagner auf meinen Erfolg an. Ich hatte noch nie so viel zu tun, habe noch nie so voller freudiger Erregung an meine Zukunft gedacht.

Ich kann nicht auf meinen Körper hören, der mir sagt, er ist müde. Er hat genug.

*Er kann jetzt nicht schlappmachen.*

*Es muss weitergehen.*

Anfang September kommt Vanessa zu mir nach Hause. Ich bezweifle, dass sie öfter mal ihre Künstler in deren Schlafzimmer besucht, aber wir wissen beide, dass ich die spärliche verbliebene Energie fürs Singen und Vermarkten meines Albums brauche. Ich bin froh, dass sie ihre Entscheidung, mich unter Vertrag zu nehmen, angesichts meines sich rapide verschlechternden Gesundheitszustands nicht zu bereuen scheint. Im Gegenteil, sie wirkt entschlossener denn je. Sie hat in mich investiert, und diese Investition muss sich bezahlt machen.

Meine CD soll schnellstmöglich produziert werden und in die Läden kommen. Um Zeit zu sparen, werden wir die Songs nicht neu aufnehmen, sondern mit dem arbeiten, was wir haben. »Wir brauchen ihnen nur noch den letzten Schliff zu geben und sie zu mixen«, hatte Vanessa mir erklärt. »Stell dir deine Songs wie einen Kuchen vor: Du hast den perfekten Teig geliefert, jetzt brauchen wir nur noch die Kerzen als Verzierung.«

Es klingelt an der Haustür. Ich höre, wie meine Mutter sie begrüßt. Dann kommt Vanessa, in Leggings und Turnschuhen, in der Hand einen schwarzen Aktenordner, die Treppe herunter.

»Ich hab gute Nachrichten, Alice!« Sie setzt sich zu mir aufs

Bett. »Dein Album soll noch vor Weihnachten auf den Markt kommen. Ich habe mit dem Marketing-Team gesprochen, und wir sind der Meinung, dass Anfang November realistisch ist. Jetzt müssen wir nur noch *Inside Of You* aufnehmen und uns einen Titel für dein Album ausdenken.«

»*Daydreams.*«

Sie denkt kurz darüber nach. »Tagträume. Gefällt mir. Du bist wirklich nicht der Typ, der Zeit verschwendet.«

Wir haben keine Zeit zu verlieren, das wissen wir beide, auch ohne dass wir es aussprechen.

Die Zeit war noch nie auf unserer Seite.

# 63

## Marys Tagebuch

**Oktober 2002**

Ich habe Alice gerade im Radio gehört. Eine DJane namens Jo Whiley (Nicholas und ich hatten noch nie von ihr gehört, aber Alice und Jake haben uns, entsetzt über unsere Unwissenheit, darüber aufgeklärt, dass sie eine der momentan einflussreichsten DJanes ist) hat sich von Anfang an für Alice' Musik engagiert und *If I Fall* noch vor dem offiziellen Erscheinungstermin Ende des Monats zu ihrem Song der Woche erklärt. Ich bin natürlich voreingenommen, aber ich muss sagen, Alice kam fantastisch rüber. Sie wollte immer berühmt werden, aber nicht allein um des Ruhmes willen. Sie will beweisen, dass auch ein an Mukoviszidose Erkrankter sein Leben leben und etwas erreichen kann. Jo Whileys Unterstützung hat zudem ihr Selbstvertrauen gestärkt: Sie hat sich ihren Plattenvertrag durch harte Arbeit redlich verdient und ihn nicht etwa ihrer Geschichte wegen bekommen. Alice' Gesicht, als neulich ein kleines braunes Paket geliefert wurde, war sehenswert. Ich half ihr beim Auspacken (warum müssen Pakete immer mit so viel Klebeband zugeklebt werden?). Sie konnte es kaum erwarten. In der Schachtel waren ihre CDs mit ihrem Foto auf dem Frontcover. Alice nahm ehrfürchtig eine CD heraus und berührte sie, als wäre sie ihr Kind, ihr Baby, was sie in gewisser Weise ja auch ist. Auf der Rückseite der Hülle waren die Namen aller Personen aufgeführt, bei denen sie sich bedankte: bei Nicholas für seine Rückenmassagen, bei Tom für seine Unterstützung, Jake sei ein Bruder, zu dem sie immer aufschauen werde, stand da. Bei Rita bedankte sie sich für ihre kompetente Pflege, bei Professor Taylor für alles, was er im Lauf der Jahre für sie getan habe, bei Cat und ihrer Anti-Selbsthilfegruppe, weil sie ihre treuesten Fans seien, bei Trisha und Pete, weil sie nie aufgehört hätten, an sie zu glauben. »Vor allem aber möchte ich mich bei meiner Mum bedanken – ohne deine bedingungslose Liebe und deine unermüdliche Fürsorge wäre ich heute nicht hier.« Ich habe geweint. Ich konnte nicht anders. Alice hat uns allen das Gefühl gegeben, dass der Erfolg nicht allein ihre Leistung ist, sondern dass wir alle dazu beigetragen haben.

Neulich, als Rita da war, um Alice Blut abzunehmen, weil sie sich einer weiteren intravenösen Antibiotika-Therapie unterziehen muss, hat Alice ihr die CD vorgespielt. Rita hat getanzt und mitgesungen, und ich konnte das Gelächter der beiden bis zu uns herauf hören. Aber ich sehe, wie Alice mit jedem Tag schwächer wird. Der Strudel der Ereignisse, das Im-Rampenlicht-Stehen und die Eile, mit der *Inside Of You* aufgenommen wurde (Trisha hat sie ins Studio begleitet, aber Alice hat mir erzählt, dass jede Zeile ein einziger Kampf gewesen sei), das alles hat seinen Tribut gefordert. Vor der Arbeit im Studio hat sie zusätzliche Steroide gegen die Entzündung in ihren Lungen genommen. Mir kommt es so vor, als spielten wir das Leiterspiel: Mal geht es aufwärts, und alles ist ganz wunderbar, aber kurz darauf stürzen wir wieder ab und finden uns auf dem Boden der Tatsachen wieder. Ich weiß nicht, ob Alice fit genug für die Operation wäre, wenn DER ANRUF jetzt käme. Seit einem guten Jahr steht sie auf der Warteliste, und es erschreckt mich, dass ich aufgehört habe, auf ihren Piepser zu achten.

# 64

## Alice

Morgen erscheint *If I Fall*, und ich sitze im Krankenhaus fest. Wenigstens leistet Susie mir Gesellschaft. Wie ich ist sie praktisch den ganzen Sommer und Herbst über immer wieder im Brompton gewesen, weil sie sich eine Infektion nach der anderen eingefangen hat. Professor Taylor bemüht sich, ein Antibiotikum zu finden, das die Symptome ihrer Krankheit wirkungsvoller lindert.

»Sie lässt uns nicht … einen einzigen Tag … in Ruhe, nicht wahr?«, stößt Susie abgehackt hervor, so große Mühe bereitet ihr das Atmen. Sie sitzt auf meinem Bett. »Sie folgt uns wie ein Schatten … Tag und Nacht … im Urlaub, bei der Arbeit, sie ist immer da. Immer, sogar … im Schlaf.«

Susie musste ihre Stelle im Friseursalon kündigen. Sie hat zu oft gefehlt. Den Kurs im Perückenknüpfen hat sie ebenfalls abgebrochen. »Ich habe nichts mehr, für das es sich zu leben lohnt.« Ihre Unterlippe zittert. »Manchmal … finde ich den Gedanken an den Tod tröstlich. Ich bin so schrecklich … erschöpft, Alice.«

»Du wirst sehen, mit dem richtigen Medikament, und vor allem, sobald du wieder rauskommst, geht es dir besser.«

»Falls ich je wieder rauskomme …«

»Klar kommst du wieder raus.«

Sie sieht mich an, ihr blasses Gesicht ist ausdruckslos.

»Ganz bestimmt«, versichere ich ihr. Sie legt sich zu mir, ihr Kopf lehnt an meiner Schulter. Ich fürchte, sie ist zu entkräftet, um mir zu widersprechen.

»Ich *muss* wieder auf den Beinen sein, wenn das Album erscheint«, sage ich am nächsten Morgen zu meiner Mutter. Janet, meine Lieblingskrankenschwester – die, die in Jake verknallt ist –, war gerade da, um meinen Blutdruck zu messen. Mum sitzt an meinem Bett und liest ein Hochglanzmagazin von dem Stapel, den Cat mir gestern Abend vorbeigebracht hat. Heute kommt *If I Fall* auf den Markt, Anfang November folgt mein Album, das heißt in wenigen Wochen – warum feiere ich das nicht gebührend? Ich sollte statt im Trainingsanzug im Bett zu liegen ausgelassen und fröhlich in einer Cocktailbar feiern, tanzen, in einem Plattenladen eine Autogrammstunde geben. Vanessa und Pete sagen zwar, sie verstehen das, aber ich weiß, dass sie genauso niedergeschlagen sind wie ich. »Das ist so was von …« *Nervig* wollte ich sagen, aber ich muss anfangen zu husten und kann nicht mehr aufhören. Als mein Hustenanfall endlich vorbei ist, sagt Mum: »Ich weiß, dass es hart ist.«

Ich denke an Susie und daran, was sie gestern zu mir gesagt hat – dass sie nichts mehr hat, wofür es sich zu leben lohnt. Mich beschleicht ein unbehagliches Gefühl. »Mein Zustand verschlechtert sich, nicht wahr?«

*Ich weiß sehr wohl, was Mums Schweigen zu bedeuten hat.*

Ich kann mit Tom nicht einmal mehr zu unserem Italiener um die Ecke gehen, ohne dass ich aus der Puste komme und mich schlapp fühle. Manchmal frage ich mich, ob mein Körper nach der Unterzeichnung des Vertrags aufgegeben hat. Als ob er mich anschreien würde: *Okay, wir haben es geschafft, kann ich mich jetzt endlich ausruhen, verdammt nochmal? Du glaubst doch nicht im Ernst, dass wir ein zweites Album aufnehmen werden!* Tom ermutigt mich immer wieder, mich in den Rollstuhl zu setzen, wenn ich ausgehe. Mum hat einen bei irgendeiner sozialen Einrichtung gemietet. Tom behauptet, er könne mich doch beim Joggen schieben.

*Ich hätte nie gedacht, dass ich einmal im Rollstuhl landen würde.*

Mache ich Vanessa und mir selbst nur was vor, wenn ich von einem zweiten Album rede? Wie soll ich das alles ein zweites Mal durchstehen? Bin ich wirklichkeitsfremd, weil ich immer noch glaube, mein Piepser wird irgendwann losgehen? Und ich wäre stark genug, eine mehrstündige OP zu überstehen?

*Aber der Gedanke an den Tod tröstet mich nicht.*

*Er wird mich niemals trösten.*

»Wir dürfen die Hoffnung nicht aufgeben«, sagt Mum, als könnte sie meine Gedanken lesen. »Wir leben für den Augenblick, mehr können wir nicht tun.«

»Alice!«, ruft Janet. »Gleich läuft dein Song! Radio One!«

Eilig schalte ich das Krankenhausradio ein.

Draußen auf dem Korridor sind schnelle Schritte zu hören. »Aufgepasst jetzt!« Janet kommt hereingestürmt. Im Radio sagt Jo Whiley gerade: »Sie ist ein großes neues Talent, das die Musikszene in West London gehörig aufmischen wird. Der Song, den ich euch gleich vorspielen werde, kommt heute in die Plattenläden.« Janet und Mum klatschen. »Wer Björk, Dido und Beth Orton mag, wird dieses Stück lieben. Ich garantiere euch, dass diese Sängerin bis Ende des Jahres in aller Munde sein wird. Und hier ist *If I Fall.*«

Susie, im Nachthemd, wird von einer Schwester hereingeführt. Ihre nackten Arme sind streichholzdünn und mit blauen Flecken übersät. Sie setzt sich zu mir aufs Bett. »Wow, Alice, um nichts in der Welt würde ich *deinen* Song verpassen wollen!«

»Wir können ja im Bett tanzen«, schlage ich vor. Dann müssen wir beide lachen, weil Mum und Janet vor uns tanzen wie in einer Schul-Disco. Angelockt von der Musik, gucken ein paar Krankenschwestern neugierig herein und machen dann ausgelassen mit. Tom ruft an und fragt, ob ich das Radio eingeschaltet habe. Danach klingeln Jake und Lucy durch. Ich höre, dass mein Song im Hintergrund in voller Lautstärke läuft. Wie viele Leute wohl in diesem Moment das Radio einschalten und mich singen hören? Ich bekomme Gänsehaut bei dem Gedanken an die vielen Leute im Auto, im Büro, daheim beim Kochen oder Bügeln, die sich meinen Song anhören.

Plötzlich steht Professor Taylor in der Tür, sein Gefolge hinter sich. »Das ist Alice' Song!«, platzt meine Mutter heraus.

Der Professor tritt ein, lächelt, was äußerst selten vorkommt, zieht seinen weißen Kittel aus, schleudert ihn schwungvoll quer durchs Zimmer und legt dann mit meiner Mutter eine kesse Sohle aufs Parkett. Sein Team staunt und verharrt einen Augenblick wie versteinert. Doch dann machen sie es dem Professor nach, was immer die beste Option ist, und bald tanzt die ganze Station in meinem Zimmer und auf dem Flur zu *meinem* Song. Zu meiner eigenen großen Verblüffung wird mir klar, dass das hier unendlich viel besser ist, als in irgendeiner trendigen Cocktailbar zu feiern.

*Das hier bedeutet mir unendlich viel.*

»Ganz schön sportlich, der alte Prof«, raunt Susie mir zu, und ich lache laut.

Als der Song zu Ende ist, der Trubel sich gelegt hat, die Schwestern wieder auf die Station und Susie in ihr Zimmer zurückgekehrt ist, wird der Professor ernst und geschäftsmäßig. Obwohl er sonst lieber unter vier Augen mit mir redet, bittet er Mum dieses Mal zu bleiben. »Setzen Sie sich bitte, Mary.« Er deutet auf den Stuhl an meinem Bett und wendet sich dann an sein Team mit der Bemerkung, er sei gleich so weit. Ich habe ein mulmiges Gefühl. Warum will er, dass Mum dableibt? Mit ernster Miene setzt er sich neben meine Mutter. »Danke«, sage ich zu ihm, »danke, dass Sie sich all die Jahre so um mich gekümmert haben. Ich bin nicht gerade eine mustergültige Patientin, aber ohne Sie, Professor Taylor, wäre ich nie da, wo ich heute bin.«

»Das ist sehr nett von dir, viel zu nett, fürchte ich. Ich denke, du selbst und deine Familie« – er sieht Mum an – »haben dich dahin gebracht, wo du heute bist. Aber trotzdem danke. Ich muss dir etwas sagen, Alice, und heute ist der richtige Tag dafür. Ich kenne dich jetzt seit über zehn Jahren, und manchmal verfluche ich meinen Beruf, weil ich wünschte, ich könnte mehr tun. Es ist ein schwerer Weg, auf dem ich dich, auf dem ich *alle* meine Patienten begleite.« In seinen Augen spiegelt sich väterlicher Stolz, als er mich ansieht. »Aber heute stehe ich da und bewundere die grandiose Aussicht.«

# 65

Am Abend ruft Cat an. »Ich hab Mark mitgebracht. Bist du bereit?«

»Und ob!« Ich stöpsle mich von meinem Sauerstoffgerät ab, richte meine Frisur und trage ein bisschen Lippenbalsam auf.

Seit ich im Krankenhaus bin, überlegen Cat und ich, wie wir ein Treffen mit Mark am besten arrangieren können. Schließlich hat Cat entschieden, dass sie beiläufig erwähnen werde, wo ich bin, und dann vorschlagen, mich zu besuchen, bevor sie zum Essen in ein nahe gelegenes Restaurant gehen.

Kurz darauf geht die Tür auf. Cat betritt das Zimmer mit federnden Schritten, während Mark auf mich zukommt, als ginge er auf glühenden Kohlen. Er ist groß und schlank und hat dunkle, leicht gewellte Haare.

»Das ist ja eine Überraschung!«, rufe ich und vermeide es, Cat anzusehen, weil wir sonst beide losprusten würden.

»Wir können nicht lange bleiben, aber wir waren gerade in der Nähe, und da dachten wir, wir schauen kurz vorbei.«

Cat ist eine lausige Schauspielerin.

Mark, die Hände in den Hosentaschen vergraben, mustert mich schüchtern. »Ich hab schon viel von Ihnen gehört, Alice. Ich war ehrlich gesagt ziemlich nervös vor der Begegnung mit Ihnen. Ich weiß, dass ich den ›Alice-Test‹ bestehen muss.«

Er ist nicht auf den Kopf gefallen, das gefällt mir.

»Cat hat erzählt, dass Ihre Single heute auf den Markt gekommen ist. Sie hat den Song im Büro gespielt. Gratulation.«

»Danke«, erwidere ich und finde ihn auf Anhieb sympathisch. »Ich schlage vor, wir duzen uns.«

Cat lächelt. »Du bist jetzt berühmt. Ein Star!«

Mark setzt sich vorsichtig hin. »Ihr beide kennt euch also seit vielen Jahren?«

Ich erzähle ihm, wie Cat mich beim Eierlaufen an der Hand nahm, damit ich nicht als Letzte ins Ziel käme, und ich von diesem Moment an gewusst habe, dass sie eine Freundin fürs Leben sein würde. Sie war auch die Einzige in meiner Klasse, die den Mut hatte, mich zum Übernachten zu sich einzuladen. »Ihre Mutter konnte nicht fassen, wie viel ich verdrückt habe. Sie hatte ein großes Netz Mandarinen gekauft, und ich habe alle gegessen. ›Du wirst selbst noch eine Mandarine werden‹, hat sie gesagt.«

Cat und ich brüllen vor Lachen. Mark lässt seinen Blick verdattert zwischen uns hin- und herwandern.

»Wahrscheinlich muss man dabei gewesen sein, um das komisch zu finden«, sagt Cat entschuldigend, als sie sich halbwegs beruhigt hat.

Ich sehe Mark an. »Wir finden alles komisch, musst du wissen. Einmal haben wir bei ihr im Garten gespielt. Wir wollten eine Schaukel bauen. Also haben wir versucht, einen Stuhl an einem Ast festzubinden. Cat hat es geschafft, sich den Strick um die Füße zu wickeln und sich so darin zu verheddern, dass sie mit dem Kopf nach unten am Ast baumelte.«

»Oh ja, das weiß ich noch!

»Der Star ist *sie*, Mark. Vor vielen Jahren, als ich einen Vorstellungstermin für einen Auftrag als Fotomodell hatte, opferte Cat einen ihrer seltenen freien Tage, um mit mir stundenlang jeden Laden auf der Suche nach burgunderroten Adidas-Gazelle-Turnschuhen abzuklappern.«

»Sie mussten *unbedingt* burgunderrot sein.« Cat sieht Mark

an und verdreht dabei die Augen. »Das war damals« – sie malt Anführungszeichen in die Luft – »große Mode.«

»Sie hat mir immer zur Seite gestanden«, sage ich, um zu unterstreichen, was für ein besonderer Mensch sie ist. Aber so, wie Mark sie ansieht, weiß er das offensichtlich bereits. »Erzähl mir ein bisschen von dir, Mark«, fordere ich ihn auf.

Er wirkt entspannter, als er mit seinem Stuhl näher heranrückt und erzählt, er sei ein Einzelkind, arbeite zwar im Finanzsektor, aber seine wahre Leidenschaft seien das Malen und das Fotografieren, und wenn er sich einen anderen Platz zum Leben aussuchen müsste, dann wäre das Indien.

Als die beiden sich verabschieden, sage ich: »Du hast den Test bestanden, Mark.«

»Gott sei Dank!« Er grinst. Als er sich abwendet, sieht Cat mich fragend an. Ich recke beide Daumen hoch.

Als ich wieder allein in meinem Zimmer bin, denke ich an Cat und Mark, die jetzt im Restaurant beim Abendessen sitzen. Im Geist spule ich ihr Leben vor, sehe neue Jobs für die beiden, Kinder, lange Autofahrten in die Ferien irgendwo am Meer, die Kinder quengeln auf der Rückbank und streiten sich über die Musik im Radio. Vielleicht wird Cat ihren Kindern eines Tages mein Album vorspielen und ihnen von unserer Freundschaft erzählen.

# 66

»Wo willst du hin?«, fragt Mum, als sie mich an der Haustür abfängt. Sie bemüht sich vergeblich um einen beiläufigen Tonfall.

Ich warte, bis der Husten aufhört. »Zu Pete. Ich kann direkt vor dem Studio parken. Ich verspreche, dass ich vorsichtig sein werde, Mum«, füge ich hinzu, weil ich nicht will, dass sie sich Sorgen macht.

»Dann geh. Eine weise alte Eule hat mir einmal zugeflüstert, alles im Leben sei ein Risiko.«

Ich steige aus, die Sauerstoffflasche in meinem Rucksack, der Piepser in meiner Handtasche, und gehe langsam zur Fußgängerampel. Das kleine grüne Männchen gibt mir viel zu wenig Zeit zum Überqueren der Fahrbahn. Auf der anderen Seite angekommen bleibe ich stehen, um zu verschnaufen. Ich bin wacklig auf den Beinen, als ich schließlich weitergehe. Ich versuche, die Blicke einiger Neugieriger zu ignorieren, vielleicht Studenten.

*Starrt mich bitte nicht an. Ich fühle mich auch so schon auffällig genug.*

Oh nein, jetzt kommt auch noch eine auf mich zu.

»Entschuldigen Sie, sind Sie nicht die Sängerin?«

*Bleib cool, Alice. Tu so, als würde dir das ständig passieren …* Aber schon verzieht sich mein Gesicht zu einem strahlenden Lächeln.

»Ich hab mir gerade Ihr Album gekauft! Ich *liebe* Ihre Stimme, und Ihre Geschichte macht mir Mut. Sie hat mir über eine schwere Zeit hinweggeholfen.« Sie kramt in ihrer Tasche. »Sie werden wahrscheinlich ständig gebeten …«

*Schön wär's!*

»… aber wenn Sie so nett wären …« Sie hält mir einen Notizblock und einen Kuli hin.

Allein dafür hat sich die Fahrt hierher gelohnt. Ich komme mir vor wie ein Popstar, als ich ihr ein Autogramm gebe.

Das fantastische Gefühl verfliegt, als ich das Gebäude betrete. Ich bin außer Atem und muss husten und weiß nicht, ob ich die Energie aufbringen kann, die Treppe hochzusteigen. Dann sehe ich Pete. »Komm mir jetzt nicht mit falschem Stolz! Ich werde dich hinauftragen und damit basta.« Schon hebt er mich hoch. Meinen Rucksack werde er gleich nachholen, fügt er hinzu.

»Alles klar, Superman«, sage ich. »Trag mich bitte zur Spitze der Charts hinauf!«

Ich sitze mit einem Becher Kaffee auf dem Sofa, während Pete einige Besprechungen meines Albums liest. Obwohl ich die meisten bereits kenne, koste ich unseren Erfolg genussvoll aus.

»*Getränkt in Streichmusik und dramatische, spannungsgeladene Orchesterarrangements wie für einen Film …*« Pete schaut auf. »Gefällt mir.«

»Mir auch.«

»Und weiter heißt es, dein Album …«

»*Unser* Album«, verbessere ich.

»Unser Album, aber in erster Linie dein Album, Alice, habe *ein rockiges, trendiges Feeling.*«

Ich proste ihm mit meinem Kaffeebecher zu.

»*Eingängige Melodien, einprägsame Songs, die von Liebe, Tod und Leidenschaft handeln. Ein wahrer Hörgenuss.*« Er lässt die Zeitung sinken. »Mehr kannst du im Grunde nicht verlangen.«

In diesem einen Jahr ist so viel geschehen. Wenn man sich

mal vorstellt, was in zwölf weiteren Monaten passieren könnte – eine neue CD, mehr Leute, die mich auf der Straße anhalten und um ein Autogramm bitten, mehr Auftritte, ein gemeinsamer Song mit Robbie Williams … Wenn ich nur diesen einen bestimmten Anruf erhalten würde …

»Was immer auch passiert, Alice, kein Mensch kann sagen, du hättest keinen Erfolg gehabt.«

»*Wir* hätten keinen Erfolg gehabt. Ich werde dir sagen, was als Nächstes passieren wird: Ich werde neue Organe bekommen, mit neuen Lungen atmen und ein zweites Album aufnehmen.«

# 67

Noch zwanzig Tage bis Weihnachten, und Susie und ich sind wieder im Brompton. Wir haben es beide in diesen letzten dunklen, bitterkalten Wochen nicht geschafft, unsere Brustinfektionen zu Hause in den Griff zu bekommen. Sogar Rita war dieses Mal überfordert.

Heute Abend ist Milly zu Besuch. Das Treffen unserer Anti-Selbsthilfegruppe findet in Susies Zimmer statt, das ein Stück von meinem entfernt liegt. »Ich habe das Gefühl, ihr wetteifert um die Aufmerksamkeit des Professors«, zieht sie uns auf und fügt dann hinzu, sie habe aufregende Neuigkeiten.

»Super«, sage ich, weil ich finde, wir könnten welche gebrauchen.

Susie und ich liegen zusammen im Bett, Milly sitzt auf dem Stuhl daneben. »Ich habe gekündigt. Es ist höchste Zeit, dass mein Chef seine Flüge selber bucht oder jemand anderen anschreit, der die Drecksarbeit für ihn erledigt.« Sie ballt die erhobene Faust zum Zeichen des Triumphs. Sie habe einen neuen Job bei einer Frau gefunden, die von zu Hause aus ein Reisebüro betreibt, fügt sie hinzu.

»Das ist ja phänomenal!« Ich beglückwünsche sie und schaue dann zu Susie hinüber, doch von ihr kommt keine Reaktion.

»Und ich habe mich bei einer Partneragentur angemeldet«, fährt Milly fort. »Feige war ich lange genug.«

Als ich Susie behutsam knuffe, damit sie etwas dazu sagt, murmelt sie: »Bond fehlt mir so … Könnte Dad ihn doch nur … unter dem Mantel hier reinschmuggeln.«

Milly steht auf, sagt, sie werde eine Vase für die mitgebrachten Blumen besorgen. Von der Tür aus wirft sie mir einen besorgten Blick zu.

Ich lege meinen Kopf an Susies Schulter. Professor Taylor hat uns, nicht zum ersten Mal, über das Risiko einer Kreuzinfektion aufgeklärt. Wir sind anfällig für diverse Bakterien und Keime, die unsere Lungen besiedeln und die von einem Mukoviszidose-Kranken auf einen anderen übertragen werden können. Es seien schon Kreuzinfektionen mit seltenen Bakterien aufgetreten, wobei nicht auszuschließen sei, dass dabei mangelnde Hygiene eine Rolle gespielt haben könnte, aber diese Krankheitsausbrüche hätten unter Mukoviszidose-Patienten große Besorgnis ausgelöst, so der Professor. »Ich erwarte in keinster Weise, dass ihr eure enge Freundschaft einschränkt, ich weiß, das würdet ihr niemals tun, aber seid vorsichtig.« So hat er uns zum Beispiel davon abgeraten, uns dauerhaft im selben Zimmer aufzuhalten, und uns geraten, eigenes Besteck und eigene Handtücher zu benutzen.

»Dafür ist es doch eh zu spät«, murmelt Susie, und ich bin der gleichen Meinung. »Lieber sterbe ich, als dass ich … auf deine Gesellschaft verzichte.«

Sie redet in letzter Zeit oft vom Sterben, und wenn sie nicht davon spricht, dann denkt sie daran, das spüre ich. Wahrscheinlich träumt sie nachts sogar davon.

»Ich möchte sterben, Alice«, haucht sie. Die wenigen Worte, ja sogar das Atmen strengen sie an.

»Schsch.« Ich setze mich auf und streiche ihr übers Haar.

Milly kommt zurück, mit einer Vase in der Hand, und bleibt abrupt stehen, als sie bemerkt, wie Susie mir schwach die Hand drückt und mit matter Stimme flüstert: »Du … schaffst das schon … Alice. Du wirst neue Organe bekommen. Du musst … du musst durchhalten, für Milly und mich.«

Milly sieht aus, als würde sie die Vase gleich fallen lassen.

»Zeig den Leuten, was … was in uns steckt. Dass das Leben … für uns … nicht vorbei ist.«

Ich drücke ihre Hand. Ich kann mir eine Welt ohne Susie nicht vorstellen. Tom, meine Freunde, meine Familie wissen zwar viel über Mukoviszidose, aber sie leiden nicht daran. Sie können nicht wirklich nachempfinden, wie das ist.

Milly stellt die Vase auf den Fenstersims und setzt sich dann zu uns aufs Bett.

»Bond … Ihr werdet euch doch um ihn kümmern? … Die böse Stiefmutter … will ihn nicht haben …«

»Wir werden ein neues Zuhause für ihn finden«, verspricht Milly. »Er wird den bestmöglichen Platz bekommen.«

»Wenn meine Katzen nicht wären, würde ich ihn nehmen«, sage ich.

Susie bringt ein Lächeln zustande. »Die würden Bond zum … Frühstück … verspeisen.«

»Nicht aufgeben, Susie«, bettele ich. »Bleib bei uns!«

»Ja, ich möchte mit dir nach Rom«, fügt Milly hinzu. »Es wird dir dort bestimmt gefallen – die Geschäfte, das Essen, die attraktiven Männer …«

Susie schüttelt langsam den Kopf.

»Wir können auch woandershin, wenn dir das lieber ist …«

»Da drin ist ein … ein Umschlag …« Susie zeigt auf die Schublade ihres Nachttischs. Milly öffnet sie, zieht den Umschlag heraus und zeigt ihn mir wortlos. Er ist an Ethan adressiert.

»Ich möchte, dass eine von euch … ihm den Umschlag gibt.« Mit einem Blick auf unsere Mienen fügt sie hinzu: »Ich habe ihn einmal geliebt. Er hat auch … seine guten Seiten. Bitte. Versprecht es mir.«

Milly räuspert sich. »Wir könnten ihn doch per Post schicken …«

»Ich möchte, dass ihr …« – sie muss eine lange Pause einlegen – »Frieden mit ihm schließt. Er hat … niemanden. Alice?«

»Ich tu's. Für dich.« Ich kann Susie nicht ansehen, weil ich Angst habe loszuheulen.

Ich denke an die vielen Male, als sie für mich da war, mir Mut gemacht hat, wenn ich keine Kraft mehr hatte. Ich sehe uns im Café, wie sie mir die Haare trocken rubbelte und mich aufwärmte, nachdem ich erfahren hatte, dass eine Transplantation unumgänglich war; Susie, wie sie mich beschwor, nicht aufzugeben, nicht aufzuhören, nach den Sternen zu greifen. Obwohl Ethan sie tief verletzt, ihr Selbstvertrauen zerstört hat, besitzt sie die innere Größe, ihm zu vergeben. Sie ist der großzügigste, warmherzigste Mensch, den ich kenne. »Du darfst nicht gehen«, flüstere ich. Ich wäre gern stark für sie, aber ich schaffe es nicht. »Lass uns nicht allein.«

Sie sieht erst mich an, dann Milly. »Lasst mich gehen …«

*Nein!*

*Nein!*

*Nein!*

»Ich will zu meiner Mum. Sie … sie wartet bestimmt auf mich. Ich möchte nach Hause fliegen.« Sie berührt das schwarze Tattoo auf meinem Arm. »Wie dein Vogel …« Mühsam hebt sie den Arm, um ihre eigene Tätowierung zu betrachten. »Ihr wisst doch … auf Gewitter …«

»… folgt Sonnenschein«, ergänze ich.

Susie kämpft, ringt nach Luft. Milly drückt hektisch den Knopf für den Schwesternruf. Endlich kommt eine Schwester und setzt Susie eine Sauerstoffmaske auf. »Das viele Reden hat sie zu sehr angestrengt, sie muss sich jetzt ausruhen«, sagt sie freundlich, aber mit Bestimmtheit. »Kommt morgen wieder.«

Arm in Arm verlassen Milly und ich bedrückt das Zimmer. Wir trauern jetzt schon um unsere Freundin.

Am nächsten Morgen verlasse ich gleich nach dem Aufwachen mein Zimmer und gehe den Korridor hinunter. Im Lauf der Jahre habe ich in jedem einzelnen Zimmer auf dieser Station gelegen. Ich will zu Susie. Als ich durch die Glasscheibe in ihr Zimmer gucke, sehe ich, dass ihr Bett leer ist. Mit angstvoll klopfendem Herzen stoße ich die Tür auf, bleibe stehen und starre die Vase mit den Rosen auf dem Fensterbrett an. Dann weiche ich langsam zurück, rutsche an der Wand entlang auf den Fußboden und lege den Kopf auf die Knie. Das kann nicht sein! Susie kann nicht tot sein! Ich spüre bohrenden Kummer in Brust und Bauch. Der Schmerz schnürt mir die Kehle zu, ein Schmerz, von dessen Existenz ich bisher nicht einmal ahnte. Ich weiß nicht, wie viele Male ich »Nein!« geschrien habe.

Schritte nähern sich. Dann setzt Janet sich zu mir, legt mir einen Arm um die Schultern und lässt mich weinen.

*Das ist nicht fair!*

*Das Leben ist nicht fair.*

*Ich möchte noch einmal ihr Gesicht sehen.*

*Sie noch einmal lachen hören.*

*Ihr noch einmal die Hand drücken.*

Als ich endlich aufschaue, um zu fragen, wie und wann es passiert ist, bemerke ich, dass auch Janets Augen blutunterlaufen sind. »Gegen drei Uhr heute Nacht. Wir haben ihren Vater benachrichtigt, er ist gleich gekommen, und sie konnten Abschied nehmen. Ich habe ihr noch die Füße und die Hände massiert. Ich war bis zu ihrem letzten Atemzug bei ihr.«

»Dann war sie nicht allein.«

»Sie war nicht allein, nein.«

*Hoffentlich war Susie bewusst, was für ein besonderer Mensch sie war. Hoffentlich habe ich es ihr oft genug gesagt.*

»Sie war ganz ruhig und friedlich«, fährt Janet fort. »Sie rief nach ihrer Mutter. Sie muss nicht mehr leiden, Alice.«

Am Abend warte ich auf Jake, der versprochen hat vorbeizukommen. Mum und Dad sind ausgegangen. Ich weiß nicht, wie ich ihm die Nachricht von Susies Tod beibringen soll.

Tom ist beruflich verreist. Er fehlt mir. Ich konnte den ganzen Tag an nichts anderes als an meine Freundin denken und hätte mir gewünscht, dass er da ist und mich in seine Arme nimmt. Als ich Milly anrief und ihr erzählte, was passiert ist, war sie zutiefst bestürzt. Wir haben um unsere Freundin, unsere Seelenverwandte geweint. Ihr Tod hat uns aber auch die grausame Realität unseres eigenen Schicksals vor Augen geführt. Der einzige Trost ist, dass wir noch Stunden vor ihrem Tod bei ihr waren. Da ich im Krankenhaus sei, werde sie zu Ethan gehen und ihm Susies Brief geben, sagte Milly. Ihre Mutter werde sie begleiten.

Jake bringt ein paar DVDs, eine Tüte Chips und Popcorn mit. Wenn ich im Krankenhaus bin, verwandeln wir mein Zimmer dank seines tragbaren DVD-Players in einen Kinosaal. Seine Jeans schlottert ihm um Hüften und Beine, und er hat tiefe dunkle Ringe unter den Augen. Das komme vom Schlafmangel, meint er, ein Besuch im Krankenhaus sei eine willkommene Verschnaufpause von der kleinen Rose, aber mir kann er nichts vormachen: Diese Besuche kosten ihn viel Kraft, genau wie sie meine Eltern, Tom und Cat Kraft kosten.

Wir schauen uns *About A Boy* mit Hugh Grant an. Ich muss die ganze Zeit an Susie denken, aber ich bringe es nicht über mich, es Jake zu erzählen. Dadurch würde es sich real anfühlen. Real und unbarmherzig. Ich bin noch nicht so weit, mir das Leben ohne sie vorzustellen.

*Mukoviszidose raubt Leben.*

*Mukoviszidose ist ein lautloser Mörder.*

Irgendwann fragt Jake: »Ist Susie wieder zu Hause? Mir ist aufgefallen, dass ihr Bett leer ist.«

*Nicht weinen! Nicht weinen! Aber ich kann gar nicht anders.*

»Sie ist heimgegangen.«

Er nimmt seine Brille ab und reibt sich die Augen. »Dann geht es ihr besser?«

»Sie ist tot, Jake.«

Es ist schon spät, als Jake seinen Mantel anzieht und seinen Schal umbindet und mich dann länger als sonst umarmt. Eine unbeschreibliche Traurigkeit überkommt mich.

»Ich glaube, ich werde zu Fuß nach Hause gehen«, sagt er. »Die frische Luft wird mir guttun.« Sein tapferes Lächeln erinnert mich sowohl an Mum als auch an Dad.

Er winkt mir zum Abschied zu. Ich will nicht wissen, welche Gedanken ihm auf dem Heimweg in dieser dunklen Winternacht durch den Kopf gehen. Aber ich könnte mir vorstellen, dass sie in die gleiche Richtung gehen wie meine eigenen. Wie viel Zeit bleibt mir noch? Ein Jahr? Ein paar Monate? Oder nur noch Wochen? Tage? Ich möchte mit Susie reden. Ich verlasse mein Bett und tappe über den Flur zu ihrem Zimmer. Ich weigere mich zu akzeptieren, dass sie nicht mehr da ist.

# 68

## Marys Tagebuch

**Dezember 2002**

Susies Beerdigung fand im engsten Familien- und Freundeskreis statt. Nicholas, Tom und Jake haben Alice und mich begleitet. Außer Milly kannten wir niemanden. Alice sang ihr Lied *The Sunlight Song*, der von Sonnenschein und Freiheit handelt, von Schwerelosigkeit. Obwohl sie gerade erst aus dem Krankenhaus entlassen worden und völlig aufgewühlt war, ließ sie es sich nicht nehmen, für Susie zu singen. Ihre Stimme war schwach, aber sie hielt durch. Bond war übrigens auch da, mit glänzend gebürstetem Fell und einem schicken neuen Halsband. Er müsse ganz vorn sitzen, hatte Susies Vater gemeint, Susie hätte es bestimmt so gewollt. Schließlich gehöre Bond zur Familie, er sei das Kind, das sie nie hatte. Er will den Hund anscheinend behalten und mit ins Büro nehmen. Ich fühlte mich so hilflos, als der arme Mann vor Kummer vor mir zusammenbrach und ich wünschte, ich hätte seinen Schmerz irgendwie lindern können.
Bei der Trauerfeier zeigte Alice mir einen Mann, der spät gekommen war und ganz hinten stehen blieb. Er war groß und wirkte seltsam unbeholfen. Das sei Ethan, flüsterte sie mir zu. Als ich mich noch einmal zu ihm umdrehte, stand er immer noch dort hinten, ganz allein, unglücklich und sichtlich von Schuldgefühlen geplagt.
Ausnahmslos alle Trauergäste weinten oder hatten Tränen in den Augen.

Ich habe auch geweint, um Susie, aber auch um Alice.

Für den Rest des Tags blieb sie in ihrem Zimmer, im Hintergrund lief MTV. Tom hatte ins Büro zurückgemusst, aber ich glaube, Alice war das ganz recht. Sie wollte allein sein. Als ich ihr später eine Tasse Tee hinunterbrachte, hörte ich zufällig, wie sie mit dem Transplantationsteam telefonierte. »Vergessen Sie mich bitte nicht«, sagte sie. »Ich bin immer noch da. Und es gibt ganz sicher nichts Neues? Funktioniert mein Piepser überhaupt?« Ich stellte den Tee auf ihren Nachttisch, und sie sah mich an und meinte: »Ich muss diesen Anruf bekommen, Mum. Ich muss! Er wird kommen, nicht wahr?«

## 69

### Alice

Noch fünf Tage bis Weihnachten. *Daydreams* wird in den Medien weiterhin hochgelobt, aber das reicht mir nicht: Ich will, dass das Album an die Spitze der Charts kommt. Cat und ich sind im Our Price, einem Plattenladen. »Steck's zu denen dort«, dränge ich und zeige auf die Regale mit den Bestselleralben. »Nun mach schon!« Sie zieht mein Album unauffällig aus den alphabetisch sortierten Scheiben und stellt es dann, als niemand hinsieht, ganz vorn hin, neben *Unbreakable, The Greatest Hits Volume 1* von Westlife.

»Schneller!«, feuere ich sie an, als sie mich im Rollstuhl aus dem Laden schiebt. Wir schütten uns beide aus vor Lachen. Ich habe mich von Tom und meinen Freunden endlich überreden lassen, mich in den Rollstuhl zu setzen. Unter einer Bedingung: Wer mich schiebt, muss das so schnell wie möglich tun, damit es Spaß macht.

Cat und mir bleibt noch Zeit für ein letztes Modegeschäft, bevor wir uns mit Tom zum Mittagessen treffen. »Obergrenze?«, fragt Cat und meint damit, wie viel wir für unsere Weihnachtsgeschenke ausgeben wollen.

»Keine.«

Sie weiß, was ich denke. »Das ist gefährlich«, brummelt sie und ruft im nächsten Moment ganz aufgeregt: »Das ist dein Song, Alice!«

Aus der Beschallungsanlage des Geschäfts ertönt *If I Fall*.

Mir wird warm ums Herz.

Zwei Frauen betreten den Laden. Die eine, dunkelhaarig, kommt mir irgendwie bekannt vor. Eine Parfümwolke hüllt sie ein. Ich drehe mich zu Cat um, die genauso fassungslos wirkt. Mit dieser Begegnung mit einem Geist aus unserer Vergangenheit haben wir beide nicht gerechnet.

»Komm, wir gehen«, murmele ich. Ich fühle mich verwundbar und in der Falle. Ich will nicht, dass Daisy Sullivan mich im Rollstuhl sieht. Ich will nicht, dass sie auf mich hinunterschaut.

»Der Song gefällt mir«, sagt sie zu ihrer Freundin, während sie einen Stapel ordentlich gefalteter Oberteile herauszieht, eins nach dem anderen prüfend hochhält und schließlich alle miteinander wieder ins Regal stopft, ohne sich die Mühe zu machen, sie zusammenzulegen.

»Ja, mir auch«, erwidert die Freundin; sie ist groß, schlank, hat kurzes, kastanienbraunes Haar. »Den hört man zurzeit überall.«

»Weißt du, von wem er ist?« Daisy hält sich ein schwarzes Spitzenoberteil vor die Brust.

»Eine Alice Sowieso. Das würde toll zu Jeans aussehen.«

Ich höre Susies Stimme in meinem Kopf: *Zeig den Leuten, was … was in uns steckt. Dass das Leben … für uns … nicht vorbei ist. Du musst durchhalten, für Milly und mich …*

Ich stehe aus meinem Rollstuhl auf, ergreife Cats Hand und gehe zu Daisy. »Hallo.«

Daisy mustert mich mit schmalen Augen. Dann sieht sie Cat an, und ich kann fast hören, wie der Groschen fällt. »Alice?«

»Richtig. Wie geht's dir?«

»Gut, bestens. Ich bin verlobt.« Sie zeigt uns ihren beneidenswerten Saphirring. »Und du?« Sie wirft einen Blick auf den Rollstuhl hinter uns.

»Immer noch quicklebendig«, erwidere ich.

Daisys Freundin schaut erwartungsvoll von einer zur anderen. »Entschuldige, Miranda, das sind Alice und Catherine, zwei Schulfreundinnen.«

Mein Herz klopft heftig, meine Beine zittern, als würde ich wieder vor meiner Klasse stehen und mein Referat über meine Großmutter halten. »Als Freundinnen würde ich uns nicht direkt bezeichnen.«

Daisy räuspert sich. »Wie auch immer, ich glaube, wir müssen weiter …«

»Du hast es sicher nicht so gemeint, als du so hässliche Dinge gesagt hast, oder?«, bemerkt Cat.

»Ja. Nein. Ich meine, wir haben doch alle dummes Zeug geredet, als wir jung waren, oder? Tja, also, es war nett, euch …«

Cat packt sie am Arm. »Dir gefällt der Song, hast du gesagt?«

»Ja«, antwortet Daisy vorsichtig und blickt von Cat zu mir. »Warum?«

»Das bin ich, die da singt.« Das Zittern in meinen Beinen hört auf. »Das ist mein Song.«

»Alice' Album ist vor Kurzem auf den Markt gekommen und ist von den Kritikern überschwänglich gelobt worden.«

»Wow!«, staunt Daisys Freundin, ohne Daisys Unbehagen zu bemerken. »Ich *liebe* Ihre Stimme! Wo kann ich das Album kaufen?«

»Our Price«, sagen Cat und ich wie aus einem Munde.

»Es steht bei den Bestselleralben«, fügt Cat hinzu. »Robbie Williams war übrigens bei ihrem letzten Auftritt.«

Plötzlich fällt Daisy ein, dass sie einen dringenden Termin hat. »Was, jetzt?«, fragt die Freundin verblüfft und protestiert, als Daisy sie am Arm packt und wegzerrt.

»War nett, dich wiederzusehen, Daisy«, rufe ich ihr nach. »Fröhliche Weihnachten!«

»Au, du tust mir weh!«, beschwert sich die Freundin. Dann

geht der Alarm los, Verkäuferinnen kommen herbeigeeilt und eskortieren Daisy mit Bestimmtheit in den Laden zurück. Sie hatte vergessen, dass sie immer noch das schwarze Spitzentop in der Hand hielt.

# 70

## Marys Tagebuch

**Dezember 2002**

Alice hat zusammen mit Cat und Tom Weihnachtseinkäufe erledigt. Es ist schon ein komischer Anblick, wenn Tom mit ihr im Rollstuhl durch die Gegend rast, als wäre das alles ein Spiel. Als sie zurückkamen, hat er mich angerufen, damit ich hinauskommen und mir ansehen solle, wie sie sämtliche Geschenke einschließlich eines riesigen Teddys für Rose auf Alice in ihrem Rollstuhl aufgestapelt hatten. Es war so ein schöner, aber auch ein schrecklich trauriger Anblick. Mir sind die Tränen gekommen. Wir haben Tom zu Weihnachten zu uns eingeladen.
Ich muss aufhören. Ich wische mir die Tränen aus den Augen. Ich kann nicht mehr weiterschreiben.

# 71

## Tom

Als Mary ihn einlädt, Weihnachten mit ihnen zu verbringen, weiß Tom im ersten Moment nicht, was er sagen soll. Weihnachten ist ein Fest der Familie. Normalerweise verbringt er die Feiertage bei seinen Eltern. Sein Bruder kommt mit seiner Familie aus New York. Tom hat sich auf seine Nichte und seinen Neffen gefreut. Und seine Mutter wäre garantiert enttäuscht, wenn er nicht käme …

Andererseits ist dies vielleicht Alice' letztes Weihnachtsfest. Mary braucht es nicht laut auszusprechen, ihr Blick sagt alles.

»Ich komme sehr gern«, erwidert er also.

Es ist Heiligabend. Alice' Zuhause ist sehr viel festlicher geschmückt als sein eigenes. Der Christbaum ist so groß, dass er fast die Zimmerdecke berührt, an jedem mit Schneespray besprühten Zweig hängen bunte Kugeln. Jake, Lucy und die kleine Rose sind auch da, wie Tom erleichtert feststellt. Marys Bruder ist mit seiner neuen Freundin gekommen, und Nicholas' Mutter, gekleidet nach der Mode des beginnenden 20. Jahrhunderts, scheint ein beliebter Gast zu sein. Alice und Jake erzählen, wie sie ihre Großmutter früher immer nachahmten, indem sie sich beim Essen mit einer Serviette vornehm die Mundwinkel abtupften.

Es gibt Truthahn mit allem Drum und Dran. Nach dem Essen kommt der prickelnde Teil des Abends: das Auspacken der Geschenke. Alice ist vor Freude ganz aus dem Häuschen, als sie einen hellen Lammfellmantel auspackt. Nicholas brüstet sich damit, dass *er* ihn zuerst im Schaufenster entdeckt habe. Damit sehe sie wie ein richtiger Popstar aus, neckt Jake seine Schwester. Sie solle ihn anprobieren, rufen alle, aber Tom kennt Alice besser: Der Mantel ist schwer, und sie ist müde, also nimmt er ihn ihr ab, wirft ihn sich über die Schultern, stolziert herum wie ein Pfau und behauptet, dass er ihm sehr viel besser stehe als Alice. Alle finden das komisch, sogar die Großmutter kreischt vor Lachen, ein Glas Sherry in der Hand.

Dank ihres Plattenvertrags kann Alice großzügig sein. Tom bekommt ein in blaues Leder gebundenes Buch mit dem Prägedruck *Das Leben ist ein Spiel*; sie hat eine Widmung für ihn hineingeschrieben: *Alles Liebe von der Frau mit den komischen Füßen*. Für ihre Eltern, Jake, Lucy und Tom hat sie außerdem für den Silvesterabend einen Tisch im Claridge's reserviert und ein Zimmer für sich und Tom für zwei Nächte.

Susies Tod hat Jake sehr getroffen. Als er ankündigt, an Silvester seine Videokamera mitzunehmen, damit er sie alle filmen kann, spürt Tom, was er in Wirklichkeit sagen will: Er möchte Alice filmen, bevor es zu spät ist.

Keiner will traurig sein, die Show muss weitergehen. Jake setzt sich an den Flügel: Es ist Zeit für die traditionellen Weihnachtslieder. Er könne nicht singen, protestiert Tom, singt dann aber doch lautstark mit.

# 72

## Alice

Während ich in meinem neuen Lammfellmantel zum Empfang gleite, kämpft der Gepäckträger hinter mir mit unseren Koffern und diversen Geräten sowie Schachteln voller Medikamente. Er fragt sich bestimmt, warum wir für zwei Nächte so viel Gepäck brauchen.

Als wir dem Empfangschef unsere Namen genannt haben und er uns den Zimmerschlüssel geben will, sagt Tom: »Sie haben sicher schon von Alice gehört. Sie ist Sängerin. Ihr Album hat die Verkaufszahlen für die Vergabe der Platin-Schallplatte erreicht.«

*Träum weiter!*

»Zweifach Platin.« Ich reiche dem Empfangschef eine CD und frage: »Soll ich sie signieren?«

Er ruft den Geschäftsführer und stellt uns dann eine Suite zur Verfügung.

Dafür bekommt er zwei Küsse plus ein Autogramm.

»Das hat man jetzt davon, wenn man mit einer Prominenten unterwegs ist«, flachst Tom. Wir prusten los vor Lachen. Ich lasse mich auf das Doppelbett fallen und blicke mich um: Luxus pur überall – Seidenvorhänge, dicke, frisch gewaschene, duftende Kopf- und Zierkissen, ein Blumenstrauß auf dem antiken Couchtisch. Ich stehe auf, gucke ins Bad: Es ist riesengroß, mit einer frei stehenden Wanne und einer funkelnden Dusche in einer Glaskabine. »Kommst du mal in den *Salon*?«, ruft Tom.

»Oh, aber sicher komme ich in den *Salon*!«

In einer Ecke steht ein Flügel. Ich denke an Cat, Mark und

Milly, die später zum Tee kommen werden, und seufze. »Wie im Paradies!«

Die Dusche ist zwar luxuriös, aber der Wasserstrahl so kraftvoll, dass er mich fast aus dem Hotel fegt.

Es klopft. »Bist du da, Egelchen?«, ruft Jake von draußen auf dem Flur. »Wir sind's, das Dokumentarfilm-Team!«

»Bist du sicher, dass das die richtige Zimmernummer ist, Mary?«, höre ich meinen Vater fragen.

»Seltsam«, antwortet sie, »an der Tür hängt das Bitte-nicht-stören-Schild.«

Wieder klopft es, lauter dieses Mal.

»Ich komme schon!«, ruft Tom. Seine Haare sind frisch gewaschen, er trägt einen Schlips zu seinem Hemd und ein Jackett.

»Wieso hast du mich nicht früher geweckt?«, maule ich und bin noch mehr gereizt, als er mich ignoriert und die anderen hereinbittet.

»Dem Dokumentarfilm-Team wurde endlich Zutritt gewährt.« Jake richtet seine digitale Videokamera auf mich.

»Alice kommt gerade aus dem Bad, wo sie sich eine vitalisierende Dusche gegönnt hat«, sagt Tom im Tonfall eines Nachrichtensprechers.

Ich bin immer noch in ein Badetuch gewickelt. »Verschwindet! Alle miteinander!«, fauche ich, als Jake mich filmen will. »Pack die Kamera weg!«

Er lässt sie sinken. »Diese Stars mit ihren Allüren! Gerade eben bist du noch ihr bester Freund, und eine Sekunde später …«

»Verpiss dich!«

Jake zuckt die Achseln. »Jawohl.«

»Wir können unten in der Bar warten«, schlägt Mum vor.

Sie trägt ihren eleganten langen braunen Wildledermantel und hochhackige Schuhe. »Wäre dir damit geholfen, Tom?«

»Ja, eine gute Idee. Ich komme mit der alten Kratzbürste nach, sobald sie so weit ist.«

Lucy bittet Jake, endlich die Kamera auszuschalten. »Das ist nicht der Moment, von dem sich deine Schwester wünscht, dass er festgehalten wird!« Sie schiebt ihn energisch aus dem Zimmer.

»Gib mir noch eine Sekunde«, sage ich zu Jake und fummele an meiner Nasenkanüle herum. Wir sitzen unten im Foyer und wollen vor dem Essen etwas zu trinken bestellen. Meine Sauerstoffflasche ist ebenfalls anwesend, und zwar unter dem Tisch. Sie ist praktisch zu meinem ständigen VIP-Gast mutiert. Ich nicke Jake zu, und er drückt auf den Aufnahmeknopf. »Willkommen im Claridge's am Silvesterabend 2002«, sage ich, während im Hintergrund dezente Klaviermusik ertönt. Atmen. »Ich werde euch durch den Abend führen.« Wieder muss ich abbrechen, Luft holen. »Das ist mein Vater.« Jake richtet die Kamera auf Dad, der einen Anzug und eine flotte rote Krawatte trägt. Er sieht unglaublich gut aus.

»Sehr professionell«, höre ich Tom meinem Bruder zuraunen.

»Finde ich auch«, brummt Jake.

»Du könntest eine neue Karriere als Kameramann starten.«

»Oder einfach nebenberuflich filmen. Ich bin ein Multitalent, weißt du.«

Ich hüstele, um auf mich aufmerksam zu machen.

»Oh sorry!« Jake schwenkt die Kamera wieder auf mich.

»Wir sitzen im Foyer. Das ist Jakes Frau Lucy«, fahre ich fort.

Lucy winkt schüchtern. Sie hat ihre braunen Haare auf der einen Seite mit einer Haarklammer festgesteckt und sieht ganz bezaubernd aus.

»Wir wollen vor dem Essen noch einen Drink zu uns nehmen.«

»Was möchtest du, Egelchen?«, fragt Jake. »Etwas richtig Rockiges, nehme ich an.«

»Ja, Ananassaft«, erwidere ich, und alle lachen.

Ich spüre das Grollen in mir, es wird schnell stärker, größer, wie eine Riesenwelle, die gleich brechen wird. Ich muss husten. »Hör … auf«, japse ich in Richtung Jake, damit er die Kamera ausschaltet. Wir sind in der Suite. Ich war so müde, dass ich nicht länger im Restaurant bleiben konnte und mir meinen Schokopudding aufs Zimmer bringen ließ. Für einen Star wie mich tue man das gern …

*Oh, ich liebe es, als Star bezeichnet zu werden!*

Ich will ein Foto von Dad, Jake und Tom machen, die sich am Fußende meines Betts aufgestellt haben. »Dad in die Mitte«, befehle ich. »Du siehst so klein aus, Dad! Richtig komisch!«

»Ich komme mir vor wie eine Witzfigur«, meckert Jake.

»Little Nicholas! Wieso bist du so klein, Dad?«

»Bin ich gar nicht!«

»Er ist größer als ich«, wirft Tom ein. »Willst du mich beleidigen?«

»Nun mach schon, Alice!«, drängt Jake.

»Die Kamera hat einen Sucher.« Tom stürzt auf mich zu. »Du drückst den falschen Knopf! Wackel nicht so, halt die Kamera ruhig!«

Das Foto wird gerade noch rechtzeitig fertig. Ich wedele mit beiden Händen Richtung Fernseher, wo der Big Ben auf dem Bildschirm erschienen ist. »Ruhe, alle miteinander!«, rufe ich und stelle den Ton lauter.

Dann zählen wir gemeinsam rückwärts: »ZEHN, NEUN, ACHT, SIEBEN, SECHS, FÜNF, VIER, DREI, ZWEI, EINS …!«

FEUERWERK! EIN GUTES NEUES JAHR!

*Ich würde höchstens zehn Jahre alt werden, hatten die Ärzte prophezeit. Jetzt darf ich den Jahreswechsel 2002/2003 erleben. Und nicht nur das: Ich habe ein Album veröffentlicht, kann ein Vermächtnis hinterlassen. Songs, die bleiben.*

*Hör auf, Alice, hör auf! Es ist noch nicht vorbei …*

*Es ist noch lange nicht vorbei …*

Alle drängen sich um mein Bett, wir umarmen und küssen uns und wünschen uns ein gutes neues Jahr. Mum berührt die goldene Halskette mit meinem Namen, die Tom mir zu Weihnachten geschenkt hat. »Danke für diesen wunderschönen Abend, Alice.«

»Wir sind stolz auf dich.« Dad gibt mir einen Kuss auf die Stirn.

»Und Schnitt!« Jake schaltet den Camcorder aus.

»Ich habe Angst«, sagt Tom, als wir später im Bett liegen.

»Wovor?«, frage ich, obwohl ich die Antwort bereits kenne.

»Ich möchte darüber reden.«

»Schsch! Es wird nichts passieren.«

»Und wenn doch?«

»Schsch.«

»Ich muss darüber reden …«

»Ich werde nirgendwohin gehen.«

»Alice, warum kannst du nicht …«

»Und wenn es doch passiert, werde ich dich als Geist heimsuchen.«

»Ach, Alice.« Tom seufzt frustriert, weil ich mich hartnäckig weigere, diesen Pfad mit ihm zu betreten.

»Als guter Geist.«

Er gibt sich geschlagen. »Und wie willst du das anstellen?«

»Hm, lass mich nachdenken. Also. Wenn du eine neue Software an den Mann bringen willst, werde ich dafür sorgen, dass die Anzugträger das nötige Kleingeld rausrücken. Wenn du es eilig hast, werde ich die Ampeln auf Grün schalten.« Ich muss husten. »Wenn du eine bildschöne Frau siehst, werde ich« – ich muss innehalten, Luft holen – »dafür sorgen, dass sie nicht auf dich steht.«

Er lacht leise.

»Wenn du ein neues Leben ohne mich haben solltest …« Es ist das erste Mal, dass ich vage andeute, ich könnte vielleicht sterben.

»Werde ich nicht.«

»… wirst du am Meer wohnen und Kinder haben. Du wirst ein großartiger Vater sein.«

»Nicht, Alice.« Jetzt ist er derjenige, der nicht darüber sprechen will.

»Glaub mir, ich werde mich für dich freuen. Ich werde dich anfeuern. Du hast es verdient, einen ganz besonderen Menschen kennenzulernen.«

»Alice …«

»Du wirst deine Kinder in … Paddington herumfliegen …« Mir versagt für einen Augenblick die Stimme. »Aber schaff dir bloß keine Zwillinge an, die machen doppelt so viel Arbeit!«

Als Tom nichts darauf erwidert, knipse ich das Licht an, nehme sein Gesicht in meine Hände und sage eindringlich: »Ich liebe dich.« Wir sind ausnahmsweise ernst und blödeln nicht herum, was normalerweise unsere Art ist, mit der Angst fertig zu werden: Wir lachen uns sonst unseren Weg durch dieses verrückte, wundervolle Leben, weil es die einzige Möglichkeit ist, nicht in Schockstarre zu verfallen.

»Ich liebe dich auch.«

»Wein doch nicht, Tom.«

»Ich … oh Gott!« Er schluchzt, die Tränen laufen ihm übers

Gesicht. Es bricht mir fast das Herz. Ich umarme ihn fest, murmele beruhigende Worte und denke an die vielen Male, als er im Krankenhaus neben meinem Bett auf dem Fußboden lag, um im Notfall gleich die Schwester rufen zu können; daran, wie er jeden Morgen meine komischen Füße liebkosend drückt; daran, dass er Dinge akzeptiert, die kein Mann jemals bei seiner Partnerin akzeptieren müssen sollte.

»Danke, dass du immer für mich da warst …«

»Nicht immer.«

Ich lege ihm meinen Zeigefinger fest auf die Lippen und wische ihm dann die Tränen von der Wange. »Du bist mein Fels.« Ich halte inne, hole Luft. »Du bist mein Ein und …«

»Hör auf, Alice! Hör auf. Du musst leben. Du *musst*!«

»Das werde ich.«

*Wenn ich doch nur Zeit kaufen könnte! Ich würde viele, viele Jahre kaufen, um mit Tom zusammen zu sein.*

»2003 wird *unser* Jahr sein«, verspreche ich ihm. Wir klammern uns aneinander. Ich streiche Tom übers Haar, bin in dieser Nacht sein Fels in der Brandung.

# 73

Es ist Mitte Februar. Tom und ich verbringen das Wochenende bei seinen Eltern. Dick eingemummelt, lasse ich mich von ihm im Rollstuhl über den Strand schieben. Ich liebe das Rauschen der Wellen und die Seeluft im Gesicht. Es ist wunderbar, nicht mehr im Krankenhaus sein zu müssen und mit Tom zusammen zu sein. Sollte mein Piepser jetzt losgehen, sind wir zwar weiter als zwei Stunden vom Harefield entfernt, aber Tom und ich waren der Meinung, dass es das Risiko wert ist. Er wollte, dass ich seine Eltern treffe, und sie wollten mich auch wiedersehen.

Nach dem Abendessen macht Toms Vater den Kamin an, und Olivia und ich setzen uns aufs Sofa und blättern in einem alten Fotoalbum. Eine Aufnahme zeigt Tom und George von Kopf bis Fuß mit braunem Schlamm bedeckt. Ich grinse. »Wir haben im Schlick nach Gegenständen gesucht, die wertvoll waren oder die wir für wertvoll hielten«, erklärt Tom. »Das war immer ein Mordsspaß.«

Olivia nickt. »Oh ja, und wenn sie heimkamen, ging es schnurstracks ab in die Badewanne.«

Beim Anblick der Fotos aus ihren gemeinsamen Kindertagen wird mir klar, warum Georges Instinkt, seinen Freund zu beschützen, so groß ist. George und Tanya haben seit letztem Sommer einen Jungen, der fast zur gleichen Zeit geboren wurde wie Rose. Vater zu sein sei harte Arbeit, hat George Tom erzählt; er vermisse seinen Schlaf, das Kitesurfen und sein Surfbrett.

»Guck dir mal das hier an.« Olivia zeigt auf ein Foto von Tom in Schuluniform mit ungebundenen Schnürsenkeln und schiefem Schlips.

»Oh, mein Gott!«, entfährt es mir, als ich das eingeklebte Zeugnis sehe. »*Thomas streckt seinen Kopf aus dem Zugfenster und wundert sich, wenn er abgerissen wird.*« Ich wende mich an Olivia. »Tom hat mir davon erzählt.« Den weiteren Wortlaut hat er mir allerdings verschwiegen: *Aber er hat Charakter, er ist aufgeschlossen, warmherzig und eigensinnig. Er wird es weit bringen.*

Später trägt Tom mich die Treppe hinauf in mein Zimmer. Kurz darauf klopft es. Ob ich noch zusätzliche Decken brauche, fragt Olivia und fügt an Tom gewandt hinzu: »Du musst nicht wieder auf Zehenspitzen über den Flur schleichen.« Sie lächelt und gibt uns beiden dann einen Gutenachtkuss.

»Hab keine Angst, du tust mir nicht weh«, flüstere ich Tom im Dunkeln zu.

*Ich bin kein Porzellanpüppchen. Ich werde schon nicht zerbrechen.*

Ich sehne mich nach seiner Berührung.

»Wir müssen nicht«, flüstert er zurück.

»Ich möchte es aber.«

»Wir können auch einfach nur reden.«

»Wo bleibt denn da der Spaß?«

»Du weißt doch, wie gut ich bin, Alice«, witzelt er, um seine Angst zu kaschieren. »Wer weiß, was passiert, wenn ich dich so richtig heiß mache …«

»Lassen wir es doch einfach drauf ankommen …«

# 74

»Wie geht es dir?«, frage ich Susie, als ich einen Strauß auf ihr Grab lege. Milly und ich besuchen sie oft auf dem Friedhof in Acton unweit des Hauses ihres Vaters und erzählen ihr, was es Neues im Leben der verbliebenen beiden Mitglieder unserer Anti-Selbsthilfegruppe gibt. Angefangen haben wir damit kurz nach ihrer Beerdigung, weil sie wissen sollte, dass Ethan auf der Trauerfeier gewesen war. Er hatte zwar nicht mit uns gesprochen, hatte aber durch seine bloße Anwesenheit in der ihm eigenen verkorksten Art demonstriert, dass Susie ihm etwas bedeutet hatte. Sie hatte immer betont, er sei nur dieses eine Mal handgreiflich geworden, als er Bond getreten und sie ihren Hund verteidigt hatte. Aber seelischer Missbrauch kann genauso zerstörerisch sein wie körperliche Misshandlung. Es fiel mir schwer, ihm zu vergeben; ich hoffte, dass er wenigstens bereute, was er Susie angetan hatte. Milly und mir haben diese »Gespräche« mit Susie geholfen, und so beschlossen wir, das möglichst regelmäßig zu machen und unsere Anti-Selbsthilfegruppe auf diese Weise am Leben zu erhalten. Als ich Susie von meiner Begegnung mit Daisy Sullivan kurz vor Weihnachten erzählte, konnten wir sie fast lachen und sagen hören: »Zum Totlachen!«

»Hier unten gibt's nicht viel Neues, außer dass es lausig kalt ist.«

»Augenblick mal!«, protestiert Milly. »Was heißt ›nicht viel Neues‹? Alice ist zu einer Nachmittagstalkshow eingeladen worden, Susie, stell dir vor. Und dann hat sie die Jungs von der Boygroup Blue kennengelernt. Die sind jetzt beste Freunde!«

Ich lache laut.

»Alice wird jetzt richtig berühmt, Susie.«

»*The Right Time* ist neulich erschienen, deshalb bin ich zu dieser Talkshow eingeladen. Lass mich mal überlegen, was gibt's sonst noch Neues? Ich war vor Kurzem bei Professor Taylor.« Als ich ihn nach Susies Tod das erste Mal traf, war er sachlich wie immer, aber sein Blick war voller Mitgefühl, als er sagte, ich würde meine Freundin sicher sehr vermissen.

»Dein Dad sagt, Bond vermisst dich sehr«, fährt Milly fort. »Aber es geht deinem Jungen gut, vor allem jetzt, wo dein Vater deine böse Stiefmutter verlassen hat. Und im Büro lieben ihn alle! Er wird offenbar nach Strich und Faden verwöhnt.« Michael, Susies Vater, hatte uns nach der Beerdigung gefragt, ob er mit uns in Kontakt bleiben dürfe, und so hatte sich im Lauf der letzten Monate eine Freundschaft entwickelt. Milly und ich hatten insgeheim gejubelt, als er uns erzählte, er könne unmöglich ein neues Zuhause für Bond suchen, wie seine Frau es von ihm verlangte. Offenbar könne sie nicht verstehen, dass Bond die letzte Verbindung zu seiner Tochter sei. Jetzt ist der Hund Michaels bester Kumpel. Beim Anblick der beiden wird einem warm ums Herz. Ich glaube, dass sie sich gegenseitig über ihre Trauer hinwegtrösten.

»Rose ist jetzt neun Monate alt und wird kommendes Wochenende getauft«, erzähle ich. »Jake hat mit einem seiner Porträts bei einem landesweiten Wettbewerb den zweiten Platz belegt. Ich stehe jetzt seit fast achtzehn Monaten auf der Warteliste, aber …« Ich kann nicht weitersprechen, weil ich fürchterlich husten muss. »… ich werde nicht aufgeben.« Ich greife zu meinem Asthmaspray. »Wunder geschehen immer wieder.«

»Apropos Wunder«, ergreift Milly das Wort. »Du wirst stolz auf mich sein, Susie. Ich habe mich von meinen langen Locken getrennt.« Ich sehe sie lächelnd an. Sie trägt jetzt einen modischen Bob, der ihre grünen Augen wunderbar zur Geltung bringt. »Und ich habe einen Partner!«

Ich jubele, als sie hinzufügt: »Milly, die Nonne, gibt es nicht mehr.«

Wir lachen beide. Susie würde jetzt garantiert wieder »Zum Totlachen!« sagen. Und sie würde sich für Milly freuen. Milly und ich haben am Telefon stundenlang über diesen Mann geredet, den sie durch ihren neuen Job kennengelernt hat.

»Wir waren zwar erst fünf Mal miteinander aus, es ist also noch ein bisschen zu früh für einen Termin beim Standesamt«, fährt Milly fort, »aber ich hab ihn wirklich gern. Er ist Lehrer.«

»Pete hat sich verlobt«, erzähle ich dann, »und wird Vater. Er hat panische Angst vor seiner neuen Rolle, aber das Kind kann sich glücklich schätzen.« Ich halte inne. Atme. »Ich hab zwei neue Songs geschrieben. Der eine heißt *Waiting*. Du kannst dir sicher denken, worauf ich darin warte. Der andere heißt *Everywhere*. Er handelt von dir, Susie, davon, dass du immer bei uns bist, egal, wo wir sind.« Und dann singe ich ihr meinen Song vor.

# 75

»Rate mal, wer auf meinem Weg hierher im Radio gesungen hat«, sagt Rita bei der Krankengymnastik. Sie kommt jetzt regelmäßig, was für uns alle eine große Hilfe ist. Wir nennen sie die heilige Rita.

»Fester«, sage ich und beuge mich auf meinem Bett vor, damit sie mir auf den Rücken klopfen kann.

»Warum guckst du dir so einen Blödsinn an?«

Sie meint *Dawson's Creek*.

»Ein Haufen jämmerlicher Teenager, die nichts Besseres zu tun haben, als darüber zu stöhnen, wie toll sie doch aussehen und dass niemand sie versteht!« *Wumms!* »Die würden ein richtiges Problem nicht mal dann erkennen, wenn es ihnen ins Gesicht springt.« *Wumms!* »Dieser ganze romantische Kram! Das ist doch nicht das wirkliche Leben. Das Leben ist hart. Man muss an einer Ehe, an einer Beziehung arbeiten. Das ist nicht leicht.«

»Klar, aber das hier ist eine Form von Realitätsflucht, Rita. Glaubst du, du wirst noch mal heiraten?«

»Ich bin ein gebranntes Kind«, antwortet sie und schüttelt meine Kissen auf. »Ich liebe meine Arbeit, Alice. Wer braucht schon einen Mann? Außerdem kann ich mir nicht vorstellen, noch einmal aufs Dating-Karussell aufzuspringen.«

Ich muss lachen.

»Was gibt's da zu lachen, Madam? Ich war mal richtig schlank. Nach meiner Scheidung habe ich dramatisch abgenommen. So hat auch etwas Schlechtes noch etwas Gutes, nicht wahr? Eigentlich hab ich mal ganz passabel ausgesehen.«

»Du siehst auch heute noch ganz passabel aus.«

»Wenn du das sagst«, erwidert sie achselzuckend. »Auf meine wabbligen Oberarme könnte ich allerdings verzichten.«

»Geh doch ins Fitnessstudio.«

»Wenn Gott gewollt hätte, dass wir wie Stabinsekten aussehen, hätte er keine Donuts erfunden.«

»Er hat aber auch Laufbänder und Sellerie erfunden.«

»Pah!« Sie macht eine wegwerfende Handbewegung. »Und, welche Verehrer und Verehrerinnen erwartest du heute? Pete? Tom? Milly? Cat?«

Rita findet meine Freunde bemerkenswert, die sich unter der Woche die Türklinke in die Hand geben. Abgesehen von den Wochenendausflügen im Rollstuhl, wenn Tom und ich ins Kino oder zu unserem Italiener gehen, verlasse ich mein Zimmer kaum noch. Ich hätte nie gedacht, dass ich das sagen würde, aber daheim fühle ich mich am wohlsten. Hier habe ich alles, was ich brauche. Ich kann MTV ansehen oder mir eine Folge nach der anderen von *24* reinziehen. Ich kann den ganzen Tag telefonieren. Die Wahrheit ist, dass ich ganz einfach nicht mehr die Kraft habe, irgendwohin zu gehen.

»Vanessa kommt später vorbei und hilft mir bei der Vorbereitung für mein Fernsehinterview morgen«, erzähle ich Rita.

Cat wird nach der Arbeit ebenfalls noch vorbeischauen. Sie ist unbeschreiblich glücklich mit ihrem Mark. Ich glaube, er ist der Richtige. Tom werde ich auch noch zu Gesicht bekommen, vorausgesetzt, er kommt rechtzeitig aus dem Büro. »Manchmal ist es echt frustrierend mit ihm«, beklage ich mich bei Rita, die jetzt in meinem Zimmer Ordnung schafft.

»Wieso?«

»Wenn er endlich hier ist, schlafe ich meistens schon.«

»Der arme Mann muss für seinen Lebensunterhalt arbeiten, Alice. Sei nicht so streng mit ihm.«

Sie klingt genau wie Cat.

Sie hebt eine meiner Blusen vom Fußboden auf. »Schmutzig oder sauber?«

»Sauber.«

»Und warum liegt sie dann auf dem Boden?«

»Sie wollte eben mal eine Runde drehen.«

Rita lacht. »Du kannst dir wirklich alles erlauben, junge Dame, oder?«

Als sie sich umdreht, strecke ich ihr die Zunge heraus.

»Das hab ich gesehen, Alice!«

»Seit wann hast du hinten Augen?«

Es ist schon seltsam mit meiner Mukoviszidose. Auf der einen Seite hat sie mich gezwungen, schneller als andere erwachsen zu werden, mich gegen grässliche Menschen wie Daisy Sullivan zu wehren und zu lernen, mit einer unheilbaren Krankheit zu leben. Auf der anderen Seite wohne ich mit meinen dreißig Jahren immer noch zu Hause und muss mir von Rita anhören, ich solle mein Zimmer aufräumen. Vielleicht wird ein Teil von mir im Herzen immer jung bleiben. Ich greife zu meiner Gitarre. »*There's no one sweeter, sweeter than Rita,*«, singe ich. »*And there's no freak neater, neater than Rita … she's only happy when she's dusting …*«

Rita lacht schallend. »Hör auf!«

»Stimmt doch: Keine ist lieber als du, kein Freak süßer als du. Und wirklich glücklich bist du doch nur, wenn du den Besen schwingst.«

Sie wedelt demonstrativ mit meiner Bluse.

Ich werfe einen Blick auf den Piepser auf meinem Nachttisch. »Weißt du, Rita, ich stelle mir immer vor, was ich alles machen könnte, wenn ich transplantiert würde: die ganze Nacht tanzen, ins Fitnessstudio gehen, singen, ohne aus der Puste zu kommen und ohne zu husten. Davon träume ich.«

Sie dreht sich zu mir um. »Halt dich daran fest. Wir alle brauchen Träume zum Leben.«

»Du kommst spät«, murmele ich, als ich spüre, wie Tom seine Arme um mich legt.

»Tut mir leid, aber im Büro ging's heute zu wie im Irrenhaus. Ich war erst zu Hause, um zu duschen.«

»Du hättest doch auch hier duschen können.«

»Meine eigene Seife ist mir lieber. Ich hab dich hoffentlich nicht geweckt?«

Nein, hat er nicht. Ich konnte nicht einschlafen, ich bin unruhig, wenn Tom nicht da ist. Ich knipse das Licht an, schalte den Notruf auf meinem Nachttisch aus, lösche das Licht wieder.

»Nicht, Alice ...«

Ich fahre mit dem Finger seinen Arm entlang. »Und warum nicht?«

»Weil ...«

»Schsch«, mache ich.

»Aber was, wenn ...«, wendet er halbherzig ein.

Ich weiß, was er sagen wollte. »Es gibt schlimmere Arten, den Löffel abzugeben, findest du nicht?«

»Sag so was nicht, Alice!«

»Entspann dich.« Ich spüre, wie sein Körper auf meine Berührung reagiert. »Du weißt genau, was mir hilft, *mich* zu entspannen ...«

Ich brauche Toms körperliche Nähe mehr als am Anfang unserer Beziehung. Ich sehne mich nach seinen Lippen, seinen Händen, ich kann nicht genug bekommen von seinem Humor und seiner inneren Stärke, die so ganz anders ist als meine. Seine Kraft hilft mir, mich auf das vorzubereiten, was vor mir liegt. Er hebt behutsam meine Arme und streift mir mein Oberteil über den Kopf. Er kennt meinen Körper in- und auswendig, jede Narbe, jeden Hautfleck. Dennoch liebt er mich. Er kennt meine dunkelsten Geheimnisse. Und ich kenne ihn genauso gut. Er ist ein offenes Buch für mich. »Bist du sicher?«, flüstert er. Wir küssen uns. Seine Zweifel sind verflogen.

Ich spüre, wie Tom zärtlich meinen Fuß drückt. »Guten Morgen, du mit deinen komischen Füßen.«

Ich stöhne. Die Nacht kann doch unmöglich schon rum sein?

»Toi, toi, toi für dein Interview. Ich werde es mir anschauen.« Er gibt mir einen Kuss auf die Wange, dann höre ich, wie er die Tür aufschließt. »Bis später! Du bist heute Abend zum Essen eingeladen. Das gehört gefeiert!« Als die Tür ins Schloss fällt, schlafe ich noch einmal ein.

Irgendwann stehe ich auf, tappe langsam ins Bad und rede mir zu, dass ich den Tag schon irgendwie überstehen werde. Einatmen. Ausatmen. Das Adrenalin, eine zusätzliche Medikamentendosis und mein Sauerstoffgerät werden mich aufrecht halten. Dieser Fernsehauftritt ist so wichtig für meine Karriere! Ich werde mit dem Taxi bis vor die Tür des Senders fahren. Trisha wird mich begleiten. Ich schaffe das.

Ich öffne meinen Kleiderschrank. Auf dem untersten Boden, versteckt hinter Straßen- und Turnschuhen, steht die Tasche, die wir in jener verhängnisvollen Nacht mit ins Harefield genommen haben. Wie oft habe ich sie seitdem angestarrt und dabei inständig gehofft, das Krankenhaus werde anrufen, mein Piepser werde losgehen, und dass es dann kein falscher Alarm sein werde. Es kann immer noch jeden Moment so weit sein. *Ach Alice, mach dir doch nichts vor!* In meinem jetzigen Zustand würde ich eine Operation gar nicht überleben. Andererseits bin ich auch nicht von der Warteliste gestrichen worden. Ich erinnere mich an Professor Taylors Worte: »Der Mensch hofft, solange er lebt.« Ich verscheuche den Gedanken an den Professor. Ich muss mich auf mein Outfit, mein Frühstück und meine Behandlungen konzentrieren. Ich nehme eine Jeans, eine dunkelblaue Jacke und Stiefeletten heraus. Um Frisur und Make-up wird sich die Maskenbildnerin im Studio kümmern. Im Geist gehe ich noch einmal die Fragen durch, die mir möglicherweise gestellt werden.

Fragen wie: Woher kommt die Zielstrebigkeit, mit der Sie Ihre Karriere verfolgen?

Darauf werde ich antworten: Der wesentliche Faktor ist für mich die Zeit. Ich kann es mir nicht leisten zu sagen: ›Eines Tages würde ich gern‹ oder ›Vielleicht werde ich es eines Tages versuchen‹. Ich könnte auch antworten: Wie viele andere Sänger oder Autoren habe ich traumatische Erfahrungen gemacht, aber ich möchte mich nicht darüber definieren. Wenn man krank ist, möchte einem jeder den Kopf tätscheln und sagen: ›Ach, du Ärmste!‹ Oder: ›Das ist ja furchtbar!‹ Aber ich bin kein armes Ding. Ich lebe meinen Traum.

*Ich lebe meinen Traum? Ist das zu klischeehaft?*

*Und wenn schon, es ist die Wahrheit.*

Als Nächstes wird man mich fragen: Sie haben zuerst als Model gearbeitet. Warum sind Sie erst so spät Sängerin geworden?

Aus Angst.

Weil ich Zweifel hatte.

Und Mukoviszidose.

Und mich von Stimmen aus der Vergangenheit beeinflussen ließ.

Mir ist heute klar, dass man alles schaffen kann, wenn man es nur wirklich will.

Weiter: Was würden Sie Mukoviszidose-Kranken raten? Oder den Leuten generell?

Singt, tanzt, liebt, lacht, scheut kein Risiko, gebt niemals auf und vor allem: Lebt jeden Augenblick, als wäre es der letzte.

»Alice! Frühstück!« Mum bringt mir schwarzen Kaffee und Naturjoghurt auf einem Tablett.

»Danke, Mum.« Ich lege mir meine Sachen für später auf einem Stuhl zurecht, steige dann wieder in mein Bett und nehme ihr das Tablett ab. »Was ist denn bei euch oben los? Was ist das für ein Krach?«

»Die Handwerker sind im Arbeitszimmer deines Vaters.«

Dad hat sich ausnahmsweise einmal freigenommen. Mum zieht die Vorhänge zurück. Sie trägt eine hübsche cremefarbene Tunika zu ihren Jeans. Es ist ein herrlicher Frühlingstag, die Sonne scheint herein. »Wie geht es dir?«, fragt meine Mutter.

»Ganz ordentlich.«

»Ich liebe diese Jahreszeit. Sind die Narzissen nicht wunderschön?«

»Hm-m.« Ich nippe an meinem Kaffee.

»Bist du vorbereitet für dein Interview?«

»Ja. Und ganz schön nervös.«

»Mary!«, ruft Dad herunter. »Du wirst gebraucht!«

»Komme schon!« Mum rückt meine Kissen zurecht. »Soll ich dir später die Haare waschen?«

»Das wäre lieb. Danke.«

»Ruf mich, wenn du so weit bist.« Sie geht wieder nach oben, und ich schalte den Fernseher ein, trinke einen weiteren Schluck Kaffee und tauche dann den Teelöffel in meinen Joghurt. Ich überlege, was ich zu Roses Taufe anziehen soll. Vielleicht kann ich mit Tom einen Einkaufsbummel machen. Ich könnte mir eine neue Handtasche spendieren. Ich greife zur Fernbedienung, schalte auf einen anderen Sender um.

Ich spüre etwas in meiner Brust.

Dieses taube Gefühl im Gesicht …

Im Arm …
Ich schlucke, will das Blut zurückdrängen.
*Geh weg! Bitte geh weg.*
*Nicht heute an meinem großen Tag.*
*Ich muss doch singen …*
Ich sehe Blut auf meiner Bettdecke.
*Aufhören! Bitte hör auf!*
Ich kriege es nicht unter Kontrolle.
Ich schreie.
Höre Lärm von oben.
Sehe noch mehr Blut.
Ich habe Angst.
Kriege keine Luft mehr.
Ich sehe meine Mutter.
Sie ist bei mir.
Ich kann ihren Feigenduft riechen.

»Ruf einen Krankenwagen, Nicholas!«, brüllt sie. »Ruf Jake an! Sag ihm, er soll Tom verständigen!«

Mein Rücken krümmt sich. Der Rest meines Körpers ist steif. »Mum … ich …« Ich bringe kein Wort mehr heraus. »Mum …«

Jemand hetzt die Treppe herunter. Dad. Ich höre es an den Schritten. »Der Krankenwagen ist unterwegs. Sie sind gleich da.« Ich sehe die Panik in seinen Augen. Ich möchte ihm sagen, wie sehr ich ihn liebe, was für ein wunderbarer Vater er ist, auch wenn er einen grässlichen Musikgeschmack hat. Ich möchte mich bei meiner Mutter bedanken, weil sie sich all die Jahre so selbstlos um mich gekümmert und mir nicht ein einziges Mal das Gefühl gegeben hat, eine Last zu sein. Ich möchte ihnen beiden dafür danken, dass sie mir die Freiheit ließen, Risiken einzugehen, die Musik zu meinem Beruf zu machen. Sie haben mich nie in Watte gepackt, sondern mich mein Leben leben lassen. Ich möchte ihnen sagen, dass alles gut wird …

Aber ich kann nicht.

Noch mehr Blut.

»Wieso dauert das so lange, Nicholas? Wieso sind sie nicht schon längst da?«

»Sie werden gleich hier sein«, versichert Dad. »Jake ist auch unterwegs.«

Ich drücke Mums Hand mit der letzten mir verbliebenen Kraft. Ich möchte ihnen sagen, dass ich sie beide von ganzem Herzen liebe und ich ohne ihre Unterstützung niemals so weit gekommen wäre. Aber ich kann nicht sprechen. Ich schnappe nach Luft. Helft mir! Bitte helft mir! Ich will nicht sterben. Nicht bevor ich Jake und Tom und Cat gesehen habe …

Nicht bevor ich ihnen gesagt habe …

Doch dann legt sich meine Panik.

Eine tiefe Ruhe überkommt mich, ein Gefühl inneren Friedens.

Sie wissen, dass ich sie liebe. Ich liebe sie seit dem Tag, an dem Mum mich aus dem Krankenhaus nach Hause brachte und Dad mir während der Krankengymnastik seine selbst erfundenen Lieder vorsang. Ich sehe mich wieder als Kind, wie ich mich im Meer an Jakes Rücken klammerte, wie wir am Kamin verbissen Scrabble spielten. Ich sehe die kleine Rose und hoffe, dass sie eines Tages auch einen künstlerischen Beruf ergreifen wird wie ihre Eltern. Vielleicht bekommen Lucy und Jake irgendwann ein zweites Kind, einen Jungen, damit Rose einen Bruder hat, den sie abgöttisch lieben kann, wie ich meinen eigenen Bruder liebe. Lucy soll meinen Lammfellmantel tragen und gut auf ihn achtgeben. Ich sehe Cat und mich als Fünfjährige, wie wir in ihrem Garten nackt unter dem Rasensprenger durchgelaufen sind. Ich höre, wie sie mich gegen Daisy Sullivan in Schutz genommen und über meine E.T.-Imitation gelacht hat. Tom und ich fliegen in Paddington. Ich habe überhaupt keine Angst, als wir himmelwärts steigen. Ich sehe sein hübsches Gesicht, als er zum allerersten Mal den Mut aufbrachte, mich im Krankenhaus zu besuchen. Seine Tränen, als ich ihm *Inside Of You* vorsang. Wie sehr habe ich Tom geliebt! Wie sehr habe ich sie alle geliebt, auf jedem Schritt des Weges, und sie haben mich geliebt.

Ich habe so viel Glück gehabt.

Ich bereue nichts.

Ich nehme undeutlich Uniformen wahr.

Sie drängen sich an meinem Bett.

Mum hält meine Hand.

*Bitte trag meine Halskette mit meinem Namen darauf. Spielt meine Songs in der Küche und tanz mit Dad. Wenn du mich singen hörst, sollst du wissen, dass ich weiterlebe. Ich bin immer da.*

Bei dir …

Und bei Dad. Und Tom. Und Jake …

Meine Hand erschlafft und rutscht aus Mums Hand.

Ich schließe die Augen.

Ich bin wieder ein Kind. Sechs Jahre alt.

Jake und ich halten uns an den Händen, die großen Krallenfüße auf dem Boden im Bad haben uns Angst gemacht. Wir verstecken uns hinter Mum, die sich bückt, barfuß und in einem langen, luftigen Nachthemd, und die Eule mithilfe eines Handtuchs vorsichtig hochhebt.

Jake und ich folgen ihr auf den Balkon hinaus und schauen ehrfürchtig zu, wie sie den Vogel in die Freiheit entlässt.

Ich habe nie eine prächtigere Kreatur gesehen.

Ich habe keine Angst mehr.

Ich bin frei.

Ich beobachte, wie dieses wunderschöne Geschöpf seine Schwingen ausbreitet und im ersten Licht der Morgendämmerung ins Tal hinunterschwebt.

# Alice' Geschichte

## von Alice Peterson

Im Jahr 2002 las ich einen Artikel über Alice Martineau, eine Sängerin, die von einem Plattenvertrag träumte, die sich aber von anderen Sängerinnen und Sängern dadurch unterschied, dass sie an Mukoviszidose litt und auf der Warteliste für eine Dreifach-Transplantation stand. Während der Lektüre ging mir auf, dass ihre Geschichte mich in vielerlei Hinsicht an meine eigene erinnerte. Ich war achtzehn Jahre alt, als ich die Diagnose rheumatoide Arthritis bekam, eine unheilbare Autoimmunerkrankung, und meine Karriere als Tennis-Profi aufgeben musste. Mein sorgloses Leben war praktisch über Nacht zu Ende. Stattdessen war mein Leben von da an von Ungewissheit, Schmerzen und Angst vor der Zukunft beherrscht. Alice Martineau litt seit ihrer Geburt an Mukoviszidose, ihre Perspektive und ihre Erfahrungen sind sicher anders als meine, aber ich denke, wir wussten beide, wie viel Mut und Stehvermögen es kostet, dem Leben angesichts dieser zahlreichen Hindernisse etwas Sinnvolles abzuringen.

Alice hat ihre Krankheit lange versteckt. Auch ich habe das während meines Studiums getan. Wir wollten beide gesund, attraktiv und vor allen Dingen »normal« erscheinen. Wie Alice war auch ich über alle Maßen ehrgeizig. Alice war entschlossen, sich nicht über ihre Krankheit zu definieren. Sie wollte Sängerin sein und als solche wahrgenommen werden. Ich kann es ebenfalls nicht ausstehen, bemitleidet oder »tapfer« genannt zu werden. In Alice erkannte ich viele meiner Eigenschaften wieder: Willenskraft, Aufsässigkeit, Humor und die Gabe, andere raffiniert um den kleinen Finger zu wickeln! Wir lieben beide unsere Familien und sind ihnen unendlich dankbar, weil unser Leben ohne ihre Unterstützung vermutlich ganz anders verlaufen wäre. Meine Familie und meine Freunde haben mir geholfen, einige der dunkelsten Stunden meines Lebens durchzustehen, genau wie Alice' Eltern, Liz und David, ihr Bruder Luke und ihr Freund Alex ihr bis zuletzt beigestanden haben.

Alice' Geschichte berührte mich so sehr, dass ich Kontakt zu ihr aufnahm, nachdem ich den Artikel gelesen hatte. Zu meiner großen Freude antwortete sie mir, und von da an tauschten wir uns via E-Mail über unsere Erfahrungen aus. Wir haben uns leider nie persönlich kennengelernt, weil sie gerade ihre Karriere als Sängerin startete und außerdem immer wieder viel Zeit im Krankenhaus verbringen musste. Noch im gleichen Jahr erschien ihr Album *Daydreams*. Ich habe es mir sofort gekauft und mich in ihre eindrucksvolle Stimme und ihre gefühlvollen Songtexte verliebt. Ich habe mich sehr für sie gefreut, dass ihr Traum von einem Plattenvertrag in Erfüllung gegangen war. Niemand hatte den Erfolg mehr verdient als sie.

Dreizehn Jahre später ging ich mit meinem Hund Darcy im Park spazieren und dachte über mögliche Themen für mein neues Buch nach. Ich war gerade mit einem Roman fertig geworden und freute mich auf die Zusammenarbeit mit meiner neuen Agentin Diana Beaumont von United Talent. Wir hatten bereits einige Ideen diskutiert, aber noch war das Richtige für den nächsten Roman nicht dabei gewesen. Ich wollte über ein Thema schreiben, in das ich mein ganzes Herzblut stecken konnte, etwas, das mich als Autorin und als Mensch forderte. Ich schicke meine Charaktere gern an düstere Orte, an denen sie sich ihrem schweren Schicksal stellen müssen. Mir fiel nichts ein. Und dann erinnerte ich mich plötzlich an Alice, ich weiß selber nicht, warum, und blieb abrupt stehen. Sofort rief ich Diana an: Ich müsse *unbedingt* über Alice schreiben, sprudelte ich los. Diana und ich überlegten dann gemeinsam mit Jo Dickinson vom Verlag Simon & Schuster, wie ich mit der Familie in Kontakt treten und vor allem wie ich einen Roman schreiben und gleichzeitig Alice Martineaus Vermächtnis gerecht werden könnte.

Die meisten Charaktere im vorliegenden Buch sind erfunden, ebenso viele der geschilderten Ereignisse. Ich habe Alice' Geschichte als Gerüst verwendet und bin ihr von ihrem Wunsch, Sängerin zu werden, bis zum Abschluss ihres Plattenvertrags gefolgt. Ihr zu Ehren habe ich mich, was den medizinischen Hintergrund, ihre familiäre Situation sowie ihre inspirierende Liebesgeschichte betrifft, so nah wie möglich an die Wahrheit gehalten. Wichtig war uns, und auch der Familie, dass Alice und ihren Songs die Ehre zuteilwird, die ihnen gebührt. Ich denke, Alice hätte es so gewollt.

Die Familie Martineau sowie Alice' Freunde, sowohl private als auch aus der Musikbranche, haben mich in jeder nur denkbaren Weise unterstützt. Ohne ihre Großzügigkeit, ihren Mut und ihr Vertrauen darauf, dass es mir gelingen wird, Alice' Wesen einzufangen, hätte ich dieses Buch nicht schreiben können. Alice' medizinisches Team und der Cystic Fibrosis Trust, eine Stiftung für Mukoviszidose-Kranke, haben mir ebenfalls geholfen, indem sie Kontakt zu anderen Betroffenen herstellten. Ich habe erst dadurch eine Vorstellung davon bekommen, was es für Alice und ihre Familie bedeutet haben muss, Tag für Tag mit Mukoviszidose zu leben und auf der Warteliste für eine Transplantation zu stehen.

Die Familie Martineau und ich möchten mit diesem Buch das Bewusstsein für Mukoviszidose schärfen, für diese verkannte Krankheit, die das Leben Tausender junger Menschen verkürzt. Es wäre wunderbar, wenn darüber hinaus Alice' Musik wieder in den Blickpunkt der Öffentlichkeit rücken würde, schließlich starb sie bereits kurz nach Veröffentlichung ihres Albums. Und dieser Roman soll Alice' Lebensmotto würdigen und zelebrieren: *Singt, tanzt, liebt, lacht, scheut kein Risiko, gebt niemals auf und vor allem: Lebt jeden Augenblick, als wäre es der letzte.*

Dieses Buch handelt nicht von jemandem, der den Tod vor Augen hat, sondern von einem außergewöhnlichen Menschen, der weiterlebt.

## Alice Martineau

von Luke Martineau, ihrem Bruder

Wir sind sehr stolz auf Alice und auf das, was sie erreicht hat, obwohl die Bedingungen von Anfang an die denkbar schlechtesten waren.

Sie hat uns inspiriert, während sie bei uns war, und selbst heute noch, so viele Jahre nach ihrem Tod, bewegt und inspiriert ihre Geschichte viele Menschen – nicht nur solche, die an Mukoviszidose leiden. Sie war keine Heilige, im Gegenteil, sie konnte – geradezu aufreizend – boshaft sein. Wie so viele starke Persönlichkeiten, die wissen, dass ihre Zeit begrenzt ist, lebte sie sehr intensiv.

Es ist diese unwiderstehliche Lebenskraft, die so stark in ihr brannte, für die wir Alice heute noch bewundern. Und weil wir uns Tag für Tag an ihre Liebe zum Leben erinnern, ist sie für uns immer präsent, haben wir nie das Gefühl, als blickten wir zurück.

Das Buch, das Sie gerade gelesen haben, spiegelt im Wesentlichen die wahre Geschichte ihrer letzten Lebensjahre wider – ihren Traum von einem Plattenvertrag, der sich zu guter Letzt erfüllte, ihr Liebesleben, ihren unermüdlichen Kampf gegen ihre furchtbare, unbesiegbare Krankheit, die ihr buchstäblich die Luft zum Atmen nahm.

Die Nebenfiguren und die Handlung sind zwar fiktionalisiert worden, aber der Charakter von Alice Martineau ist so wirklichkeitsgetreu gezeichnet, wie man es sich besser nicht hätte wünschen können.

Nach Alice' Tod im Jahr 2003 starteten wir in ihrem Namen

einen Spendenaufruf für den Cystic Fibrosis Trust[1], eine Stiftung für Mukoviszidose-Kranke. Mittlerweile sind fast 1,5 Millionen Pfund zusammengekommen, hauptsächlich durch unseren alljährlichen Carols by Candlelight-Gottesdienst in der Kirche St. Luke's in der Sydney Street in Chelsea. Ganz in der Nähe liegt das Brompton Hospital, wo Alice wie so viele Mukoviszidose-Kranke viel zu viel Zeit ihres Lebens verbringen musste. Vielleicht sieht sie uns ja dabei zu, beobachtet wohlwollend, wie die Menschen sich in der Kirche versammeln, und ist, wie wir auch, stolz darauf, dass ihre eigene Leidensgeschichte dazu beigetragen hat, anderen Kranken das Leben zu erleichtern.

Das ist vielleicht Alice' letzter und bedeutendster Song, ein Lied der Hoffnung, ein Lied für eine bessere Zukunft.

Luke Martineau, Alice' Bruder, und
David und Liz Martineau, Alice' Eltern

---

1 www.cysticfibrosis.org.uk. In Deutschland gibt es z. B. die Christiane Herzog Stiftung für Mukoviszidose-Kranke: www.christianeherzogstiftung.de mit vielen nützlichen Informationen und Links (Anm. d. Übers.).

# Alice Martineaus Musik

*If I Fall* Text und Musik von Alice Martineau © 2002, abgedruckt mit Genehmigung von Sony/ATV Music Publishing (UK) Ltd, London W1F 9LD

*Inside Of You* Text und Musik von Alice Martineau © 2002, abgedruckt mit Genehmigung von Sony/ATV Music Publishing (UK) Ltd, London W1F 9LD

Viele der in diesem Buch erwähnten Songs, darunter auch die beiden oben genannten, sind auf ihrem Album *Daydreams* enthalten, das über Amazon zu beziehen ist oder auf Spotify oder iTunes heruntergeladen werden kann. © 2002 Sony Music Entertainment UK Limited

Weitere Informationen über Alice Martineau und ihre Musik finden Sie auf meiner Website: www.alicepeterson.co.uk

# Danksagung

Nur wer selbst betroffen ist, kann wirklich schildern, welche Auswirkungen Mukoviszidose auf den Alltag hat. Ich bedanke mich bei Shelly Naylor vom Cystic Fibrosis Trust dafür, dass sie den Kontakt zu Tim Wotton, Emma Lake, Jo Acharya und Oli Lewington hergestellt hat; sie alle haben mir diesbezüglich sehr geholfen. Tim hat mit *How Have I Cheated Death?* eine inspirierende Autobiografie verfasst, die seinen Kampfgeist widerspiegelt. Emma beschrieb mir jeden einzelnen Aspekt ihres Lebens mit Mukoviszidose, von Beziehungen über Therapien bis hin zu ihrer Leidenschaft für Kuchen. Ihre Aufrichtigkeit und ihr Humor brachten mich zum Lachen und rührten mich zu Tränen. Jo hat wie Alice einen musikalischen Hintergrund, und ich habe ihr sehr gern zugehört, wenn sie mir von ihren Kindheitserinnerungen und ihrer Liebe zum Gesang erzählte. Dank Oli bekam ich einen Eindruck davon, was es heißt, auf der Warteliste für eine Organtransplantation zu stehen. Mit dreiundzwanzig Jahren stand er eine Wartezeit von achtzehn Monaten einschließlich mehrerer Fehlalarme durch. In dieser Zeit schrieb er ein Buch in Tagebuchform mit dem Titel *Smile Through It – A Year On The Transplant List*. 2007 unterzog er sich erfolgreich einer Doppellungentransplantation. All diese Menschen sind Botschafter der Lebensmaximen »Lebe jeden Tag, als ob es dein letzter wäre« und »Halte nichts für selbstverständlich«.

Ich möchte mich außerdem bei Tims Mutter, Margaret Wotton, dafür bedanken, dass sie mir einen bewegenden Einblick in das Leben mit einem an Mukoviszidose leidenden Kind gab.

Professor Geddes, Alice' Arzt am Royal Brompton Hospital, hat alle meine Fragen mit unendlicher Geduld beantwortet. Sein Respekt und sein Engagement für seine Patienten haben mich tief beeindruckt. Ich möchte mich ganz herzlich bei ihm bedanken. Wie auch bei Lizzie Holder, einer erfahrenen Pflegekraft, die mich an ihrer Arbeit teilhaben ließ, einer Arbeit von unschätzbarem Wert. Dr. Michael Harding informierte mich darüber, was die Diagnose einer schweren Krankheit wie Mukoviszidose für eine Familie bedeutet. Hilde Rodriguez unterhielt mich mit anschaulichen Geschichten aus ihrer Zeit mit Alice, der sie freundschaftlich verbunden war.

Stevie Lange, Vocal Coach einiger international bekannter Künstler, arbeitete viele Jahre lang mit Alice. Ich konnte spüren, wie viel Freude sie dabei hatten und auf welch wunderbare Weise sie Alice' Talent förderte. Mein besonderer Dank gilt Howard Toshman, der mir einen Einblick in die Musikindustrie der 1990er-Jahre verschaffte. In Howards Studio bekam ich eine Vorstellung davon, was es heißt, Songs zu schreiben, zu singen, aufzunehmen. Seine Freundschaft und seine Bewunderung für Alice haben mich tief bewegt. Ich bedanke mich bei Simon Jenkins und Amelia Wright bei Sony Music, bei Leah Mack und William Booth bei Sony/ATV Music Publishing sowie bei Jo Charrington bei Capital Records für ihre Unterstützung. Mein Dank geht auch an Paul Burger, der bei Sony viele Jahre im Vorstand war.

Bedanken möchte ich mich ebenfalls bei Char Warre. In unseren Unterhaltungen bekam ich einen Eindruck von ihrer engen Freundschaft mit Alice, ihrer gegenseitigen bedingungslosen Loyalität und dem Humor, der ihnen beiden eigen war.

Danke an Al Haig-Thomas. Al trug sehr zu Alice' Erfolg bei. Ihre Beziehung beweist die Macht der Liebe und die Stärke, die daraus erwächst, einen Menschen an seiner Seite zu haben.

Ich danke meinen Freunden und meiner Familie. Nichola Clark, weil sie mit mir über ihre beste Freundin Louise sprach, die an Mukoviszidose starb. Ross Bradley, Martina Murphy, Lara Cannuli, meiner Schwester Hels, ihrem Mann James Noel und Sammy C, die mir, jeder auf seine Weise, halfen. Wie immer danke ich auch meinen Eltern für ihre unermüdliche Unterstützung.

Ich danke Diana Beaumont, meiner Literaturagentin bei United Talent. Diana ist seit der Veröffentlichung meines ersten Romans 2005 meine Mentorin. Ihre Begeisterung und ihr unerschütterlicher Glaube an mich haben mich dahin gebracht, wo ich heute bin. Dank auch an Sarah Manning bei United Talent, weil sie den allerersten Entwurf des Romans gelesen hat.

Merle Bennett und dem Team bei Simon & Schuster danke ich für ihren Einsatz und für ihre Unterstützung. Meine Lektorin Jo Dickinson hat vom ersten Moment an an diesen Roman geglaubt, und ohne sie wäre dieses Buch nicht so geworden. Ich stehe tief in ihrer Schuld.

Zu guter Letzt möchte ich mich von ganzem Herzen bei der Familie Martineau bedanken, bei David, Liz und Luke sowie bei Lukes Frau Bella. *Ein Song bleibt für immer* ist zwar ein Roman, aber er beruht auf der wahren Geschichte ihrer Alice, ihrer bildschönen, tapferen, talentierten Tochter und Schwester, die viel zu früh aus ihrer Mitte gerissen wurde. Die Familie hat mich von Anfang an ermutigt, dieses Buch zu schreiben, und mich nach Kräften unterstützt, indem sie voller Großmut und Feingefühl ihre Erinnerungen an Alice mit mir teilte. Ich kann nur hoffen, dass sie das Gefühl haben, dass dieses Buch Alice gerecht wird und sie so darstellt, wie ein Mensch mit ihrem Talent und ihrem Mut es verdient hat.